Insomnie
1

STEPHEN KING

Carrie	*J'ai lu* 835/**3**
Shining	*J'ai lu* 1197/**6**
Danse macabre	*J'ai lu* 1355/**5**
Cujo	*J'ai lu* 1590/**4**
Christine	*J'ai lu* 1866/**4**
L'année du loup-garou	
Salem	
Creepshow	
Peur bleue	*J'ai lu* 1999/**3**
Charlie	*J'ai lu* 2089/**6**
Simetierre	*J'ai lu* 2266/**7**
Différentes saisons	*J'ai lu* 2434/**7**
La peau sur les os	*J'ai lu* 2435/**4**
Brume — Paranoïa	*J'ai lu* 2578/**5**
Brume — La Faucheuse	*J'ai lu* 2579/**5**
Running man	*J'ai lu* 2694/**4**
ÇA-1	*J'ai lu* 2892/**6**
ÇA-2	*J'ai lu* 2893/**6**
ÇA-3	*J'ai lu* 2894/**6**
Chantier	*J'ai lu* 2974/**6**
Misery	*J'ai lu* 3112/**6**
Marche ou crève	*J'ai lu* 3203/**5**
La tour sombre-1	*J'ai lu* 2950/**3**
La tour sombre-2	*J'ai lu* 3037/**7**
La tour sombre-3	*J'ai lu* 3243/**7**
Le Fléau-1	*J'ai lu* 3311/**6**
Le Fléau-2	*J'ai lu* 3312/**6**
Le Fléau-3	*J'ai lu* 3313/**6**
Les Tommyknockers-1	*J'ai lu* 3384/**4**
Les Tommyknockers-2	*J'ai lu* 3385/**4**
Les Tommyknockers-3	*J'ai lu* 3386/**4**
Dolores Clairborne	
La part des ténèbres	
Rage	*J'ai lu* 3439/**3**
Minuit 2	*J'ai lu* 3529/**7**
Minuit 4	*J'ai lu* 3670/**8**
Bazaar-1	*J'ai lu* 3817/**7**
Bazaar-2	*J'ai lu* 3818/**7**
Jessie	*J'ai lu* 4027/**6**
Rêves et cauchemars-1	*J'ai lu* 4305/**7**
Rêves et cauchemars-2	*J'ai lu* 4306/**7**
Anatomie de l'horreur-1	*J'ai lu* 4410/**5**
Anatomie de l'horreur-2	*J'ai lu* 4411/**5**
Insomnie-1	*J'ai lu* 4615/**6**
Insomnie-2	*J'ai lu* 4616/**6**
Les yeux du dragon	

Stephen King

Insomnie

1

Traduit de l'américain
par William Olivier Desmond

Éditions J'ai lu

Titre original :

INSOMNIA

Pour Tabby... et pour Al Kooper, lequel connaît bien le terrain de jeu. Ce n'est pas ma faute.

PROLOGUE

LE TEMPS DES HEURES COMPTÉES

(I)

« La vieillesse est une île entourée par la mort. »

Juan Montalvo,
On Beauty

1

Personne — et surtout pas le Dr Litchfield — ne vint déclarer tout de go à Ralph Roberts que sa femme allait mourir ; mais vint un moment où il le comprit sans qu'il fût nécessaire de le lui dire. La période entre mars et juin resta comme un épisode plein de tapage et de cris dans sa tête — entretiens avec les médecins, départs brusqués pour l'hôpital, tard le soir, avec Carolyn, ou pour d'autres établissements, dans les États voisins, afin qu'elle y subisse des examens spéciaux (Ralph passant une bonne partie de ces voyages à remercier le ciel d'avoir souscrit une couverture médicale complète *Blue Cross*), recherches personnelles dans la bibliothèque publique de Derry, tout d'abord à l'affût d'explications que les spécialistes auraient pu négliger, puis finalement par simple besoin de ne pas renoncer et de se raccrocher à la moindre lueur d'espoir.

Ces quatre mois lui laissèrent l'impression d'avoir été entraîné, ivre, dans une fête foraine diabolique, où les gens criaient vraiment de peur sur les manèges, se perdaient réellement dans le labyrinthe aux miroirs déformants, et où les pensionnaires de l'Allée aux Monstres vous regardaient avec des sourires figés aux lèvres et de la terreur dans les yeux. Ralph commença à percevoir tout cela vers la mi-mai et, lorsque juin arriva, il comprit que les bonimenteurs de l'Allée aux Médecins n'avaient que des remèdes bidon à lui offrir, et que les refrains joyeux et entraînants de l'orgue de Barbarie n'arrivaient plus à couvrir la *Marche funèbre* jouée par les haut-parleurs. C'était peut-être bien une fête — mais celle des âmes perdues.

Ralph s'acharna à nier ces images terribles — et l'idée encore plus terrible qui rôdait derrière elles — pendant tout le début de l'été 1992 ; puis, lorsque juin laissa la place à juillet, cela devint finalement impossible. La vague de canicule la plus forte depuis 1971 vint s'abattre sur les régions centrales du Maine et Derry se mit à mijoter dans un bain de chaleur humide, avec des températures avoisinant les trente-huit degrés. La ville, qui en temps normal n'avait déjà pas, et de loin, l'animation d'une métropole, plongea dans une totale léthargie ; c'est dans ce silence brûlant que Ralph Roberts entendit pour la première fois le funeste tic-tac du compte à rebours mortel et comprit qu'entre juin aux verdures pleines de fraîcheur et juillet pétrifié de chaleur, les minces chances qui restaient à Carolyn avaient été réduites à néant. Elle allait mourir. Probablement pas pendant l'été — les médecins prétendaient avoir encore quelques tours dans leur manche, et Ralph ne doutait pas qu'ils ne dissent vrai — mais sans doute cet automne ou cet hiver. Sa compagne de tant d'années, la seule femme qu'il eût jamais aimée, allait mourir. Il s'efforçait de rejeter cette idée, il se reprochait de n'être qu'un vieux fou morbide, mais dans le silence oppressant de ces longues journées étouffantes, Ralph entendait partout ce tic-tac ; on aurait même dit qu'il émanait des murs.

Cependant, c'était de Carolyn elle-même qu'il montait le plus bruyamment ; et quand elle tournait son visage blanc et calme vers lui — pour lui demander de brancher la radio pendant qu'elle épluchait les haricots du souper, par exemple, ou bien d'aller de l'autre côté de la rue, au Red Apple, lui chercher un esquimau — il se rendait compte qu'elle l'entendait aussi. Il le voyait dans ses yeux sombres, au début, seulement quand elle était bien, puis, plus tard, même lorsque son regard se brouillait sous l'effet des analgésiques qu'elle prenait. A ce moment-là, le tic-tac était devenu très fort, et lorsque Ralph gisait dans le lit à côté d'elle, par ces nuits d'été suffocantes où un simple drap paraissait peser des kilos et où l'on aurait cru que tous les chiens de Derry s'étaient donné le mot pour aboyer à la lune, il l'écoutait, il écoutait l'horloge de la mort égrener son tic-tac en Carolyn, et il avait l'impression que son cœur allait éclater de chagrin et de terreur. Quelles souffrances allait-elle devoir endurer avant la fin ? Quelles souffrances allait-il lui-même devoir endurer ? Et comment allait-il pouvoir vivre sans elle ?

C'est pendant cette période étrange et désespérée que Ralph prit l'habitude de faire des marches de plus en plus longues par les chauds après-midi et les longs crépuscules d'été, revenant parfois tellement épuisé qu'il en avait perdu l'appétit. Il espérait les reproches de Carolyn et l'entendre lui lancer : *Espèce de vieux fou, tu ne vas pas arrêter ? Tu vas finir par te tuer, à marcher par cette chaleur !* Mais elle ne lui dit jamais rien, et il se rendit compte, un jour, qu'elle ne le savait même pas. Certes, elle n'ignorait pas qu'il sortait. Mais elle n'avait aucune idée des kilomètres qu'il parcourait et ne voyait pas que, lorsqu'il rentrait, il tremblait d'épuisement après avoir frôlé l'insolation. Il y avait eu une époque où Ralph aurait juré qu'elle voyait tout, y compris un déplacement de quelques millimètres de la raie qui partageait ses cheveux. Plus maintenant ; la tumeur qui rongeait son cerveau l'avait dépossédée de ses dons d'observation, comme elle allait bientôt la déposséder de la vie.

Il marchait donc, savourant la chaleur bien

qu'elle lui donnât le tournis et fît tinter ses oreilles, la savourant d'autant plus qu'elle lui faisait tinter les oreilles; parfois, elles restaient des heures emplies d'un tel tapage, sa tête bourdonnait d'une manière si féroce qu'il n'arrivait plus à entendre le tic-tac de l'horloge de la mort de Carolyn.

Il parcourut presque tout Derry pendant cet été brûlant, vieil homme aux épaules étroites, aux cheveux blancs qui s'éclaircissaient, aux grosses mains paraissant encore capables de rudes travaux. Il allait de Witcham Street aux Friches-Mortes, de Kansas Street à Neibolt Street, de Main Street au pont des Baisers, mais ses jambes l'entraînaient plus fréquemment à l'ouest; il remontait tout d'abord Harris Avenue, où la toujours belle et tant aimée Carolyn Roberts passait la dernière année de sa vie dans une brume de maux de tête et de morphine, puis gagnait l'aéroport régional de Derry par le prolongement de Harris Avenue — subtilement appelé Harris Avenue Extension. Il parcourait tout Extension — une voie sans arbres qui l'exposait sans merci au soleil impitoyable — jusqu'à ce qu'il sente ses genoux sur le point de se dérober sous lui, puis revenait.

Il s'arrêtait souvent pour reprendre son souffle dans une zone de pique-nique ombragée, non loin du portail de service de l'aérodrome. Le soir, elle servait de point de ralliement aux adolescents qui venaient y fumer et y faire les idiots, sur fond de musique rap montant de radios portatives; mais pendant la journée, le coin était le domaine pratiquement exclusif d'un groupe baptisé « les Vieux Croulants de Harris Avenue » par Bill McGovern, un ami de Ralph. Les Vieux Croulants se rassemblaient pour jouer aux échecs ou aux cartes, ou simplement pour se raconter des conneries. Ralph en connaissait beaucoup depuis des années (il avait même été au lycée avec Stan Eberly) et se sentait à l'aise avec eux... du moins tant qu'ils ne se montraient pas trop curieux. Ils l'étaient rarement. C'étaient presque tous des Yankees de la vieille école, à qui l'on avait toujours appris que les questions dont un homme décide de ne pas parler ne regardent que lui.

C'est lors de l'une de ces marches que Ralph se rendit compte que quelque chose clochait sérieusement dans le comportement d'Ed Deepneau, son voisin de Harris Avenue.

2

Ralph avait remonté Harris Avenue Extension beaucoup plus loin que d'habitude, ce jour-là, peut-être parce que des cumulus cachaient le soleil et qu'une brise fraîche, quoique intermittente, avait commencé à souffler. Il était plongé dans une sorte de transe, ne pensait à rien, ne voyait rien sinon la pointe poussiéreuse de ses chaussures, lorsque le vol 445 de la United Airlines en provenance de Boston lui passa juste au-dessus de la tête et le ramena brusquement à la réalité avec le hurlement assourdissant de ses moteurs.

Il regarda l'appareil survoler l'ancienne voie ferrée de la GS & WM, puis la barrière anticyclone qui délimitait le périmètre de l'aéroport ; il le regarda se rapprocher de la piste et remarqua les petits nuages de fumée bleue soulevés par les roues au moment où il toucha le sol. Puis il jeta un coup d'œil à sa montre et, relevant la tête, vit le toit orange du Howard Johnson, juste au bout de la route. Bon, d'accord, il avait été en transe : il avait parcouru plus de huit kilomètres sans prendre un instant conscience du temps qui passait.

Le temps de Carolyn, murmura une voix tout au fond de lui.

En effet, en effet, le temps de Carolyn. Elle devait

être à l'appartement, à compter les minutes qui la séparaient de son prochain comprimé de Darvon Complex, tandis qu'il traînait à l'autre bout de l'aéroport... à mi-chemin de Newport, pour tout dire. Ralph tourna les yeux vers le ciel et, pour la première fois, vit vraiment les cumulus d'un violet d'ecchymose qui s'empilaient au-dessus des pistes. Cela ne signifiait pas qu'il allait pleuvoir, pas encore, pas à coup sûr, mais si jamais il pleuvait, il y aurait très certainement droit; il n'y avait pas le moindre abri entre ici et la petite aire de pique-nique, au bout de la piste 3, où l'on ne trouvait d'ailleurs qu'une gloriette minable qui dégageait en permanence un remugle lointain de bière.

Il jeta un dernier coup d'œil au toit orange, puis tâta dans sa poche droite le porte-billets en argent que Carolyn lui avait offert pour ses soixante-cinq ans. Il avait assez sur lui pour aller jusqu'au Howard Johnson et appeler un taxi... sauf qu'il imaginait sans plaisir la façon dont le chauffeur risquait de le regarder. Espèce de vieux cinglé, diraient ses yeux dans le rétroviseur. Espèce de vieux cinglé, faire une telle marche par ces chaleurs... S'il avait été se baigner, il se serait noyé.

Arrête ta parano, fit la voix dans sa tête, d'un ton ricanant et protecteur qui lui rappelait celui de Bill McGovern.

Eh bien, il était peut-être parano, ou peut-être pas. Quoi qu'il en soit, il allait revenir à pied et courir le risque de se faire mouiller.

Et s'il ne s'agit pas simplement d'une petite pluie ? Il a tellement grêlé un jour, l'été dernier, qu'il ne restait plus une vitre intacte dans tout le quartier ouest.

« Eh bien, qu'il grêle, marmonna-t-il. J'ai la tête solide. »

Il repartit lentement, suivant le bas-côté d'Extension, ses chaussures de basket soulevant des bouffées de poussière sèche. Il entendit les premiers grondements du tonnerre, à l'ouest, là où les nuages s'amoncelaient. Bien que dissimulé, le soleil refusait de se rendre sans livrer combat, il cernait les cumulus d'un ourlet doré étincelant et brillait parfois par une faille entre deux nuages, comme le rayon fragmenté d'un énorme projecteur de cinéma. Ralph était content d'avoir pris la décision de revenir à pied, en dépit de ses jambes courbatues et de la pointe douloureuse installée dans le bas de son dos.

Ç'a au moins ceci de bon, pensa-t-il : je vais bien dormir cette nuit. Je vais dormir comme une souche.

Les limites de l'aéroport — quelques hectares d'une herbe brunâtre dans laquelle s'enfonçaient des rails rouillés comme les restes d'une ancienne épave — se trouvaient maintenant à sa gauche. Au loin, au-delà de la palissade, il apercevait le 747 de la United Airlines, pas plus gros maintenant qu'un jouet d'enfant, qui roulait vers le petit terminal que la compagnie partageait avec Delta.

Ralph remarqua alors un autre véhicule, une voiture, qui quittait le site de General Aviation, situé à cette extrémité de l'aéroport, et se dirigeait par les pistes vers l'entrée de service donnant sur Harris Avenue Extension. Il avait vu beaucoup de véhicules emprunter cette entrée, depuis quelque temps ; elle débouchait à moins de cent mètres de l'aire de pique-nique où se rassemblaient les Vieux Croulants de Harris Avenue. Lorsque la voiture fut près du portail, Ralph reconnut la Datsun d'Ed et Helen Deepneau... allant à un train d'enfer.

Ralph s'arrêta sur le bas-côté, sans se rendre compte qu'il avait les poings crispés d'anxiété tandis que la petite auto marron fonçait sur le portail fermé. Il fallait une carte spéciale pour l'ouvrir de l'extérieur ; depuis l'intérieur, il suffisait de couper un faisceau lumineux. Mais l'œil électronique était situé près du portail, très près, et à la vitesse à laquelle la Datsun approchait...

Au dernier moment (c'est du moins l'impression

qu'eut Ralph), la petite auto marron s'arrêta dans un hurlement de freins, les pneus soulevant de petits nuages de fumée bleue qui lui rappelèrent l'atterrissage du 747. Le portail s'ébranla laborieusement sur son rail. Les poings de Ralph se détendirent.

De la vitre droite de la voiture émergea un bras agité de mouvements verticaux qui semblaient encourager la barrière à s'ouvrir et lui demander de se dépêcher. Ce geste avait quelque chose de tellement absurde que Ralph se mit à sourire; mais il s'interrompit brusquement. Le vent d'ouest fraîchissait, et lui apportait les hurlements que poussait le chauffeur de la Datsun :

Espèce de putain de saloperie! Que le cul te pèle! Grouille-toi, bordel! Magne-toi le train et lèche-toi la merde que t'as au cul, espèce de trou de chiotte à la con! Suce, connasse! Connerie de connerie! Tas de merde!

« C'est pas possible que ce soit Ed Deepneau », murmura Ralph. Il s'était remis à marcher sans y penser. « C'est pas possible. »

Ed, chimiste au laboratoire du centre de recherche Hawking, de Fresh Harbor, était l'un des jeunes hommes les plus doux et civilisés que Ralph eût jamais rencontrés. Carolyn et lui aimaient beaucoup Helen, la femme d'Ed, ainsi que leur petit bébé, Natalie. Une visite d'Helen était l'une des rares choses qui arrivaient à faire un peu sortir Carolyn d'elle-même, ces derniers temps, et la jeune femme, qui l'avait senti, passait fréquemment chez les Roberts. Ed ne s'en plaignait jamais. Certains hommes, il le savait, n'auraient guère apprécié de voir leur épouse courir chez les vieux du coin de la rue à chaque fois que le bébé accomplissait une nouvelle prouesse, en particulier avec une grand-mère aussi malade. Ralph avait l'impression qu'Ed était du genre à passer une nuit blanche rien que pour avoir dit à quelqu'un d'aller au diable, mais...

Espèce de putasse ! Bouge ton gros cul merdique, tu m'entends ? Sale branleuse ! Trou à merde !

Et pourtant, on aurait bien dit la voix d'Ed. Même à deux ou trois cents mètres, il croyait la reconnaître.

Le conducteur de la Datsun se mit à faire rugir le moteur comme un gosse qui attend à un feu rouge dans une voiture gonflée. Des nuages de fumée sortaient en pétaradant du pot d'échappement. Dès que le portail se fut suffisamment ouvert pour livrer passage à la voiture, la Datsun bondit en avant, se glissant dans le passage, moteur lancé à fond. A ce moment-là, Ralph distingua nettement le conducteur. Il s'agissait bien d'Ed, pas de doute.

L'auto cahota sur le bout de chemin non goudronné qui reliait le portail à Harris Avenue Extension. Il y eut soudain un coup d'avertisseur et Ralph vit une Ford Ranger bleue, roulant vers l'ouest sur Extension, faire un brusque crochet pour éviter la Datsun. Sans doute le conducteur avait-il aperçu le danger trop tard, tandis qu'Ed, de son côté, n'avait apparemment rien vu (ce n'est que plus tard que Ralph en vint à se dire qu'il avait peut-être heurté volontairement la camionnette). Il y eut un bref hurlement de pneus, suivi d'un bruit creux de ferraille : celui du pare-chocs d'Ed s'enfonçant dans le flanc de la Ford. La camionnette, repoussée vers la gauche, se retrouva à cheval sur la ligne jaune. Le capot de la Datsun plia et sauta partiellement de ses gonds ; le verre des phares cliqueta sur l'asphalte. Les deux véhicules, immobilisés, restèrent empalés au milieu de la route, dans un enchevêtrement digne d'une sculpture contemporaine.

Ralph s'était arrêté et regardait l'huile qui coulait sous le moteur de la Datsun. Il avait assisté à plusieurs accidents de la route au cours des quelque soixante-dix ans qu'il avait vécus, accidents pour la plupart mineurs, un ou deux autres plus sérieux, et il avait toujours été frappé par la vitesse à laquelle l'événement se produisait ainsi que par son côté peu spectaculaire. Ce n'était pas comme au cinéma, où la caméra permettait le ralenti, ou comme sur un magnétoscope, où l'on pouvait voir cent fois de suite la voiture se jeter dans le précipice, si l'on voulait; en général, tout se réduisait à une série de mouvements brouillés convergents suivis par une brève combinaison de bruits dépourvus de tonalité : hurlement des pneus, fracas du métal crissant contre le métal, tintement du verre. Et puis *voilà — tout était fini**.

Il existait même une sorte de code de conduite pour ce genre de situation : *Comment se comporter lorsqu'on est impliqué dans une collision à faible vitesse*. Bien sûr, songea Ralph, il devait se produire une douzaine d'accrochages par jour à Derry, et peut-être le double en hiver, lorsqu'il y avait de la neige et que les routes étaient glissantes. On descendait de voiture, on rencontrait l'adversaire à la hauteur du point de collision entre les deux véhicules (où ceux-ci se trouvaient encore souvent, imbriqués l'un dans l'autre), on regardait, on secouait la tête. Parfois — en fait, assez fréquemment, pour tout dire —, ce moment était ponctué de quelques paroles coléreuses : les responsabilités étaient (hâtivement) attribuées, les aptitudes à la conduite de l'autre remises en question, des menaces de procès proférées. Quelque chose disait à Ralph que tout cela servait à dissimuler ce que les conducteurs n'osaient pas avouer carrément : *Espèce d'idiot, vous m'avez fichu une frousse de tous les diables !*

L'étape finale de ce pas de deux tristounet était l'Echange des Textes Sacrés d'Assurance, stade auquel, en général, les conducteurs commençaient à retrouver le contrôle de leurs émotions... du

* Les mots en italique suivis d'un astérisque sont en français dans le texte. (*N.d.T.*)

moins dans la mesure où personne n'était blessé, ce qui semblait être le cas ici. Parfois, les conducteurs se séparaient même sur une poignée de main.

Ralph se préparait à assister à tout ce ballet depuis sa première loge, à environ cent cinquante mètres du lieu de l'accident, mais il comprit, dès qu'il vit s'ouvrir la porte de la Datsun, que les choses allaient se passer différemment cette fois — que le véritable accident n'était peut-être pas encore terminé, mais toujours en train de se produire. On n'avait nullement l'impression que ces festivités allaient s'achever sur une poignée de main.

La portière s'ouvrit à la volée et Ed Deepneau en jaillit, pour rester pétrifié sur place à côté de sa voiture, ses épaules étroites se découpant avec précision sur un fond de nuages d'orage de plus en plus noirs. Il portait un jean délavé et un T-shirt, et Ralph se rendit compte que jusqu'à aujourd'hui, il n'avait jamais vu son voisin habillé autrement qu'avec une chemise. Il avait aussi quelque chose autour du cou, une espèce de long machin blanc. Un foulard? On aurait bien dit un foulard, mais quelle idée de porter un foulard par de telles chaleurs?

Ed resta ainsi debout à côté de son véhicule endommagé pendant quelques instants, l'air de regarder dans toutes les directions sauf la bonne. Les petits mouvements féroces de sa tête au crâne étroit rappelaient la manière qu'ont les coqs de surveiller leur basse-cour — toujours à craindre l'irruption d'un intrus ou d'un envahisseur. Il y avait quelque chose, dans cette ressemblance, qui mettait Ralph mal à l'aise. Il n'avait jamais vu Ed ainsi, auparavant, et il se disait que sa gêne tenait en partie à cela, mais il y avait autre chose. La vérité était que jamais il n'avait vu *qui que ce soit* avoir cette attitude.

Le tonnerre gronda à l'ouest, plus fort. Et plus proche.

L'homme qui descendit de la camionnette Ford faisait bien deux fois le poids d'Ed Deepneau. Sinon trois fois. Sa vaste et proéminente bedaine retombait par-dessus la ceinture de son bleu de travail (un bleu qui était vert), il avait des cercles de transpiration larges comme des assiettes sous les bras de sa chemisette blanche à col ouvert. Il repoussa la visière de sa casquette (modèle publicitaire de West Side Gardeners) en arrière pour mieux voir l'homme qui venait de l'éperonner ainsi. Son visage aux impressionnantes bajoues avait une pâleur mortelle, mis à part des taches rouges comme du fard à joues, à hauteur des pommettes. *Voilà un candidat parfait pour une crise cardiaque*, songea Ralph. *Si j'étais plus près, je pourrais voir les plis de ses lobes d'oreilles*.

« Hé ! » lança le gros costaud à Ed. La voix qui sortait de cette volumineuse poitrine et de ces entrailles profondes était ridiculement haut perchée, presque flûtée. « Où c'est qu't'as eu ton permis ? Par correspondance, sur catalogue ? »

Les brusques mouvements de tête d'Ed s'arrêtèrent instantanément au moment où il se tourna vers la voix qui l'interpellait — on aurait dit, pour employer le langage des pilotes actuels, qu'il venait de faire l'acquisition de sa cible — et Ralph put enfin bien voir les yeux de son voisin. Il fut traversé d'un brusque frisson d'inquiétude et se mit soudain à courir vers le lieu de l'accident. Ed, entre-temps, avait commencé à se rapprocher de l'homme à la chemisette mouillée de transpiration. Il marchait les épaules levées, d'un pas raide tout à fait différent de sa démarche décontractée habituelle.

« Ed ! » cria Ralph ; mais la brise, de plus en plus forte et rafraîchie par la promesse de pluie, parut subtiliser les mots avant même qu'ils ne sortent de sa bouche. En tout cas, Ed ne se retourna pas. Ralph se força à accélérer, oublieux de ses jambes courbatues et de sa douleur aux reins. C'était de meurtre qu'il était question dans les yeux agrandis de Deepneau. Rien, dans son expérience passée, n'était là pour donner un fondement sérieux à son impression, mais il était sûr qu'on ne pouvait se tromper au foudroiement de ces yeux nus ; c'était le regard que devaient avoir deux coqs de combat au moment de se jeter l'un sur l'autre, tous ergots dehors. « Ed ! Hé ! Ed, attends un peu ! C'est Ralph ! »

L'homme n'eut même pas un coup d'œil de côté, alors que, vent ou pas, Ralph était bien assez près pour être entendu. Le gros balèze, en revanche, tourna la tête et Ralph lut la peur et l'incertitude dans son regard. Puis Gros Balèze revint à Ed et leva les mains en un geste d'apaisement.

« Écoutez, dit-il, on peut parler... »

Il n'alla pas plus loin. Ed avança d'un pas, leva la main — une main fine, très blanche dans la lumière qui déclinait rapidement — et frappa Gros Balèze sur l'une de ses énormes bajoues. Le bruit ressembla à la détonation d'un fusil de gosse à air comprimé.

« Combien t'en as tué ? » demanda Ed.

Gros Balèze s'adossa à la camionnette, la bouche ouverte, l'œil exorbité. Toujours du même pas bizarrement raide, Ed s'avança vers lui sans hésiter et vint se placer ventre à ventre avec l'homme, oublieux du fait, apparemment, que celui-ci le dépassait de dix bons centimètres et pesait dans les cinquante kilos de plus que lui. Ed le gifla à nouveau. « Allons, fais pas ta timide, mon gros ! Combien t'en as tué ? » La question s'était terminée sur un cri suraigu qu'absorba le premier roulement de tonnerre vraiment sérieux de la tempête qui approchait.

Gros Balèze le repoussa — d'un geste non pas d'agression mais de simple effroi — et Ed partit à reculons pour s'arrêter contre l'avant défoncé de la Datsun. Il rebondit aussitôt, les poings serrés, se ramassant sur lui-même pour bondir sur le conducteur de la Ford. Gros Balèze se tassait contre le flanc de sa camionnette, la casquette de travers, les pans de sa chemisette sortis dans son dos et sur les côtés. Un souvenir vint brusquement à l'esprit de Ralph — celui d'un dessin animé avec les Trois Stooge — et il fut pris d'un soudain élan de sympathie pour Gros Balèze, avec son air ridicule et mortellement terrifié.

Ed Deepneau n'avait pas l'air ridicule. Avec ses lèvres retroussées, ses yeux exorbités qui ne cillaient pas, il ressemblait plus que jamais à un coq de combat. « Je sais bien ce que vous trafiquez, dit-il à voix basse. Alors c'était quoi, cette comédie ? Est-ce que tu t'imagines que toi et ton ami le boucher vous allez pouvoir toujours vous en tirer ? »

Ralph arriva à ce moment-là, soufflant et haletant comme un cheval de trait, et passa un bras sur les épaules d'Ed. La chaleur qui montait à travers le fin tissu du T-shirt faisait un effet désagréable ; on avait l'impression de passer un bras autour d'un four et lorsque Ed se tourna pour le regarder, Ralph eut l'impression (brève mais inoubliable) que c'était exactement ce qu'il avait sous les yeux. Jamais il n'avait vu autant de fureur brute, paroxystique, dans un regard humain ; jamais il n'aurait soupçonné qu'un tel degré de fureur pût exister.

La première réaction de Ralph fut de reculer, mais il tint bon. Quelque chose lui disait que s'il battait en retraite, Ed allait lui tomber dessus comme un chien enragé, toutes griffes et tous crocs dehors. Tout cela était évidemment absurde : Ed Deepneau était un chimiste, un membre du Club du Livre du mois (du genre à prendre *La Guerre de Crimée* en dix volumes qui semblait être toujours la seule solution de rechange si l'on ne voulait pas de la sélection du mois), Ed était le mari d'Helen et le père de Natalie. Ed était un ami, bon sang !

... Sauf que ce n'était pas Ed que Ralph, comme il le savait, tenait par les épaules.

Au lieu de battre en retraite, Ralph se pencha vers Ed, s'agrippant à son épaule (tellement brûlante sous le T-shirt, dégageant d'incroyables bouffées de chaleur), et se déplaça jusqu'à ce que sa tête vînt s'interposer entre le regard fixe et inquiétant d'Ed et Gros Balèze.

« Laisse tomber, Ed ! » dit Ralph. Il adopta le ton de voix puissant mais ferme et posé qu'il fallait employer, supposait-il, avec les personnes en pleine crise hystérique. « Tout va bien, laisse tomber, c'est tout ! »

Le regard de Deepneau resta parfaitement fixe pendant quelques instants, puis commença à explorer le visage de Ralph. Ce n'était pas grand-chose, mais le vieil homme n'en sentit pas moins une pointe de soulagement.

« Qu'est-ce qui lui arrive, à ce type ? s'exclama Gros Balèze. Il est cinglé, ou quoi ?

— Il va bien, j'en suis sûr », répondit Ralph, qui était loin de le penser. Il avait parlé du coin de la bouche, sans quitter Ed du regard. En fait, il n'avait pas osé le quitter des yeux : ce contact lui donnait l'impression d'être la seule emprise qu'il avait sur l'homme, et encore une emprise bien faible. « C'est l'accident qui l'a secoué, c'est tout. Il a besoin de quelques instants pour retrouver son calme...

— Demandez-lui donc ce qu'il a sous sa bâche ! » cria soudain Ed, avec un geste par-dessus l'épaule de Ralph. Il y eut un éclair, et un instant, les ca- trices d'acné juvénile que portait encore le visage d'Ed ressortirent vivement, comme ... au trésor étrange et organique. Le ... gronda. « Hé, hé, Susan Day ! se mit-il à ... d'une voix haut perchée, enfantine ... chair de poule à Ralph, combien ... as-tu tués aujourd'hui ?

— Il n'est pas sim..., observa Gros Balèze, il est cingl... flics vont arriver, je vais m'arrang... passent enfermer. »

Ralph tourna la tête et vit qu'une bâche bleue était tendue au-dessus de la plate-forme de la camionnette. Une corde d'un jaune brillant la retenait aux ridelles, et des formes rondes, en dessous, la déformaient.

« Ralph ? » fit une voix timide.

Ralph se tourna de l'autre côté et vit Dorrance Marstellar — lequel, à quatre-vingt-dix ans et quelques était de loin le patriarche des Vieux Croulants de Harris Avenue — debout de l'autre côté du véhicule de Gros Balèze. Il tenait un livre de poche dans ses mains cireuses tachées de cholestérol, et se balançait sur place, l'air anxieux, faisant indûment travailler sa colonne vertébrale. Ralph supposa qu'il s'agissait d'un recueil de poèmes, car il n'avait jamais vu le vieux Dorrance lire autre chose. Peut-être même qu'il ne les lisait pas du tout ; qu'il se contentait de tourner les pages et d'admirer la manière artistique dont les mots étaient regroupés.

« Qu'est-ce qui ne va pas, Ralph ? Qu'est-ce qui se passe ? »

Il y eut un nouvel éclair au-dessus d'eux, un ricanement électrique d'un blanc violacé. Dorrance leva les yeux comme s'il se demandait où il se trouvait, ce qu'il était lui-même, ou ce qu'il voyait. Ralph, intérieurement, grogna.

« Écoute, Dorrance... », commença-t-il. A cet instant, Ed fonça par-dessous son bras comme un animal sauvage qui ne serait resté calme que le temps de reprendre des forces. Ralph vacilla, puis se se... Ed contre le capot défoncé de la Datsun. Il lait fa... s de panique, ne sachant pas ce qu'il fal-choses ... uite, ni comment le faire. Trop de les musc... isaient en même temps. Il sentait vibrer av... le bras d'Ed qu'il tenait toujours, aurait pres... ensité féroce dans sa main ; on ler une gor... le jeune homme venait d'ava-ciel. ... r qui se déchaînait dans le

« Ralph ? fit Dorrance, toujours de la même voix, calme et inquiète à la fois. A ta place, je ne le toucherais pas. Je ne peux plus voir tes mains. »

Allons bon ! Encore un cinglé sur les bras. Juste ce qu'il lui fallait.

Ralph jeta un coup d'œil à ses mains, puis regarda de nouveau le vieillard. « Qu'est-ce que tu nous racontes, Dorrance ?

— Tes mains, répondit patiemment l'autre. Je ne peux pas voir tes...

— Tu n'as rien à faire ici, Dor. Va donc voir ailleurs si j'y suis, tu veux ? »

Le vieillard parut s'animer un peu à ces mots. « Oui ! dit-il du ton de quelqu'un qui vient de découvrir une grande vérité. C'est exactement ce que je devrais faire ! » Il commença à battre en retraite, et quand le tonnerre claqua de nouveau, il rentra la tête dans les épaules et s'abrita sous son livre. Ralph put déchiffrer les grandes lettres rouges du titre : *Buckdancer's Choice*. « C'est aussi ce que tu devrais faire, Ralph. Tu ferais mieux de pas te mêler des affaires des machrones. C'est la meilleure façon d'avoir des ennuis.

— Qu'est-ce que tu ra... »

Mais Dorrance ne laissa pas à Ralph le temps de terminer sa phrase ; il s'éloigna d'un pas lourd en direction de la zone de pique-nique, l'auréole argentée de ses cheveux — aussi fins et duveteux que ceux d'un nouveau-né — ondulant dans la brise annonciatrice de tempête.

Un problème était résolu, mais le répit de Ralph fut de courte durée. Ed s'était temporairement laissé distraire par l'arrivée de Dorrance, mais il foudroyait de nouveau Gros Balèze du regard. « Bouffeur de chattes ! cracha-t-il. Baise ta mère et lèche-lui la chatte ! »

Gros Balèze fronça ses énormes sourcils.

« Quoi ? »

Deepneau revint sur Ralph, qu'il semblait maintenant reconnaître. « Demandez-lui ce qu'il a sous sa bâche! cria-t-il. Ou plutôt, dites à cet assassin suceur de pines de vous le montrer! »

Ralph se tourna vers le conducteur de la camionnette Ford. « Qu'est-ce que vous avez là-dessous?

— Qu'est-ce que ça peut vous faire? » répliqua Gros Balèze, essayant peut-être de prendre un ton féroce. Il étudia un instant l'expression qui brillait dans l'œil de Deepneau et s'écarta de deux pas.

« A moi, rien. A lui, quelque chose, on dirait, répondit Ralph avec un coup de menton en direction d'Ed. Aidez-moi simplement à le calmer, d'accord?

— Vous le connaissez?

— Assassin! » répéta Ed, qui poussa Ralph assez fort pour l'obliger à reculer d'un pas. Il se passait quelque chose, non? Ralph eut l'impression que l'expression vide et effrayée s'estompait dans les yeux du jeune homme. Il semblait y avoir un peu plus de l'Ed qu'il connaissait qu'auparavant... à moins qu'il ne fît que prendre ses désirs pour des réalités. « Assassin! Assassin de bébés!

— Nom de Dieu, il est complètement malade, ce type », grommela Gros Balèze. Il n'en alla pas moins à l'arrière de sa camionnette tirer sur une extrémité de la corde; puis il releva un coin de la bâche. Dessous, se trouvaient quatre tonnelets portant la mention WEED-GO. « Du fertilisant organique », expliqua Gros Balèze, avec un bref coup d'œil en coin à Ralph, avant de revenir sur Ed. Il toucha la visière de sa casquette publicitaire West Side Gardeners. « J'ai passé la journée à travailler sur une nouvelle série de parterres de fleurs, derrière l'hôpital psychiatrique de Derry... où vous pourriez peut-être aller prendre des petites vacances, mon vieux.

— Du fertilisant? » demanda Ed. Il donnait l'impression de n'avoir parlé que pour lui. Il leva lentement une main et se mit à se frotter la tempe.

« Du fertilisant ? » répéta-t-il, du ton d'un homme confronté à une découverte scientifique simple à comprendre mais sensationnelle.

« Oui, du fertilisant », confirma Gros Balèze avec un nouveau coup d'œil à Ralph, à l'intention de qui il ajouta : « Ce type ne tourne pas rond. Vous ne voyez pas ?

— C'est de la confusion, c'est tout », répondit Ralph, mal à l'aise. Il passa une main par-dessus la ridelle de la camionnette et tapota l'un des tonnelets. Puis il se tourna vers Ed : « Des tonneaux de fertilisant. D'accord ? »

Pas de réaction. Ed leva sa main gauche pour se masser l'autre tempe. On aurait dit qu'il subissait les attaques d'une terrible migraine.

« D'accord ? » répéta doucement Ralph.

Ed ferma un moment les yeux. Lorsqu'il les rouvrit, Ralph y vit briller ce qu'il pensa être des larmes. Ed explora délicatement l'une des commissures de ses lèvres, puis l'autre, du bout de la langue. Il prit ensuite le foulard de soie par une extrémité et s'essuya le front ; dessus, on distinguait des caractères chinois brodés en rouge, juste au bord de l'ourlet.

« Je crois que peut-être... », commença-t-il. Mais ses yeux s'agrandirent pour retrouver ce regard que Ralph n'aimait pas. « Des bébés ! s'exclama-t-il. Vous m'entendez ? Des bébés ! »

Ralph le repoussa pour la troisième ou quatrième fois contre la voiture — il avait perdu le compte. « Mais qu'est-ce que vous racontez, Ed ? » Une idée lui traversa soudain l'esprit : « C'est Natalie ? Vous êtes inquiet pour Natalie ? »

Gros Balèze regardait Ralph, mal à l'aise. « Ce type a besoin d'un docteur.

— C'est possible. Mais j'avais l'impression qu'il se calmait... Pourriez-vous ouvrir un de ces tonneaux ? Il se sentirait peut-être mieux.

— Ouais, d'accord, au point où on en est. »

Nouvel éclair, nouveau coup de tonnerre assourdissant — qui se prolongea comme s'il traversait tout le ciel — et une goutte d'eau froide vint tomber sur le cou en sueur de Ralph. Sur sa gauche, il aperçut Dorrance Marstellar à l'entrée de l'aire de pique-nique, son livre à la main, qui regardait vers eux, l'air anxieux.

« On dirait que ça va sérieusement pisser, observa Gros Balèze. Pas question de laisser ce truc-là se mouiller. Ça provoque une réaction chimique. Alors regardez vite. » Il passa la main entre l'un des tonnelets et les montants des ridelles, farfouilla un instant, et en retira un pied-de-biche. « Faut que je sois aussi cinglé que lui, pour faire ça. Quand j'y pense ! Je rentrais tranquillement chez moi, tout à mes affaires. C'est lui qui m'a foncé dessus !

— Allez-y, dit Ralph. Il y en a pour une seconde.

— Peut-être », répondit Gros Balèze d'un ton amer, avant de se tourner et de glisser le pied-de-biche sous le couvercle du tonnelet le plus proche. « N'empêche, je m'en souviendrai toute ma vie. »

Le tonnerre secoua encore le ciel, si bien que Gros Balèze n'entendit pas la réplique de Deepneau. Ralph put cependant la saisir, et il sentit un frisson naître au creux de son estomac :

« Ces tonneaux sont pleins de bébés morts. Vous allez voir. »

Gros Balèze fit sauter le couvercle. Ed avait parlé avec tellement de conviction que Ralph s'attendait presque à découvrir un fouillis de bras, de jambes et de petites têtes chauves. Au lieu de cela, il vit une mixture faite de minuscules cristaux bleus et d'une matière brune. Il s'en dégageait une opulente odeur de tourbe, avec un relent de produit chimique.

« Vous avez vu ? Vous êtes content ? demanda Gros Balèze, s'adressant de nouveau directement à Ed Deepneau. En fin de compte, je ne suis ni Jack l'Eventreur ni ce cinglé de Dahmer. C'est un monde, hein ? »

L'expression de confusion était revenue sur le visage d'Ed et lorsque le tonnerre gronda, une fois de plus, il se recroquevilla un peu sur lui-même. Il se pencha, tendit la main vers le tonnelet, tout en interrogeant Gros Balèze du regard.

Le conducteur de la Ford acquiesça de la tête — presque avec sympathie, crut déceler Ralph. « Ouais, vous pouvez toucher. Mais s'il pleut pendant que vous en tenez une poignée, vous allez danser comme John Travolta. Ça brûle. »

Ed plongea la main dans le baril, prit un peu de produit et le laissa couler entre ses doigts. Il adressa un regard perplexe à Ralph (qui crut y lire aussi un certain embarras), puis enfonça le bras jusqu'au coude dans le fertilisant.

« Hé ! l'apostropha Gros Balèze, c'est pas la foire, ici ! »

Quelques instants, le visage d'Ed retrouva son sourire madré — une expression qui disait : *Si tu crois que je vais me faire prendre par un tour aussi enfantin* —, qui laissa rapidement la place à la stupéfaction lorsqu'il se rendit compte qu'il n'y avait rien d'autre à trouver que du fertilisant. Son bras, lorsqu'il le retira du tonnelet, était enduit de la poussière laissée par le mélange et dégageait la même odeur. La foudre frappa au-dessus de l'aéroport, suivie d'un coup de tonnerre fracassant.

« Enlevez ça de votre bras avant la pluie ; je vous aurai averti », dit Gros Balèze, avant de passer un bras par la fenêtre ouverte de la camionnette, pour y prendre un sac de chez McDonald's. Il en sortit deux serviettes en papier qu'il tendit à Ed. Celui-ci commença à nettoyer son bras, l'air d'un homme plongé dans un rêve. Pendant ce temps, Gros Balèze replaçait le couvercle sur le baril et le scellait à grands coups de son gros poing constellé de taches de rousseur, non sans jeter quelques coups d'œil au ciel qui devenait de plus en plus noir. Lorsque Ed le toucha à l'épaule, l'homme se raidit et s'éloigna, l'air inquiet.

« Je crois que je vous dois des excuses », dit Deepneau. Son timbre, pour la première fois, parut parfaitement normal et clair à Ralph.

« Sans blague ! » rétorqua Gros Balèze, qui parut cependant soulagé. Il tendit de nouveau la bâche et l'attacha en quelques gestes rapides et efficaces. En le regardant, Ralph fut frappé par l'idée que le temps était vraiment le plus sournois des voleurs. A une époque, il aurait été capable d'arrimer cette bâche avec la même dextérité, la même aisance. Aujourd'hui, il y serait encore parvenu, mais il aurait eu besoin d'au moins deux minutes et de trois de ses meilleurs jurons.

Gros Balèze tapota la bâche puis se tourna vers Ralph et Ed, les bras croisés sur la vaste superficie de sa poitrine. « Avez-vous vu l'accident ? demanda-t-il à Ralph.

— Non », répondit-il sans hésiter. Il n'avait aucune idée des raisons qui l'avaient poussé à mentir, mais sa décision avait été instantanée. « Je regardais l'avion en train d'atterrir. Le 747 de la United. »

A sa totale surprise, il vit s'élargir les taches rouges qui marquaient les joues de Gros Balèze. *Toi aussi, tu l'as regardé !* se dit soudain Ralph. *Et pas seulement atterrir, parce que sinon, tu ne rougirais pas comme ça... tu l'as regardé rouler sur la piste !*

Cette idée fut suivie d'une brusque révélation : Gros Balèze estimait être responsable de l'accident, ou que les flics chargés du constat pourraient l'interpréter ainsi. Son attention tournée vers l'avion, il n'avait pas vu Ed charger comme un fou à travers le portail de service qui donnait sur Extension.

« Écoutez, je suis sincèrement désolé », disait Ed du ton de la plus profonde conviction. En réalité, il paraissait même plus que désolé : accablé. Ralph se surprit à se demander dans quelle mesure on pouvait se fier à cette expression, et s'il avait la moindre idée de

(Hé, hé, Susan Day)
ce qui s'était passé réellement... et qui diable était donc cette Susan Day, au fait ?

« Je me suis cogné la tête dans le volant, expliquait Ed et je crois... vous comprenez, ça m'a sacrément secoué la tirelire.

— Ouais, je veux bien vous croire », admit Gros Balèze ; il se gratta la tête, leva les yeux vers le ciel assombri et boursouflé, puis se tourna de nouveau vers Deepneau : « J'ai quelque chose à vous proposer, mon vieux.

— Ah bon ?

— On échange nos noms et nos numéros de téléphone au lieu de passer par toutes ces conneries d'assurances. Ensuite, vous partez de votre côté, et moi du mien. »

Ed, l'air incertain, consulta Ralph (qui haussa les épaules) du regard et revint à l'homme casquetté aux frais de West Side Gardeners.

« Si on appelle les flics, continuait ce dernier, je suis bon pour ma dose d'emmerdements. Le premier truc qu'ils vont trouver, c'est une amende pour ivresse au volant, l'hiver dernier, et que je conduis avec un permis provisoire. Ils ne vont pas manquer de faire des histoires, même si c'est moi qui conduisais sur la voie principale et qui avais la priorité. Vous voyez ce que je veux dire ?

— Oui, bien sûr ; mais l'accident était entièrement de ma faute. J'allais beaucoup trop vite...

— L'accident lui-même n'est peut-être pas si important », objecta Gros Balèze, jetant un coup d'œil soupçonneux en direction d'un camion qui approchait en grimpant sur le bas-côté. Puis il se tourna de nouveau vers Ed, une note pressante dans la voix : « Vous avez perdu un peu d'huile, mais ça ne coule plus, maintenant. Je suis sûr que vous pouvez encore rouler jusque chez vous... si vous habitez en ville. Vous habitez en ville ?

— Oui.

— Je suis prêt à contribuer à vos réparations, jusque dans les cinquante dollars. »

Nouvelle révélation pour Ralph; c'était la seule chose qui pouvait expliquer que l'homme fût passé ainsi de l'agressivité à quelque chose qui frisait la tentative de corruption. Arrestation en état d'ivresse l'hiver dernier? Oui, probablement. Mais Ralph n'avait jamais entendu parler de cette histoire de permis provisoire; pure invention, il en était presque sûr. Ce bon vieux monsieur West Side Gardeners roulait sans permis. Ce qui compliquait les choses était que Deepneau disait la vérité : l'accident était entièrement sa faute.

« Si on règle ça tranquillement entre nous, enchaîna Gros Balèze, je n'aurai pas besoin d'expliquer mon arrestation pour conduite en état d'ivresse, ni vous pourquoi vous avez bondi de votre voiture pour me gifler et m'insulter en disant que je transportais des cadavres.

— J'ai vraiment dit ça? demanda Ed, l'air stupéfait.

— Vous le savez bien », lui répondit Gros Balèze d'un ton sévère.

Une voix lança, avec des traces d'accent franco-canadien : « Tout le monde va bien, les gars? Personne de blessé?... Hé, mais c'est vous, Ralph? »

Le camion, qui s'était garé sur le bas-côté, portait l'inscription DERRY DRY CLEANERS sur le flanc, et Ralph identifia le conducteur comme devant être l'un des frères Vachon, d'Old Cape. Probablement Trigger, le plus jeune.

« C'est bien moi », répondit Ralph qui, sans savoir pourquoi ni même se poser la question (il fonctionnait en pilote automatique), passa un bras autour de l'épaule de l'homme (il n'arrêtait pas, ce matin) et l'entraîna dans la direction de son camion.

« Ils vont bien, les deux types?

— Très bien, très bien », dit Ralph. Il jeta un coup d'œil derrière lui et vit Deepneau et Gros Balèze qui parlaient tranquillement. Une rafale de pluie froide, de ses doigts impatients, vint tambouriner sur la bâche tendue. « Juste une histoire de pare-chocs tordus, c'est tout. Ils sont en train de régler ça.

— Parfait, parfait, répondit Vachon d'un ton satisfait. Et comment va votre charmante femme, Ralph ? »

Le vieil homme tressaillit, se sentant comme quelqu'un qui se souviendrait soudain d'avoir oublié de couper le gaz avant de partir au travail. « Bordel ! » s'exclama-t-il en regardant sa montre, avec l'espoir de constater qu'il n'était pas plus tard que cinq heures et quart, cinq heures et demie tout au plus. Il était six heures moins dix. Cela faisait vingt minutes que Carolyn attendait qu'il lui apportât un bol de soupe et un demi-sandwich. Elle allait s'inquiéter. En réalité, avec les éclairs et les grondements de tonnerre se répercutant dans l'appartement vide, elle risquait même d'être carrément terrorisée. Et s'il se mettait à pleuvoir, elle ne serait pas capable de fermer les fenêtres ; elle n'avait pratiquement plus de force dans les mains.

« Hé, Ralph ! Quelque chose ne va pas ?

— Rien... J'ai marché longtemps, et j'ai perdu la notion du temps. Ensuite il y a eu cet accident, et... Pourriez-vous me raccompagner chez moi, Trig ? Je vous paierai.

— Payer quoi, c'est sur mon chemin. Grimpez à bord. Vous pensez que ces deux types vont s'entendre ? Ils vont pas se sauter dessus ?

— Non, je ne crois pas. Juste une seconde.

— Bien sûr. »

Ralph s'avança vers Ed : « Alors, ça s'arrange ? Vous vous en sortez ?

— Oui, répondit Deepneau. On va régler ça à l'amiable. Après tout, c'est juste un peu de verre brisé. »

Ralph retrouvait tout à fait le Ed Deepneau qu'il avait toujours connu, et Gros Balèze regardait son agresseur avec une expression qui n'était pas loin du respect. Ralph se sentait encore perplexe et mal à l'aise à l'idée de ce qui venait de se passer ici, mais il décida de ne pas s'en mêler davantage. Certes, il aimait beaucoup Ed Deepneau, mais c'était de Carolyn et pas de lui qu'il avait à s'occuper cet été. De Carolyn et de la chose qui avait commencé à marteler son tic-tac dans les murs et jusque dans elle, tard la nuit.

« Parfait, dit-il à Ed. Je rentre à la maison. Je prépare les repas de Carolyn, maintenant, et je suis fichtrement en retard. »

Il voulut se retourner, mais Gros Balèze l'arrêta d'un geste de sa main tendue : « John Tandy. »

Les deux hommes échangèrent une poignée de main.

« Ralph Roberts, ravi de faire votre connaissance »

Tandy sourit. « Étant donné les circonstances, j'en doute un peu... mais je suis vraiment content que vous soyez arrivé au bon moment. Pendant quelques secondes, j'ai bien cru que lui et moi, on allait se rentrer dedans. »

Moi aussi, pensa Ralph, mais sans le dire. Il regarda Ed, examinant, encore troublé, le T-shirt si inhabituel qui pendait sur les épaules maigrichonnes et le foulard de soie blanche avec les symboles chinois brodés dessus. Quelque chose ne collait pas tout à fait dans son expression, lorsque leurs yeux se croisèrent; en fin de compte, l'ancien Ed n'était peut-être pas entièrement de retour.

« Vous êtes sûr que tout va bien? » lui demanda Ralph. Il n'avait qu'une envie, partir, aller retrouver Carolyn, et cependant quelque chose le retenait. Le sentiment que certains aspects de cette histoire clochaient sérieusement persistait.

« Oui, très bien », répondit vivement Ed en lui adressant un grand sourire qui n'atteignit pas ses yeux vert foncé. Ils étudiaient attentivement le vieil homme, comme s'ils cherchaient à savoir ce qu'il avait vu, exactement... et ce qu'il

(Hé, hé, Susan Day)

se rappellerait plus tard.

3

L'intérieur du véhicule de Vachon dégageait des effluves de vêtements fraîchement repassés, un arôme qui, pour quelque raison obscure, avait le don de rappeler l'odeur du pain frais à Ralph. Le petit camion ne comportait pas de siège de passager, et il s'agrippait d'une main à la poignée de la porte et de l'autre au bord d'un gros panier à linge.

« Bon sang, ils m'ont paru bizarres, tous les deux, observa Trigger en jetant un coup d'œil dans son rétroviseur extérieur.

— Et encore, vous ne savez pas tout.

— Je connais le type de la bagnole japonaise — Deepneau, c'est son nom. Il a une petite femme bien mignonne, elle nous donne du travail, de temps en temps. En général, il a l'air d'un type plutôt sympa.

— Il n'était sûrement pas lui-même, aujourd'hui, concéda Ralph.

— L'avait une bêbète qui lui chicotait les fesses, hein ?

— Toute une fourmilière, vous voulez dire. »

Trigger éclata de rire et frappa du poing le plastique noir usé de son gros volant. « Toute une fourmilière ! Bon Dieu, bon Dieu, elle est bien bonne celle-là ! » L'homme essuya les larmes qui lui coulaient des yeux avec un mouchoir de la taille d'une nappe. « J'ai eu l'impression que m'sieur Deepneau sortait par la porte de service de l'aéroport.

— En effet, il est sorti par là.

— Faut avoir le passe... Comment ça se fait que m'sieur Deepneau ait un passe, d'après vous ? »

Ralph réfléchit, sourcils froncés, puis secoua la tête. « Je ne sais pas. Ça ne m'était pas venu à l'esprit. Il faudra que je lui demande la prochaine fois que je le verrai.

— N'oubliez pas de lui demander aussi comment va la fourmilière. »

Cette boutade provoqua une nouvelle rafale de gros rires, lesquels entraînèrent un nouveau déploiement du rideau de scène qui servait de mouchoir à Vachon.

Lorsqu'ils quittèrent Extension pour s'engager sur Harris Avenue proprement dite, l'orage éclata pour de bon. Il n'y eut pas de grêle, mais la pluie se mit à tomber avec une intensité tropicale extravagante, à tel point que Trigger, un moment, fut obligé de rouler au pas. « Bon sang ! s'exclama-t-il, du respect dans la voix. Ça me rappelle la grande tempête de 85, quand la moitié de la ville s'est effondrée dans ce foutu Canal ! Vous vous rappelez, Ralph ?

— Oui. Espérons que ça ne va pas recommencer.

— Mais non, le rassura Trigger qui souriait et essayait de voir quelque chose entre les passages des gigantesques essuie-glaces, tout le système d'égouts a été refait, depuis. Bon Dieu ! »

Le froid de la pluie et la chaleur de la cabine, en se combinant, provoquaient l'apparition de buée sur la partie inférieure du pare-brise. Machinalement, Ralph, du bout du doigt, y traça deux signes :

神

« C'est quoi ? demanda Trigger.

— Je ne sais pas exactement. On dirait du chinois, non ? C'était sur le foulard que portait Ed Deepneau.

— Ça me dit quelque chose », répondit Trigger, en jetant un nouveau coup d'œil dessus. Puis il poussa un petit hennissement accompagné d'un geste de la main. « Écoutez un peu ça. C'est le seul truc que je sais dire en chinois : *moo-goo-gai-pan !* »

Ralph sourit, incapable, semblait-il, de trouver en lui la force de rire. Carolyn. Depuis qu'elle avait fait irruption dans son esprit, il n'arrivait plus à penser à autre chose qu'à elle — ne pouvant s'empêcher d'imaginer les fenêtres ouvertes, les rideaux gonflés par le vent tendant leurs bras fantomatiques, et la pluie qui s'engouffrait dans le sillage de leurs ondulations.

« Vous habitez toujours dans cette maison à étage, en face du Red Apple ?

— Oui. »

Trigger s'arrêta le long du trottoir, les roues soulevant de grandes gerbes d'eau. Il pleuvait toujours aussi violemment, par paquets, les éclairs zébraient le ciel en tous sens, le tonnerre roulait.

« Vous feriez mieux de rester avec moi une minute, proposa Vachon. Ça devrait pas tarder à se calmer.

— Ça ira très bien. » Ralph avait l'impression que rien n'aurait pu le retenir une seconde de plus dans le camion, même pas des menottes. « Merci, Trig.

— Attendez une seconde ! Je vais vous filer un bout de plastique ! Juste un truc pour vous mettre sur la tête comme un ciré !

— Non, pas de problème, tout va bien comme ça, merci. Je vais juste... »

Il ne semblait pas y avoir moyen d'exprimer ce qu'il voulait dire, et il sentait la panique le gagner. Il repoussa la portière coulissante du camion et sauta au sol, s'enfonçant jusqu'aux chevilles dans l'eau qui courait le long du caniveau. Il lança à Trigger un dernier salut de la main, sans se retourner, et se précipita vers l'allée qui conduisait à la maison que lui et Carolyn partageaient avec Bill McGovern, la main déjà dans la poche pour y prendre la clef. Dès les marches du porche, il vit qu'il n'en aurait pas besoin — la porte d'entrée était entrouverte. Bill, qui occupait le rez-de-chaussée, oubliait souvent de fermer et Ralph préférait penser que c'était Bill plutôt que d'imaginer que Carolyn serait sortie à sa recherche et aurait été surprise par le mauvais temps. Une possibilité qu'il ne voulait même pas envisager.

Il s'avança vivement dans la pénombre du vestibule et grimaça sous l'effet d'un coup de tonnerre assourdissant, au moment où il gagnait le pied de l'escalier. Il marqua un temps d'arrêt, une main sur la boule de la rampe, pris de l'envie d'escalader les marches quatre à quatre, mais n'ayant plus les moyens de forcer l'allure. Son cœur battait à se rompre dans sa poitrine, ses chaussures de sport pleines d'eau étaient deux ancres moites qui lui collaient les pieds au sol et, sans raison, il ne cessait de revoir les mouvements de tête qu'avait eus Ed Deepneau lorsqu'il était sorti de la Datsun — ces brusques coups de menton en tous sens du coq qui cherche la bagarre.

La troisième marche craqua bruyamment, comme d'habitude, et ce bruit provoqua des pas rapides, à l'étage au-dessus. Il n'en tira aucun réconfort, car il comprit sur-le-champ qu'il ne s'agissait pas de Carolyn; et lorsqu'il vit Bill McGovern se pencher par-dessus la balustrade, la figure pâle et inquiète sous le panama qui était sa marque distinctive, il ne ressentit aucune surprise. Depuis qu'il était sur Extension, il avait bien senti que quelque chose allait de travers, non? Si. Mais étant donné les circonstances, on ne pouvait guère parler de prescience. Quand les événements tournent mal, arrivé à un certain stade, il n'y a plus moyen ni de rattraper les choses ni de les éviter; elles ne peuvent qu'aller en empirant, découvrait-il. Sans doute l'avait-il toujours su, au fond de lui-même. Ce qu'il n'avait jamais soupçonné, c'était à quel point cette route vers le pire pouvait être longue.

« Ralph ! lança Bill. Grâce à Dieu ! Carolyn est... enfin, je crois que c'est une sorte de crise. Je viens juste d'appeler les urgences, le 911. Je leur ai demandé d'envoyer une ambulance. »

Et Ralph découvrit qu'en fin de compte, il pouvait monter les dernières marches quatre à quatre.

4

Elle gisait en travers du passage qui donnait sur la cuisine, les cheveux lui retombant sur le visage. Ralph trouva ce détail particulièrement horrible ; il faisait négligé, et s'il y avait bien une chose que Carolyn avait en horreur, c'était d'avoir l'air négligé. Il s'agenouilla à côté d'elle et lui dégagea les yeux et le front. Sa peau était glacée sous les doigts — autant que les pieds de Ralph dans ses baskets imbibées d'eau.

« J'ai essayé de la porter jusqu'au canapé, mais elle est trop lourde pour moi », expliqua Bill, embarrassé. Il avait enlevé son panama et en tripotait nerveusement la bande. « A cause de mon dos, tu comprends...

— Je sais, Bill, je sais. » Il passa un bras sous le dos de Carolyn et la souleva. Elle ne lui paraissait pas lourde, mais légère, au contraire, presque aussi légère qu'une fleur de pissenlit sur le point d'exploser et de répandre ses filaments dans le vent. « Je remercie le Ciel que tu aies été ici.

— Il s'en est fallu de peu », répondit Bill, qui suivit Ralph dans le séjour sans cesser de tripoter son ruban de chapeau. Il faisait penser au vieux Dorrance Marstellar avec ses livres de poèmes. *A ta place je ne le toucherais pas. Je ne peux plus voir tes mains*, avait dit Dorrance. « J'étais sur le point de sortir, lorsque j'ai entendu une sacrée dégringolade... c'était elle qui tombait... » McGovern se mit à parcourir des yeux la salle de séjour assombrie, une expression à la fois affolée et avide sur le visage, comme s'il cherchait quelque chose qui n'était pas là. Puis soudain son regard brilla. « La porte ! Je parie qu'elle est encore ouverte ! Il va pleuvoir dedans ! Je reviens tout de suite, Ralph ! »

Il sortit précipitamment. A peine si Ralph le remarqua. Les choses avaient pris la tournure surréaliste du cauchemar. Le pire était le tic-tac. Il l'entendait dans les murs, si puissant que même le tonnerre n'arrivait pas à l'étouffer.

Il déposa Carolyn sur le canapé et s'agenouilla à côté d'elle. Elle respirait à petites bouffées rapides et son haleine était épouvantable. Ralph, cependant, ne s'en détourna pas. « Tiens le coup, ma chérie », dit-il. Il lui prit la main — une main presque aussi moite que l'était son front — et l'embrassa doucement. « Tu tiens le coup. Tout va bien. Tout va très bien. »

Mais ça n'allait pas bien ; le martèlement du tic-tac signifiait que *rien* n'allait bien. D'ailleurs, il ne provenait pas des murs, il n'avait jamais été dans les murs, seulement dans sa femme. Dans Carolyn. C'était son adorée, et elle lui glissait entre les mains — qu'allait-il pouvoir devenir sans elle ?

« Tu tiens bon, c'est tout. Tu tiens bon, hein ? » Il embrassa sa main à plusieurs reprises et la tint contre sa joue ; et lorsqu'il entendit la sirène de l'ambulance, il se mit à pleurer.

5

Elle reprit connaissance dans l'ambulance qui fonçait à travers Derry (le soleil était revenu et les rues fumaient) et se mit à tenir des propos tellement incohérents que Ralph crut qu'elle avait eu une hémorragie cérébrale. Puis, alors qu'elle commençait à avoir les idées plus claires et à parler normalement, elle fut prise d'une seconde convulsion, et il ne fallut pas moins de Ralph et de l'un des ambulanciers pour la maîtriser.

Ce ne fut pas le Dr. Litchfield qui vint voir Ralph, dans la salle d'attente du troisième étage, mais le Dr. Jamal, un neurologue. Jamal s'adressa à lui d'une voix douce au ton apaisant, et lui dit que Carolyn était maintenant stabilisée, qu'ils allaient la garder pour la nuit, par simple sécurité, mais qu'elle pourrait rentrer chez elle dès demain matin. Il allait falloir lui administrer un nouveau traitement — le médicament était cher, certes, mais très efficace.

« Nous ne devons pas perdre espoir, monsieur Roberts, conclut le Dr. Jamal.

— Non, il ne faut pas... Est-ce qu'elle aura encore de ces convulsions, docteur ? »

Le Dr. Jamal sourit. Il parlait d'une voix tranquille, rendue encore plus réconfortante par son doux accent indien. Et si le Dr. Jamal ne lui déclara pas en toutes lettres que Carolyn allait bientôt mourir, il lui tint les propos les plus explicites qu'il eût jamais entendus au cours de cette longue année où elle avait bataillé pour rester en vie. Ces nouveaux médicaments, dit-il, empêcheraient probablement d'autres convulsions, mais son état était tel qu'il fallait prendre tous ces pronostics avec les plus grandes réserves. La tumeur se développait en dépit de tout ce qu'ils avaient tenté, malheureusement.

« On peut s'attendre à voir bientôt apparaître des problèmes de contrôle neuromoteur, ajouta le médecin indien. Et j'ai bien peur d'avoir constaté une détérioration de sa vue.

— Est-ce que je peux passer la nuit avec elle ? demanda Ralph d'un ton tranquille. Elle dormira mieux si je suis là... et moi aussi.

— Bien sûr ! répondit le Dr. Jamal avec un sourire éclatant. C'est une bonne idée.

— Oui, c'est aussi ce que je crois. » Il avait parlé d'un ton las.

6

Il resta donc assis à côté de sa femme endormie, à écouter le tic-tac qui n'était pas dans les murs, et il se disait : *Un jour, bientôt, peut-être cet automne, peut-être cet hiver, je serai de nouveau dans cette chambre avec elle*. Pensée qui relevait non pas de la spéculation, mais de la prophétie ; il s'inclina et appuya la tête sur le drap blanc qui recouvrait la poitrine de sa femme. Il aurait bien voulu ne pas se remettre à pleurer, mais versa néanmoins quelques larmes.

Ce tic-tac, si bruyant, si régulier.

Qu'est-ce que j'aimerais attraper ce qui fait ce bruit ! Je le piétinerais jusqu'à ce que tous les morceaux soient éparpillés dans la pièce. Dieu m'en est témoin, c'est ce que je ferais !

Il s'endormit dans son fauteuil un peu après minuit ; et lorsqu'il s'éveilla, le lendemain matin, l'air avait une fraîcheur que l'on n'avait pas connue depuis des semaines et Carolyn était parfaitement réveillée, cohérente, l'œil brillant. Elle paraissait presque en bonne santé. Ralph la ramena à la maison et entreprit la tâche — qui n'était pas mince — de rendre ses derniers mois aussi confortables que possible. Il se passa un bon moment avant qu'il ne repense à Ed Deepneau ; même après avoir vu les ecchymoses et les bleus sur le visage d'Helen Deepneau, il resta longtemps sans évoquer le souvenir d'Ed.

Tandis que l'été laissait place à l'automne et que l'automne s'endeuillait pour l'ultime hiver de Carolyn, les pensées de Ralph étaient de plus en plus accaparées par le temps des heures comptées, ce compte à rebours mortel qui semblait égrener ses coups de plus en plus violemment à mesure qu'il ralentissait.

Mais il n'avait pas de problème pour dormir.

Ça, ce fut pour plus tard.

PREMIÈRE PARTIE

DE PETITS DOCTEURS CHAUVES

« Il existe un gouffre entre ceux qui peuvent dormir et ceux qui ne le peuvent pas. C'est l'une des grandes divisions de l'espèce humaine. »

Iris Murdoch,
Les Soldats et les Nonnes

CHAPITRE 1

1

Un mois environ après la mort de sa femme, Ralph Roberts commença à souffrir d'insomnies, pour la première fois de sa vie.

Au début ce ne fut pas bien grave, mais la situation se mit à empirer avec régularité. Six mois après les premières interruptions d'un cycle de sommeil qui, jusque-là, avait été normal, Ralph se retrouva dans un état de détresse tel qu'il avait du mal à le croire — et encore plus de mal à l'accepter. Vers la fin de l'été 1993, il en vint à se demander à quoi ressembleraient ses dernières années sur terre, s'il devait les passer en veilles hébétées, l'œil exorbité. *Evidemment, les choses ne peuvent pas en arriver à ce stade*. Ça *ne s'est jamais vu*.

Mais en était-il si sûr ? Il ne le savait pas vraiment, et c'était cela qui le tracassait ; quant aux livres sur la question vers lesquels le dirigeait Mike Hanlon, à la bibliothèque municipale de Derry, ils n'étaient pas très clairs. On en trouvait plusieurs sur les désordres du sommeil, mais ils paraissaient se contredire. Certains considéraient l'insomnie comme un symptôme, d'autres comme une maladie et un auteur, au moins, la traitait de mythe. Le problème se compliquait même gravement : si Ralph avait bien compris ce qu'il avait lu, personne ne semblait savoir exactement ce qu'était le sommeil lui-même : ses mécanismes, son utilité.

Il n'ignorait pas qu'il aurait mieux fait d'arrêter ses recherches d'amateur et d'aller consulter un médecin, mais il avait énormément de mal à entreprendre cette démarche. Il en voulait sans doute encore au Dr. Litchfield. C'était lui, en effet, qui avait diagnostiqué chez Carolyn, à la place d'une tumeur cérébrale, des céphalées d'hypertension (sauf que Ralph soupçonnait Litchfield, célibataire endurci, d'avoir cru qu'en réalité Carolyn souffrait de banales « vapeurs »), et lui encore qui s'était fait médicalement aussi rare que possible dès que le diagnostic de Carolyn avait été établi. Ralph était convaincu que s'il lui avait demandé à brûle-pourpoint, Litchfield lui aurait répondu qu'il n'avait fait que transmettre le cas à Jamal, le spécialiste... ouvrant tout grand le parapluie. Ouais. Ralph, cependant, avait observé avec le plus grand soin les yeux de Litchfield, les rares fois où il l'avait rencontré, entre les premières convulsions de Carolyn, en juillet de l'an dernier, et sa mort, en mars ; et il lui semblait que ce qu'il avait vu dans ces yeux était un mélange de gêne et de culpabilité. Le regard d'un homme qui met toute son énergie à oublier qu'il a fait une connerie. Ralph croyait que s'il pouvait encore regarder Litchfield sans avoir envie de lui rentrer dedans, cela tenait à ce que lui avait confié le Dr. Jamal : qu'un diagnostic plus précoce n'y aurait rien changé. Au moment où Carolyn avait ressenti ses premiers maux de tête, la tumeur était déjà bel et bien là, expédiant sans aucun doute ses petites giclées de cellules perverties dans d'autres zones du cerveau, comme autant de colis piégés.

A la fin d'avril, le Dr. Jamal avait ouvert un cabinet privé dans le Connecticut, et il manquait à Ralph. Il avait l'impression qu'il aurait pu lui parler de ses problèmes de sommeil, l'impression aussi que Jamal l'aurait écouté comme Litchfield ne l'aurait pas fait... ou n'aurait peut-être pas su le faire.

A la fin de l'été, Ralph en avait assez lu sur

l'insomnie pour savoir que celle dont il était affecté, sans être rare, était toutefois moins commune que l'insomnie habituelle des gens qui ont du mal à s'endormir. Les personnes qui ne souffrent pas d'insomnie s'enfoncent dans la première phase du sommeil, d'ordinaire, entre sept et vingt minutes après s'être couchées. A ceux qui sont lents à s'endormir, en revanche, il faut parfois jusqu'à trois heures avant de plonger, et là où les dormeurs normaux commencent à se couler dans le sommeil de la troisième phase (ce que certains livres anciens, découvrit Ralph, appellent le sommeil thêta), environ trois quarts d'heure après leur endormissement, il faut d'ordinaire aux lents à s'endormir une heure ou deux heures de plus pour y parvenir — ce qui, bien des nuits, n'est pas le cas. Ils se réveillent mal reposés, avec parfois de vagues souvenirs de rêves confus et déplaisants, plus souvent avec l'impression trompeuse d'être restés éveillés toute la nuit.

A la suite de la mort de Carolyn, Ralph avait commencé à souffrir de réveils prématurés. Il continua à aller se coucher, la plupart du temps, après le journal télévisé de onze heures, continua aussi à sombrer dans le sommeil presque instantanément, mais au lieu de se réveiller d'un seul coup à six heures cinquante-cinq, cinq minutes avant la sonnerie de son radio-réveil, il ouvrait les yeux à six heures. Au début, il mit cela sur le compte d'une prostate un peu plus grosse que la normale et d'un équipement rénal qui fonctionnait depuis soixante-dix ans; cependant, il ne lui semblait pas avoir une envie aussi pressante que cela, tout compte fait; et une fois réveillé, il n'arrivait pas à se rendormir, même après avoir été se soulager de ce qui s'était accumulé. Il gisait sur le lit qu'il avait partagé pendant tant d'années avec Carolyn, attendant qu'il fût sept heures moins cinq pour se lever. Il finit par renoncer complètement à essayer de se rendormir; il se contentait d'attendre, ses mains aux doigts longs mais légèrement enflés croisées sur la poitrine, et de contempler fixement les ombres du plafond avec des yeux qui lui faisaient l'effet d'atteindre la taille de boutons de porte. Il imaginait parfois le Dr. Jamal, dans son cabinet de Westport, avec son accent indien doux et apaisant, tout à l'édification de son bout de rêve américain. D'autres fois, il pensait à des endroits que lui et Carolyn avaient visités ensemble jadis ; et la journée qu'il évoquait le plus volontiers était un après-midi ensoleillé à Sand Beach, la plage de Bar Harbor, qu'ils avaient passé assis sous un grand parasol bariolé, à manger des palourdes frites et à boire de la bière dans les bouteilles de Budweiser à long col, tout en regardant les voiliers tirer des bords sur l'océan aux eaux outremer. En quelle année était-ce ? 1964 ? 1967 ? Quelle importance ? Aucune, sans doute.

Les modifications de son cycle de sommeil ne l'auraient guère affecté si elles en étaient restées là ; Ralph se serait adapté à ce changement non seulement avec facilité, mais aussi avec gratitude. Tous les livres qu'il avait pu consulter pendant cet été semblaient confirmer ce principe de sagesse populaire qu'il connaissait depuis toujours, à savoir que l'on dort moins en prenant de l'âge. Si perdre une heure par nuit était le seul prix à payer pour connaître le plaisir ambigu de compter soixante-dix printemps, il l'acquitterait avec joie et se considérerait comme bien nanti.

Mais elles n'en restèrent pas là. Dès la première semaine de mai, Ralph s'éveillait au chant des oiseaux, à cinq heures et quart. Il tenta une parade à l'aide de boules Quies, pendant quelques nuits, mais même la première fois, il n'y croyait pas trop. Ce n'était pas la récente arrivée des migrateurs qui le réveillait, non plus que la pétarade occasionnelle d'un camion de livraison sur Harris Avenue. Il avait toujours été du genre à pouvoir dormir au milieu d'une fanfare, et il n'avait pas l'impression d'avoir changé. C'est dans sa tête que quelque chose avait changé. Il s'y trouvait un interrupteur, un truc qui se déclenchait un peu plus tôt chaque jour, et il n'avait pas la moindre idée de la façon dont il pourrait l'empêcher de fonctionner.

En juin, il jaillissait du sommeil comme un diable de sa boîte à quatre heures trente, quatre heures quarante-cinq au plus tard. Et vers le milieu de juillet — pas tout à fait aussi chaud que juillet 92, mais pas mal non plus, merci — il ouvrait les yeux aux environs de quatre heures. C'est durant ces nuits-là, longues et chaudes, n'occupant guère de place dans le grand lit où lui et Carolyn avaient fait l'amour par tant de nuits brûlantes (et froides aussi), qu'il commença à envisager l'enfer qu'allait être sa vie, si jamais il se retrouvait complètement privé de sommeil. Dans la journée, il arrivait encore à rire de cette idée, mais il découvrait certaines vérités affligeantes, à propos des « nuits sombres de l'âme » dont parle Scott Fitzgerald, et la pire de toutes était celle-ci : à quatre heures et quart du matin, n'importe quoi paraît possible. *N'importe quoi*.

Pendant la journée, il parvenait à se persuader qu'il ne faisait que connaître un réajustement de son cycle de sommeil, que son organisme réagissait d'une façon parfaitement normale à un certain nombre de bouleversements profonds intervenus dans sa vie, la retraite et la perte de son épouse étant les deux plus importants. Il employait parfois le terme de *solitude* lorsqu'il évoquait sa nouvelle existence, mais il reculait devant le mot redoutable qui commence par la lettre D, le repoussant dans les oubliettes de son inconscient à chaque fois qu'il menaçait de se glisser dans ses pensées. La solitude, c'était acceptable. La dépression, certainement pas.

Ça ne te ferait peut-être pas de mal de prendre un peu d'exercice. De marcher, par exemple, comme tu le faisais l'été dernier. Au fond, tu mènes une vie plutôt sédentaire : tu te lèves, tu manges ta tartine, tu lis un livre, tu regardes la télé, tu vas te chercher un sandwich pour ton déjeuner de l'autre côté de la rue, au Red Apple, tu bricoles vaguement dans le jardin, ou tu vas faire un tour à la bibliothèque, ou encore tu vas voir Helen et son bébé s'ils sont à la maison, tu dînes, et ensuite tu prends le frais sur le porche ou bien tu passes un moment avec Bill ou Lois Chassey. Et après ? Tu lis encore un peu, tu regardes encore un peu la télé, tu fais ta toilette et tu te couches. Tu es un sédentaire. D'un ennui mortel. Pas étonnant que tu te réveilles si tôt.

Sauf que ces explications ne valaient pas un pet de lapin. Il avait certes l'air de mener une existence sédentaire, bon, d'accord, aucun doute, mais ce n'était pas vrai. Le jardin, par exemple : ce qu'il y faisait ne lui vaudrait jamais le prix de la maison la mieux fleurie de la ville, ce n'était cependant pas un « vague bricolage ». La plupart des après-midi, il désherbait jusqu'à ce que la transpiration dessinât une forme arborescente sombre dans le dos de sa chemise et élargît des cercles humides sous ses aisselles, et il tremblait souvent d'épuisement lorsqu'il s'autorisait enfin à arrêter. Le terme de « punition » aurait été probablement plus proche de la vérité que celui de « bricolage ». Mais punition de quoi ? Parce qu'il se réveillait avant l'aube ?

Ralph l'ignorait et s'en moquait. Jardiner occupait une bonne partie de ses après-midi et l'empêchait de penser à des choses sur lesquelles il préférait ne pas s'attarder ; cela suffisait à justifier ses muscles douloureux et la danse occasionnelle de points noirs devant ses yeux. Il commença ses visites prolongées au jardin peu après la fête nationale du 4 Juillet et les poursuivit pendant tout le mois d'août, longtemps après ses premières récoltes et alors que les plus tardives restaient désespérément rabougries par le manque de pluie.

« Tu ferais mieux de laisser tomber ça », observa Bill McGovern un soir où, assis sur le porche, ils buvaient de la citronnade. On était à la mi-août, et Ralph se réveillait à ce moment-là vers trois heures trente tous les matins. « Ça pourrait être dangereux pour ta santé. Pire encore, tu as l'air d'un cinglé.

— Je suis peut-être cinglé », avait-il répondu sèchement. Et il devait y avoir quelque chose de convaincant dans son ton ou dans le regard qui l'avait accompagné, car McGovern changea de sujet de conversation.

2

Il reprit ses marches — rien de comparable aux marathons de l'été 92, mais il parcourait environ trois kilomètres, les jours où il ne pleuvait pas. Son itinéraire habituel le faisait passer par Up-Mile Hill, le raidillon qui n'en finissait pas, et la bibliothèque de Derry; puis par Back Pages, une boutique de livres d'occasion, et le marchand de journaux au coin de Witcham et Main Streets.

La boutique voisine de Back Pages était une brocante appelée Rose Docaze/Vêtements d'Occase et, alors qu'il passait devant, par un matin de ce mois d'août de malheur, Ralph aperçut, au milieu des avis périmés d'un banquet du haricot et de réunions de paroisse, une nouvelle affiche qui dissimulait partiellement une proclamation jaunissante — PAT BUCHANAN PRÉSIDENT.

La femme que l'on voyait sur les deux photographies ornant le haut de l'affiche était une jolie blonde qui devait avoir autour de quarante ans, mais le style de ces clichés — visage de face à l'expression fermée à gauche, de profil, l'expression toujours aussi fermée à droite — était assez surprenant pour que Ralph s'immobilisât brusquement. Les photos faisaient tout à fait penser aux avis de recherche placardés dans les postes ou qu'on voit dans les reconstitutions télévisées d'affaires criminelles ; mais ce n'était pas un hasard, comme on le constatait facilement en lisant le texte.

Les photos l'avaient arrêté, mais ce fut le nom de la femme qui le retint :

RECHERCHÉE POUR MEURTRE
SUSAN EDWINA DAY

était imprimé en grosses lettres noires, en haut. Et en dessous des faux clichés de police, on lisait, écrit en rouge :

PAS DE ÇA CHEZ NOUS !

Venait ensuite, tout en bas de la page, un texte d'une ligne écrit en petits caractères. La vision de près de Ralph s'était sérieusement détériorée depuis la mort de Carolyn — il serait plus juste de dire qu'elle l'avait complètement lâché — et il dut se pencher sur la vitrine crasseuse de Rose Docaze jusqu'à la toucher avant de pouvoir le déchiffrer :

Payé par le Comité des gardiens de la vie du Maine

Tout au fond de sa tête, une voix se mit à chantonner : *Hé, hé, Susan Day, combien de mômes as-tu tués aujourd'hui* ?

Susan Day, se souvint alors Ralph, était une féministe engagée de New York ou de Washington, le genre de femme dont le débit frénétique a le don de faire régulièrement écumer de rage les chauffeurs de taxi, les coiffeurs et les ouvriers du bâtiment. Mais pour quelle raison ce petit bout de ritournelle lui était venu à l'esprit, il l'ignorait ; il se raccrochait à un souvenir qu'il n'arrivait pas à retrouver. Peut-être son vieux cerveau fatigué faisait-il une confusion avec le célèbre chant de protestation contre la guerre du Viêt-nam des années soixante, celui qui proclamait : *Hé, hé, LBJ*[1], *combien de mômes as-tu tués aujourd'hui ?*

Non, c'est pas ça, songea-t-il. Pas loin, mais autre chose. C'était...

Juste avant que ses neurones aient le temps de recracher le nom et le visage d'Ed Deepneau, une voix s'éleva, tout à côté de lui. « La Terre appelle Ralph, la Terre appelle Ralph, revenez parmi nous, petit Ralphie ! »

Arraché à ses réflexions, il se tourna vers la voix. Il était à la fois choqué et amusé de s'apercevoir qu'il s'était presque endormi debout. *Bon Dieu, on ne se rend jamais aussi bien compte de l'importance du sommeil que quand il se met à manquer. Parce que alors les planches commencent à tanguer et les angles des choses à s'arrondir.*

C'était Hamilton Davenport, le propriétaire de Back Pages, qui lui avait adressé la parole. Il remplissait le présentoir de son pas de porte de livres de poche aux couvertures tapageuses. Fichée dans le coin de sa bouche, sa vieille pipe en épi de maïs — elle faisait à Ralph l'effet d'une cheminée modèle réduit de bateau à vapeur — expédiait de petites bouffées de fumée bleue dans l'air chaud et clair. Winston Smith, son vieux matou gris, se tenait assis sur le seuil de la boutique, la queue enroulée autour des pattes. Il contemplait Ralph de ses yeux jaunes indifférents, comme pour dire : *Tu t'imagines savoir ce que c'est que la vieillesse, l'ami ? Je suis ici pour te prouver que tu n'en connais même pas le b.a.-ba.*

« Tss-tss, Ralph, reprit Davenport, j'ai bien dû vous appeler trois fois.

— Je crois bien que je battais un peu la campagne », répondit Ralph. Il passa devant le présentoir et se pencha dans l'entrée (Winston Smith campa sur sa position avec une royale indifférence)

1. Lyndon B. Johnson, Président des États-Unis à l'époque. *(N.d.T.)*

pour attraper les deux journaux qu'il achetait tous les jours : le *Boston Globe* et *USA Today*. Il recevait directement chez lui le *Derry News* grâce aux bons soins de Pete, le petit livreur. Il lui arrivait parfois de prétendre qu'au moins un de ces trois canards le faisait bien rire, mais il n'avait jamais pu décider duquel il s'agissait. « Je ne... »

Il s'interrompit, alors que l'image d'Ed Deepneau lui venait à l'esprit. C'était Ed qui avait chanté cette sinistre petite ritournelle, l'été dernier, à côté de l'aéroport, et il n'y avait rien d'étonnant à ce qu'il lui eût fallu un certain temps pour en retrouver le souvenir. Ed Deepneau était bien la dernière personne au monde dont on pouvait attendre ce genre de manifestation.

« Ralphie? Vous venez encore de couper la communication », observa Davenport.

Ralph cligna des yeux. « Oh, désolé. Je ne dors pas très bien, depuis quelque temps, voilà ce que je voulais dire.

— Fainéant... mais il y a des problèmes pires que celui-là. Buvez donc un verre de lait chaud et écoutez de la musique douce une demi-heure avant de vous mettre au lit. »

Ralph découvrait, cet été, qu'apparemment tout le monde, aux États-Unis, avait son remède favori contre l'insomnie, son petit truc magique, transmis de génération en génération comme une vieille bible de famille.

« Bach convient bien; Beethoven et William Ackerman, c'est pas mal non plus. Mais le vrai secret (Davenport brandit un doigt menaçant pour en souligner l'importance), c'est *de ne pas se lever de sa chaise pendant cette demi-heure*. Pour rien au monde. Ne répondez pas au téléphone, ne remontez pas votre tocante, ne réglez pas l'alarme, ne décidez pas de vous brosser les dents... rien! Puis, quand vous vous mettez au lit, bam! en trois coups de cuillère à pot, c'est parti!

— Et si jamais je me retrouve dans mon bon vieux fauteuil et que tout d'un coup je me rende compte d'un besoin naturel pressant? demanda Ralph. Ce sont des choses qui arrivent, à mon âge.

— Faites dans votre pantalon », répondit Davenport du tac au tac, avant d'éclater de rire. Ralph eut un sourire quelque peu forcé. Son insomnie perdait rapidement la maigre valeur humoristique qu'elle avait pu avoir. « Dans votre pantalon », pouffa Hamilton, donnant une claque au présentoir et secouant la tête.

Ralph s'était machinalement tourné vers le chat. Winston Smith lui rendit un regard toujours aussi neutre, mais Ralph l'interpréta comme s'il disait : *Bon, d'accord, c'est un fou, mais c'est le mien.*

« Pas mal, hein? Faites dans votre... » Il rit encore, secoua la tête, et prit les deux dollars que Ralph lui tendait. Il les glissa dans la poche de son tablier rouge et en ressortit de la monnaie. « C'est juste?

— Tiens, pardi. Merci, Ham.

— De rien. Mais, blague à part, essayez donc la musique. Ça marche vraiment. Elle vous calme les ondes cérébrales, ou quelque chose dans le genre.

— J'essaierai. » Et le plus diabolique était qu'il le ferait probablement, comme il avait déjà essayé la recette d'eau chaude citronnée de Mme Rapaport et le conseil de Shawna McClure sur la meilleure manière de s'éclaircir l'esprit : ralentir sa respiration et se concentrer sur le mot *cool* (sauf que prononcé par Shawna, cela donnait *cooouououlllll*). Lorsqu'on s'efforçait de venir à bout de la lente mais inexorable détérioration de son sommeil, n'importe quel remède de bonne femme finissait par paraître envisageable.

Ralph, qui avait commencé à faire demi-tour, s'arrêta. « C'est quoi, cette affiche, à côté? »

Ham Davenport plissa le nez. « La baraque de Dan Dalton? J'évite de la regarder, si je peux. Elle me coupe l'appétit. Encore un nouveau truc écœurant dans la vitrine?

— A mon avis, c'est récent — ce n'est pas aussi jaune que le reste et ça manque sérieusement de chiures de mouches. On dirait une affiche d'avis de recherche, sauf que sur les photos, c'est Susan Day.

— Susan Day sur un avis de... Oh, les salopards ! » Il jeta un regard noir et dénué de tout humour vers la brocante.

« Qui c'est ? La présidente de la National Organization of Women ?

— L'ex-présidente et la fondatrice de Sœurs d'Armes. L'auteur de *L'Ombre de ma mère* et de *Les Lys dans la vallée*. Le dernier, c'est une étude sur les femmes battues qui cherche à expliquer pourquoi tant d'entre elles refusent de dénoncer l'homme qui les maltraite. Elle a remporté le prix Pulitzer pour ce livre. Susan Day est l'une des trois ou quatre femmes qui détiennent le plus d'influence politique aux États-Unis, actuellement, et elle pense aussi bien qu'elle écrit. Ce clown sait parfaitement que j'ai une de ses pétitions qui attend les signatures à côté de ma caisse.

— Quelles pétitions ?

— On voudrait la convaincre de venir parler ici, expliqua Davenport. Vous savez bien que les Laissez-les-vivre ont essayé de jeter une bombe incendiaire sur le centre de planning familial, l'an dernier à Noël, non ?

Ralph explora prudemment le trou noir dans lequel il avait vécu à la fin de 1992 et répondit : « Je me souviens vaguement que les flics ont attrapé un type dans le parking longue durée de l'hôpital avec un bidon d'essence, mais je ne savais pas...

— C'était Charlie Pickering. Il est membre de Notre Pain Quotidien, un des groupes de Laissez-les-vivre qui s'occupent d'établir les piquets. C'est eux qui l'ont manipulé, croyez-moi. Cette année, ils ne prennent pas de risques avec les produits inflammables ; ils veulent essayer de convaincre le conseil municipal de changer le plan d'occupation des sols afin de mettre le centre du planning familial, WomanCare, hors la loi, en le poussant dans un vide juridique, si je puis dire. Ils sont encore capables d'y arriver. Vous connaissez Derry, Ralph. Ce n'est pas exactement la terre d'élection du libéralisme.

— En effet, admit le vieil homme avec un sourire incertain. Et ça ne l'a jamais été. Ce WomanCare, c'est une clinique d'avortement, n'est-ce pas ? »

Davenport eut un regard agacé et, d'un mouvement de tête, montra Rose Docaze. « C'est ce que les trous-du-cul comme lui racontent, sauf qu'ils préfèrent employer le mot *usine* que *clinique*. Ils ignorent tout ce que le centre fait d'autre. » Ralph commençait à trouver à Davenport un ton de camelot qui cherche à placer sa marchandise. « Ils s'occupent de conseils aux familles, de femmes et d'enfants battus, et gèrent un abri pour femmes battues aux limites de la ville de Newport. Ils ont un centre d'urgence pour les viols dans le bâtiment à côté de l'hôpital, en ville, et une ligne téléphonique ouverte vingt-quatre heures sur vingt-quatre pour les femmes qui ont été violées ou battues. En un mot, ils s'occupent de toutes les conneries que font les machos Marlboro comme Dalton.

— N'empêche, ils pratiquent des avortements, et c'est pour cette raison que les autres font des piquets, non ? »

On voyait depuis des années des manifestants brandissant leurs pancartes devant le bâtiment bas en briques qui abritait le planning familial, semblait-il à Ralph. Ils lui avaient toujours paru trop pâles, trop tendus, trop maigres ou trop gros, trop définitivement convaincus que Dieu était à leurs côtés. Sur les pancartes qu'ils portaient, on lisait des choses comme : LES FŒTUS ONT AUSSI DES DROITS ! QUEL BEAU CHOIX QUE LA VIE ! et ce vieux classique : AVORTER, C'EST TUER ! A plusieurs reprises des femmes venues utiliser les services de la clinique s'étaient fait cracher dessus.

« Oui, on y pratique des avortements. Vous avez quelque chose contre ça ? »

Ralph pensa à toutes les années pendant lesquelles lui et Carolyn avaient essayé d'avoir un bébé — des années ponctuées seulement de quelques fausses alertes et d'une grossesse qui s'était terminée par une désastreuse fausse couche au cinquième mois. Le souvenir de leur retour — en particulier le raidillon de Up-Mile Hill — était resté accroché dans son esprit comme par une ribambelle de hameçons. « Bon Dieu, j'en sais rien, avoua-t-il. Si déjà les gens étaient un peu moins... s'ils se calmaient un peu... »

Davenport poussa un grognement, s'avança jusqu'à la vitrine de son voisin et examina le faux avis de recherche. Pendant qu'il l'étudiait, un homme de haute taille, blême, un bouc au menton — l'antithèse absolue du cow-boy Marlboro, aurait dit Ralph — se matérialisa dans la pénombre de Rose Docaze comme un fantôme de vaudeville légèrement vermoulu aux entournures. Il vit ce que regardait Davenport et un minuscule sourire de dédain vint soulever la commissure de ses lèvres. Ralph trouva que c'était un sourire qui pouvait facilement coûter une paire d'incisives ou un nez cassé à un homme. En particulier par un temps de canicule comme ce jour-là.

Davenport montra l'affiche du doigt et secoua violemment la tête.

Le sourire de Dalton s'agrandit. Il eut un geste des mains vers son voisin — *Qu'est-ce que j'ai à foutre de votre opinion ?* — puis disparut dans les entrailles caverneuses de son magasin.

Davenport revint vers Ralph, le rouge lui brûlant les joues. « On devrait mettre la photo de ce type à côté du mot *connard* dans le dictionnaire », grommela-t-il.

C'est exactement ce qu'il pense de toi, j'imagine, se dit Ralph, se gardant bien de faire cette réflexion à voix haute.

Davenport s'était planté devant le présentoir plein de livres bariolés, les mains dans les poches sous son tablier rouge à rendre la monnaie, remâchant cette histoire d'affiche de *(Hé, hé,)*

Susan Day.

« Bon, dit Ralph, je crois que je vais... »

Davenport s'arracha à sa contemplation morose. « Ne partez pas tout de suite; signez d'abord ma pétition, d'accord? Mettez un petit rayon de soleil dans ma matinée... »

Ralph se dandina, gêné. « En général, je ne me mêle pas de querelles de ce genre...

— Voyons, Ralph, le coupa Davenport d'un ton "soyons raisonnables". Il ne s'agit pas d'une querelle, mais de faire en sorte que les responsables de Notre Pain Quotidien et les Cro-Magnons politiques comme Dalton ne fassent pas fermer un centre d'une grande utilité pour les femmes. Ce n'est pas comme si je vous demandais d'approuver les essais d'armes chimiques sur les dauphins.

— Non, sans doute pas.

— On espère pouvoir envoyer cinq cents signatures à Susan Day avant le 1er septembre. Ça ne servira probablement à rien — Derry n'est qu'un patelin de plus au bord d'une route, et son agenda doit être plein à craquer jusqu'au prochain millénaire — mais essayer ne peut pas faire de mal. »

Ralph eut envie de lui dire que la seule pétition qu'il avait envie de signer serait pour demander aux dieux du sommeil de lui restituer les trois heures de bon repos qu'ils lui avaient barbotées mais, après avoir jeté un nouveau coup d'œil à son interlocuteur, il préféra s'en abstenir.

Carolyn aurait signé sa fichue pétition. Ce n'était pas une fanatique de l'avortement, mais pas une fanatique non plus des hommes qui rentrent chez eux après la fermeture des bars et confondent leur femme et leurs mômes avec des ballons de foot, pensa-t-il.

Certes, mais là n'aurait pas été la raison principale qui l'aurait convaincue de signer; elle l'aurait fait pour se donner une chance d'écouter de près, et en personne, une authentique boutefeu comme Susan Day. Elle l'aurait fait poussée par cette curiosité innée qui avait peut-être été l'un de ses principaux traits de caractère — si marqué que même la tumeur au cerveau n'avait pu en venir à bout. Deux jours avant de mourir, elle avait découvert le billet de cinéma qui servait de signet au roman laissé sur la table de nuit de l'hôpital par Ralph, et elle avait tenu à savoir quel film il avait été voir. Il s'agissait de *A Few Good Men* et il avait été à la fois surpris et déprimé de découvrir à quel point ce souvenir lui faisait mal. Encore aujourd'hui, il en souffrait horriblement.

« Pas de problème, répondit-il au libraire. Je vais signer avec plaisir.

— Vous êtes mon homme! » s'exclama Davenport en lui donnant une tape sur l'épaule. Un sourire remplaça l'expression morose, ce qui, du point de vue de Ralph, n'amenait pas une grande amélioration. C'était un sourire dur, qui n'avait rien de particulièrement charmant. « Pénétrez dans cet antre qui sent le vice et la fornication! »

Ralph le suivit dans la boutique qui, à neuf heures et demie du matin, en fait de parfum de vice, dégageait une odeur de tabac. Winston Smith s'enfuit devant eux, ne s'arrêtant qu'un bref instant pour les examiner de ses yeux jaunes qui avaient tout vu. *C'est un fou et vous ne valez guère mieux*, aurait pu vouloir dire ce regard. Étant donné les circonstances, Ralph ne se sentait pas très enclin à lui porter la contradiction. Il mit les journaux sous son bras, se pencha sur la feuille de papier ligné posée à côté de la caisse et signa la pétition qui demandait à Susan Day de venir à Derry, afin d'y parler pour la défense du centre de planning familial, WomanCare.

3

Il grimpa le raidillon d'Up-Mile Hill plus allégrement qu'il ne s'y était attendu, et traversa le croisement de Witcham et Jackson en se disant : *Tu vois, ce n'était pas si terri...*

Pour se rendre soudain compte que ses oreilles tintaient et que ses jambes s'étaient mises à trembler sous lui. Immobile, planté sur Witcham Street, il posa une main contre sa poitrine. A travers la chemise, il sentit que son cœur pompait avec une rage forcenée qui avait quelque chose d'effrayant. Il entendit un froissement de papier et vit le supplément publicitaire du *Globe* planer en zigzag jusque dans le caniveau. Il voulut se baisser pour le ramasser, mais arrêta son mouvement.

Mauvaise idée, Ralph. Si tu te penches, tu as toutes les chances de t'étaler. Je te suggère de laisser ça au balayeur.

« Ouais, d'accord, bonne idée », marmonna-t-il en se redressant. Des points noirs, vol surréaliste de corbeaux, envahirent sa vision et pendant quelques instants, il crut bien que de toute façon, il allait s'effondrer sur le supplément publicitaire du journal.

« Ralph ? Tu vas bien ? »

Il leva un œil prudent et vit Lois Chassey ; elle habitait de l'autre côté de Harris Avenue, à quelques centaines de mètres de la maison que Ralph partageait avec McGovern. Elle était assise sur l'un des bancs à l'extérieur de Strawford Park et devait attendre le bus de Canal Street qui l'amènerait dans le centre-ville.

« Oui, oui, très bien », dit-il en faisant bouger ses jambes. Il avait l'impression d'avancer dans du sirop, mais il arriva jusqu'au banc sans encombre (lui sembla-t-il). Il ne put toutefois réprimer un petit soupir de gratitude lorsqu'il s'assit à côté d'elle.

Lois Chassey avait de grands yeux sombres — l'œil andalou, comme on disait quand Ralph était enfant —, des yeux, était-il prêt à parier, qui avaient dû en faire rêver plus d'un à l'époque où Lois faisait ses études. Ils étaient encore ce qu'elle avait de mieux, mais Ralph, en ce moment, se méfiait de l'inquiétude qu'il y lisait. Elle était... comment dire ? *Un tout petit peu trop amicale pour qu'il se sente à l'aise*, telle fut la première idée qui lui vint à l'esprit, sans qu'il fût sûr d'avoir raison.

« Très bien ? fit Lois en écho.

— Puisque je te le dis. » Il prit son mouchoir, vérifia qu'il était propre et s'essuya le front.

« J'espère que tu ne m'en voudras pas, Ralph, mais tu n'as pas l'air très bien. »

Justement, il lui en voulait un peu, mais ne voyait pas comment le lui avouer.

« Tu es pâle, tu es en sueur et tu es un cochon. »

Il la regarda, surpris.

« Quelque chose est tombé de ton journal. Je crois que c'est un encart publicitaire.

— Vraiment ?

— Tu le sais parfaitement bien. Excuse-moi une seconde. »

Elle se leva, alla se pencher dans le caniveau (Ralph remarqua qu'en dépit de hanches imposantes, elle avait encore des jambes admirablement galbées pour une femme qui devait avoir soixante-huit ans) et ramassa l'encart, avec lequel elle revint s'asseoir sur le banc.

« Voilà, dit-elle, tu n'es plus un cochon. »

Il ne put s'empêcher de sourire. « Merci.

— Je t'en prie. Je vais me servir du coupon de Maxwell House. De ceux de Hamburger Helper et du Coca light aussi. Je suis devenue tellement grasse, depuis la mort de Chassey.

— Tu n'es absolument pas grasse, Lois.

— Merci, Ralph, tu es un parfait gentleman, mais ne changeons pas de sujet de conversation. Tu as eu un étourdissement, pas vrai ? En fait, tu as bien failli t'évanouir.

— Je reprenais simplement mon souffle », répondit-il, le ton raide, se tournant vers un groupe d'enfants qui improvisaient une partie de base-ball dans le parc. Ils y allaient de bon cœur, riant et s'attrapant par les fesses. Ralph enviait l'efficacité de leur système de ventilation.

« Comme ça, tu reprenais ton souffle ?

— Oui.

— Tu reprenais ton souffle.

— Lois, on dirait que ton disque est rayé.

— Eh bien, le disque rayé va te dire quelque chose, O.K. ? Tu es tout simplement cinglé de te taper Up-Mile Hill par cette chaleur. Si tu tiens tant à marcher, pourquoi ne pas aller sur Extension, où c'est plat, comme tu faisais avant ?

— Parce que ça me fait penser à Carolyn, répliqua-t-il d'un ton sec, presque coléreux, qu'il n'aima pas, mais sans pouvoir le réprimer.

— Oh, merde. (Elle lui effleura la main.) Désolée.

— Ça va.

— Non, ça ne va pas. J'aurais dû m'en douter. Mais l'air que tu avais, à l'instant, ça ne va pas non plus. Tu n'as plus vingt ans, Ralph, ni même quarante. Je ne dis pas que tu n'es pas en forme — tout le monde peut voir que tu es même en excellente forme, pour quelqu'un de ton âge — mais tu devrais faire un peu plus attention à toi. C'est d'ailleurs ce que voudrait Carolyn.

— Je sais, admit-il, mais je suis vraiment... »

...très bien, avait-il l'intention d'ajouter ; cependant, il avait relevé la tête et plongé les yeux dans le regard de Lois, et ce qu'il y vit l'empêcha un instant de poursuivre. Il y avait de la tristesse et de la fatigue... ou bien était-ce de la solitude ? Tout cela à la fois, peut-être. D'ailleurs il n'y vit pas que cela. Il s'y vit aussi.

Tu es idiot, disaient ces yeux. *On l'est peut-être*

même tous les deux. Tu as soixante-dix ans et tu es veuf, Ralph. Moi soixante-huit et je suis veuve. Est-ce qu'on va encore rester longtemps assis sur le porche avec McGovern, le plus vieux chaperon du monde ? Pas trop longtemps, je l'espère, parce que ni toi ni moi ne sommes exactement de la première fraîcheur.

« Ralph ? fit Lois, de nouveau inquiète. Ça va ?

— Oui, répondit-il en abaissant les yeux sur ses mains. Oui, bien sûr.

— Tu avais une expression... je ne sais pas trop... »

Il se demanda s'il n'était pas victime de la combinaison de la chaleur et de la grimpette d'Up-Mile Hill, qui lui aurait un peu brouillé l'esprit. Car c'était Lois, non ? Celle que McGovern appelait toujours, avec une petite circonflexion satirique du sourcil gauche, « cette sacrée Lois ». Et bon, d'accord, elle était encore pas mal du tout, jolies jambes, belle poitrine, et ces yeux remarquables, et il ne verrait peut-être pas d'inconvénient à partager son lit et peut-être qu'elle n'en verrait pas non plus... Mais après ? Si elle apercevait un billet de cinéma dépassant du livre qu'il lisait, le prendrait-elle, trop curieuse du film qu'il était allé voir pour penser qu'elle allait lui faire perdre la page ?

Ralph croyait que non. Lois avait certes des yeux remarquables, et il s'était surpris à laisser son regard se perdre dans le V de sa blouse plus d'une fois, alors que tous les trois étaient assis sur le porche de devant, buvant du thé glacé dans la fraîcheur du soir, mais quelque chose lui disait que même à soixante-dix ans, on peut se mettre martel en tête pour des histoires de bas-ventre. Prendre de l'âge n'était pas une raison pour faire n'importe quoi.

Il se leva, conscient d'être observé par Lois, et fit un effort supplémentaire pour se tenir bien droit. « Merci pour ta gentillesse, dit-il. Ça te dirait d'accompagner un vieux bonhomme jusqu'en haut de la rue ?

— Merci, mais je vais en ville. Ils ont une superbe laine rose au Cercle de couture, et je rêve d'un châle. En attendant mon bus, je vais dévorer mes coupons des yeux.

— Bon appétit », dit Ralph avec un sourire. Il jeta un coup d'œil aux gosses qui jouaient dans le parc. L'un d'eux, un rouquin affublé d'une tignasse extravagante, bondit de sa base et se lança dans une glissade, tête la première... pour aller se ficher contre les jambières de protection du receveur avec un *bong!* parfaitement audible. Ralph grimaça, voyant déjà arriver les ambulances, sirènes à fond, gyrophares en folie, mais le poil-de-carotte rebondit sur ses pieds avec un éclat de rire.

« T'as raté, j't'ai baisé! cria-t-il.

— Ça me ferait mal! » protesta l'autre, indigné — mais lui aussi se mit à rire.

« Tu n'as jamais été pris de l'envie d'avoir leur âge, Ralph? » demanda Lois.

Il réfléchit à la question. « Parfois. Mais ça a l'air trop fatigant. Passe donc nous voir ce soir, Lois.

— Je viendrai peut-être. »

Ralph s'engagea dans Harris Avenue, non sans sentir le poids de ces yeux remarquables sur lui, s'efforçant de garder le dos aussi droit que possible. Il eut l'impression de s'en sortir assez bien, mais c'était du boulot. Jamais il ne s'était senti aussi épuisé de sa vie.

CHAPITRE 2

1

Ralph prit rendez-vous avec le Dr Litchfield moins d'une heure après cette conversation avec Lois, sur le banc du parc ; la réceptionniste à la voix sexy lui dit qu'elle pouvait lui proposer le mardi suivant à dix heures du matin, si cela lui convenait, et Ralph lui répondit que pour lui, c'était parfait. Puis il raccrocha, se rendit dans la salle de séjour et s'assit dans le fauteuil d'où on avait vue sur Harris Avenue, pensant à la façon dont le Dr Litchfield avait tout d'abord traité la tumeur de Carolyn à l'aide d'aspirine et de notices expliquant différentes techniques de relaxation. De là, il en vint à évoquer l'expression qu'il avait vue dans les yeux du médecin, lorsque les images du test de résonance magnétique étaient venues confirmer les mauvaises nouvelles données par le scanner... une expression de culpabilité et de gêne.

De l'autre côté de la rue, une bande de jeunes qui n'allaient pas tarder à regagner l'école sortit du Red Apple, armée de confiseries diverses. Tandis que Ralph les regardait enfourcher leurs bicyclettes et partir à fond de train dans la chaleur de onze heures, il se dit ce qu'il se disait toujours lorsque le souvenir du regard du Dr Litchfield remontait à la surface de sa mémoire : c'était très certainement un faux souvenir.

Car le fait est, vieille branche, que tu avais envie

que Litchfield soit gêné... et plus que ça ; tu voulais qu'il se sente coupable.

Tout à fait possible, comme il était tout à fait possible que Carl Litchfield fût la crème des hommes et un médecin du tonnerre, mais n'empêche : une demi-heure plus tard il rappelait son cabinet. Il déclara à la réceptionniste à la voix de velours qu'il venait de vérifier à nouveau son agenda et de découvrir que mardi prochain, ça ne convenait pas du tout, en fin de compte. Il avait un rendez-vous avec son podologue qu'il avait complètement oublié.

« Je n'ai plus aussi bonne mémoire qu'avant », expliqua-t-il.

La réceptionniste lui suggéra alors le mardi suivant.

Ralph contra en promettant de rappeler.

Menteur, hou, hou, vilain menteur, chantonna la comptine dans sa tête tandis qu'il raccrochait. Il revint lentement à son fauteuil et s'y installa. *Tu ne veux plus avoir affaire à lui, n'est-ce pas ?*

Ce devait être ça. Non pas que le Dr Litchfield aille en perdre le sommeil ; si jamais il pensait à Ralph, ce devait être un truc du genre : *Tiens, un vieux chnoque de moins pour me péter au nez pendant un examen de la prostate.*

C'est très bien, tout ça ; mais l'insomnie ? Qu'est-ce que tu vas faire contre l'insomnie ?

« Rester assis tranquillement pendant une demi-heure à écouter de la musique classique avant d'aller me mettre au lit, dit-il à voix haute. M'acheter des couches pour incontinents en cas d'appel trop pressant de la nature. »

Il se surprit lui-même à éclater de rire à cette évocation. Un rire teinté d'une pointe hystérique qu'il préféra ne pas explorer — ça fichait trop la frousse, à vrai dire —, mais il lui fallut encore un moment pour se calmer.

Il supposait qu'en fin de compte il allait essayer la méthode Hamilton Davenport (sans les couches-culottes, toutefois), comme il avait essayé tous les remèdes de bonne femme que les gens bien intentionnés lui avaient conseillés. Il pensa du coup au premier qu'il avait expérimenté, ce qui lui arracha un sourire.

L'idée venait de McGovern, un soir où, assis sur le porche, il avait vu Ralph revenir du Red Apple avec des nouilles et un pot de sauce à spaghettis ; il avait jeté un regard à son voisin du dessus et émis un petit *tss-tss* en secouant la tête d'un air navré.

« Et ça veut dire quoi ? » avait voulu savoir Ralph en prenant le siège voisin. Un peu plus loin, dans la rue, une gamine en jean, avec un T-shirt blanc deux fois trop grand pour elle, sautait à la corde en chantant dans la pénombre grandissante.

« Ça veut dire que tu m'as l'air rabougri, ratatiné et crevard », répondit McGovern. Du pouce, il repoussa le panama sur son crâne et examina Ralph plus attentivement. « Toujours ces insomnies ?

— Toujours », reconnut Ralph.

McGovern garda le silence pendant quelques secondes. Quand il reprit la parole, il le fit d'un ton tellement définitif qu'il en était apocalyptique. « La solution, c'est le whisky.

— Je te demande pardon ?

— La solution à tes insomnies, Ralph. Je ne dis pas qu'il faut que tu en prennes un bain, pas du tout. Mélange une cuillerée de miel avec une dose de whisky et mets-toi ça derrière la cravate une demi-heure avant de te pieuter.

— Tu crois ? avait demandé Ralph avec espoir.

— Tout ce que je peux dire, c'est que ça a marché pour moi, à l'époque où j'avais de sacrés problèmes pour m'endormir, autour de quarante ans. Quand j'y repense, je me dis que c'était la crise de l'âge mûr — six mois d'insomnies et une année de dépression à cause de ma tonsure naissante. »

Les livres qu'il avait consultés avaient beau tous affirmer que comme moyen de lutter contre l'insomnie la gnôle était très surfaite, qu'elle avait souvent pour résultat d'aggraver le problème au lieu de le régler, Ralph n'en avait pas moins essayé. Il n'avait jamais été gros buveur, et il commença donc en ramenant la quantité prescrite par McGovern à un quart de la dose ; comme au bout d'une semaine il en était toujours au même point, il était passé à la dose complète... puis à une double dose. Il s'éveilla un matin à quatre heures vingt-deux avec un méchant mal de tête accompagné d'un goût brunâtre altéré qui lui collait au palais... et il comprit qu'il venait de s'offrir son premier lendemain de cuite depuis quinze ans.

« La vie est trop courte pour ces conneries », déclara-t-il à l'appartement vide. Et ce fut la fin de l'expérimentation au whisky.

2

Bon, se dit Ralph tout en suivant des yeux le flot irrégulier des clients qui entraient et sortaient du Red Apple, en cette fin de matinée, *on peut résumer la situation ainsi : McGovern trouve que tu as une mine épouvantable, tu as failli t'évanouir ce matin aux pieds de Lois Chassey et tu viens tout juste d'annuler le rendez-vous que tu avais pris avec ton Vieux Médecin de Famille. Et maintenant ? Tu te croises les bras ? Tu acceptes la situation telle qu'elle est et tu te croises les bras ?*

Il y avait un certain charme oriental à cette idée — destin, karma, et tout le bazar — mais il allait avoir besoin d'autre chose que de charme pour passer les longues heures du petit matin. On disait dans les livres qu'il y avait des gens de par le monde, assez nombreux, en plus, qui vivaient très bien en ne dormant que trois ou quatre heures par nuit. Certains n'avaient même besoin que de deux heures de sommeil. Ils étaient une très petite minorité, mais ils existaient. Ralph Roberts n'était cependant pas de ce nombre.

L'aspect qu'il avait lui importait peu (quelque chose lui disait que son époque « vedette américaine » était passée depuis longtemps), son état, en revanche l'inquiétait. Or il ne se sentait pas simplement un peu patraque, il se sentait horriblement mal. L'insomnie contaminait maintenant tous les aspects de sa vie, à la manière dont l'odeur d'ail frit en provenance du cinquième finit par envahir tous les appartements de l'immeuble. Les choses perdaient leurs couleurs ; le monde commençait à prendre cette apparence granuleuse et tristounette des photos de presse.

Les décisions les plus simples — allait-il décongeler un plat tout préparé, ou passerait-il au Red Apple chercher un sandwich qu'il irait manger sur l'aire de pique-nique proche de la piste 3, par exemple ? — devenaient difficiles, angoissantes à prendre. Au cours des deux dernières semaines, il était revenu de plus en plus souvent les mains vides de la boutique de location de cassettes le Dave's Video Stop, non pas parce qu'il n'y avait pas de films qui l'intéressaient chez Dave, mais parce qu'il y en avait trop : il n'arrivait pas à choisir entre un policier, une comédie ou quelques vieux épisodes de *Star Trek*. Après la deuxième de ces sorties infructueuses, il s'était laissé tomber dans son fauteuil et n'avait pas été loin de pleurer de frustration — et d'effroi, aussi.

L'insidieux engourdissement sensoriel et l'érosion de sa capacité à prendre des décisions n'étaient pas les seuls problèmes qu'il reliait à l'insomnie ; sa mémoire à court terme commençait également à lui jouer des tours. Il avait l'habitude d'aller au cinéma au moins une fois par semaine, et souvent deux, depuis qu'il avait pris sa retraite de l'imprimerie où il avait fini sa carrière de comptable au poste de superviseur général. Carolyn l'avait accompagné jusqu'au moment, l'année précédente, où elle avait été trop malade pour prendre plaisir à se rendre quelque part. Après sa mort, il avait continué d'y aller seul, mis à part les deux ou trois fois où Helen Deepneau l'avait accompagné, profitant de ce qu'Ed était à la maison pour s'occuper du bébé (Ed lui-même n'aimait pas les salles obscures, prétendant qu'elles lui donnaient des maux de tête). Ralph avait tellement l'habitude d'appeler le répondeur automatique du complexe de cinémas pour consulter les horaires qu'il connaissait le numéro de téléphone par cœur. Mais au milieu de l'été, il se trouva obligé de le chercher de plus en plus souvent dans les pages jaunes de l'annuaire, incapable de se souvenir si les derniers chiffres étaient 1317 ou 1713.

« C'est 1713, dit-il à voix haute, j'en suis sûr. » Vraiment ? Il en était vraiment sûr ?

Rappelle Litchfield. Vas-y, Ralph — arrête de fouiller dans les décombres. Fais quelque chose de positif. Et si Litchfield te reste trop en travers du gosier, appelle quelqu'un d'autre. Ce ne sont pas les médecins qui manquent, dans l'annuaire.

Vrai, sans doute, mais soixante-dix ans, c'est un peu vieux pour se choisir un nouveau toubib par la méthode am-stramgram. Et il n'allait pas rappeler Litchfield. Point final.

D'accord, mais c'est quoi, l'étape suivante, espèce de vieille mule entêtée ? Encore d'autres remèdes de bonne femme ? J'espère bien que non, parce que, au train où vont les choses, tu vas te retrouver au stade des yeux de salamandre et des langues de crapaud.

La solution qui se présenta à son esprit fut comme une brise fraîche par une journée brûlante... et elle était absurdement simple. Tous les livres dans lesquels il avait fait des recherches, cet été, visaient davantage à comprendre le problème qu'à y trouver des solutions. Pour ce qui était de celles-ci, il s'était avant tout fondé sur les recettes traditionnelles comme le whisky et le miel, alors même que les livres affirmaient qu'elles étaient soit inefficaces, soit d'une efficacité limitée dans le temps. Et bien qu'il eût trouvé dans ces ouvrages des méthodes de lutte contre l'insomnie qu'on pouvait supposer éprouvées, la seule qu'il eût réellement essayée était celle qui consistait à se coucher plus tôt. Elle n'avait pas marché : il restait étendu, bien réveillé, jusque vers onze heures trente, s'endormait et se réveillait avant l'aube. Quelque chose d'autre, cependant, pouvait réussir.

De toute façon, ça valait la peine d'essayer.

3

Au lieu de passer l'après-midi à se dépenser avec frénésie dans le jardin, Ralph se rendit à la bibliothèque et parcourut certains des livres qu'il avait déjà lus. De l'avis général, il semblait que si le fait d'aller au lit plus tôt ne changeait rien, se coucher plus tard pouvait en revanche marcher. Ralph rentra chez lui (en bus, échaudé par ses aventures matinales), plein d'un espoir prudent. Ça marcherait peut-être. Sinon, il avait toujours Bach, Beethoven et William Ackerman sur lesquels se replier.

Sa première tentative par cette méthode, appelée « sommeil retardé » par l'un des livres, eut un résultat comique. Il s'éveilla à son heure habituelle de ce moment-là (l'horloge numérique, sur le manteau de la cheminée, indiquait trois heures quarante-cinq), le dos douloureux, le cou raide, sans comprendre comment il se retrouvait dans son fauteuil à côté de la fenêtre, ni pour quelle raison la télé était branchée, l'écran neigeux émettant un léger chuintement de rouleaux océaniques.

Ce n'est que lorsqu'il redressa précautionneusement la tête, se tenant la nuque de la main, qu'il comprit ce qui s'était passé. Il avait eu l'intention de rester sur son siège jusqu'à trois heures du matin, et si possible jusqu'à quatre ; ensuite, de gagner son lit et de dormir du sommeil du juste. Tel était du moins son plan. Au lieu de cela, l'Incroyable Insomniaque de Harris Avenue s'était endormi pendant l'émission de Jay Leno, comme un enfant qui cherche à rester réveillé toute la nuit pour voir l'effet que ça fait. Et, bien entendu, l'aventure s'était terminée par un réveil pénible dans ce fichu fauteuil. Le problème restait entier ; il n'avait fait que changer de lieu.

Il n'en alla pas moins se mettre au lit, espérant contre tout espoir, mais l'envie de dormir (sinon le besoin) était passée. Au bout d'une heure d'attente, il était retourné dans le fauteuil, avec cette fois un oreiller pour soulager sa nuque raide et un sourire navré sur le visage.

4

Son deuxième essai, la nuit suivante, n'eut rien de comique. L'envie de dormir s'empara de lui à l'heure habituelle — à onze heures vingt, au moment où Pete Cherney donnait les prévisions météo du lendemain. Cette fois-ci, Ralph lutta victorieusement, réussissant à voir toute l'émission de Whoopi (même s'il faillit bien somnoler pendant la conversation qu'eut l'animatrice avec Roseanne Arnold, l'invitée de la soirée) ainsi que le film qui suivait. C'était un vieux navet dans lequel Audie Murphy, aurait-on dit, gagnait la guerre du Pacifique à lui tout seul. Ralph avait l'impression qu'il devait exister une règle implicite, entre les producteurs d'émissions de télé, voulant que l'on ne passe que les navets d'Audie Murphy ou de James Brolin aux petites heures du matin.

Une fois détruit le dernier nid de mitrailleuses japonaises, Channel 2 tira le rideau. Ralph changea de chaîne, à la recherche d'un autre film, et n'eut droit qu'à de la neige. Il aurait pu en voir toute la nuit s'il avait eu le câble, comme Bill, au rez-de-chaussée, ou Lois, au bout de la rue. Il se rappelait même avoir mis le raccordement au câble sur la liste des choses à faire pour le nouvel an. Puis Carolyn était morte et la télé par câble, soudain, avait perdu beaucoup de son importance.

Il s'empara d'un exemplaire de *Sports Illustrated* et commença la lecture, laborieusement, d'un article sur le tennis féminin qu'il avait sauté la première fois, jetant de temps en temps un coup d'œil à l'horloge, tandis que les aiguilles se rapprochaient de trois heures. Il avait les paupières lourdes, comme lestées de ciment frais, et il avait beau lire l'article avec le plus grand soin, mot à mot, il n'avait aucune idée de ce que racontait son auteur. Des phrases entières lui passaient à travers la cervelle sans laisser de trace, comme des rayons cosmiques.

Cette nuit, je vais dormir ! Je crois vraiment que je vais dormir. Pour la première fois depuis des mois, le soleil devra se lever sans mon aide. C'est mieux que bien, les amis, c'est sensationnel !

Puis, peu après trois heures, l'agréable somnolence s'évapora. Elle ne disparut pas avec un bruit de bouchon de champagne, mais lui donna au contraire l'impression de filtrer, comme du sable à travers un crible fin ou de l'eau par un tuyau partiellement bouché. Lorsqu'il s'en rendit compte, ce fut non pas de la panique que ressentit Ralph, mais un abattement sans nom. Un sentiment en lequel il voyait le contraire exact de l'espérance et lorsque, à trois heures et quart, il gagna sa chambre, traînant la savate, jamais il n'avait ressenti une dépression aussi profonde que celle dans laquelle il s'enfonçait en ce moment. Il avait l'impression d'en être suffoqué.

« Mon Dieu, je vous en prie, juste un petit somme », marmonna-t-il en éteignant ; mais il soupçonnait fortement que cette prière ne serait pas entendue.

Elle ne le fut pas. Il avait beau être réveillé depuis vingt-quatre heures, toute envie de dormir avait déserté son corps et son esprit depuis quatre heures moins le quart. Il était certes fatigué, mais, avait-il découvert, être fatigué et avoir envie de dormir n'avaient rien à voir. Le sommeil, cet ami indulgent, la meilleure et la plus sûre des nounous de l'humanité depuis l'aube des temps, le sommeil l'avait de nouveau abandonné.

A quatre heures, son lit était devenu un objet de haine, comme à chaque fois qu'il se rendait compte qu'il ne pouvait en faire bon usage. Il bascula les jambes et posa les pieds par terre, se grattant la toison frisée — presque entièrement grise, maintenant — qui dépassait de sa veste de pyjama, en partie déboutonnée. Il enfila de nouveau ses savates, se traîna jusqu'au séjour, où il se laissa tomber dans son fauteuil, et se mit à regarder Harris Avenue. La rue était disposée comme une scène où le seul acteur actuellement visible n'aurait pas été humain : il s'agissait d'un chien errant — une chienne, exactement — qui remontait lentement le trottoir en direction de Strawford Park et d'Up-Mile Hill. Elle évitait le plus possible de poser sa patte arrière droite sur le sol, boitillant de son mieux sur les trois autres.

« Salut, Rosalie », marmonna Ralph, se frottant les yeux.

On était un jeudi matin, jour de ramassage des ordures sur Harris Avenue, et il ne fut donc pas surpris de voir la chienne, qui faisait des apparitions régulières dans le quartier depuis environ un an. Elle allait sans se presser et explorait les rangées de poubelles avec le discernement d'un habitué surmené des marchés aux puces.

Rosalie — qui boitait plus que jamais, ce matin, et paraissait aussi fatiguée que Ralph — trouva ce qui était sans doute un os de bœuf de bonne taille, le prit dans sa gueule et partit au petit trot. Ralph la regarda s'éloigner, puis resta simplement assis, mains croisées sur les genoux, dans la contemplation du voisinage silencieux où la forte lumière orange de l'éclairage public renforçait encore l'illusion que Harris Avenue était une scène de théâtre désertée, la représentation terminée et les acteurs rentrés chez eux; les lampadaires à haute intensité l'éclairaient comme des projecteurs, avec un effet parfait de perspective allant en diminuant qui avait quelque chose de surréaliste et d'hallucinatoire.

Ralph Roberts resta donc assis dans le fauteuil où, depuis quelque temps, il passait les petites heures du matin et attendit que la lumière et le mouvement investissent l'univers qu'il avait sous les yeux. Et finalement le premier acteur — Pete, le livreur de journaux — entra en scène par la droite, sur sa Raleigh, et remonta la rue sans descendre de bicyclette, lançant les rouleaux de journaux qu'il prenait dans la sacoche accrochée à son épaule; les paquets atteignaient les porches qu'il visait avec une assez bonne précision.

Ralph l'observa un moment, poussa un gros soupir qui avait l'air de remonter du fond de ses entrailles et se leva pour aller préparer du thé.

« Jamais rien lu sur cette connerie dans mon horoscope », dit-il d'une voix creuse. Il tourna le robinet de la cuisine et commença à remplir la bouilloire.

5

L'interminable matinée de ce jeudi et l'après-midi plus interminable encore donnèrent une précieuse leçon à Ralph Roberts : ne pas faire la fine bouche sur trois ou quatre heures de sommeil par nuit pour la seule raison que l'on a cru, à tort, toute sa vie, que l'on avait le droit de dormir au moins six heures et en général sept. Cette journée joua aussi le rôle d'une inquiétante mise en garde : si les choses ne s'amélioraient pas, il devait s'attendre à se sentir ainsi presque tout le temps. Fichtre, *tout le temps*, oui. Il alla s'étendre à dix heures du matin, puis à treize heures, avec l'espoir de faire une petite sieste — voire un modeste somme, une demi-heure aurait été une bénédiction —, mais même la somnolence refusa de le gagner. Il était abominablement fatigué, mais ne ressentait pas la moindre envie de dormir.

Vers quinze heures, il décida de se préparer une soupe instantanée. Il remit de l'eau dans la bouilloire, la posa sur le feu et ouvrit le placard, au-dessus du comptoir, dans lequel étaient entreposés les condiments, les épices et les différents emballages contenant des nourritures que seuls, semble-t-il, les astronautes et les vieux messieurs sont capables d'avaler : des poudres auxquelles il suffit d'ajouter de l'eau chaude.

Il repoussa en tous sens bouteilles et boîtes de conserve et resta quelque temps dans la contemplation muette du placard, comme s'il s'attendait à voir apparaître, par magie, un paquet de Lipton Cup-a-Soup dans l'espace ainsi créé. Étant donné que rien ne se produisit, il répéta le processus à l'envers, remettant les choses où elles étaient avant, avec, sur le visage, cette expression de perplexité distante (Ralph, Dieu merci, ne s'en rendait pas compte) qu'il affichait de plus en plus souvent.

Lorsque la bouilloire siffla, il la repoussa sur un brûleur du fond et retourna contempler le placard. Il lui vint à l'esprit — très, très progressivement — qu'il devait avoir consommé son dernier paquet de Cup-a-Soup la veille ou l'avant-veille, même s'il n'en avait pas le moindre souvenir.

« Ça vous étonne ? demanda-t-il aux boîtes et bouteilles du placard. Je suis tellement fatigué que j'en oublie mon propre nom. »

Mais non. C'est Jean Cérien. Là, vous voyez bien !

Plaisanterie bien faible, mais il sentit l'esquisse d'un sourire qui venait effleurer ses lèvres. Il passa dans la salle de bains, se peigna, et descendit. *Et voilà notre héros, Audie Murphy, qui prend la direction du territoire ennemi à la recherche de provisions. Première cible : une boîte pleine de paquets de soupe au poulet et au riz Lipton. S'il s'avère impossible de repérer cette cible et de s'en emparer, je me rabattrai sur la cible secondaire : bœuf et nouilles... Je sais que c'est une mission risquée, mais...*

« ... mais je m'en sors mieux tout seul », dit-il à voix haute en arrivant sur le porche.

La vieille Mme Perrine passait à ce moment-là et elle gratifia Ralph d'un coup d'œil aigu, sans rien dire. Il attendit qu'elle se soit éloignée — se sentant incapable d'avoir une conversation avec qui que ce fût, cet après-midi, et surtout pas avec Mme Perrine qui, à quatre-vingt-deux ans, aurait encore trouvé utile et stimulant d'aller faire un stage chez les Marines, à Parris Island. Il fit semblant d'examiner la plante qui retombait du pot suspendu sous le porche et, quand la vieille dame fut à une distance qu'il estima suffisante, il traversa Harris Avenue et entra au Red Apple. Où ses véritables ennuis allaient commencer.

6

Il pénétra dans le magasin sans cesser de songer à l'échec spectaculaire de la méthode du « sommeil retardé », et se demanda si, en fin de compte, les conseils des ouvrages de la bibliothèque ne se réduisaient pas à des versions un peu plus sophistiquées des remèdes de bonne femme que ses relations tenaient tant à lui faire essayer. Idée désagréable, mais cela voulait dire que son esprit (ou la force qui, encore plus profond, avait la responsabilité réelle de cette lente torture) lui envoyait un message plus désagréable encore : *Tu as une fenêtre de sommeil, Ralph. Elle n'a pas la taille qu'elle avait naguère, et elle donne l'impression de se rétrécir chaque semaine ; mais tu ferais mieux d'être content de ce que tu as, car une petite fenêtre vaut mieux que pas de fenêtre du tout. Tu t'en rends bien compte, n'est-ce pas ?*

« Oui, grommela-t-il tout en déambulant dans l'allée centrale en direction des boîtes d'un rouge éclatant de Cup-a-Soup. Parfaitement compte. »

Sue, la jeune caissière de l'après-midi, rit joyeusement. « Vous devez avoir de l'argent à la banque, Ralph !

— Pardon ? » Ralph ne se retourna pas. Il faisait l'inventaire des boîtes rouges. Oignon... pois cassés... bœuf et nouilles... mais où diable étaient passées les poulet et riz ?

« Ma maman dit toujours que les gens qui parlent tout seuls ont... *O mon Dieu !* »

Un instant, Ralph crut que la jeune femme avait fait une remarque un peu trop compliquée pour que son cerveau fatigué la saisisse sur-le-champ — du genre *les gens qui se parlent ont trouvé Dieu* —, lorsque Sue se mit à hurler. Il s'était baissé pour explorer les boîtes de l'étagère du bas, et le cri le fit se redresser avec une telle brutalité que ses genoux craquèrent. Il se précipita vers l'avant du magasin, heurtant l'étagère des soupes en sachet, et une demi-douzaine de boîtes rouges allèrent valser dans l'allée.

« Sue ? Qu'est-ce qui se passe ? »

Elle ne fit pas attention à lui. Elle regardait en direction de la porte, les poings à la bouche, les yeux exorbités. « Mon Dieu, tout ce sang ! » cria-t-elle d'une voix qui s'étouffait.

Ralph se tourna (renversant, ce faisant, encore d'autres boîtes) et regarda à son tour à travers la vitrine sale du Red Apple. Ce qu'il vit lui arracha un soupir et il lui fallut plusieurs secondes — cinq, peut-être — pour comprendre que la femme ensanglantée et visiblement mal en point qui se dirigeait d'un pas vacillant vers le Red Apple était Helen Deepneau. Il avait toujours considéré Helen comme la plus jolie femme du quartier ouest de la ville, mais elle n'avait rien de joli, aujourd'hui. Elle avait un œil tellement gonflé qu'il était fermé, et une entaille à la tempe gauche qui n'allait pas tarder à se perdre au milieu du renflement violacé d'une contusion récente; ses lèvres boursouflées et ses joues étaient couvertes de sang. Il provenait de son nez, qui saignait encore. Elle zigzagua à travers le petit parking du Red Apple comme un ivrogne, et le seul œil qu'elle avait d'ouvert paraissait ne rien voir, fixant le néant devant lui.

Encore plus effrayante que son aspect était la façon dont elle portait Natalie qui, terrorisée, braillait à tue-tête. Elle tenait négligemment le bébé contre sa hanche, comme elle devait tenir ses livres en allant au collège, dix ou douze ans auparavant.

« Oh, nom de Dieu, elle va laisser tomber la petite! » hurla Sue. Mais, bien qu'elle fût beaucoup plus près de la porte que lui, elle ne fit pas le moindre mouvement, paralysée sur place, les mains pressées contre la bouche, ses grands yeux bruns lui dévorant le visage.

Ralph ne sentit plus sa fatigue, tout à coup. Il courut dans l'allée, ouvrit la porte à la volée et se précipita dehors. Juste à temps pour attraper Helen par les épaules au moment où elle heurtait la machine à glace de la hanche — pas la hanche qui portait Natalie, heureusement —, ce qui l'expédia dans une autre direction.

« Helen! cria-t-il, nom de Dieu, Helen, qu'est-ce qui s'est passé?

— Hein? » fit-elle d'une voix vaguement curieuse, totalement différente de celle de la jeune femme pleine de vie qui l'accompagnait parfois au cinéma et roucoulait en voyant Mel Gibson. Son œil ouvert roula vers Ralph et il y lut la même curiosité émoussée, une expression qui disait qu'elle ignorait qui il était, où elle se trouvait, ce qui s'était passé et quand. « Hein ? Ralf ? Quoi ? »

Le bébé glissa. Ralph lâcha Helen et réussit à rattraper Natalie par la bretelle de sa petite salopette. La fillette hurla, agita les bras et le regarda de ses énormes yeux bleu foncé. Il passa une main entre les jambes du bébé avant que la bretelle ne cédât. Natalie resta un instant perchée en équilibre précaire, comme une gymnaste sur sa poutre, hurlant de plus belle, et Ralph sentit la masse humide des couches à travers la salopette. Puis il glissa son autre main derrière le dos de la fillette et la cala contre sa poitrine. Son cœur battait à se rompre et alors qu'il avait Natalie bien en sécurité dans ses bras, il continuait à la voir glisser, à voir sa tête recouverte d'une fine chevelure aller heurter le sol jonché de débris avec un craquement sinistre.

« Hein ? Ar ? Raf ? » demanda Helen. Elle vit Natalie dans les bras de Ralph, et son bon œil perdit un peu de son expression hébétée. Elle tendit les mains à l'enfant et, dans les bras de Ralph, la fillette mima le geste de ses menottes potelées. Puis la jeune femme vacilla, heurta le mur du bâtiment et trébucha d'un pas en arrière. Elle s'emmêla les pieds (Ralph vit du sang sur ses petites tennis blanches, et il fut stupéfait par l'éclat qu'avait soudain pris toute chose ; le monde avait retrouvé ses couleurs, au moins temporairement) et serait tombée si Sue n'avait choisi ce moment pour finalement s'aventurer à l'extérieur du magasin. Helen s'affala contre la porte ouverte et y resta appuyée, comme un ivrogne à un lampadaire.

« Raf ? » Son œil unique avait retrouvé une expression un peu plus vive, faite davantage d'incrédulité que de curiosité. Elle prit une profonde inspiration et dut produire un effort pour faire passer, entre ses lèvres enflées, des sons intelligibles. « Do... do-moi mon bébé... Do-moi Na-alie.

— Pas tout de suite, Helen, vous tenez à peine debout. »

Sue était toujours de l'autre côté de la porte, qu'elle retenait pour éviter la chute à Helen. Le front et les joues de la jeune fille étaient d'une pâleur de cendre, ses yeux remplis de larmes.

« Sortez de là et venez la soutenir, lui demanda Ralph.

— Je peux pas! bafouilla-t-elle. Elle est t-toute cou-couverte de sang!

— Pour l'amour du Ciel, ça suffit! C'est Helen! Helen Deepneau, qui habite en haut de la rue! »

Sue devait sans doute déjà s'en être rendu compte, mais le fait d'entendre prononcer le nom servit de déclic. Elle se glissa par l'ouverture et, lorsque Helen se mit de nouveau à vaciller, passa un bras autour de ses épaules et la retint fermement. Le visage d'Helen avait conservé son expression de surprise incrédule. Ralph trouvait de plus en plus dur de la regarder; il en avait l'estomac retourné.

« Ralph? Qu'est-ce qui s'est passé? Il y a eu un accident? »

Il tourna la tête et vit Bill McGovern à l'entrée du parking. Il portait l'une de ses pimpantes chemises bleues, les plis du fer marquant encore les manches, et avait la main — une main aux longs doigts, étrangement délicate — à son front pour se faire de l'ombre sur les yeux. Son aspect était étrange, comme mis à nu, mais Ralph n'avait pas le temps de se poser de questions; trop de choses arrivaient à la fois.

« Non, ce n'est pas un accident, dit-il. On l'a battue. Tiens, prends la petite. »

Il tendit Natalie à McGovern qui l'attrapa après avoir esquissé un geste de recul. La fillette, qui s'était tue, se remit aussitôt à hurler. McGovern, qui avait l'air d'un type qui vient de se faire refiler un sac « en-cas-de-mal-de-l'air » plein à ras bord, la tenait à bout de bras, les pieds pendant dans le vide. Un attroupement avait commencé à se former derrière lui, comprenant une majorité d'adolescents en tenue de base-ball ; ils retournaient chez eux après une partie sur le terrain voisin. Ils étudièrent le visage ensanglanté et tuméfié d'Helen avec une désagréable avidité et Ralph pensa à l'histoire de l'ivresse de Noé, dans la Bible — les bons fils avaient détourné les yeux de l'homme nu, les mauvais fils avaient regardé...

Avec douceur, il remplaça le bras de Sue par le sien. Helen tourna son bon œil vers lui. Elle répéta son nom, plus clairement cette fois, de manière plus affirmée, et la gratitude que Ralph décela dans le timbre de sa voix lui donna envie de pleurer.

« Occupez-vous du bébé, Sue. Bill ne sait pas s'y prendre. »

La jeune fille obéit, et serra délicatement la petite Nat contre elle. McGovern lui adressa un sourire reconnaissant et Ralph comprit soudain ce qui clochait chez son voisin. McGovern ne portait pas le panama qui semblait faire autant partie de lui (l'été, au moins) que la verrue qu'il avait sur le nez.

« Hé, m'sieur, qu'est-ce qui s'est passé ? demanda l'un des jeunes joueurs de base-ball.

— Rien qui te regarde, répondit Ralph.

— On dirait qu'elle a eu droit à plusieurs rounds avec Riddick Bowe.

— Non, avec Tyson ! » corrigea l'un de ses camarades. Chose incroyable, il y en eut pour rire.

« Fichez le camp d'ici ! cria Ralph, furieux. Allez vous occuper de vos affaires ! Ne vous mêlez pas de ce qui ne vous regarde pas ! »

Ils reculèrent de quelques pas, sans se presser, mais pas un ne s'éloigna. Il y avait du sang à voir, et pas sur un écran de cinéma.

« Vous pouvez marcher, Hélène ?

— Oui... ze crois... je crois. »

Il lui fit faire le tour de la porte avec précaution et la conduisit à l'intérieur du magasin. Elle marchait lentement, traînant un pied, puis l'autre, comme une vieille femme. L'odeur mêlée de la transpiration et de l'adrénaline suintait par tous les pores de sa peau, âcre et forte, et Ralph sentit son estomac se soulever de nouveau. Ce n'était pas tant à cause des effluves qui se dégageaient d'elle que des efforts qu'il lui fallait déployer pour réconcilier l'image de cette Helen avec celle de la charmante jeune femme, agréablement sexy, avec laquelle il s'était entretenu hier pendant qu'elle sarclait ses plates-bandes de fleurs.

Il se souvint aussi d'autre chose à propos d'hier, justement. Helen portait un short bleu, coupé au ras des fesses, et il avait remarqué deux bleus sur ses jambes, l'un qui lui faisait une grande marque jaune, haut sur la cuisse gauche, l'autre, plus récent et plus sombre, sur son mollet droit.

Il l'accompagna vers le petit bureau, derrière la caisse. Il jeta un coup d'œil dans le miroir de surveillance convexe et vit McGovern qui tenait le battant pour Sue.

« Fermez la porte à clef, lança-t-il par-dessus son épaule.

— Bon sang, Ralph, en principe je ne dois pas...

— Juste pour deux minutes... s'il vous plaît.

— Bon... d'accord. »

Ralph entendit le cliquetis du verrou tandis qu'il installait Helen dans un fauteuil en plastique moulé, derrière le bureau jonché de papiers. Il prit le téléphone et appuya sur la touche marquée « 911. » Avant que la sonnerie ait eu le temps de retentir à l'autre bout, un doigt taché de sang vint enfoncer le bouton gris qui coupait la communication.

« Non... Raf. » Elle déglutit avec peine et recommença : « Non, Ralph, non.

— Si. Je vais les appeler. »

C'était maintenant de la peur qu'il lisait dans son œil valide ; plus trace de la moindre hébétude.

« Non, répéta-t-elle, non, Ralph. Je vous en prie. Pas la police. » Elle regarda par-delà l'épaule du vieil homme et tendit les mains. Son expression humble et suppliante le fit grimacer de consternation.

« Ralph ? fit Sue. Elle veut la petite.

— Je sais. Donnez-la-lui. »

La jeune fille tendit Natalie à Helen et Ralph regarda la fillette — elle devait avoir un peu plus d'un an, il en était à peu près sûr — passer les bras autour du cou de sa mère et poser la tête contre son épaule. Helen déposa un baiser sur le crâne de son enfant. Il était clair que le geste lui faisait mal, mais elle recommença. Et recommença encore. Ralph aperçut alors, dans les fines rides de sa nuque, du sang qui s'était accumulé comme de la crasse. A cette vue, il sentit la colère monter de nouveau en lui.

« C'est Ed, n'est-ce pas ? » demanda-t-il. Bien entendu, c'était lui — on ne coupait pas une communication avec le 911 lorsqu'on avait été battue par un parfait inconnu —, mais il se devait de lui poser la question.

« Oui », répondit-elle. Sa voix se réduisait à un murmure, et le secret avait été confié au nuage délicat des fins cheveux de sa fille. « Oui, c'est bien Ed. Mais il ne faut pas appeler la police. » Elle tourna le visage vers Ralph, son œil ouvert plein de peur et de chagrin. « Je vous en prie, n'appelez pas la police, Ralph. Je ne peux pas supporter l'idée que le papa de Natalie se retrouve en prison pour... pour... »

Elle éclata en sanglots. Natalie ouvrit pendant un instant un œil rond, affichant un air comique de surprise, puis se joignit à sa mère.

7

« Ralph ? dit McGovern d'une voix hésitante. Est-ce que tu veux que j'aille chercher de l'aspirine ou autre chose ?

— Il vaut mieux pas. On ne sait pas ce qu'elle a, ni si elle est gravement blessée. » Il tourna le regard vers la vitrine, n'ayant aucune envie de voir ce qu'il s'attendait à voir, espérant s'être trompé, mais non : des visages avides s'alignaient jusqu'à l'endroit où l'armoire à rafraîchir les bières coupait la vue. Certains parmi eux avaient les mains en coupe autour des yeux pour atténuer les reflets.

« Qu'est-ce qu'il faut faire, les gars ? » demanda Sue. Elle regardait les badauds et tripotait nerveusement l'ourlet du tablier que les employés du Red Apple étaient obligés de porter. « Si la boîte apprend que j'ai fermé pendant les heures d'ouverture, je risque de perdre mon boulot.

— Je vous en prie, Ralph », répéta Helen en lui touchant la main, elle zozotait encore un peu à cause de ses lèvres enflées, « n'appelez personne. »

Le vieil homme la regarda, incertain. Il avait vu bien des femmes couvertes de bleus, au cours de sa vie, et quelques-unes (mais très peu, pour être honnête) qui avaient été battues encore plus sauvagement qu'Helen, mais jamais une correction ne lui avait paru aussi sinistre. Sa conception des choses s'était formée à une époque où les gens considéraient que ce qui se passait entre deux conjoints derrière les portes closes du mariage ne regardaient qu'eux, y compris les coups que l'homme portait avec ses poings et les blessures que la femme faisait avec sa langue. On ne pouvait obliger les gens à se comporter convenablement ; et se mêler de leurs affaires, même avec les meilleures intentions, finissait trop souvent par brouiller les plus vieux amis.

C'est alors qu'il pensa à la façon dont elle tenait Natalie, lorsqu'elle avait traversé le parking en titubant, sur la hanche, comme un paquet de livres. Si elle l'avait laissée tomber, dans la rue, ou sur le parking, elle ne s'en serait probablement même pas rendu compte. Il pensait qu'elle avait agi par pur instinct lorsqu'elle avait pris le bébé avec elle. Elle n'avait pas voulu le laisser entre les mains de l'homme qui l'avait battue si sauvagement qu'elle ne pouvait voir qu'avec un œil et n'arrivait à proférer qu'un magma de syllabes informes.

Il pensa également à autre chose, une chose en rapport avec les journées qui avaient suivi la mort de Carolyn, un peu plus tôt dans l'année. Il avait été surpris par la profondeur de son chagrin — après tout, sa disparition était attendue — et il avait cru qu'il ne pourrait connaître peine pire que celle qui avait été la sienne pendant les derniers jours de Carolyn; il s'était retrouvé dépourvu de tout sens pratique, de toute efficacité lorsqu'il avait fallu prendre les dispositions ultimes. Il avait réussi à appeler le salon funéraire Brookings-Smith, mais c'était Helen qui s'était occupée de passer prendre le formulaire d'annonce pour le *Derry News*, elle qui l'avait aidé à la rédiger, Helen qui l'avait accompagné pour choisir un cercueil (McGovern, qui avait la mort et les cérémonies qui l'entourent en horreur, s'était fait rare), Helen encore qui l'avait conseillé pour la couronne, lui faisant prendre celle avec la mention *A mon épouse bien-aimée*. Et bien entendu, c'était Helen qui s'était chargée d'orchestrer la petite réception qui avait suivi, qui avait pensé à commander les sandwichs chez Frank's Catering et les boissons au Red Apple.

Telles étaient les choses qu'Helen avaient faites pour lui lorsqu'il n'était pas capable de les assumer. N'avait-il pas une obligation envers elle, ne devait-il pas lui rendre la pareille, même si la jeune femme n'y voyait pas un service?

« Qu'est-ce que tu en penses, Bill? » demanda-t-il.

McGovern regarda Helen, toujours assise dans le fauteuil en plastique rouge, la tête baissée, puis se tourna de nouveau vers Ralph. Il exhiba un mouchoir et s'essuya nerveusement la bouche. « Je ne sais pas. J'aime beaucoup Helen, et je voudrais faire ce qu'il faut — tu le sais — mais dans une affaire comme celle-là... Comment savoir ce qu'il convient de faire ? »

Ralph se souvint soudain de ce que Carolyn avait l'habitude de dire, chaque fois qu'il commençait à gémir et à râler à cause d'une corvée ou d'une course qu'il n'avait pas envie de faire, ou d'un engagement qu'il n'avait pas envie d'honorer. *La route est longue pour le paradis, mon cœur, alors ne gaspille pas ton énergie pour des bêtises.*

Il tendit de nouveau la main vers le téléphone et cette fois-ci repoussa celle d'Helen qui voulait s'interposer.

« Commissariat de police de Derry, dit une voix enregistrée. Appuyez sur le un pour les services d'urgence. Sur le deux pour la police. Sur le trois pour des informations. »

Ralph, comprenant soudain qu'il avait besoin des trois, hésita une seconde avant d'appuyer sur le deux. Il y eut une sonnerie et une voix de femme dit : « Services d'urgence de la police, en quoi puis-je vous aider ? »

Il prit une profonde inspiration et répondit : « Je m'appelle Ralph Roberts. Je me trouve au magasin Red Apple de Harris Avenue, avec une voisine. Elle s'appelle Helen Deepneau. Elle a été sérieusement battue. » Il posa une main délicate contre la joue de la jeune femme, et celle-ci vint s'appuyer du front contre lui. Il sentit la chaleur de sa peau à travers la chemise. « Je vous en prie, venez le plus vite possible. »

Il raccrocha, puis s'accroupit à côté d'Helen. Natalie le vit, roucoula de plaisir et tendit la main pour lui saisir amicalement le nez. Ralph sourit, embrassa la minuscule menotte, puis regarda Helen bien en face.

« Je suis désolé, Helen, mais il le fallait. Je ne pouvais pas ne pas agir ainsi. Est-ce que vous comprenez ? Je ne pouvais pas ne pas le faire.

— Je ne comprends rien du tout ! » zozota-t-elle.

Elle ne saignait plus du nez, mais lorsqu'elle voulut se le toucher, elle fit une grimace au simple contact de ses doigts.

« Pourquoi vous a-t-il fait ça, Helen ? Quelle raison peut-il avoir de vous battre ? » Il se souvint d'avoir vu d'autres bleus, à plusieurs reprises. S'il y en avait eu de manière régulière, la chose lui avait échappée. A cause de la mort de Carolyn. Et des insomnies qui l'avaient suivie. De toutes les façons, ce n'était pas la première fois qu'Ed portait la main sur sa femme. Aujourd'hui marquait une étape spectaculaire dans l'escalade, mais ce n'était pas la première fois. Il arrivait à saisir cette idée, à en admettre la logique, mais toujours pas à *se représenter* Ed battant Helen. Il revoyait bien le sourire prompt du jeune homme, ses yeux vifs, la manière dont ses mains s'agitaient sans cesse lorsqu'il parlait... mais il était incapable d'imaginer ces mêmes mains infligeant une terrible correction à Helen, en dépit de tous ses efforts.

Puis un souvenir refit surface : Ed s'avançant d'un pas raide vers un homme corpulent, le conducteur d'une camionnette — un pick-up Ford Ranger, non ? — et le giflant à la volée. Ce rappel fut comme ouvrir un placard fermé depuis longtemps — sauf que ce qui en dégringola ne fut pas une avalanche de vieilleries, mais une série d'images vives, datant de l'été précédent. Les nuages d'orage montant au-dessus de l'aéroport. Le bras d'Ed, par la portière de la Datsun, s'agitant frénétiquement, comme si cela pouvait faire glisser la barrière plus rapidement sur son rail. Le foulard avec ses symboles chinois.

Hé, hé, Susan Day, combien de bébés as-tu tués aujourd'hui ? La ritournelle traversa l'esprit de Ralph, mais avec la voix d'Ed, et il avait déjà une idée assez précise de ce que Helen allait lui répondre avant qu'elle eût ouvert la bouche.

« C'est complètement idiot, dit-elle. Il m'a battue parce que j'ai signé une pétition, c'est tout. Elles circulent en ville. Quelqu'un me l'a mise sous le nez quand je suis allée au supermarché, avant-hier. C'était pour soutenir WomanCare, le centre de planning familial, et ça me paraissait bien. En plus, la petite commençait à s'énerver, et j'ai...

— Vous avez juste signé », acheva doucement Ralph.

Elle acquiesça et se remit à pleurer.

« Quelle pétition ? demanda McGovern.

— Pour demander à Susan Day de venir à Derry, répondit Ralph. C'est une féministe qui...

— Je la connais, le coupa McGovern, irrité.

— Bref, un groupe de gens essaie de la convaincre de venir parler ici. Pour défendre le centre de planning familial.

— Quand Ed est arrivé à la maison, il était d'excellente humeur, dit Helen à travers ses larmes. Il est presque toujours comme ça, le jeudi, parce qu'il a sa demi-journée. Il racontait qu'il allait passer l'après-midi à faire semblant de lire un livre, mais qu'en fait il regarderait tourner le tourniquet de l'arroseur... vous savez comment il est...

— Oui. » Ralph, cependant, revoyait Ed le bras plongé jusqu'au coude dans le baril de fertilisant de Gros Balèze et le sourire rusé

(Si tu crois que je vais me faire avoir par un tour aussi enfantin)

qui s'était peint sur son visage. « Oui, je sais comment il est.

— Je l'ai envoyé chercher des aliments pour bébé... » Sa voix s'élevait dans les aigus, devenait chagrine, effrayée. « Je ne savais pas que ça le mettrait dans cet état... j'avais complètement oublié que j'avais signé ce fichu truc, pour dire la vérité... et je ne sais toujours pas pourquoi ça l'a mis dans cet état... mais... quand il est revenu... » Elle serra Natalie dans ses bras qui tremblaient.

« Calmez-vous, Helen, tout va bien maintenant.

— Non, ça ne va pas bien ! » Elle leva le visage

vers Ralph ; les larmes coulaient librement de son œil valide, sourdaient à travers les paupières gonflées de l'autre. « Pas bien du tout ! Pourquoi il ne s'est pas arrêté cette fois ? Et qu'est-ce qui va nous arriver, à la petite et à moi ? Où allons-nous aller ? Le seul argent que j'ai, c'est celui de notre compte joint... je n'ai pas de travail... Oh, Ralph, pourquoi avoir appelé la police ? Vous n'auriez pas dû ! » Elle porta du poing un coup sans force sur l'avant-bras du vieil homme.

« Vous allez parfaitement bien vous en sortir, objecta-t-il. Vous avez beaucoup d'amis dans le quartier. »

Mais c'est à peine s'il fit attention à la réponse qu'il lui donnait ; il n'avait même pas senti le coup affaibli qu'elle lui avait porté. La colère battait dans sa poitrine et à ses tempes, comme s'il avait eu un deuxième cœur.

Pourquoi ne s'est-il pas arrêté ? N'était-ce pas ce qu'elle avait dit. Elle avait dit : *Pourquoi il ne s'est pas arrêté cette fois ?*

Cette fois.

« Où est Ed en ce moment, Helen ?

— A la maison, je suppose », répondit-elle, lugubre.

Ralph lui tapota l'épaule, se redressa et se dirigea vers la sortie.

« Où vas-tu, Ralph ? demanda McGovern, une note d'inquiétude dans la voix.

— Fermez la porte à clef derrière moi.

— Bon sang, je ne sais pas si je peux », dit Sue. Elle regardait, mal à l'aise, la rangée de curieux agglutinés derrière la vitrine sale.

« Si, vous pouvez. » Il tendit l'oreille vers le ululement encore lointain d'une sirène qui se rapprochait. « Vous entendez ça ?

— Oui, mais...

— Les flics vous diront ce qu'il faut faire, et votre patron ne se mettra pas en colère non plus. Il vous donnera plutôt une médaille pour avoir agi comme il le fallait.

— Si j'ai une médaille, je la partagerai avec vous », dit-elle, jetant un coup d'œil à Helen. La jeune caissière avait repris un peu de couleur, mais pas beaucoup. « Bon sang, Ralph, regardez-moi ça ! Je n'arrive pas à croire qu'il l'ait battue juste parce qu'elle a signé une fichue pétition...

— Et pourtant, si », répondit-il. Il suivait parfaitement la conversation, mais il avait l'impression qu'elle se tenait très loin de lui. Sa rage était plus proche ; on aurait dit qu'elle avait passé ses bras brûlants autour du cou du vieil homme. Il aurait bien aimé avoir de nouveau quarante ans, même cinquante, afin de pouvoir faire goûter à Ed un peu de sa médecine. Et quelque chose lui disait qu'il allait peut-être tout de même essayer.

Il tournait le verrou de la porte lorsque McGovern l'attrapa par les épaules. « Qu'est-ce que tu vas faire ?

— Aller voir Ed.

— Tu plaisantes ! Il va te hacher menu si tu le provoques. Tu n'as pas vu ce qu'il lui a fait ?

— Justement », répliqua Ralph. Réponse qui n'avait pas été tout à fait un grognement de menace, mais McGovern n'en lâcha pas moins son épaule.

« Tu as soixante-dix balais au compteur, Ralph, au cas où tu l'aurais oublié. Et c'est d'un ami dont Helen a besoin, en ce moment, pas d'une antiquité en pièces détachées à qui elle pourra d'autant plus facilement rendre visite à l'hôpital qu'elle sera à trois chambres de la sienne. »

Bill avait évidemment raison, mais cela ne fit que rendre Ralph plus furieux encore. Il soupçonna l'insomnie d'y être pour quelque chose, que c'était elle qui alimentait sa colère et brouillait son jugement, mais ça n'y changeait rien. D'une certaine manière, la colère était un soulagement. Cela valait mieux, sans aucun doute, que d'errer dans un monde où ne régnait plus qu'une gamme de gris en fait de couleurs.

« S'il me flanque une correction suffisamment sérieuse, j'aurai droit à du Demerol et je pourrai avoir une bonne nuit de sommeil. Laisse-moi tranquille, Bill. »

Il traversa le parking du Red Apple d'un pas vif. Une voiture de police approchait dans les clignotements bleus de tous ses feux. On lui lança des questions — *Qu'est-ce qui se passe ? Elle va bien ?* — mais il les ignora. Il marqua un temps d'arrêt au bord du trottoir, attendit que le véhicule de patrouille se fût engagé dans le parking, puis il traversa Harris Avenue, toujours du même pas vif, McGovern à sa remorque. Un McGovern anxieux, qui se tenait à une distance prudente.

CHAPITRE 3

Ed et Helen Deepneau habitaient une construction de style « Cape Cod » — d'un brun chocolat souligné de parements blancs, le genre de petite demeure que les vieilles dames appellent souvent « chérie » —, à quatre maisons de celle que Ralph partageait avec McGovern. Carolyn aimait à dire que les Deepneau appartenaient à l'« Eglise des yuppies de la onzième heure », mais la manière dont elle le disait enlevait toute causticité à la phrase. Ils étaient végétariens mais sans fanatisme, consommant sans problème poisson et produits laitiers ; ils avaient fait campagne en faveur de Clinton lors des dernières élections et leur voiture — non pas la Datsun mais un minivan récent — portait des autocollants qui proclamaient : FENDEZ DU BOIS, PAS DES ATOMES et LA FOURRURE SUR LE DOS DES ANIMAUX, PAS DES GENS.

Les Deepneau avaient aussi conservé, apparemment, tous les albums qu'ils avaient achetés pendant les années soixante (Carolyn considérait que c'était l'un de leurs traits les plus touchants) et comme Ralph se rapprochait de la Cape Cod, les poings serrés au fond de ses poches, il entendit Grace Slick bêler l'un de ces vieux hymnes san-franciscains :

One pill makes you bigger,
One pill makes you small,
And the one that Mother gives you

Don't do anything at all,
Go ask Alice, when she's ten feet tall

La musique provenait d'une stéréo portative posée sur le porche, grand comme un mouchoir de poche, de la Cape Cod. Un tourniquet tournoyait au milieu de la pelouse avec des chuintements rythmés; il créait des arcs-en-ciel dans l'air et déposait une pellicule brillante et humide sur le trottoir. Ed Deepneau, torse nu, était assis dans une chaise longue installée sur l'allée, jambes croisées, et regardait le ciel avec l'expression amusée de quelqu'un qui hésite à identifier un cheval ou une licorne dans le nuage qui passe. Son pied nu battait la mesure au rythme de la musique. *Even Cowgirls Get the Blues*, par Tom Robbins.

L'image parfaite du bonheur estival; une scène représentative de la sérénité des petites villes, comme Norman Rockwell aurait pu la peindre, sous le titre *Après-midi de congé*. Il suffisait de ne pas prêter attention aux traces de sang sur les articulations d'Ed, aux gouttelettes rouges sur ses lunettes rondes à la John Lennon.

« Ralph, pour l'amour du Ciel, ne te bats pas avec lui! » siffla McGovern lorsque son ami quitta le trottoir et coupa par la pelouse. Il passa à travers l'eau vaporisée par le tourniquet sans pratiquement en sentir la fraîcheur.

Ed se tourna, l'aperçut et lui adressa un grand sourire. « Hé, Ralph! Ça me fait plaisir de vous voir! »

En esprit, Ralph se vit qui attrapait la chaise longue, la retournait et faisait tomber Ed sur son gazon. Il vit les yeux du jeune homme s'agrandir de stupéfaction derrière ses lunettes. Vision d'une telle réalité qu'il remarqua même un reflet de soleil sur la montre d'Ed lorsque ce dernier voulut se relever.

« Allez donc vous chercher une bière et prendre

un siège, disait Ed. Si vous avez envie d'une partie d'échecs...

— Une bière? Une partie d'échecs? Bordel de Dieu, Ed, vous ne tournez pas rond! »

Le jeune chimiste ne répondit pas tout de suite, se contentant de regarder Ralph avec une expression qui était à la fois effrayante et enrageante. On y lisait simultanément de la honte et de l'amusement — l'expression d'un homme sur le point de dire : *Ah, merde, chérie, je crois que j'ai encore oublié de sortir la poubelle!*

Ralph eut un geste en direction du bas de la colline, au-delà de McGovern (lequel se serait planqué s'il y avait eu quelque chose derrière quoi se planquer) qui, debout à côté de la tache humide projetée par le tourniquet sur le trottoir, les observait nerveusement. Une deuxième voiture de police venait de rejoindre la première, et on entendait le crépitement affaibli des appels radio, par les fenêtres ouvertes. Il y avait maintenant foule.

« La police est là à cause d'*Helen* ! » reprit-il, non sans se dire de ne pas crier, que ça ne servait à rien de crier, mais criant malgré tout. « Elle est là parce que vous avez battu votre *femme*, vous entendez ce que je vous dis?

— Oh, fit Ed en se frottant la joue, l'air affligé. Ça?

— Oui, *ça* ! » La rage l'étouffait.

Ed regarda en direction des véhicules de patrouille et de la foule qui entourait le Red Apple. C'est alors qu'il aperçut McGovern.

« Bill! » s'exclama-t-il. McGovern eut un mouvement de recul. Ed ne le remarqua pas — ou fit semblant de ne pas le remarquer. « Hé, Bill! tirez-vous une chaise! Vous voulez pas une bière? »

C'est à cet instant que Ralph comprit qu'il allait frapper Deepneau, lui casser ses stupides petites lunettes rondes, peut-être même lui crever l'œil d'un éclat de verre. Il allait vraiment le faire, rien sur terre ne pourrait l'en empêcher — or quelque chose, au dernier moment, l'en empêcha. La voix de Carolyn, qu'il entendait de plus en plus fréquemment dans sa tête, ces temps derniers — au moins quand il n'était pas en train de grommeler dans sa barbe — mais là, ce n'était pas la voix de Carolyn; si invraisemblable que cela fût, c'était celle de Trigger Vachon, qu'il n'avait revu qu'une ou deux fois depuis le jour où le blanchisseur lui avait épargné l'orage, le jour où Carolyn avait eu sa première crise.

Hé-hé, Ralph, faites fichtrement attention, mon vieux ! Ce type est complètement piqué ! C'est peut-être bien lui qui a envie de vous frapper !

Oui... c'était peut-être ce que désirait Ed. Pourquoi ? Qui le savait ? Pour brouiller encore plus les pistes, peut-être, ou tout simplement parce qu'il était cinglé ?

« Arrêtez vos conneries », dit-il, baissant la voix, murmurant presque. Il eut la satisfaction de faire sursauter Ed, soudain très attentif, et la satisfaction encore plus grande de voir disparaître des traits de l'homme l'expression d'amusement désenchanté vaguement charmeuse qu'il avait affichée jusqu'ici. Un air méfiant, concentré, la remplaçait. Il présentait l'aspect, dans l'esprit de Ralph, d'un animal dangereux remonté à bloc.

Ralph s'accroupit pour pouvoir regarder droit dans les yeux de Deepneau. « C'est à cause de Susan Day ? demanda-t-il, toujours de la même voix douce. A cause de Susan Day et de ces histoires d'avortement ? Des bébés morts ? C'est pour ça que vous vous en êtes pris à Helen ? »

Une autre question lui vint à l'esprit — *Qui êtes-vous en fin de compte, Ed ?* — mais avant qu'il ait eu le temps de la poser, Ed posa une main au centre de la poitrine de Ralph et le poussa. Le vieil homme tomba à la renverse dans l'herbe humide, se retrouvant sur les coudes et les épaules. Il resta là, les pieds posés à plat, les genoux relevés, et regarda Ed qui bondissait soudain de sa chaise longue.

« Fiche-lui la paix, Ralph ! » cria McGovern depuis la relative sécurité du trottoir.

Ralph n'y fit pas attention. Il resta simplement où il était, redressé sur les coudes et surveillant attentivement Ed. Il était toujours en colère et effrayé, mais ces émotions commençaient à passer au second plan, remplacées par une fascination étrange qui avait quelque chose de glacial. C'est dans la folie qu'il plongeait les yeux — le modèle authentique. Ce n'était pas à un superméchant de bande dessinée qu'il avait affaire, là, pas à Norman Bates, ni au capitaine Achab. Simplement à Ed Deepneau, le chimiste qui travaillait au laboratoire Hawking, un peu plus loin sur la côte — *une grosse tête*, comme auraient dit les vieux qui jouaient aux échecs dans l'aire de pique-nique d'Extension, *mais plutôt sympa, pour un démocrate*. Or, le type plutôt sympa venait de perdre complètement les pédales, et ce n'était pas la première fois, aujourd'hui ; il les avait perdues en voyant le nom de sa femme au bas d'une pétition agrafée sur le panneau d'information du supermarché Shop'n'Save. Ralph comprenait maintenant que la folie de Deepneau était vieille d'au moins un an et il se demanda quels secrets dissimulaient le comportement habituellement charmant d'Helen et son sourire rayonnant... et quels petits signes de désespoir — en dehors des bleus — avaient bien pu lui échapper.

Sans compter Natalie. Qu'a-t-elle vu ? Qu'a-t-elle vécu ? Sans compter la manière dont elle a été trimbalée jusqu'au parking du Red Apple, comme un paquet de linge sale, par une mère qui saignait et titubait...

Ralph sentit la chair de poule lui hérisser les bras.

Ed s'était mis entre-temps à marcher de long en large, traversant et retraversant l'allée, écrasant les zinnias plantés en bordure par Helen. Il était redevenu l'Ed Deepneau que Ralph avait rencontré l'été dernier près de l'aéroport, jusqu'aux féroces marques d'acné sur la figure et aux coups d'œil brusques et agressifs jetés de toutes parts.

C'est ce que son foutu numéro avait pour but de dissimuler, pensa-t-il. *Il a exactement le même air que lorsqu'il s'est attaqué au conducteur de la camionnette. Un coq qui protège son coin de basse-cour.*

« Je dois reconnaître que ce n'est pas entièrement la faute d'Helen », dit Ed avec un débit rapide, se donnant du poing dans la main et allant et venant à travers le brouillard du tourniquet. On aurait pu lui compter les côtes ; comme s'il n'avait pas fait un seul repas convenable depuis des mois.

« Cependant, quand la bêtise atteint un certain degré, elle devient difficile à supporter, enchaîna-t-il. Elle est comme les Mages qui viennent demander des informations au roi Hérode. Jusqu'à quel point peut-on être stupide ? Où donc est né le roi des juifs ? C'est à Hérode qu'ils le demandent. Mages sages mon cul, oui ! Vous croyez pas, Ralph ? »

Ce dernier acquiesça. Bien sûr, Ed. Tout ce que vous voudrez, mon vieux.

Ed lui rendit son signe de tête et reprit ses allées et venues à travers le brouillard et les fantômes d'arcs-en-ciel, sans cesser de se donner des coups de poing dans le creux de la main. « C'est comme dans la chanson des Rolling Stones, "Regarde, regarde cette fille stupide..." Vous l'avez sans doute oubliée, celle-là, non ? » Il se mit à rire, avec un bruit haché qui faisait penser à des rats dansant sur du verre pilé.

McGovern vint s'agenouiller à côté de Ralph. « Fichons le camp d'ici », grommela-t-il. Ralph secoua la tête, et quand Ed revint d'un brusque demi-tour dans leur direction, McGovern se redressa rapidement et battit en retraite vers le trottoir.

« Elle pensait qu'elle pourrait vous avoir, hein ? » demanda Ralph qui, toujours allongé sur la pelouse, n'avait pas changé de position. « Elle s'était imaginé que vous ne verriez pas sa signature sur la pétition ? »

Ed bondit par-dessus l'allée, se pencha sur Ralph et secoua son poing au-dessus de la tête du vieil homme comme un méchant dans un film muet. « Non, non, non, pas du tout ! » s'écria-t-il.

Les Animals avaient remplacé Jefferson Airplane, Eric Burdon rugissait l'évangile selon John Lee Hooker : « Boum-boum-boum, j'vais t'descendre en beauté... » McGovern émit un cri étranglé, croyant sans doute qu'Ed s'apprêtait à attaquer Ralph, mais au lieu de cela, il s'agenouilla, le poing gauche enfoncé dans l'herbe, dans la position d'un coureur qui attend que le coup de feu de l'arbitre le fasse bondir des starting-blocks. Il avait le visage couvert de gouttelettes que Ralph prit tout d'abord pour de la sueur, avant de se souvenir de la façon dont le jeune chimiste avait traversé le système d'arrosage à plusieurs reprises. Ralph remarqua, sur le verre gauche des lunettes, la tache rouge qui avait un peu coulé ; on aurait dit que la pupille de son œil gauche était pleine de sang.

« C'est le destin qui m'a permis de découvrir qu'elle avait signé la pétition, le simple destin ! N'insultez pas mon intelligence, Ralph ! Vous n'êtes peut-être plus tout jeune, mais vous êtes loin d'être stupide. Le fait est que je me suis rendu au supermarché pour acheter des aliments pour bébé — quelle ironie, tout de même ! — et je me suis aperçu qu'elle avait mis son nom à côté de ceux des tueurs de bébés ! Des Centurions ! Avec le Roi Pourpre en personne ! Eh bien, figurez-vous, j'ai... vu... rouge !

— Le Roi Pourpre, Ed ? Qui c'est ?

— Oh, je vous en prie. Il lui adressa un sourire rusé. *Alors Hérode, voyant qu'il avait été joué par les Mages, se mit dans une grande colère et il envoya tuer tous les enfants de deux ans et au-dessous qui étaient à Bethléem et dans tout son territoire, selon la date dont il s'était soigneusement enquis auprès des Mages*. C'est dans la Bible, Ralph. Matthieu, chapitre trois, seize. En doutez-vous ? Remettez-vous cela en question, nom d'un foutre ?

— Pas du tout. Si vous le dites, je le crois. »

Ed acquiesça. Ses yeux, d'un vert profond étonnant, ne cessaient de se porter d'un point à un autre. Il se pencha alors lentement sur Ralph, une main appuyée au sol de part et d'autre des bras de son vieil ami. Comme s'il s'apprêtait à l'embrasser. Une odeur de sueur monta aux narines de Ralph, mêlée à celle, à peine perceptible maintenant, d'une lotion après-rasage, ainsi qu'à autre chose, un relent de lait caillé. Il se demanda s'il ne s'agissait pas de l'odeur de la folie d'Ed.

Une ambulance remonta Harris Avenue, gyrophare tournant, mais sans la sirène. Elle s'engagea sur le parking du Red Apple.

« Vous faites aussi bien. Vous faites aussi bien de me croire. »

Ses yeux cessèrent leurs déplacements aléatoires pour se fixer sur Ralph.

« Ils assassinent les bébés en gros, dit-il d'une voix basse et mal assurée. Ils les arrachent du ventre de leur mère et les emportent dans des camions bâchés. Des camions à plate-forme, la plupart du temps. Posez-vous la question, Ralph : combien de fois par semaine voyez-vous une de ces grandes remorques circuler sur la route ? Une plate-forme avec une bâche tendue entre les ridelles ? Vous êtes-vous jamais demandé ce que transportaient ces camions ? Vous êtes-vous jamais demandé ce qu'il y avait sous ces bâches ? »

Ed sourit et roula des yeux.

« Ils brûlent la plupart des fœtus là-bas, à Newport. Le panneau annonce bien *Décharge*, mais en réalité c'est un crématorium. Ils en envoient certains hors de l'État, cependant. Par camion, ou dans de petits avions. Parce que les tissus de fœtus ont beaucoup de valeur. Je vous parle de cela non pas en tant que citoyen concerné, Ralph, mais en tant qu'employé des laboratoires Hawking. Les tissus de fœtus ont... plus de valeur... que l'or. »

Il tourna brusquement la tête et fixa McGovern, qui s'était rapproché subrepticement pour écouter ce qu'il disait.

« *OUI, PLUS DE VALEUR QUE L'OR ET PLUS PRÉCIEUX QUE DES RUBIS !* » hurla-t-il. McGovern bondit en arrière, l'œil agrandi, affolé. « *VOUS NE LE SAVIEZ PAS, ESPÈCE DE VIEUX PÉDÉ ?*

— Si..., répondit McGovern, je crois que je le savais. » Il jeta un bref coup d'œil vers le bas de la rue, où l'un des véhicules de patrouille sortait du parking du Red Apple en marche arrière, puis se dirigeait dans leur direction. « J'ai dû lire ça quelque part. Dans *Scientific American*, peut-être.

— *Scientific American !* » Ed eut un petit rire de mépris et roula des yeux en direction de Ralph, comme pour dire : *qu'est-ce qu'il ne faut pas entendre, tout de même !* Puis son visage s'assombrit de nouveau. « L'assassinat en gros, reprit-il, comme à l'époque du Christ. Sauf que maintenant, c'est l'assassinat de ceux qui ne sont pas encore nés. Pas seulement ici, mais partout dans le monde. On les massacre par milliers, Ralph, par *millions*, et savez-vous pourquoi ? Savez-vous pour quelle raison nous sommes retournés dans la cour du Roi Pourpre, en ce nouvel âge de ténèbres ? »

Ralph le savait. Ce n'était pas bien difficile à deviner, si l'on avait les éléments. Si l'on avait vu Ed, le bras enfoncé dans un baril de fertilisant, à la recherche des bébés morts qu'il était sûr d'y trouver.

« Le roi Hérode a été mis au courant avec un temps d'avance cette fois, dit Ralph. C'est bien ce que vous voulez dire, hein ? C'est encore cette vieille histoire du Messie, non ? »

Il se mit sur son séant, s'attendant un peu qu'Ed le repoussât au sol, l'espérant presque. Sa colère lui revenait. On avait certainement tort de critiquer les fantasmes et les illusions d'un fou comme on critiquerait un film ou une pièce, c'était peut-être même blasphématoire, mais Ralph trouvait enrageante l'idée qu'Helen dût sa raclée à un tel ramassis de conneries d'un autre âge.

Deepneau ne le toucha pas ; il se mit debout et s'essuya les mains le plus naturellement du monde. Il paraissait se calmer. Les crépitements de la radio se firent plus forts, et la voiture de police vint se garer le long du trottoir. Ed regarda le véhicule, puis Ralph qui se levait à son tour.

« Vous pouvez en rire, mais c'est vrai, reprit-il doucement. Ce n'est pas le roi Hérode, toutefois, mais le Roi Pourpre. Hérode n'était que l'une de ses incarnations. Le Roi Pourpre saute d'un corps à l'autre et de génération en génération comme un gamin qui traverse un gué en sautant d'une pierre à l'autre, Ralph. Toujours lancé à la recherche du Messie. Il l'a toujours manqué, mais cette fois, ça pourrait être différent. Parce que Derry est une ville différente. Toutes les lignes de force ont commencé à converger vers ici. Je sais que c'est difficile à croire, mais c'est vrai. »

Le Roi Pourpre, pensa Ralph. *Oh, Helen, je suis désolé... Tout cela est bien triste*.

Deux hommes, l'un en uniforme, l'autre en civil, mais probablement flics tous les deux, descendirent de la voiture et s'approchèrent de McGovern. Derrière eux, près du magasin, Ralph distingua deux autres hommes en pantalon et chemisette blancs, qui sortaient du Red Apple. L'un tenait Helen par les épaules ; elle marchait avec les précautions d'une convalescente après son opération. L'autre tenait Natalie.

Les infirmiers aidèrent Helen à se hisser dans l'ambulance. Celui qui tenait le bébé monta avec elle tandis que le premier allait prendre place au volant. Leurs mouvements évoquaient davantage la compétence que l'urgence, et Ralph pensa que c'était tant mieux pour Helen. Peut-être ne lui avait-il pas fait trop mal... cette fois-ci, au moins.

Le flic en civil, un gaillard trapu aux larges

épaules, qui portait une moustache blonde avec favoris assortis (il fit penser à Ralph à l'époque des bars pour célibataires de la vieille Amérique), paraissait connaître McGovern et affichait un grand sourire.

Ed passa un bras autour des épaules de Ralph et s'éloigna avec lui de quelques pas. Il baissa la voix et c'est dans un souffle qu'il dit à son vieil ami : « Je n'ai pas envie qu'ils nous entendent.

— Je vous comprends très bien.

— Ces créatures... les Centurions... les serviteurs du Roi Pourpre... rien ne les arrête. Ils sont impitoyables.

— Tiens, pardi ! » Ralph jeta un coup d'œil par-dessus son épaule au moment où McGovern montrait Ed du doigt. L'homme trapu acquiesça avec calme. Il gardait les mains dans les poches de son pantalon et continuait d'afficher son petit sourire bon enfant.

« Il ne s'agit pas seulement d'avortements, ne vous y trompez pas ! Plus maintenant. Ils prennent les fœtus de toutes sortes de mères, pas seulement les droguées et les putes — huit jours, huit semaines, huit mois, tout ça revient au même pour les Centurions. La moisson se poursuit nuit et jour. Le massacre. J'ai vu des cadavres d'enfants sur les toits, Ralph... sous des haies... on en trouve dans les égouts... et depuis les égouts, ils passent dans la Kenduskeag, au milieu des Friches-Mortes... »

Agrandis, brillant de l'éclat vert d'une fausse émeraude, ses yeux fixaient un point lointain.

« Ralph, murmura-t-il, le monde est parfois plein de couleurs. Je les ai vues depuis qu'*il* est venu et qu'*il* m'a parlé. Mais en ce moment, toutes les couleurs virent au noir.

— Depuis que *qui* est venu vous parler, Ed ?

— On en reparlera plus tard », fit le jeune chimiste du coin des lèvres, comme un détenu dans un film qui se passe en prison. En d'autres circonstances, son attitude aurait été comique.

Digne d'un présentateur de jeu télévisé, un grand sourire vint éclairer son visage et en chassa la folie de façon aussi convaincante que le lever du soleil chasse la nuit. La transformation eut quelque chose de tropical par sa rapidité, mais aussi de fichtrement inquiétant ; Ralph y trouva tout de même de quoi se rassurer un peu. Peut-être, au fond, qu'ils n'avaient pas à se sentir trop coupables — *ils*, c'est-à-dire lui, McGovern, Lois Chassey et tous les autres, sur ce petit bout de Harris Avenue — pour n'avoir pas deviné plus tôt la folie de Deepneau. Car il était bon ; c'était un acteur de première classe. Ce sourire lui aurait fait décrocher un oscar. Même dans une situation aussi bizarre que celle-ci, il était pratiquement impossible de ne pas y réagir.

« Hé, salut ! » lança-t-il aux policiers. Le costaud avait terminé sa conversation avec McGovern et les deux hommes venaient de s'engager sur la pelouse. « Tirez-vous une chaise, les gars ! » Ed laissa Ralph et s'avança vers eux, la main tendue.

Le policier la lui serra, sans se départir de son petit sourire bon enfant. « Edward Deepneau ? demanda-t-il.

— Exact. » Ed serra aussi la main du flic en tenue, lequel paraissait légèrement amusé, et se tourna de nouveau vers son collègue.

« Je suis le sergent-détective John Leydecker. Et voici mon adjoint, Chris Nell. J'ai cru comprendre qu'il y avait eu un petit incident, chez vous.

— Oui, en effet. On pourrait dire ça. Un petit incident. Ou bien, si vous préférez appeler un chat un chat, disons que je me suis comporté comme un vrai con. » Le petit rire gêné d'Ed avait quelque chose d'inquiétant, tant il était normal. Ralph pensa à tous ces psychopathes charmants qu'il avait vus au cinéma — George Sanders était particulièrement bon dans ce genre de rôles — et se demanda si un brillant chimiste ne serait pas capable de donner le change à un petit détective de province, lequel paraissait ne pas avoir encore entièrement digéré le syndrome de *La Fièvre du samedi soir*. Ralph fut assailli de doutes.

« Helen et moi, on s'est disputés à cause d'une pétition qu'elle a signée, expliqua Ed, et une chose mène à l'autre... Bon sang, je n'arrive pas à croire que je l'ai frappée. »

Il écarta les bras, comme pour illustrer sa perplexité — sans parler de la confusion et de la honte qu'il éprouvait. Leydecker sourit. Ralph se souvint de la querelle entre Ed et Gros Balèze, l'été précédent. Ed avait traité l'autre d'assassin, l'avait même giflé et le type, en fin de compte, l'avait regardé presque avec respect. Quasiment de l'hypnose, et Ralph avait l'impression de voir la même technique à l'œuvre, en ce moment.

« Vous avez un peu perdu le contrôle de la situation, c'est ce que vous voulez dire ? demanda Leydecker d'un ton plein de sympathie.

— C'est à peu près ça, ouais », concéda Ed. Il devait avoir au moins trente-deux ans, mais il ouvrait les grands yeux à l'expression innocente d'un gamin à peine en âge d'acheter de la bière.

« Attendez une minute, intervint Ralph, qui n'y tenait plus. Il ne faut pas le croire, il est cinglé. Et dangereux. Il vient juste de me dire...

— Il s'agit bien de M. Roberts, n'est-ce pas ? demanda Leydecker à McGovern, ignorant complètement Ralph.

— Oui, c'est bien M. Roberts, répondit McGovern d'un ton suffisant qui exaspéra Ralph.

— Bien, bien. » Leydecker se tourna enfin vers Ralph : « J'aimerais avoir un entretien avec vous, d'ici deux à trois minutes, monsieur Roberts. Entretemps, je préférerais que vous alliez retrouver votre ami et ne disiez rien. D'accord ?

— Mais...

— *D'accord ?* »

Plus en colère que jamais, Ralph partit rejoindre

McGovern d'un pas raide. Leydecker ne parut nullement affecté. Il se tourna vers son adjoint : « Ça ne t'ennuie pas d'aller couper la musique, Chris, qu'on s'entende un peu penser ?

— O.K. » Le flic en tenue alla jusqu'à la grosse radiocassette, inspecta les différents boutons et interrupteurs et coupa les Who en plein délire sur le grand magicien aveugle du billard électrique.

« Je crois bien que j'ai mis le son un peu fort, avoua Ed d'un ton timide. Je me demande si les voisins ne se sont pas plaints.

— Oh, c'est la vie », dit Leydecker. Il tourna son petit sourire serein vers les nuages qui traversaient le ciel d'été.

Merveilleux, pensa Ralph. *Ce type est un authentique Will Rogers*. Ed, cependant, opinait du chef comme si le détective venait de débiter non pas une perle de sagesse populaire, mais tout un collier.

Leydecker fouilla dans sa poche et en sortit un petit tube contenant des cure-dents. Il en offrit à Ed, qui refusa, et s'en colla un dans le coin de la bouche. « Bon. Une petite dispute familiale. C'est bien ce qu'il faut comprendre ? »

Ed hocha la tête encore plus énergiquement. Il affichait toujours son sourire, tout de sincérité mâtinée d'un léger étonnement. « Plutôt une discussion, en fait. Une discussion politique...

— Oui-oui, oui-oui, acquiesça le détective, sans cesser de sourire. Mais avant que vous n'en disiez davantage, monsieur Deepneau...

— Appelez-moi Ed, je vous en prie.

— Avant que vous n'en disiez davantage, monsieur Deepneau, j'aimerais cependant vous préciser que tout ce que vous déclarerez pourra être utilisé contre vous — vous savez, devant un tribunal. Et que vous avez le droit d'avoir un avocat. »

Le sourire amical (et légèrement intrigué) du jeune chimiste vacilla pendant un moment — *Bon sang, qu'est-ce que j'ai fait ? Aidez-moi, j'aimerais comprendre* —, remplacé par le regard aigu et évaluateur. Ralph jeta un coup d'œil à McGovern ; le soulagement qu'il lut dans ses yeux était identique au sien. Leydecker n'était peut-être pas un naïf, en fin de compte.

« Et, au nom du Ciel, pourquoi aurais-je besoin d'un avocat ? » demanda Ed. Il se tourna et adressa son sourire intrigué à Chris Nell, resté auprès du poste de radio, sur le porche.

« Je l'ignore, et peut-être l'ignorez-vous aussi, admit le détective, souriant toujours. Je vous dis simplement que vous pouvez avoir un avocat. Et que si vous n'avez pas les moyens d'en prendre un, la ville de Derry en désignera un d'office pour vous.

— Mais je ne... »

Leydecker, sans se départir de son air aimable, hocha la tête. « Tout ce que vous voudrez, bien sûr, mais ce sont vos droits. Les avez-vous compris tels que je vous les ai expliqués, monsieur Deepneau ? »

Pendant un instant, Ed resta muet sous le choc, l'œil agrandi, le regard vide. On aurait dit un ordinateur humain essayant d'intégrer une masse énorme de données compliquées. Puis il parut prendre progressivement conscience que son numéro ne produisait pas l'effet escompté. Ses épaules retombèrent. Une expression malheureuse, d'une telle authenticité qu'on n'en pouvait douter, vint remplacer le regard vide... Ralph, néanmoins, en doutait. Il était obligé d'en douter ; il avait lu la folie dans les yeux d'Ed, avant l'arrivée de Leydecker et de Nell. McGovern aussi. Le doute, toutefois, n'est pas l'incrédulité et Ralph soupçonnait qu'à un certain niveau, Ed regrettait sincèrement d'avoir battu Helen.

Oui, comme à un certain niveau il croit sincèrement que ses fichus Centurions transportent des remorques pleines de fœtus à la décharge de Newport. Et que les forces du bien et du mal se retrouvent à Derry pour y jouer la tragédie qu'il imagine dans son esprit ; on pourrait la baptiser Omen V : dans la cour du Roi Pourpre.

Cependant, il ne pouvait s'empêcher de ressentir une certaine sympathie pour Ed Deepneau, l'homme qui avait fidèlement rendu visite à Carolyn trois fois par semaine pendant son ultime séjour au Derry Home Hospital, qui lui apportait toujours des fleurs et qui l'embrassait toujours sur la joue avant de partir. Il avait même continué à le faire lorsque l'odeur de la mort avait commencé à l'entourer, et Carolyn lui avait toujours serré la main avec un sourire de gratitude. *Merci de vous souvenir que je suis un être humain*, disait ce sourire, *et merci de me traiter comme telle*. Tel était l'Ed Deepneau que Ralph considérait comme son ami et il croyait — ou peut-être seulement l'espérait-il — que cet Ed Deepneau-là était toujours présent.

« Je suis dans la merde, n'est-ce pas ? demanda-t-il doucement à Leydecker.

— Eh bien, voyons, répondit le policier, que son sourire n'avait toujours pas quitté. Vous avez cassé deux dents à votre femme. Il semble que vous lui ayez également fracturé l'os malaire. Je suis prêt à parier ma chemise qu'elle est commotionnée. Sans compter un certain nombre de bricoles, coupures, ecchymoses, et ce marrant petit début de scalp sur sa tempe gauche. Qu'est-ce que vous vouliez lui faire ? Lui mettre la boule à zéro ? »

Ed garda le silence, fixant Leydecker de ses grands yeux verts.

« Elle va passer la nuit en observation à l'hôpital parce qu'un trou-du-cul l'a massacrée, et tout le monde semble être d'accord pour dire que ce trou-du-cul, c'est vous, monsieur Deepneau. Je constate la présence de sang sur vos mains et sur vos lunettes, et j'en viens moi aussi à penser que c'est vous. Alors, qu'en dites-vous ? Vous m'avez l'air de quelqu'un d'intelligent. Ne pensez-vous pas que vous êtes dans la merde ?

— Je suis tout à fait désolé de l'avoir frappée. Je ne voulais pas...

— Ouais ! Si j'avais empoché vingt-cinq cents à chaque fois que j'ai entendu celle-là, j'aurais de quoi me payer à boire pour le restant de mes jours sans toucher à mon salaire. Je vous arrête sous l'inculpation de coups et blessures et d'agression au deuxième degré, monsieur Deepneau, ou agression conjugale, c'est la même chose. Cette inculpation tombe sous le coup de la loi du Maine sur les violences conjugales. J'aimerais que vous confirmiez que je vous ai bien informé de vos droits.

— Oui », répondit Ed d'une petite voix malheureuse. Le sourire — intrigué ou pas — avait disparu.

« Nous allons vous conduire au poste de police et vous mettre en garde à vue, reprit Leydecker. Cela dit, vous aurez le droit de passer un coup de téléphone et de faire une demande de remise en liberté sous caution. Chris, accompagne-le à la voiture, d'accord ? »

Le policier en tenue s'approcha d'Ed. « Vous n'allez pas faire d'histoires, n'est-ce pas, monsieur Deepneau ?

— Non », répondit Ed de la même petite voix. Ralph vit une larme couler de son œil droit ; le jeune chimiste l'essuya machinalement du revers de la main. « Pas la moindre.

— Parfait ! » s'exclama Nell, soulagé. Le policier l'escorta jusqu'au véhicule de patrouille.

Ed jeta un coup d'œil vers Ralph, qui attendait sur le trottoir. « Désolé, mon vieil ami », lui lança-t-il avant d'entrer dans la voiture. Ralph vit qu'elle ne possédait pas de poignée à l'intérieur.

2

« Bon, dit Leydecker en se tournant vers Ralph, la main tendue. Je suis désolé si je vous ai semblé un peu brusque, monsieur Roberts, mais ces types sont parfois imprévisibles. Je me défie encore plus de ceux qui ont l'air calmes, car on ne sait jamais ce qu'ils vont faire. John Leydecker.

— Johnny a été mon élève quand j'enseignais à Community College », intervint McGovern. Maintenant qu'Ed Deepneau était à l'arrière de la voiture de la police et hors d'état de nuire, il paraissait presque ivre de soulagement. « Un bon élève. Il m'a fait une excellente composition sur la Croisade des enfants, entre autres.

— Très heureux de vous rencontrer, dit Ralph. Et ne vous inquiétez pas. Il n'y a pas de mal.

— Il fallait être fou pour venir l'affronter comme vous l'avez fait, observa le policier d'un ton malicieux.

— J'étais furibard. Je suis d'ailleurs toujours furibard.

— Je vous comprends. Mais vous en êtes sorti indemne, ce qui est le plus important.

— Non, l'important, c'est Helen. Helen et le bébé.

— Sans doute. Dites-moi de quoi vous et M. Deepneau avez parlé avant notre arrivée, monsieur Roberts... ou bien puis-je vous appeler Ralph ?

— Ralph, je vous en prie. » Il rapporta sa conversation avec Ed, essayant d'être bref. McGovern, qui en avait entendu des bribes, l'écouta, l'œil rond, sans faire de commentaire. Chaque fois que Ralph regardait son vieil ami, il regrettait de ne pas voir le panama sur sa tête ; il paraissait plus âgé, ainsi. Presque une antiquité.

« Voilà qui paraît fichtrement bizarre, non ? observa Leydecker à la fin du récit.

— Qu'est-ce qui va se passer ? Il ira en prison ? Ce n'est pas là qu'il devrait aller, mais à l'hôpital psychiatrique.

— Vous avez sans doute raison, mais il y a une grande différence entre *devrait aller* et *ira*. Il n'ira d'ailleurs ni en prison ni au Sunnyvale Sanitarium — on ne voit plus ça que dans les vieux films. Ce qu'on peut espérer de mieux est que la cour l'oblige à suivre une thérapie.

— Mais Helen ne vous a pas dit...

— Cette dame ne nous a rien dit, et nous ne lui avons rien demandé. Elle n'était pas en état, physiquement comme psychologiquement, de répondre à nos questions.

— Oui, évidemment. C'est idiot...

— Il se peut qu'elle confirme plus tard vos déclarations... mais ce n'est pas garanti. Les victimes de violences conjugales ont l'art de tout transformer en eau de boudin. Heureusement, avec la nouvelle loi, ça n'a pas d'importance. Il est coincé. Vous et la jeune dame du magasin, vous pourrez témoigner de l'état dans lequel était Mme Deepneau et répéter ce qu'elle vous a dit sur l'identité de son agresseur. Mais il y a mieux, puisqu'il a prononcé les mots magiques, disant une fois qu'il n'arrivait pas à croire qu'il l'avait battue, l'autre qu'il le regrettait. J'aimerais que vous veniez, demain matin, si ça vous est possible, pour que nous puissions recueillir un témoignage complet de votre part, Ralph. Simple formalité. Fondamentalement, l'affaire est bouclée. »

Leydecker retira le cure-dents de sa bouche, le cassa, le jeta dans le caniveau et sortit le petit tube. « Un cure-dents ?

— Non merci, répondit Ralph, esquissant un sourire.

— Vous avez bien raison. Une habitude stupide, mais j'essaie d'arrêter de fumer, ce qui est une habitude encore plus stupide. Le truc, avec des types comme Ed Deepneau, c'est qu'ils sont beaucoup trop malins pour leur propre bien. Ils franchissent la ligne jaune, font du mal à quelqu'un... puis battent en retraite. Si on arrive assez rapidement — comme vous l'avez fait, Ralph —, on peut presque encore les voir juchés sur leurs ergots, écoutant leur petite musique, essayant de retomber sur leurs pattes.

— C'était comme ça, reconnut Ralph. Exactement comme ça.

— Les plus brillants réussissent à s'en sortir pendant un bon moment : apparemment, ils sont pleins de remords, consternés par leur propre comportement, déterminés à s'amender. Ils sont persuasifs, ils sont charmants et souvent, il est pratiquement impossible, sous ce vernis de bonne volonté, de voir qu'ils sont complètement piqués. Même des cas extrêmes comme Ted Bundy arrivent à paraître normaux pendant des années. La bonne nouvelle, c'est que les types du genre de Ted Bundy ne sont pas très nombreux, en dépit de tous les bouquins et les films sur les tueurs fous. »

Ralph poussa un profond soupir. « Quel gâchis, tout de même !

— Ouais. Mais voyez le bon côté des choses. Nous allons pouvoir l'obliger à rester à l'écart de sa femme, au moins pendant un certain temps. Il sera dehors ce soir avec une caution de vingt-cinq dollars, mais...

— Vingt-cinq dollars ? demanda McGovern d'un ton à la fois scandalisé et cynique. C'est tout ?

— Ouais, répondit Leydecker. J'ai inculpé Deepneau d'agression au deuxième degré pour l'impressionner, mais dans l'État du Maine, flanquer une raclée à sa femme relève du délit simple.

— Sauf que la loi comporte un petit détail vicieux, intervint Chris Nell, qui les avait rejoints. Si Deepneau fait une demande de liberté sous caution, il devra accepter de n'avoir aucun contact avec sa femme tant que l'affaire n'aura pas été jugée par un tribunal. Il ne pourra ni venir chez lui, ni l'approcher dans la rue, ni même lui téléphoner. S'il n'accepte pas, il restera en prison.

— Et si jamais il acceptait et revenait tout de même ? objecta Ralph.

— Alors on le bouclerait pour de bon, parce que ça, c'est un crime... ou du moins ça peut l'être, si le procureur la joue sévère. De toutes les façons, ceux qui violent cet accord passent d'ordinaire beaucoup plus qu'une nuit en prison.

— Et avec un peu de chance, l'épouse sera encore en vie le jour du procès, ajouta McGovern.

— Ouais, dit Leydecker avec un soupir, c'est parfois le problème. »

3

Ralph retourna chez lui et passa une heure à regarder non pas la télé, mais à travers l'écran de télé. Il se leva pendant la publicité pour voir s'il n'y aurait pas par hasard un Coca au frigo ; pris d'un étourdissement, il dut s'appuyer au mur pour tenir debout. Il tremblait de tout son corps et avait la sensation désagréable d'être sur le point de vomir. Il comprit que ce n'était qu'une réaction à retardement, mais il n'en fut pas moins effrayé par ces symptômes.

Il se rassit, respira profondément pendant une minute, la tête baissée et les yeux clos, puis se leva et se rendit à pas lents dans la salle de bains. Il remplit la baignoire d'une eau pas trop chaude et y trempa jusqu'à ce qu'il entendît, sur la télé restée allumée, le générique de *Night Court*, le premier des feuilletons de l'après-midi. A ce moment-là, l'eau était presque fraîche et il fut content d'en sortir. Il se sécha, s'habilla de frais et décida qu'un dîner léger était du domaine du possible. Il appela en bas, se disant que McGovern aimerait peut-être se joindre à lui, mais il n'y eut pas de réponse.

Il mit de l'eau à bouillir pour faire cuire deux œufs et appela le Derry Home Hospital depuis le téléphone de la cuisine. On lui passa une femme du service des admissions qui vérifia sur son ordinateur et lui dit qu'en effet, une certaine Helen Deepneau avait bien été hospitalisée chez eux. Son état était considéré comme bon. Non, elle ne savait pas qui s'occupait du bébé de Mme Deepneau ; elle n'avait aucune Natalie Deepneau sur sa liste d'admissions, c'est tout ce qu'elle pouvait dire. Non, M. Roberts ne pouvait pas venir voir Mme Deepneau ce soir ; non pas que le médecin ait interdit toute visite, mais parce que Mme Deepneau elle-même l'avait exigé.

Ralph voulut demander pour quelle raison Helen avait pris cette décision, puis y renonça. La responsable des admissions lui répondrait probablement qu'elle était désolée, que cette information ne figurait pas sur son écran, mais il décida qu'il en disposait dans son ordinateur personnel, le modèle géant-portatif-économique qu'il avait entre les oreilles. Helen ne voulait pas de visiteurs parce qu'elle avait honte. Rien de ce qui était arrivé n'était sa faute, mais cela ne changeait rien à ce qu'elle ressentait, raisonna Ralph. La moitié de Harris Avenue l'avait vue tituber comme un boxeur qui vient de recevoir une correction sévère après l'arrêt du match par l'arbitre, on l'avait conduite à l'hôpital en ambulance et son mari — le père de sa petite fille — était le responsable. Ralph espéra qu'on lui donnerait un calmant qui l'aiderait à passer la nuit. Les choses paraîtraient sans doute un peu moins tragiques demain matin.

Bon sang, j'aimerais bien qu'on me donne à moi aussi quelque chose pour dormir, pensa-t-il.

Alors va voir le Dr Litchfield, espèce d'idiot, lui rétorqua aussitôt une autre partie de son esprit.

La femme du service des admissions lui demanda si elle pouvait faire autre chose pour lui. Ralph répondit que non et s'apprêtait à la remercier lorsque le déclic lui annonça que la ligne était coupée.

« Charmant, tout à fait charmant. » Il raccrocha à son tour, prit une cuillère et plongea délicatement ses œufs dans l'eau bouillante. Dix minutes plus tard, alors qu'il allait s'asseoir devant ses œufs durs — l'air d'être les deux plus grosses perles du monde, roulant dans son assiette —, le téléphone sonna. Il posa son repas sur la table et décrocha. « Allô ? »

Il n'entendit que le bruit d'une respiration.

« Allô ? » répéta-t-il.

Il y eut encore une respiration, assez sonore, cette fois, pour avoir été un sanglot rentré, suivie du déclic de la ligne coupée. Ralph raccrocha et resta quelques instants à contempler le téléphone, sourcil froncé, le front marqué de trois ondulations ascendantes.

« Allez, Helen, dit-il. Rappelez-moi. Je vous en prie. » Puis il retourna à la table, s'assit et attaqua son maigre repas de célibataire.

4

Il faisait sa vaisselle, un quart d'heure plus tard, lorsque le téléphone sonna de nouveau. *Ce n'est sûrement pas elle*, pensa-t-il en s'essuyant les mains avec un torchon qu'il rejeta ensuite sur l'épaule, avant de se diriger vers le combiné mural. *Sûrement pas. C'est sans doute Lois, ou Bill.* Mais il y avait en lui quelqu'un qui pensait différemment.

« Salut, Ralph.

— Salut, Helen.

— C'était moi, il y a dix minutes. » Elle avait une voix enrouée, comme si elle avait bu ou pleuré, mais Ralph ne pensait pas que l'alcool fût autorisé à l'hôpital.

« Il m'avait semblé...

— J'ai entendu votre voix, et... je n'ai pas pu...

— Pas de problème. Je comprends.

— Vraiment ? » Elle eut un long reniflement enchifrené.

« Il me semble.

— L'infirmière vient de me donner un analgésique. Ça ne sera pas de trop, j'ai très mal à la figure. Mais je ne me suis pas autorisée à le prendre tant que je ne vous aurais pas téléphoné pour vous dire ce que j'avais à vous dire. La douleur fait chier, mais ça motive bougrement aussi.

— Vous n'avez aucune explication à me donner, Helen. » Il redoutait cependant le contraire, et encore plus ce qu'elle avait en tête... craignant de découvrir qu'elle avait décidé d'être en colère contre lui faute de pouvoir l'être contre Ed.

— Si. Je dois vous remercier. »

Ralph s'appuya au montant de la porte et ferma un instant les yeux. Il était soulagé, mais ne savait trop quoi répondre. Il avait été prêt à dire : *Je suis désolé que vous voyiez les choses ainsi, Helen*, de la voix le plus tranquille possible, persuadé qu'il était qu'elle allait commencer par lui demander pourquoi il ne se contentait pas de s'occuper de ses propres affaires.

Puis, comme si elle avait lu dans son esprit et voulait lui faire savoir qu'il n'était pas loin du compte, elle ajouta : « J'ai passé la moitié de mon temps, pendant le trajet en ambulance et l'admission, et aussi pendant la première heure dans la chambre, à être terriblement en colère contre vous. J'ai appelé Candy Shoemaker, mon amie qui habite Kansas Street. Elle est venue et elle a pris Nat. Elle va la garder pour la nuit. Elle m'a demandé ce qui s'était passé, mais je n'ai pas voulu lui dire. Je n'avais qu'une envie, rester là, sur mon lit, à vous maudire parce que vous aviez appelé le 911 alors que je vous disais de ne pas le faire.

— Helen...

— Laissez-moi finir, que je puisse prendre ma pilule et dormir, d'accord ?

— D'accord.

— Juste après le départ de Candy avec la petite — elle n'a pas pleuré, grâce au Ciel, je ne sais pas si j'aurais pu le supporter —, une femme est entrée dans ma chambre. J'ai tout d'abord cru qu'elle s'était trompée, car je ne la connaissais ni d'Ève ni d'Adam, et lorsque j'ai fini par comprendre que c'était bien moi qu'elle venait voir, je lui ai dit que je ne voulais aucune visite. Elle n'a pas fait attention. Elle a refermé la porte et a levé sa jupe pour me montrer sa cuisse gauche. Elle avait une grande cicatrice, qui allait presque de la hanche au genou.

« Elle m'a dit qu'elle s'appelait Gretchen Tillbury, qu'elle était conseillère matrimoniale au planning familial, et que c'était son mari qui lui avait ouvert la cuisse d'un coup de couteau de cuisine, en 1978. Si l'homme qui habitait dans l'appartement en dessous ne lui avait pas posé un garrot, elle aurait saigné à mort. Je lui ai répondu que j'étais désolée pour elle, mais que je n'avais aucune envie de parler de ma propre situation tant que je n'aurais pas eu le temps de réfléchir. » Helen se tut un instant, avant de reprendre : « Mais c'était un bobard, voyez-vous. J'avais eu tout le temps qu'il fallait pour réfléchir, étant donné qu'Ed m'a frappée pour la première fois il y a deux ans, juste avant que je tombe enceinte de Nat. Simplement, je repoussais toujours le moment de regarder les choses en face.

— Je comprends qu'on puisse en arriver là, dit Ralph.

— Cette dame... Ils doivent donner aux gens comme elle des leçons sur la meilleure manière de vaincre les défenses des autres. »

A l'autre bout du fil, Ralph sourit. « A mon avis, ça doit constituer la moitié de leur formation.

— Elle a dit que je ne pouvais plus continuer comme ça, que j'étais dans une situation difficile et que je devais y faire face tout de suite. Je lui ai répondu que quoi que je fasse, je n'avais pas besoin de ses conseils, ni d'écouter toutes ses conneries sous prétexte que son mari lui avait donné un coup de couteau autrefois. J'ai failli ajouter qu'il l'avait sans doute fait parce qu'elle ne la fermait pas et ne lui fichait pas la paix. Vous vous rendez compte? Mais j'étais tellement furieuse, Ralph... j'avais mal... je ne savais plus où j'en étais... J'avais honte... mais surtout, j'étais furieuse.

— Je crois que c'est une réaction assez normale

— Elle m'a demandé comment je me sentirais, non pas vis-à-vis d'Ed, mais de moi-même, si je reprenais la vie commune avec Ed et qu'il me battait de nouveau. Puis comment je me sentirais si c'était à Natalie qu'il s'en prenait. Ça, ça m'a rendue encore plus furieuse. J'en suis encore furieuse. Ed n'a jamais levé la main sur elle, et je le lui ai dit. Elle a fait *oui* de la tête et m'a répondu que ça ne voulait pas dire qu'il ne le ferait jamais. *Je sais que vous n'avez pas envie d'y penser, Helen, mais il le faut. Et quand bien même vous auriez raison? Quand bien même il ne lui donnerait pas une tape sur la main de toute sa vie? Avez-vous envie qu'elle grandisse en étant témoin des corrections qu'il vous fichera? Voulez-vous qu'elle devienne adulte en assistant à des choses comme ce qui s'est passé aujourd'hui?* Ça m'a arrêtée. Complètement, Ralph. Je me suis souvenue de l'air qu'avait Ed quand il est revenu... comment j'ai tout de suite compris, quand j'ai vu sa pâleur... la manière dont il bougeait la tête...

— Comme un coq...

— Quoi?

— Rien. Continuez.

— Je ne sais pas ce qui a provoqué le déclic... je ne l'ai jamais su, mais j'avais compris qu'il allait s'en prendre à moi. Il n'y a rien que l'on puisse dire ou faire, une fois qu'il a franchi un certain seuil. J'ai couru jusque dans la chambre, mais il m'a attrapée par les cheveux... il m'en a arraché toute une poignée... j'ai hurlé... et Natalie, qui était installée dans sa chaise haute... qui nous regardait... quand j'ai hurlé, elle a hurlé aussi... »

Elle éclata en sanglots violents. Ralph attendit, le

front appuyé au chambranle de la porte qui donnait sur le séjour. Il se servit du torchon qu'il avait toujours sur l'épaule pour essuyer ses propres larmes, presque sans y penser.

« Bref, enchaîna Helen lorsqu'elle fut en état de reprendre la parole, nous avons parlé pendant presque une heure, cette femme et moi. Ce qu'elle fait s'appelle du conseil aux victimes, et c'est comme ça qu'elle gagne sa vie, vous vous rendez compte ?

— Oui, très bien. C'est une bonne chose, Helen, non ?

— Je dois la revoir demain, au planning familial. Il y a quelque chose d'ironique là-dedans, non ? Si je n'avais pas signé cette pétition...

— Si ça n'avait pas été la pétition, ç'aurait été quelque chose d'autre. »

Elle soupira. « Sans doute ; vous avez probablement raison. Vous *avez* raison. Bref, Gretchen dit que je ne peux pas résoudre les problèmes d'Ed, mais que je peux commencer à résoudre une partie des miens. » Elle se remit à pleurer et prit une profonde inspiration. « Je suis désolée. J'ai tellement pleuré aujourd'hui que je ne veux plus verser une larme de ma vie. Je lui ai dit que je l'aimais. J'avais honte de l'avouer, et je n'étais même pas sûre que ce soit vrai, mais ça me paraissait vrai. J'ai dit que je voulais lui donner une dernière chance. Elle m'a répondu que c'était donner aussi à Natalie une chance d'assister à la répétition de la même scène, de la purée d'épinards plein la bouche, et de hurler à s'étrangler pendant qu'Ed me frapperait. Bon Dieu, je déteste cette manière qu'ont les gens comme elle de vous coincer et de ne plus vous lâcher.

— Elle essaie de vous aider, c'est tout.

— J'ai ça aussi en horreur. Je suis très perturbée, Ralph. Vous ne vous en êtes probablement pas rendu compte, mais c'est pourtant vrai. » Cette remarque fut suivie d'un petit rire bien faible.

« C'est normal, Helen, tout à fait normal, que vous soyez perturbée, en ce moment.

— Juste avant de partir, Gretchen m'a parlé de High Ridge. Je crois que c'est exactement ce qu'il me faut.

— De quoi s'agit-il ?

— Une sorte de maison de convalescence pour les femmes battues — elle n'arrêtait pas de dire que c'était une maison, pas un refuge — pour les femmes maltraitées. Ce que je suis maintenant de manière officielle, j'imagine. » Son petit rire, cette fois-ci, parut dangereusement proche d'un sanglot. « Je pourrais avoir Nat avec moi si j'y vais, ce qui est un avantage majeur.

— Où ça se trouve ?

— Quelque part dans la campagne, du côté de Newport, je crois.

— Ouais, je vois. »

Evidemment : Ham Davenport lui en avait parlé pendant sa petite leçon sur le centre de planning familial. Ils s'occupent de conseil aux familles... de femmes et d'enfants battus... et gèrent un abri pour femmes battues aux limites de la ville de Newport. Brusquement, WomanCare apparaissait à tout bout de champ dans sa vie. Ed aurait certainement vu là-dedans des implications sinistres.

« Cette Gretchen Tillbury est un sacré phénomène, continuait Helen. Juste avant de partir, elle m'a dit qu'il n'y avait rien de condamnable à aimer Ed, que ça ne pouvait pas l'être, parce que l'amour ne coule pas d'un robinet qu'on peut ouvrir ou fermer à volonté ; mais que je devais me rappeler que mon amour ne pouvait pas le guérir, que même l'amour d'Ed pour Natalie ne pouvait pas le guérir et que tout l'amour du monde ne changeait rien aux responsabilités que j'avais vis-à-vis de ma fille. Je suis restée dans mon lit, à réfléchir à tout ça. Je crois que j'aimais mieux être furieuse. En tout cas, c'était plus facile.

— Oui, je vois ce que vous voulez dire, Helen. Vous devriez prendre votre pilule, maintenant, et oublier tout ça pendant un moment.

— Je vais le faire, mais avant je tenais à vous remercier.

— Vous savez bien que ce n'est pas la peine.

— Si, c'est la peine », répliqua-t-elle, et Ralph perçut avec plaisir une onde d'émotion dans sa voix. Cela signifiait que l'Helen Deepneau qu'il avait toujours connue était encore là. « Je suis toujours en colère contre vous, Ralph, mais je suis contente que vous ne m'ayez pas écoutée quand je vous ai demandé de ne pas appeler la police. C'est simplement que j'avais peur. Très peur.

— Helen, je... » Il avait la gorge serrée et sentait sa voix sur le point de s'étrangler. Il recommença. « Je ne voulais pas vous voir courir le risque de vous retrouver plus mal en point que vous ne l'étiez déjà. Lorsque je vous ai vue arriver à travers le parking, avec tout ce sang sur la figure, j'ai eu tellement peur...

— N'en dites pas davantage, Ralph. Je vous en prie. Sinon, je vais me remettre à pleurer, et je ne supporte pas l'idée de pleurer encore.

— D'accord. » Il aurait eu mille questions à poser sur Ed, mais le moment était manifestement mal choisi. « Puis-je venir vous voir demain ? »

Il y eut un bref instant d'hésitation à l'autre bout du fil. « Je ne crois pas. Pas pendant un certain temps. Il faut que je réfléchisse beaucoup, il faut que je mette de l'ordre dans mes pensées, et tout ça ne sera pas facile. C'est moi qui vous rappellerai, Ralph. D'accord ?

— Bien sûr. Parfait. Qu'allez-vous faire, pour la maison ?

— Le mari de Candy va s'occuper d'aller la fermer. Je lui ai donné mes clefs. Gretchen Tillbury m'a dit qu'Ed ne pouvait y revenir sous aucun prétexte, même pas pour prendre son carnet de chèques ou ses sous-vêtements. S'il a besoin de certaines choses, il doit en faire la liste et la donner, avec ses clefs, à un policier, et c'est le policier qui ira les chercher. Je suppose qu'il va aller habiter à Fresh Harbor. Ils ont plein de maisons pour les employés du labo. Des petits cottages. Très mignons, à vrai dire... » Le bref éclat d'émotion qu'il avait perçu dans sa voix s'était évanoui. Elle paraissait maintenant déprimée, en proie à un sentiment de déréliction, et très, très fatiguée.

« Je suis extrêmement heureux que vous m'ayez appelé, Helen. Et soulagé, je ne vous dirai pas le contraire. Vous devriez dormir, maintenant

— Et vous ? demanda-t-elle soudain. Arrivez-vous à dormir, en ce moment ? »

Le brusque changement de sujet de conversation le prit au dépourvu et l'obligea à répondre avec franchise. « Un peu. Mais pas autant qu'il le faudrait, probablement.

— Prenez bien soin de vous, Ralph. Vous avez été très courageux, aujourd'hui, un vrai chevalier de la Table Ronde, mais je crois que même Lancelot avait besoin d'un petit somme de temps en temps. »

Il fut touché par ce compliment, mais aussi amusé. Une image lui traversa un instant l'esprit avec netteté : Ralph Roberts en armure juché sur un palefroi à la robe blanche immaculée, tandis que son fidèle vassal, Bill McGovern, en pourpoint de cuir, son éternel panama sur la tête, chevauchait derrière lui sur un poney.

« Merci, mon petit, dit-il. Je crois que c'est la chose la plus charmante qu'on m'ait dite depuis que Lyndon Johnson était président. Je vous souhaite la meilleure nuit possible.

— Merci. A vous aussi. »

Elle raccrocha. Ralph resta quelques instants plongé dans la contemplation songeuse du combiné, qu'il reposa enfin sur la fourche. Peut-être allait-il avoir une bonne nuit. Après tout ce qui était arrivé aujourd'hui, il le méritait certainement. Pour le moment, il se dit que le mieux était de descendre s'asseoir sur le porche et de regarder le soleil se coucher. On verrait bien.

5

McGovern était de retour, vautré dans son fauteuil préféré, sur le porche. Il regardait quelque chose, vers le haut de la rue, et ne se tourna pas tout de suite quand son voisin du premier étage arriva. Ralph suivit son regard et vit une petite fourgonnette bleue garée un peu plus haut, sur Harris Avenue. On lisait, imprimé en grandes lettres blanches sur la porte arrière : DERRY MEDICAL SERVICES.

« Salut, Bill », dit Ralph en se laissant tomber sur le siège qui lui était réservé. Le fauteuil à bascule qui avait les faveurs de Lois Chassey, lorsqu'elle venait les rejoindre, se trouvait entre eux. La petite brise du crépuscule s'était levée, délicieusement fraîche après la chaleur de l'après-midi, et le fauteuil vide se balançait paresseusement au gré de sa fantaisie.

« Salut », répondit McGovern avec un coup d'œil pour Ralph. A peine avait-il détourné les yeux qu'il le regardait de nouveau. « Eh bien mon vieux, tu ferais bien d'attacher les valises que tu as sous les yeux. Sinon, tu ne vas pas tarder à marcher dessus. » Ralph crut tout d'abord que McGovern avait voulu faire l'un des petits *bons mots** caustiques pour lesquels il était célèbre dans la rue, mais il y avait une inquiétude authentique dans son regard.

« Ç'a été une putain de journée. » Il parla alors du coup de téléphone d'Helen, sans donner les détails que, lui semblait-il, elle n'aurait pas aimé voir divulguer. Elle n'avait jamais eu beaucoup d'amitié pour Bill.

« Je suis content qu'elle aille bien, observa McGovern. Je vais te dire quelque chose, Ralph. Tu m'as impressionné, aujourd'hui, quand tu as remonté la rue, bien droit, comme Gary Cooper dans *Le train sifflera trois fois*. C'était peut-être de la folie, mais c'était aussi joliment culotté. » Il marqua un temps d'arrêt. « Pour tout dire, j'en suis resté baba. »

C'était la deuxième fois, en un quart d'heure, que quelqu'un déclarait à Ralph qu'il s'était conduit en héros ou presque. Ça le mit mal à l'aise. « J'étais trop furieux contre lui pour me rendre compte à quel point c'était stupide de faire ce que j'ai fait. Où étais-tu passé, Bill ? J'ai essayé de t'appeler, il y a un petit moment.

— J'ai été faire un tour sur Extension. Histoire de refroidir un peu la machine, sans doute. J'ai eu mal à la tête et j'ai été pris de nausées depuis le moment où Johnny Leydecker et l'autre sont repartis avec Ed. »

Ralph acquiesça. « Moi aussi.

— Vraiment ? » McGovern parut surpris, voire un peu sceptique.

« Vraiment, répondit Ralph en esquissant un sourire.

— Bref, Faye Chapin était à une table de l'aire de pique-nique, là où tous les vieux se retrouvent quand il fait chaud, et il m'a convaincu de faire une partie d'échecs avec lui. Quel numéro, ce bonhomme ! Il se prend pour la réincarnation de Ruy Lopez, mais il joue aux échecs comme une vraie casserole... et pas un instant il ne la ferme.

— Faye n'est pas le mauvais cheval, pourtant », observa doucement Ralph.

McGovern parut ne pas l'avoir entendu. « Et cette espèce de revenant de Dorrance Marstellar traînait aussi dans le coin, enchaîna-t-il. On est peut-être vieux, mais lui, c'est un fossile. Il reste planté là, à côté de la barrière qui sépare l'aire de pique-nique de l'aéroport, un livre de poésie à la main, à regarder les avions qui décollent et atterrissent. Crois-tu qu'il lise vraiment ces bouquins qu'il trimbale partout, ou qu'ils servent juste à lui donner une contenance ?

— Bonne question », dit Ralph qui, toutefois, pensait au terme que McGovern venait d'employer pour décrire Dorrance : un revenant. Terme que

Ralph n'aurait pas utilisé, mais il ne faisait aucun doute que le vieux Dorrance était un sacré original. Il n'était pas sénile (de l'avis de Ralph, du moins), on aurait plutôt dit que les rares propos qu'il tenait étaient le produit d'un esprit légèrement faussé, dont les perceptions seraient un tantinet déformées.

Il se souvint que Dorrance était présent, l'été dernier, lorsque Ed avait embouti la camionnette du gros jardinier. A l'époque, il s'était dit que l'arrivée du vieillard ajoutait la touche de folie finale à ces festivités. Et Dorrance avait déclaré quelque chose de marrant. Il essaya de s'en souvenir, sans y parvenir.

McGovern regardait de nouveau vers le haut de la rue; un jeune homme en blouse grise venait tout juste de sortir en sifflotant de la maison devant laquelle était garée la fourgonnette des services médicaux de Derry. Ce jeune homme, qui ne faisait pas plus que ses vingt-quatre ans et avait l'air de n'avoir jamais eu besoin du moindre service médical de sa vie, poussait un chariot sur lequel était attaché un long réservoir vert.

« C'est le vide, expliqua McGovern. Tu as manqué la livraison du plein. »

Un second jeune homme, également en blouse, sortit de la petite maison qui combinait de façon malheureuse une peinture jaune et des parements roses. Il resta quelques instants sur le perron, la main sur la poignée de la porte, parlant apparemment à quelqu'un qui était à l'intérieur. Puis il referma le battant et courut d'un pas vif jusqu'à la rue. Il arriva à temps pour aider son collègue à soulever le chariot et à le glisser avec son chargement à l'arrière de la fourgonnette.

« De l'oxygène ? » demanda Ralph.

McGovern acquiesça.

« Pour Mme Locher ? »

McGovern acquiesça de nouveau, sans quitter des yeux les deux jeunes gens qui refermaient la portière et restaient là, à discuter tranquillement dans la lumière déclinante. « J'ai été au lycée avec May Locher. Là-bas, à Cardville, patrie des courageux et terre des vaches. Nous n'étions que cinq en terminale. A cette époque, elle passait pour une allumeuse et les types dans mon genre pour membres du club de la jaquette flottante. A cette amusante époque ancienne, on employait encore l'adjectif *gay* pour décrire un sapin de Noël bien décoré. »

Ralph se mit à étudier ses mains, mal à l'aise et la langue paralysée. Il savait que McGovern était homosexuel, bien entendu, il le savait même depuis des années, mais Bill n'en avait jamais parlé avant ce soir. Ralph aurait préféré qu'il choisisse un autre moment... de préférence un moment où il n'aurait pas eu l'impression qu'une bonne partie de sa cervelle venait d'être remplacée par du duvet d'oie.

« C'était il y a environ mille ans, reprit McGovern. Qui aurait pensé que nous viendrions tous les deux nous échouer sur les rives de Harris Avenue...

— Elle souffre d'emphysème, n'est-ce pas ? Je crois que c'est ce que j'ai entendu dire.

— Ouais. Une de ces maladies qui vous harcèlent constamment. Vieillir, ce n'est pas un boulot pour les poules mouillées, hein ?

— Non, sûrement pas. » La vérité de cette remarque frappa brusquement Ralph. C'était à Carolyn qu'il pensait, et à la terreur qu'il avait ressentie lorsqu'il était arrivé dans l'appartement, pataugeant dans ses chaussures détrempées, et qu'il l'avait vue allongée en travers du seuil de la cuisine... exactement à l'endroit où il s'était tenu pendant l'essentiel de sa conversation téléphonique avec Helen. Affronter Ed Deepneau n'avait rien été, comparé à ce qu'il avait éprouvé à ce moment-là, lorsqu'il avait cru que Carolyn était morte.

« Je me souviens de l'époque où ils apportaient son oxygène à May environ tous les quinze jours, dit McGovern. Ils viennent maintenant tous les lundis et jeudis soir, c'est réglé comme du papier à musique. Je vais la voir de temps en temps. Parfois, je lui fais la lecture — les conneries les plus barbantes de journaux féminins que l'on puisse imaginer — et d'autres fois nous bavardons. Elle dit que ça lui donne l'impression que ses poumons se remplissent d'algues. Elle n'en a plus pour longtemps. Un jour, ils viendront, et au lieu de charger la réserve vide d'oxygène, c'est May qu'ils emporteront. Ils la conduiront au Derry Home, et ce sera la fin.

— C'est à cause du tabac ? » demanda Ralph.

McGovern lui jeta un regard si étranger à ce qu'était d'ordinaire ce visage mince et doux que Ralph mit quelques secondes à comprendre que c'était du mépris. « May Perrault n'a jamais fumé une cigarette de toute sa vie. Non, elle paie pour les vingt ans qu'elle a passés dans les ateliers de teinture d'une fabrique de textile de Corinna, et vingt autres années à l'usine de Newport. C'est à travers du coton, de la laine et du nylon qu'elle essaie de respirer, pas à travers des algues. »

Les deux jeunes gens du service médical de Derry montèrent dans la fourgonnette et démarrèrent.

« Le Maine est le contrefort le plus septentrional des Appalaches, Ralph — on l'oublie souvent, mais c'est pourtant vrai —, et May est en train de mourir d'une maladie des Appalaches. Les médecins en parlent comme du *poumon textile*.

— C'est affreux. Je suppose qu'elle signifie beaucoup pour toi... »

McGovern partit d'un rire lugubre. « Non. Je lui rends visite parce que le hasard veut qu'elle soit le dernier élément visible de ma jeunesse gâchée. En dehors de la lecture, je réussis à avaler un ou deux de ses vieux biscuits secs, tout au plus, mais ça ne va pas plus loin. Mes motivations sont sainement égoïstes, tu peux m'en croire. »

Sainement égoïste, songea Ralph. *Quelle expression étrange. C'est tout à fait du McGovern.*

« T'occupe pas de May, continua McGovern. La question qui brûle les lèvres de tous les Américains est celle-ci : qu'allons-nous faire de toi, Ralph ? Le whisky n'a pas marché, n'est-ce pas ?

— Non, j'en ai bien peur.

— As-tu vraiment essayé un bon coup, pour faire un jeu de mots fort à propos ? »

Ralph acquiesça.

« Eh bien, il faut absolument trouver quelque chose pour ces valises que tu as sous les yeux, sans quoi tu ne coucheras jamais avec la ravissante Lois. » McGovern étudia la réaction de Ralph et soupira. « Pas très drôle, hein ?

— La journée a été longue.

— Désolé.

— Ça va. »

Ils gardèrent le silence pendant un moment, observant les allées et venues sur cette partie de Harris Avenue. Trois petites filles jouaient à saute-mouton dans le parking du Red Apple, de l'autre côté de la rue. Mme Perrine, raide comme la justice, les surveillait non loin de là. Un ado coiffé d'une casquette des Red Sox portée à l'envers passa devant eux, dodelinant de la tête au rythme de la musique de son baladeur. Deux gamins se lançaient un frisbee devant la maison de Lois. Un chien aboya. Quelque part, une femme cria à Sam d'aller chercher sa petite sœur et de la ramener à la maison. La mélodie habituelle de la rue, ni plus ni moins ; Ralph, pourtant, trouvait qu'elle sonnait étrangement faux. Il se dit que c'était depuis qu'il s'était accoutumé à la voir vide et déserte. Cela remontait à quelque temps.

Il se tourna vers McGovern et dit : « Sais-tu quelle est la première chose à laquelle j'ai pensé, quand je t'ai vu dans le parking du Red Apple, cet après-midi ? En dépit de tout ce qui se passait ? »

McGovern secoua la tête.

« Je me suis demandé où diable était passé ton chapeau. Le panama. Ça me faisait bizarre de te voir sans. Tu étais presque nu. Alors, réponds : où as-tu planqué ton couvre-chef, fiston ? »

McGovern se toucha le crâne, là où les quelques mèches de ses fins cheveux de bébé étaient soigneusement couchées de droite à gauche par le peigne, sur son cuir chevelu rose. « Je ne sais pas. Ce matin, je ne l'ai pas trouvé. Je suis à peu près sûr de l'avoir posé en rentrant sur la table, a côté de la porte d'entrée, mais il n'y est pas. Je suppose que j'ai dû le mettre ailleurs et que je n'arrive pas à me rappeler où. Donne-moi encore quelques années, et je me baladerai en sous-vêtements parce que je ne me rappellerai plus où est mon pantalon. Encore un aspect de la merveilleuse expérience du vieillissement, n'est-ce pas, Ralph ? »

Ce dernier acquiesça et sourit, se disant à part soi que de toutes les personnes âgées qu'il connaissait — et il en connaissait au bas mot trois douzaines, en comptant ceux avec lesquels il n'échangeait que quelques mots ici et là —, Bill McGovern était celui qui rouspétait le plus sur ce genre de questions. Il paraissait considérer sa jeunesse évanouie et son âge mûr en déroute comme un général deux soldats déserteurs à la veille d'une bataille décisive. Ce qu'il n'aurait cependant jamais reconnu. Chacun a ses petits côtés excentriques, et se montrer emphatiquement morbide sur le fait de devenir vieux était simplement l'une des excentricités de McGovern.

« Est-ce que j'ai dit quelque chose de drôle ? demanda-t-il.

— Pardon ?

— Tu souriais, alors j'ai cru avoir dit quelque chose d'amusant. » Il paraissait un peu susceptible, en particulier pour quelqu'un qui ne manquait jamais une occasion d'asticoter son voisin du premier sur la jolie veuve du bas de la rue, mais Ralph se fit la réflexion que la journée avait aussi été longue pour McGovern.

« Ce n'était pas du tout à toi que je pensais, mais à

Carolyn, qui avait l'habitude de dire pratiquement la même chose — que devenir vieux était comme manger un mauvais dessert à la fin d'un excellent repas. »

Ce n'était pas tout à fait vrai. Carolyn avait bien utilisé cette comparaison, mais pour décrire la tumeur cérébrale qui la tuait, non pas sa vie de personne âgée. Pas si âgée que ça, d'ailleurs, puisqu'elle n'avait que soixante-quatre ans à sa mort et que, sauf dans les six ou huit dernières semaines, elle avait affirmé se sentir la plupart du temps comme si elle en avait la moitié.

Les trois fillettes qui jouaient à saute-mouton quittèrent le parking, regardèrent à droite et à gauche dans la rue, se prirent par la main et traversèrent en courant, avec des éclats de rire. Un instant, elles lui parurent entourées d'une sorte de lueur grise — un nimbe qui illuminait leurs joues, leur front et leurs yeux rieurs comme un feu Saint-Elme qui aurait accusé leurs traits de manière inquiétante. Un peu effrayé, Ralph ferma fortement les yeux et les rouvrit ; l'enveloppe grise avait disparu autour des fillettes, ce qui était un soulagement — mais il avait vraiment besoin de sommeil. Et vite.

« Ralph ? » La voix de McGovern semblait lui parvenir de l'autre bout du porche, alors que son ami n'avait pas bougé. « Tu vas bien ?

— Oui, oui, très bien. Je pensais à Ed et Helen, c'est tout. Est-ce que tu te doutais qu'il était devenu cinglé à ce point, Bill ? »

McGovern secoua la tête. « Jamais de la vie. Et j'ai beau avoir aperçu des bleus sur Helen, de temps en temps, j'ai toujours cru à ses explications. Je n'aime pas trop me considérer comme quelqu'un de crédule, mais je risque de devoir réviser mon jugement là-dessus.

— A ton avis, qu'est-ce qui va leur arriver ? As-tu une idée ? »

McGovern poussa un soupir et porta la main à sa tête, cherchant inconsciemment le panama qui n'était pas posé dessus. « Tu me connais, Ralph. Je suis le descendant d'une longue lignée de cyniques. Je crois qu'il est très rare que les conflits humains se résolvent comme on le voit à la télé. Dans la réalité, ils ne font que recommencer, tournant en cercles concentriques de plus en plus étroits, jusqu'à ce qu'ils finissent par disparaître. Sauf qu'ils ne disparaissent pas vraiment ; ils se dessèchent, comme des flaques de boue au soleil. » Il marqua un temps d'arrêt. « Et la plupart laissent le même dépôt écumeux derrière eux.

— Bon Dieu, voilà qui est cynique. »

McGovern haussa les épaules. « La plupart des profs à la retraite sont cyniques, Ralph. Chaque année, les gosses arrivent si jeunes, si fringants, tellement convaincus que les choses seront différentes pour eux — et on les voit barboter et tout gâcher exactement comme l'ont fait leurs parents et leurs grands-parents. Ce que j'en pense ? Qu'Helen reviendra avec lui, qu'Ed se tiendra à carreau pendant un certain temps, puis qu'un jour il se remettra à la battre et qu'elle le quittera une fois de plus. C'est comme l'une de ces stupides chansons country qu'on entend sur le juke-box, au Nicky's Lunch. Certains ont besoin de les écouter jusqu'à plus soif avant de décider qu'ils en ont assez. Helen est une jeune femme intelligente, cependant. A mon avis, un couplet de plus lui suffira.

— Un couplet de plus sera peut-être tout ce qu'elle aura, dit Ralph d'une voix douce. Il n'est pas question, dans cette histoire, d'un ivrogne qui rentre chez lui le vendredi soir et qui bat sa femme parce qu'il a perdu son salaire de la semaine au poker et qu'elle ose le lui reprocher.

— Je sais, mais tu m'as demandé mon opinion, et je te l'ai donnée. Je crois qu'il va falloir un round de plus à Helen avant qu'elle ne jette l'éponge. Et même comme ça, ils risquent de se tomber dessus. Derry n'est pas bien grand... » Il étudia la rue pendant quelques instants. « Oh, regarde, reprit-il en soulevant le sourcil gauche. Cette sacrée Lois qui s'avance vers nous, belle comme la nuit. »

Ralph lui adressa un coup d'œil agacé, que McGovern ne vit pas ou fit semblant de ne pas voir. Il se leva, toucha une fois de plus du bout des doigts l'emplacement où aurait dû se trouver le panama, et descendit les marches pour se porter à la rencontre de la visiteuse.

« Lois ! s'écria McGovern, mettant un genou en terre devant elle et écartant les bras d'un geste théâtral. Puissent nos deux existences être unies par les liens étoilés de l'amour ! Joins ton sort au mien et laisse-moi t'entraîner par monts et par vaux, dans le véhicule doré de mon affection !

— Houlà ! Est-il question d'une lune de miel ou d'une seule nuit ? » demanda Lois, un sourire incertain aux lèvres.

Ralph enfonça un doigt dans le dos de McGovern. « Lève-toi, espèce d'idiot », dit-il avant de prendre à Lois le petit sac qu'elle portait. Il regarda à l'intérieur et vit trois bières.

McGovern se remit debout. « Désolé, Lois. C'est dû à la combinaison de ce crépuscule estival et de ta beauté. En d'autres termes, je plaide les circonstances atténuantes pour folie passagère. »

Lois lui sourit, puis se tourna vers Ralph : « On vient juste de me raconter ce qui s'est passé, et je suis venue aussi vite que j'ai pu. J'ai passé l'après-midi à Ludlow, à jouer au poker à cinq cents la mise avec les filles. »

Ralph n'eut pas besoin de regarder McGovern pour savoir que son sourcil gauche — celui qui disait : *Au poker avec les filles ? Voilà bien notre splendide, notre merveilleuse Lois !* — serait à sa hauteur maximale.

« Helen va bien ? demanda Lois à Ralph.

— Oui. Enfin, peut-être pas *très* bien ; ils la gardent en observation à l'hôpital pour la nuit. Mais elle ne court aucun danger.

— Et la petite ?

— Très bien. Elle est chez une amie d'Helen.

— Bon. Accompagnez-moi donc sur le porche tous les deux et racontez-moi tout ça. » Elle prit McGovern par un bras, Ralph par l'autre, et les entraîna le long de l'allée. Ils montèrent les marches de cette façon, comme deux vieux mousquetaires avec, bien calée entre eux, la femme dont ils auraient recherché les faveurs à l'époque de leur jeunesse ; et lorsque Lois se laissa choir dans son fauteuil à bascule, les lampadaires s'allumèrent sur Harris Avenue, scintillant dans le crépuscule comme une double rangée de perles.

6

Ralph s'endormit, ce soir-là, quelques instants à peine après que sa tête eut touché l'oreiller, pour se retrouver parfaitement réveillé à trois heures trente, le vendredi matin. Il comprit sur-le-champ qu'il n'était pas question de se rendormir ; autant s'installer tout de suite dans le fauteuil de la salle de séjour.

Il resta néanmoins encore un moment au lit, les yeux ouverts dans le noir, s'efforçant de rattraper des lambeaux du rêve qu'il faisait. Il n'y arriva pas. Il se souvenait seulement qu'Ed s'y trouvait... Helen aussi... et Rosalie, le chien errant qu'il voyait parfois boitiller sur Harris Avenue avant l'arrivée de Pete, le livreur de journaux.

Il y avait aussi Dorrance. Ne l'oublie pas.

Oui, bon, d'accord. Et comme si une clef venait d'ouvrir une porte, Ralph se souvint soudain de la chose étrange dite par le vieux Dor lors de la querelle entre Ed et Gros Balèze, un an auparavant... la chose qu'il n'avait pu se rappeler un peu plus tôt, dans la soirée. Il était occupé à maintenir Ed cloué contre le capot tordu de la Datsun, le temps que la raison reprenne le dessus, et Dorrance avait dit que Ralph devait arrêter de le toucher.

« Il a dit qu'il ne pouvait plus voir mes mains, marmonna Ralph en posant les pieds sur le sol. C'est ça, qu'il ne pouvait plus voir mes mains. »

Il resta assis sur le bord du lit pendant un certain temps, la tête baissée, ses cheveux tire-bouchonnés dressés en tous sens, les mains croisées mollement entre les cuisses. Finalement, il glissa les pieds dans ses pantoufles et se rendit d'un pas traînant dans le séjour. Il était temps d'attendre le lever du soleil.

CHAPITRE 4

1

Bien que les propos des cyniques paraissent davantage plausibles que ceux de tous les optimistes de la planète, Ralph avait appris par expérience qu'ils se trompent tout autant, sinon plus; et il fut ravi de constater que McGovern avait tout faux en ce qui concernait Helen Deepneau : dans son cas, un seul couplet du blues des femmes-battues-cœurs-saignants semblait avoir suffi.

Le mercredi de la semaine suivante, alors que Ralph était sur le point de se mettre à la recherche de la femme avec laquelle Helen avait parlé à l'hôpital (Tillbury, Gretchen Tillbury, tel était bien son nom) pour s'assurer qu'Helen allait définitivement bien, il reçut une lettre d'elle. L'adresse indiquée était simple — *Helen et Nat, High Ridge* —, mais cela suffit à le soulager considérablement. Il s'assit dans son fauteuil, sur le porche, déchira l'enveloppe, et en tira deux feuilles de papier ligné entièrement recouvertes de l'écriture penchée à l'envers d'Helen.

Cher Ralph,

Je suppose qu'à l'heure actuelle, vous devez avoir conclu qu'en fin de compte, j'avais décidé d'être furieuse contre vous, mais ce n'est pas cela du tout. C'est simplement que, en principe, nous ne devons avoir aucun contact avec qui que ce soit, par téléphone ou par lettre, au cours des premiers jours. C'est le règlement de la maison. J'aime beaucoup High Ridge, et Nat aussi. Et ça se comprend : il y a au moins six autres enfants de son âge avec lesquels elle peut jouer. Quant à moi, j'ai rencontré plus de femmes qui savent par quoi je suis passée que je ne l'aurais cru possible. Évidemment, il y a bien ces émissions de télé, genre « Oprah s'entretient avec des femmes qui aiment les hommes qui les prennent pour des punching-balls », mais quand c'est à vous que ça arrive, on a l'impression que c'est inédit. Le soulagement que l'on ressent en apprenant que rien n'est moins vrai est la meilleure chose qui me soit arrivé depuis très, très longtemps...

Elle parlait ensuite des corvées dont elle avait la responsabilité — jardiner, repeindre avec d'autres la cabane à outils, laver les doubles fenêtres au vinaigre avant l'hiver — et des aventures de Nat apprenant à marcher. Le reste de la lettre parlait de ce qui était arrivé et de ses intentions, et ce fut à cette lecture que, pour la première fois, Ralph comprit réellement quels tourments affectifs Helen devait ressentir, quelles étaient ses inquiétudes pour l'avenir, mais aussi, contrecarrant tout cela, sa formidable détermination à faire ce qui était bien pour Natalie... et pour elle-même aussi. Elle semblait tout juste découvrir, en effet, qu'elle avait le droit d'être traitée décemment. Ralph en fut heureux pour elle, mais triste également à l'idée de tous les moments sombres par lesquels elle avait dû passer avant d'être frappée par cette simple vérité.

... Je vais demander le divorce. Quelque chose en moi (qui parle un peu avec la voix de ma mère) se met à hurler quand je dis la chose aussi carrément, mais j'en ai assez de me raconter des histoires sur ma situation. On fait beaucoup de thérapie de groupe, ici, le genre de truc où on s'assoit en cercle et où on utilise dans les quatre boîtes de Kleenex à l'heure, mais on dirait que ça permet de voir les choses en face. Dans mon cas, le fait est que l'homme que j'ai épousé a laissé la place à un dangereux paranoïaque. Qu'il puisse se montrer parfois aimant et doux, là n'est pas le problème : c'est un détail. Il me suffit de me rappeler que l'homme qui autrefois m'apportait des bouquets de fleurs des champs passe son temps assis sur le porche à parler avec quelqu'un qui n'est pas là, et qu'il appelle « le petit docteur chauve ». Elle n'est pas ordinaire, celle-là ? Je crois savoir comment tout a commencé, Ralph, et je vous le raconterai quand nous nous verrons, si ça vous intéresse.

Je devrais revenir à la maison de Harris Avenue (au moins pour un moment) à la mi-septembre, ne serait-ce que pour chercher du travail... mais je ne veux pas en dire plus pour l'instant, je suis terrifiée rien que d'y penser ! J'ai reçu un mot d'Ed — un simple paragraphe, pas plus, mais quel soulagement, tout de même ! — disant qu'il habitait dans l'un des cottages des laboratoires Hawking, à Fresh Harbor, et qu'il respecterait la clause « pas de contact » de la liberté sous caution. Il disait aussi qu'il était désolé pour tout ; c'est peut-être vrai, mais sa sincérité ne m'a pas sauté aux yeux. Je ne m'attendais pas à des traces de larmes sur le papier ou à un paquet contenant son oreille, mais... je ne sais pas, ça ressemblait moins à des excuses qu'à une formule toute faite. Est-ce que ça tient debout ? Il y avait aussi un chèque de sept cent cinquante dollars, ce qui semble indiquer qu'il comprend ce que sont ses responsabilités. C'est bien, mais je crois que j'aurais été plus heureuse d'apprendre qu'on le soignait pour ses problèmes psychologiques. C'est à ça qu'il devrait être condamné : dix-huit mois de psychothérapie intensive. J'ai dit ça à une réunion, et plusieurs femmes se sont mises à rire, comme si j'avais fait une plaisanterie. Pourtant, j'étais sérieuse.

Parfois, j'ai des images effrayantes dans la tête quand j'essaie de penser à l'avenir. Je me vois faire la queue à l'Armée du Salut pour un repas ou en train d'entrer au refuge des sans-abri de Third Street avec Nat dans les bras, enroulée dans une couverture. Quand j'ai ce genre d'idées, je me mets à trembler, et parfois je pleure. Je sais que c'est ridicule ; j'ai un diplôme en bibliothéconomie, bon sang, mais je ne peux pas m'en empêcher. Et savez-vous à quoi je me raccroche quand je suis envahie par toutes ces images horribles ? A ce que vous m'avez dit quand vous m'avez emmenée m'asseoir derrière le comptoir, au Red Apple. Que j'avais beaucoup d'amis dans le quartier, et que je m'en sortirais. Je sais que j'y ai au moins un ami. Un *véritable* ami.

La lettre était signée : *Affectueusement, Helen.*

Ralph écrasa les larmes qu'il avait au coin des yeux — il pleurait à la moindre occasion, depuis quelque temps, sans doute parce qu'il était si fichtrement fatigué — et lut le post-scriptum qu'elle avait tassé au bas de la lettre et dans la marge :

J'aurais été très heureuse d'avoir votre visite, mais les hommes sont *persona non grata*, ici, pour des raisons que vous comprendrez certainement. On nous demande même de ne pas donner de précisions sur les lieux !

H.

Ralph ne bougea pas pendant une ou deux minutes, la lettre d'Helen sur les genoux, le regard perdu sur Harris Avenue. On était à la fin du mois d'août, et l'été avait beau ne pas être terminé, les feuilles de peuplier commençaient à renvoyer des reflets argentés quand le vent les caressait, et les premières pointes de fraîcheur se faisaient sentir dans l'air. Dans la vitrine du Red Apple, un panneau annonçait : TOUTES LES FOURNITURES SCOLAIRES ! VENEZ NOUS VOIR ! Et, dans une maison située quelque part du côté de Newport, dans les vastes bâtiments d'une vieille ferme où se réfugiaient les femmes battues pour essayer de rafistoler leur existence, Helen Deepneau lavait les doubles fenêtres, avant de les poser en vue d'un autre long hiver.

Il remit soigneusement la lettre dans son enveloppe, essayant de se rappeler combien de temps Ed et Helen étaient restés mariés. Six ou sept ans, lui semblait-il. Carolyn s'en serait souvenue. *Quelle somme de courage faut-il pour lancer son tracteur et retourner la moisson que l'on a mis six ou sept ans à faire pousser ? Quelle somme de courage faut-il pour continuer et achever cette tâche, après avoir passé tout ce temps à préparer le sol, à décider quand planter, comment arroser et quand récolter ? Quelle somme de courage faut-il pour se dire : « Je dois laisser tomber les petits pois, les petits pois ne me conviennent pas, il vaut mieux faire pousser du maïs ou des haricots » ?*

« Beaucoup, murmura-t-il en s'essuyant de nouveau le coin des yeux. Énormément, à mon avis. »

Il fut pris soudain d'une envie folle de voir Helen, de lui répéter ce dont elle se souvenait si bien, alors que lui-même s'en rappelait à peine : *Vous allez parfaitement bien vous en sortir... Vous avez beaucoup d'amis dans le quartier.*

« Mets ça à la banque », dit-il. Avoir eu des nouvelles d'Helen lui enlevait un grand poids des épaules. Il se leva, rangea la lettre dans sa poche revolver et remonta Harris Avenue en direction d'Extension et de l'aire de pique-nique. Avec un peu de chance, il trouverait Faye Chapin ou Don Veazie et pourrait faire une petite partie d'échecs.

2

Le soulagement que lui avait apporté cette lettre n'eut cependant aucun effet positif sur son insomnie. Ses réveils prématurés se poursuivirent et le jour de la fête du Travail, il ouvrit les yeux à deux heures quarante-cinq. Le 10 septembre — le jour où Ed Deepneau fut de nouveau arrêté, cette fois en compagnie de quinze autres personnes —, le temps de sommeil de Ralph se trouvait réduit à environ trois heures et il commençait à se sentir comme un microbe coincé entre deux plaquettes de verre sous un microscope. *Rien qu'un pauv'petit protozoaire, c'est moi*, pensa-t-il en s'asseyant dans son fauteuil, l'œil vissé sur Harris Avenue ; il aurait aimé pouvoir rire.

Sa liste de remèdes de bonne femme, tous aussi imparables les uns que les autres, ne cessait de s'accroître, au point qu'il s'était dit à plusieurs reprises qu'il aurait de quoi écrire un petit livre amusant sur la question... à condition, bien entendu, de pouvoir récupérer suffisamment de sommeil pour être capable d'aligner deux idées. En cette fin d'été, il s'en sortait encore assez bien pour ce qui était de ne pas mettre des chaussettes dépareillées et il pensait souvent à ses efforts désespérés pour trouver un sachet de soupe instantanée dans le placard de la cuisine, le jour où Helen avait été battue. Ce genre d'incident ne s'était pas reproduit, car il avait toujours dormi un peu chaque nuit, depuis, mais il redoutait plus que tout d'en arriver là de nouveau — et plus bas encore — si les choses ne s'amélioraient pas. Il y avait des moments (surtout quand il se retrouvait dans son fauteuil vers quatre heures du matin) où il aurait juré sentir son esprit se vider.

Les remèdes proposés allaient du sublime au grotesque. Exemple de sublime, une brochure tout en couleurs vantant les merveilles des études sur le sommeil de l'institut du Minnesota, à Saint Paul. Exemple de grotesque, l'Œil Magique, une amulette à tout faire vendue par le biais d'annonces dans les journaux à scandale des supermarchés, comme le *National Enquirer* et l'*Inside View*. Sue, la caissière du Red Apple, en commanda un et lui en fit cadeau, un après-midi. Ralph contempla l'œil bleu maladroitement peint qui le fixait au milieu du médaillon (lequel, se dit-il, avait dû commencer sa carrière sous forme de débris quelconque) et sentit un fou rire presque irrépressible monter en lui. Il réussit néanmoins à se contenir jusqu'au moment où il retrouva la sécurité de son appartement, ce dont il fut bien soulagé. La gravité avec laquelle Sue lui avait fait ce cadeau — et la chaîne apparemment en or à laquelle elle avait accroché l'amulette — laissait entendre qu'il lui avait coûté beaucoup. Elle considérait Ralph avec une sorte d'admiration mêlée d'effroi depuis le jour où ils avaient tous les deux secouru Helen. Ce qui mettait Ralph mal à l'aise, mais il ne voyait pas ce qu'il pouvait y changer. Il se dit que de toute façon, ça ne pouvait pas lui faire de mal de porter le médaillon afin qu'elle puisse en voir la forme sous sa chemise. Mais cela ne l'aida pas à dormir.

Après avoir pris la déposition de Ralph dans le cadre de l'affaire Deepneau, le détective John Leydecker avait repoussé son fauteuil, croisé les mains sous sa nuque imposante et dit à son témoin que McGovern lui avait rapporté ces histoires d'insomnies dont il souffrait. Ralph admit que c'était vrai. Leydecker acquiesça, fit rouler son fauteuil en avant, referma les mains sur la pile de papiers qui encombrait son bureau et regarda Ralph de l'air le plus sérieux.

« Le gâteau de miel », proféra-t-il d'un ton qui ne fut pas sans rappeler à Ralph celui de McGovern, lorsqu'il lui avait suggéré que le whisky était la solution à son problème. Et sa réaction fut identique.

« Je vous demande pardon ?

— Mon grand-père ne jurait que par ça, reprit le détective. Un petit morceau de gâteau de miel juste avant de se coucher. On suce le miel et on mâche la cire pendant quelques instants, comme du chewing-gum, avant de la recracher. Et la question est réglée.

— Sans blague », dit Ralph, convaincu simultanément que c'était pure baliverne et pure vérité. Et à votre avis, où peut-on se procurer ces gâteaux de miel ?

— Au Nutra, le magasin d'alimentation naturelle du centre commercial. Essayez. Dans une semaine, vos insomnies auront disparu. »

Ralph prit plaisir à cette méthode — le rayon de miel dégageait une puissance pleine de douceur qui lui donnait l'impression d'envahir tout son être —, mais elle ne l'empêcha pas de se réveiller à trois heures dix après son premier essai, trois heures huit après le deuxième et trois heures sept après le troisième. Il ne restait plus rien du petit morceau de gâteau de miel, après cela ; il alla aussitôt en racheter au Nutra. Sa valeur comme sédatif était peut-être nulle, mais c'était une friandise délicieuse ; il regrettait seulement de ne pas l'avoir découverte plus tôt.

Il essaya le bain de pieds dans de l'eau chaude. Lois lui acheta, sur catalogue, un objet appelé All-Purpose Gel Wrap ; on se l'enroulait et il était supposé vous soulager de votre arthrite aussi bien que de vos insomnies (il ne fit aucun bien à Ralph, ni pour l'un ni pour les autres, mais son arthrite en était encore à un stade des plus bénins). A la suite d'une rencontre fortuite avec Trigger Vachon au comptoir du Nicky's Lunch, il expérimenta la camomille. « Cette infusion est géniale, lui affirma Vachon. Vous allez dormir comme un bébé, Ralph. » Ralph dormit effectivement comme un bébé... jusqu'à deux heures cinquante-huit du matin.

Telles furent les thérapeutiques populaires et les procédés homéopathiques qu'il essaya. Parmi ceux auxquels il renonça, il y avait d'impressionnants cocktails de vitamines qui coûtaient beaucoup trop cher pour le montant de sa retraite, une position de yoga intitulée le Rêveur (telle que la décrivait le postier, elle paraissait à Ralph un excellent moyen de contempler ses hémorroïdes) et la marijuana. Il réfléchit longuement à cette dernière option, finissant par conclure qu'il ne devait s'agir de rien de plus que de la version illégale du whisky, du gâteau de miel et de la camomille. En plus, si jamais McGovern apprenait que Ralph fumait de l'herbe, il en ferait des gorges chaudes jusqu'à la fin de sa vie.

Et pendant qu'il se livrait à ces diverses expériences, une voix, au fond de lui, ne cessait de demander s'il allait vraiment attendre d'avoir eu recours aux yeux de salamandre et aux langues de crapaud pour aller voir un médecin. Voix qui était moins critique que curieuse. Ralph lui-même était devenu passablement curieux.

Le 10 septembre, jour de la première manifestation des Amis de la Vie devant le centre Woman-Care, Ralph décida de faire appel aux produits pharmaceutiques... mais pas en allant à la pharmacie Rexall, dans le centre, où il faisait préparer les ordonnances de Carolyn. On le connaissait, là-bas, on le connaissait même bien, et il ne voulait pas que Paul Durgin, le gérant, sache qu'il avait besoin de somnifères. C'était probablement stupide — comme de traverser toute la ville pour aller acheter des préservatifs —, mais ça ne changeait rien à ce qu'il ressentait. Il n'était jamais rentré au Rite Aid, de l'autre côté de Strawford Park ; c'était donc là qu'il avait l'intention d'aller. Et si la version pharmaceutique des yeux de salamandre et des langues de crapaud ne marchait pas, il irait réellement voir un médecin.

Bien vrai, Ralph ? Tu es sérieux ?

« Très sérieux, dit-il à voix haute tandis qu'il

remontait lentement Harris Avenue dans la belle lumière de septembre. Que je sois pendu si je continue de supporter ce truc-là plus longtemps. »

Tu te vantes, Ralph, tu te vantes, répliqua la voix, sceptique.

Bill McGovern et Lois Chassey se trouvaient devant le parc, lancés dans une discussion qui paraissait animée. Bill l'aperçut et lui fit signe d'approcher. Ralph les rejoignit, n'aimant pas trop leur expression à tous deux : un intérêt gourmand sur le visage de McGovern, de l'inquiétude et du désarroi sur celui de Lois.

« As-tu entendu parler de ce truc, à l'hôpital ? lui demanda cette dernière.

— Ce n'était pas à l'hôpital et ce n'était pas un truc, intervint McGovern avec hargne. Il s'agissait d'une manifestation — c'est comme ça qu'ils l'appellent, en tout cas — et c'était devant le centre du planning familial, WomanCare, qui se trouve *derrière* l'hôpital. Ils ont arrêté tout un tas de gens, entre six et vingt-quatre, personne ne semble au courant, pour l'instant.

— Et l'un d'eux était Ed Deepneau ! » intervint Lois sans laisser à McGovern le temps de reprendre son souffle. Bill lui jeta un regard dégoûté, persuadé qu'il lui revenait de donner lui-même cette information.

« Ed ! s'exclama Ralph. Mais Ed est à Fresh Harbor !

— Faux », dit McGovern. Le vieux fédora cabossé qu'il portait aujourd'hui lui donnait un air quelque peu canaille — celui d'un journaliste dans un film policier des années quarante. Ralph se demanda si le panama était définitivement perdu ou avait simplement été remplacé avec le changement de saison. « Aujourd'hui, il est au frais dans la pittoresque prison de notre ville.

— Mais qu'est-ce qui s'est passé, exactement ? »

Aucun des deux ne le savait. Pour l'instant, la nouvelle se réduisait à une rumeur qui s'était propagée dans le parc comme un rhume contagieux, rumeur qui faisait l'objet d'un intérêt particulier dans ce quartier de la ville parce que le nom d'Ed Deepneau y figurait. Marie Callan avait dit à Lois qu'il y avait eu des jets de pierres, et que c'est pour cette raison que des manifestants avaient été arrêtés. D'après Stan Eberly, qui avait raconté l'histoire à McGovern peu de temps avant que celui-ci ne rencontrât Lois, quelqu'un — Ed, peut-être, mais il pouvait tout aussi bien s'agir d'un autre — avait utilisé une bombe lacrymogène contre deux médecins qui empruntaient l'allée dallée reliant l'arrière de l'hôpital au WomanCare. Techniquement, cette voie était publique, et elle était devenue le point de rassemblement favori des manifestants anti-avortement depuis sept ans que WomanCare pratiquait des interruptions de grossesse.

Les deux versions de l'incident étaient si vagues et contradictoires que Ralph pouvait légitimement espérer qu'aucune d'elles n'était vraie; qu'il s'agissait en fait de gens un peu trop enthousiastes arrêtés pour avoir pénétré dans une zone privée, ou quelque chose comme ça. Ce genre de choses est monnaie courante dans des villes comme Derry; le moindre événement y a l'art de faire boule de neige au fur et à mesure que la rumeur se répand.

Il ne pouvait cependant se débarrasser de l'impression que cette fois, c'était plus sérieux, en particulier dans la mesure où les deux versions de Lois et Bill parlaient d'Ed Deepneau et que ce dernier n'avait rien du manifestant anti-IVG moyen. C'était ce même homme qui avait arraché une poignée de cheveux à sa femme, lui avait refait la mâchoire et fracturé l'os malaire, tout ça pour avoir vu son nom au bas d'une pétition qui défendait WomanCare. Le même qui croyait sincèrement que quelqu'un qui s'affublait du titre de Roi Pourpre — un nom sensationnel pour un catcheur professionnel, pensa Ralph — rôdait dans Derry et que ses sbires faisaient disparaître les cadavres d'enfants à naître en les emportant sur des camions à plate-forme (voire dans des camionnettes où ils étaient dissimulés dans des barils de fertilisant). Oui, décidément, Ed pouvait bien avoir été là, et il ne s'agissait probablement pas d'une banale affaire où quelqu'un aurait été blessé accidentellement à la tête par la chute d'un panneau de protestation.

« Allons chez moi, proposa soudain Lois. J'appellerai Simone Castonguay. Sa nièce est standardiste de jour à WomanCare. Si quelqu'un est au courant de ce qui s'est passé, c'est certainement elle — elle a sûrement pu joindre Barbara au téléphone.

— J'allais au supermarché », dit Ralph. C'était évidemment un mensonge, mais un tout petit mensonge, car le supermarché était juste à côté de la pharmacie du centre commercial, à deux coins de rue du parc. Je passerai chez toi sur le chemin du retour.

« Parfait, dit Lois en lui souriant. On t'attend dans quelques minutes, n'est-ce pas, Bill ?

— Oui », renchérit McGovern, prenant brusquement Lois dans ses bras. C'était un effort considérable, mais il y parvint. « En attendant, je t'aurai pour moi tout seul. Oh, Lois, comme ces douces minutes vont vite s'envoler ! »

Juste à l'intérieur du parc, un groupe de jeunes femmes poussant des landaus (*des mères-commères*, pensa Ralph) les avaient observés, l'attention sans doute attirée par les gestes de Lois — lesquels avaient tendance à prendre une ampleur grandiose quand elle était excitée. A cet instant, alors que McGovern renversait Lois avec l'ardeur factice d'un mauvais acteur à la fin d'un tango, l'une des mamans dit quelque chose à sa voisine et les deux femmes éclatèrent de rire. Rire aigu et méchant qui évoquait, aux oreilles de Ralph, de la craie ripant sur un tableau noir ou des fourchettes sur de la porcelaine. *Regardez donc ces vieux, s'ils sont pas marrants*, disait ce rire. *Regardez-les, qui font semblant d'être jeunes de nouveau*.

Ralph leur adressa un regard dur, essayant de transmettre ce message : *Vous verrez, vous y passerez, vous aussi. Ça vous paraît bien loin, pour le moment, mais vous y passerez.*

« Arrête ce cirque, Bill ! » Lois rougissait, et peut-être pas uniquement parce que Bill faisait son numéro habituel. Elle avait aussi entendu les rires en provenance du parc. McGovern également, sans aucun doute, mais pour lui ces rires étaient des applaudissements, pas des sifflets. Parfois, pensa Ralph, désabusé, un amour-propre quelque peu hypertrophié peut avoir un rôle protecteur.

McGovern lâcha Lois, puis retira son fédora et salua d'un grand mouvement accompagné d'une courbette exagérée. Lois était trop occupée à vérifier que sa blouse de soie se trouvait toujours bien rentrée dans la ceinture de sa jupe pour lui prêter beaucoup d'attention. Sa rougeur disparaissait déjà, et Ralph la trouva pâle, n'ayant pas très bonne mine. *Pourvu qu'elle ne couve pas quelque chose*, se dit-il.

« Passe donc si tu peux, dit-elle à Ralph d'un ton calme.

— Je viendrai, Lois, promis. »

McGovern glissa un bras autour de la taille de Lois — geste d'affection à la fois amical et sincère, cette fois — et ils s'éloignèrent ainsi. En les suivant des yeux, Ralph fut soudain saisi par un sentiment de déjà-vu, comme s'il avait assisté autrefois à cette même scène, ailleurs, ou dans une autre vie. Puis, à l'instant où McGovern lâcha la taille de Lois, rompant l'illusion, le souvenir lui revint : Fred Astaire entraînant une Ginger Rogers brune et plutôt rondelette sur la scène d'un petit cinéma de province, pour y danser sur de la musique de Jerome Kern ou Irving Berlin.

C'est bizarre, pensa-t-il en se tournant pour

prendre la direction du centre commercial, qui se trouvait à mi-chemin d'Up-Mile Hill. *C'est très bizarre, Ralph. Bill McGovern et Lois Chassey sont aussi loin de Fred Astaire et Ginger Rogers que...*

« Ralph ? » lança Lois. Il fit demi-tour. Il était maintenant séparé du couple par un carrefour et un pâté de maisons. Les voitures allaient et venaient sur Elizabeth Street et la vue qu'avait Ralph de ses deux amis était intermittente.

« Quoi ?

— Tu as l'air mieux ! Plus reposé ! As-tu retrouvé le sommeil ?

— Oui ! » répondit-il, se disant : *Encore un petit mensonge, mais c'est pour la bonne cause.*

« Je t'avais bien dit que ça irait mieux au changement de saison ! A tout de suite ! »

Lois le salua de sa main levée et, à sa grande stupéfaction, Ralph vit des lignes diagonales d'un bleu brillant jaillir de la pointe de ses ongles courts mais soigneusement taillés. On aurait dit des traînées de condensation.

Qu'est-ce que c'est que ce foutu...

Il ferma les yeux, plissant fortement les paupières, puis regarda à nouveau. Rien. Juste Bill et Lois qui marchaient en direction de la maison de Lois, lui tournant le dos. Pas de diagonales brillantes dans l'air, rien qui..

Les yeux de Ralph s'étaient machinalement abaissés ; il vit alors que Lois et Bill laissaient derrière eux des empreintes sur le ciment — des empreintes identiques à celles inventées par Arthur Murray, autrefois, pour ses leçons de danse (on pouvait les recevoir par correspondance). Celles de Lois étaient grises. Celles de McGovern — plus grandes, mais néanmoins curieusement délicates — d'une nuance vert olive foncé. Elles luisaient sur le trottoir et Ralph, pétrifié de l'autre côté d'Elizabeth Street avec la mâchoire inférieure qui lui touchait presque le sternum, se rendit soudain compte qu'il en montait de petits rubans d'une fumée colorée. A moins que ce ne fût de la vapeur.

Un bus de la ligne d'Old Cape s'engagea bruyamment dans la rue, lui cachant un instant la vue ; après son passage, les traces avaient disparu. Sur le trottoir, il ne restait plus qu'un message à la craie inscrit dans un cœur rose à demi effacé : SAM ET DEANIE POUR LA VIE.

Ces traces ne sont pas parties, Ralph ; elles n'ont jamais été là. C'est bien ce que tu penses, n'est-ce pas ?

Oui, c'était bien ce qu'il pensait. Il s'était mis dans la tête que Bill et Lois ressemblaient à Fred Astaire et Ginger Rogers ; passer de cette idée à l'hallucination d'empreintes de pieds fantômes ressemblant aux diagrammes de pas de danse d'Arthur Murray possédait une certaine logique. N'empêche, c'était inquiétant. Son cœur battait trop vite et, lorsqu'il ferma les yeux un instant pour essayer de se calmer, il revit les diagonales qui partaient des doigts de Lois, ces traînées d'un bleu brillant.

Il faut que je retrouve le sommeil. Il le faut absolument. Sinon, je vais me mettre à voir n'importe quoi.

« Rien n'est plus vrai, marmonna-t-il en tournant de nouveau dans la direction de la pharmacie. Absolument n'importe quoi. »

3

Dix minutes plus tard, devant la vitrine de la pharmacie Rite Aid, Ralph examinait un panneau accroché au plafond par des chaînes. VOUS VOUS SENTIREZ MIEUX À RITE AID ! lut-il. Voilà qui semblait signifier que se sentir mieux était un objectif accessible pour tout consommateur raisonnable et sérieux. Ralph éprouvait toutefois quelques doutes.

Ce magasin, se dit-il, vend des produits pharmaceutiques sur une grande échelle — à côté, l'officine

Rexall où il avait ses habitudes paraissait minuscule. Les allées, éclairées par des tubes fluorescents, paraissaient aussi longues que des pistes de bowling ; on y trouvait de tout, depuis des fours à micro-ondes jusqu'à des puzzles. Après avoir étudié les lieux quelques instants, il estima que l'allée 3, où l'on trouvait les médicaments brevetés en vente libre, était probablement celle qu'il lui fallait. Il franchit à pas lents la zone des MAUX D'ESTOMAC, ne fit qu'un bref séjour dans le royaume des ANALGÉSIQUES, traversa rapidement celui des LAXATIFS. Mais entre LAXATIFS et DÉCONGESTIONNANTS, il s'arrêta.

Nous y voici, les amis. Dernière tentative. Après cela, il ne reste que le Dr Litchfield, et si jamais il me suggère de mâcher un gâteau de miel ou de boire de la camomille, je lui saute dessus et il ne faudra pas moins que deux infirmières et la standardiste pour me l'enlever des mains.

SOMNIFÈRES, lisait-on sur le panneau au-dessus de cette partie de l'allée 3.

Ralph, qui n'avait jamais été gros consommateur de médicaments (sans quoi il serait venu ici depuis longtemps, sans aucun doute), ne savait trop à quoi il s'était attendu : mais certainement pas, en tout cas, à cette profusion exubérante et presque indécente de produits. Il parcourait des yeux les boîtes (d'un bleu apaisant, pour la plupart) et lisait les noms. Des noms souvent étranges et vaguement menaçants : Compoz, Nytol, Sleepinal, Z-Power, Sominex, Sleepinex, Drow-Zee. Il y avait même une marque générique.

Tu rigoles, ou quoi ? Aucun de ces trucs ne va marcher pour toi. Il est grand temps d'arrêter de faire le con, tu ne crois pas ? Quand on en est à voir des empreintes de pas en couleur sur les trottoirs, il est temps d'arrêter de déconner et d'aller chez son médecin.

Mais aussitôt, il entendit la voix du Dr Litchfield,

si clairement qu'on aurait dit qu'un magnétophone venait de démarrer dans sa tête : *Votre femme souffre de maux de tête dus à l'hypertension, Ralph. C'est désagréable et douloureux, mais sa vie n'est pas en danger. Je crois qu'on doit pouvoir arranger ça.*

Désagréable et douloureux, mais sa vie n'est pas en danger — oui, c'était exactement ce qu'il avait déclaré. Puis il avait pris son ordonnancier et inscrit une première liste de pilules inutiles, pendant que de minuscules amas de cellules étrangères, dans la tête de Carolyn, poursuivaient leur travail de sape. Et le Dr Jamal avait peut-être dit la vérité ; peut-être, en effet, était-il déjà trop tard ; mais peut-être aussi le Dr Jamal était-il un salaud ; peut-être n'était-il qu'un étranger dans un pays étranger, essayant de s'en sortir et ne voulant pas faire de vagues. Peut-être ci, peut-être ça ; Ralph ne pouvait être sûr de rien et ne le serait jamais. Il ne savait qu'une chose : Litchfield n'était pas là au moment où s'annonçaient les deux tâches finales de leur mariage : pour elle, mourir, pour lui, l'aider à mourir.

C'est ça que tu as envie de faire ? Aller voir Litchfield et le regarder remplir une ordonnance ?

Ça marcherait peut-être, ce coup-ci, s'objecta-t-il. En même temps sa main se tendit, se déplaçant presque comme si elle était animée d'une volonté propre, et prit une boîte de Sleepinex sur l'étagère. Il la retourna, la tenant éloignée pour pouvoir lire le texte en petits caractères sur le côté, et parcourut des yeux la liste des composants. Il n'avait aucune idée de la prononciation de ces mots à se décrocher la mâchoire, et encore moins de ce qu'ils signifiaient et de la façon dont ils étaient supposés agir.

Oui. Cette fois, ça peut peut-être marcher. La bonne solution serait peut-être aussi de se trouver un autre méd...

« Je peux vous aider ? » demanda une voix juste derrière Ralph.

A cet instant, il était en train de reposer la boîte de

Sleepinex, avec l'intention de prendre quelque chose qui ressemblât un peu moins à une drogue sinistre sortie d'un roman de Robin Cook. Il sursauta et fit tomber par terre une douzaine de boîtes diverses de sommeil synthétique.

« Oh, désolé ! Je suis d'une maladresse..., dit-il en se retournant.

— Pas du tout, c'est ma faute. » Et le temps que Ralph ramasse deux boîtes de Sleepinex et une de Drow-Zee, l'homme en blouse blanche qui venait de lui adresser la parole avait récupéré les autres et les replaçait avec la dextérité d'un joueur de poker professionnel qui fait une donne. D'après l'insigne doré épinglé à la blouse, il s'agissait de JOE PLUSSAJ, PHARMACIEN.

« Bon, dit Plussaj, qui s'épousseta les mains et sourit amicalement à Ralph. Si on recommençait ? Puis-je vous aider ? Vous avez l'air un peu perdu. »

A sa réaction initiale — l'ennui d'être dérangé pendant qu'il avait une conversation profonde et sérieuse avec lui-même — succéda un intérêt prudent. « Oh, je ne sais pas, dit-il avec un geste vers l'étalage de somnifères. Est-ce qu'il y en a un de vraiment efficace ? »

Le sourire de Plussaj s'agrandit. De haute taille, d'âge moyen, l'homme avait le teint clair et des cheveux châtains qui se raréfiaient, partagés par une raie au milieu. Il tendit la main, et à peine Ralph avait-il amorcé le geste correspondant de courtoisie que sa propre main se trouva happée. « Appelez-moi Joe, dit le pharmacien, tapotant l'insigne de sa main libre. Avant, on m'appelait Joe Sage, mais maintenant je suis plus vieux et plus sage. »

Cette plaisanterie devait être fort ancienne, mais elle n'avait rien perdu de sa saveur pour Joe Plussaj, qui éclata d'un rire tonitruant. Ralph réagit par un petit sourire poli où perçait une légère pointe d'anxiété. La paluche qui tenait la sienne était incontestablement puissante, et il commençait à se dire que si le pharmacien continuait à la serrer comme ça, il allait finir la journée la main dans un plâtre. Il se prit à regretter, au moins pendant un instant, de ne pas être allé présenter son problème à Paul Durgin, de Rexall. Sur quoi Plussaj lui secoua par deux fois la main et la lâcha.

« Moi, c'est Ralph Roberts. Ravi de faire votre connaissance, monsieur Plussaj.

— C'est réciproque. Maintenant, en ce qui concerne l'efficacité de ces merveilleux produits, permettez-moi de répondre à votre question par une autre : à savoir, est-ce que les ours chient dans les cabines téléphoniques ? »

Ralph éclata de rire. « Rarement, j'imagine, répondit-il quand il eut retrouvé son souffle.

— Exact. Et je m'explique. » Plussaj jeta un coup d'œil au mur de somnifères, une étude en nuances de bleus. « Grâce à Dieu, je suis pharmacien, et non pas représentant de commerce, monsieur Roberts; je crèverais de faim si je devais faire de la vente au porte-à-porte. Etes-vous insomniaque ? Je vous pose la question parce que je vous vois inspecter les somnifères, mais surtout à cause de votre mine et de vos yeux creux.

— Monsieur Plussaj, je serais le plus heureux des hommes si je pouvais avoir cinq heures de sommeil certaines nuits; quatre, ce serait déjà un progrès.

— Depuis combien de temps cela dure-t-il, monsieur Roberts ? Ou bien puis-je dire Ralph ?

— Ralph.

— Bien. Et moi, c'est Joe.

— Tout a commencé en avril, je crois. Environ quatre à six semaines après la mort de ma femme.

— Désolé d'apprendre que vous avez perdu votre épouse. Mes condoléances.

— Merci », dit Ralph avant de répéter la formule consacrée : « Elle me manque énormément, mais je suis content que ses souffrances soient terminées.

— Sauf que maintenant, c'est *vous* qui souffrez.

Depuis... voyons.. » Plussaj compta rapidement sur ses gros doigts. « Depuis six mois. »

Ralph se trouva soudain fasciné par ces doigts. Pas de traînées lumineuses, cette fois, mais leur extrémité qui paraissait noyée dans une brume argentée brillante, comme du papier d'aluminium à travers lequel on aurait pu voir. Il se prit soudain à évoquer Carolyn et les odeurs fantômes dont elle s'était plainte à l'automne dernier : clou de girofle, égout, jambon brûlé. Et s'il s'agissait d'un équivalent masculin ? L'insomnie n'était peut-être que le premier symptôme de sa propre tumeur cérébrale, au lieu des maux de tête.

Faut être cinglé pour faire soi-même son diagnostic, Ralph. Laisse donc tomber.

Il se tourna résolument vers le visage large et agréable de Plussaj. Pas de brume argentée, pas de brume du tout, même. Il en était presque sûr.

« C'est exact, la moitié d'une année. Ça m'a paru plus long. Beaucoup plus long, à vrai dire.

— Des caractéristiques particulières ? En général, il y en a. Par exemple, est-ce que vous vous retournez dans votre lit pendant des heures avant...

— J'ai des réveils prématurés. »

Les sourcils de Plussaj se soulevèrent. « Et vous avez aussi lu quelques livres sur la question, je vois. » Si Litchfield lui avait fait une remarque de ce genre, Ralph y aurait perçu de la condescendance. De la part de Joe Plussaj, il ne ressentit rien de tel, seulement une authentique admiration.

— J'ai parcouru ce qui se trouvait à la bibliothèque, mais je n'ai pas trouvé grand-chose d'utile... pour dire la vérité, je n'ai rien trouvé du tout.

— Permettez-moi de vous expliquer ce que je sais sur la question, et vous n'aurez qu'à lever la main quand j'aborderai un territoire que vous connaissez déjà. Au fait, qui est votre médecin ?

— Litchfield.

— Hum-hum. Et vous vous servez d'habitude à... la pharmacie People's Drug ? Au Rexall ?

— Au Rexall.

— Si je comprends bien, vous êtes ici incognito, aujourd'hui. »

Ralph rougit... puis sourit. « Ouais, si vous voulez.

— Hum-hum. Et je n'ai pas besoin de vous demander si vous avez été voir Litchfield pour votre problème, n'est-ce pas ? Si c'était le cas, vous n'exploreriez pas le monde merveilleux des médicaments brevetés en vente libre.

— C'est ainsi qu'on les appelle ? Des médicaments brevetés ?

— Pour le dire autrement, je me sentirais infiniment plus à l'aise si je vendais la plupart de ces saloperies à l'arrière d'un gros chariot peint en rouge avec des roues jaunes. »

Ralph se mit à rire, et le nuage argenté brillant qui s'était formé devant la blouse blanche du pharmacien se dissipa aussitôt.

« C'est le genre de système de vente dans lequel je pourrais me sentir à l'aise, enchaîna Plussaj avec un petit sourire nostalgique. J'aurais une délicieuse petite poulette qui danserait en soutien-gorge à sequins et pantalon de harem... Que j'appellerais la Petite Égypte, par exemple, comme dans la vieille chanson des Coasters... elle créerait l'ambiance. Et un joueur de banjo. D'après mon expérience, rien ne vaut une bonne dose de musique de banjo pour mettre les gens d'humeur dépensière. »

Plussaj, le regard perdu, tout à son rêve empailleté, ne voyait plus les laxatifs et les analgésiques. Puis ses yeux revinrent sur Ralph.

« Pour une victime de réveils prématurés comme vous, ces produits sont totalement inefficaces. Autant boire un coup, ou se servir de l'une de ces machines à ondes qu'on vous vend par catalogue ; à vous voir, j'ai d'ailleurs l'impression que vous avez essayé les deux.

— En effet.

— Sans compter deux bonnes douzaines d'autres

remèdes de bonne femme du genre qui se transmettent de génération en génération. »

Ralph rit de nouveau. Ce type commençait à lui plaire. « Dites plutôt quatre, et vous tomberez plus juste.

— Je dois reconnaître que vous êtes un acharné. » Le pharmacien eut un geste vers les boîtes bleues. « Ces trucs-là ne sont rien d'autre que des antihistaminiques ; fondamentalement, ils jouent sur un des effets secondaires de ce type de molécules, qui rendent les gens somnolents. Allez voir sur les boîtes des décongestionnants, comme le Comtrex ou le Benadryl, et vous verrez qu'ils sont déconseillés si on doit prendre la route ou piloter de grosses machines. Pour les gens qui souffrent d'insomnies occasionnelles, un Sominex par-ci, par-là peut suffire. Ça donne un petit coup de pouce. Mais il serait sans effet sur vous, parce que votre problème n'est pas de vous endormir, mais de rester endormi... c'est bien cela ?

— Exactement.

— Puis-je vous poser une question un peu délicate ?

— Oui, bien sûr.

— Avez-vous un problème avec Litchfield, à ce propos ? Éprouvez-vous des doutes sur sa capacité à comprendre à quel point vos insomnies vous rendent malheureux ?

— Oui, répondit Ralph avec gratitude. Vous pensez que je devrais aller le voir ? Essayer de lui expliquer de manière qu'il comprenne bien ? » A une telle question, le pharmacien ne pouvait guère répondre que par l'affirmative, et Ralph finirait par prendre rendez-vous. Et ce serait avec Litchfield, ça ne pourrait être qu'avec Litchfield, il s'en rendait maintenant compte. Ce serait de la folie que de vouloir changer de médecin à son âge.

Te sens-tu capable de dire au Dr Litchfield que tu vois des choses ? Pourrais-tu lui parler des traînées lumineuses qui montaient des doigts de Lois? Des empreintes de pas sur le trottoir comme celles des pas de danse d'Arthur Murray? Des nuages argentés autour des doigts de Joe Plussaj? Pourras-tu vraiment parler de tout ça à Litchfield? *Et, si tu ne le peux pas, pourquoi te donner la peine d'aller le consulter, en dépit des recommandations de ce pharmacien?*

Plussaj, cependant, le surprit en prenant une direction entièrement différente : « Rêvez-vous toujours?

— Oui. En fait, je rêve même beaucoup, si l'on considère que j'en suis à trois heures de sommeil par nuit.

— Est-ce que ce sont des rêves cohérents, des rêves consistant en séquences d'événements identifiables, ayant une sorte de continuité narrative, si délirante qu'elle soit, ou bien simplement des fouillis d'images? »

Ralph se souvint d'un rêve qu'il avait fait la nuit précédente. Il jouait au frisbee au milieu de Harris Avenue avec Helen Deepneau et Bill McGovern. Helen avait aux pieds une paire de chaussures à talons plats énormes et encombrantes; McGovern portait un chandail orné d'une bouteille de vodka; ABSOLUMENT LA MEILLEURE, lisait-on en dessous. Le frisbee était d'un rouge éclatant strié de raies vertes fluorescentes. Puis Rosalie, la chienne, avait fait son apparition. Le foulard d'un bleu délavé que quelqu'un lui avait mis autour du cou voletait pendant qu'elle s'approchait d'eux en boitillant. Tout à coup elle bondit, attrapa le frisbee et prit la fuite en l'emportant dans sa gueule. Ralph voulut la poursuivre, mais McGovern lui dit : *T'énerve pas, Ralph, on en aura toute une caisse pour Noël.* Ralph était sur le point d'objecter que Noël était dans trois mois et de lui demander comment ils feraient, entretemps, s'ils voulaient jouer au frisbee; mais avant cela, son cinéma mental s'était arrêté ou avait pris une autre direction, devenant moins net.

« Si j'ai bien compris ce que vous avez voulu dire, mes rêves sont cohérents.

— Bien. J'aimerais aussi savoir si ce sont des rêves *lucides*. Pour être lucide, un rêve doit remplir deux conditions. Tout d'abord, vous devez savoir que vous rêvez. Ensuite, il faut que le sujet puisse influer sur le cours de son rêve, c'est-à-dire être davantage qu'un observateur passif. »

Ralph acquiesça. « J'en ai de ce genre aussi. En fait, on dirait même que ça m'arrive souvent, ces temps derniers. Je pensais justement à l'un de ceux que j'ai faits cette nuit. Il y avait un chien errant, que je vois parfois dans notre rue ; il s'est enfui en emportant le frisbee avec lequel on jouait, avec des amis. J'étais furieux qu'il ait interrompu le jeu, et j'ai essayé de lui faire lâcher le frisbee par la force de la pensée. Télépathiquement, en quelque sorte, vous voyez ? »

Il émit un petit rire gêné, mais Plussaj se contenta de hocher la tête. « Et ça a marché ?

— Pas cette fois, mais il me semble cependant que c'est arrivé dans d'autres rêves. Malheureusement, je n'en suis pas sûr, car la plupart de mes rêves semblent s'évanouir dès mon réveil.

— C'est la même chose pour tout le monde. Le cerveau traite les rêves comme un matériau jetable et ne les emmagasine que dans une mémoire à très court terme.

— Vous en connaissez un rayon sur le sujet, n'est-ce pas ?

— L'insomnie est un sujet qui me passionne. J'ai écrit deux articles sur les liens entre les rêves et les désordres du sommeil pendant mes études de pharmacie. » Il consulta sa montre. « C'est l'heure de ma pause. Aimeriez-vous prendre un café et une part de tarte aux pommes avec moi ? Il y a un petit restaurant à deux pas d'ici, et leur tarte est admirable.

— C'est tentant, mais je prendrai plutôt un jus d'orange. J'essaie de diminuer ma consommation de café, ces temps-ci.

— Compréhensible, mais totalement inutile, observa joyeusement Plussaj. Dans votre cas, le problème n'est pas la caféine, Ralph.

— Je suppose que non, en effet... mais alors, quoi ? » Jusqu'ici, il avait réussi assez bien à dissimuler sa détresse, mais elle revenait, insidieuse, dans le timbre de sa voix.

Le pharmacien lui tapota l'épaule et le regarda avec bonté. « C'est justement de ça que nous allons parler. Venez. »

CHAPITRE 5

1

« Voyez le problème ainsi », commença Plussaj, cinq minutes plus tard. Ils se trouvaient dans une sorte de restaurant écolo-futuriste qui s'appelait « Point du Jour/Soleil Couchant ». L'endroit était un peu trop envahi de fougères au goût de Ralph, dont la préférence allait aux établissements classiques, étincelants de chrome et sentant le graillon, mais la tarte était bonne et, si le café ne valait pas celui de Lois — Lois Chassey faisait le meilleur café qu'il eût jamais goûté —, il était fort et bien chaud.

« C'est-à-dire ?

— Il y a certaines choses que les hommes — et les femmes — désirent fortement depuis toujours. Je ne parle pas de ce que l'on trouve dans les livres d'histoire et les manuels d'instruction civique, du moins pour l'essentiel ; je parle de certaines choses fondamentales. Un toit pour se protéger de la pluie. Trois repas chauds et une couche. Une vie sexuelle acceptable. Des intestins qui fonctionnent bien. Mais de tout ça, la chose la plus fondamentale est peut-être bien celle qui vous manque, mon ami. Car il n'y a rien au monde, en fait, qui puisse se comparer à une bonne nuit de sommeil, non ?

— Ça, vous pouvez le dire. »

Le pharmacien acquiesça. « On néglige la question du sommeil ; c'est le parent pauvre de la médecine. Shakespeare disait qu'il est le fil qui ravaude les manches éraillées de l'attention, Napoléon l'appelait la fin bénie de la nuit, et Winston Churchill, l'un des grands insomniaques de ce siècle, affirmait que c'était la seule chose à l'avoir jamais soulagé de ses profondes dépressions. J'ai mis ça dans mes articles, mais toutes ces citations reviennent à répéter ce que je viens de vous dire : rien, de par le vaste monde, ne peut se comparer à une bonne nuit de sommeil.

— C'est un problème que vous avez vous aussi connu, n'est-ce pas ? demanda soudain Ralph. Est-ce pour cette raison que... eh bien... que vous me prenez sous votre aile ? »

Joe Plussaj sourit. « C'est ce que je fais ?

— Il me semble, oui.

— Hé, je n'ai rien contre ça. La réponse est oui. J'ai souffert de problèmes d'endormissement à partir de l'âge de treize ans. C'est pour cette raison que j'ai fini par faire des recherches non pas pour un article, mais pour deux.

— Et aujourd'hui, comment ça se passe ? »

Le pharmacien haussa les épaules. « Jusqu'ici, l'année n'a pas été trop mauvaise. Pas la meilleure, mais acceptable. Deux années durant, alors que j'étais jeune homme, le problème a été aigu. Je me mettais au lit à dix heures pour m'endormir à quatre heures du matin et me lever à sept. Je passais la journée à me traîner et à me sentir comme un punching-ball dans le cauchemar de quelqu'un d'autre. »

Impression si familière à Ralph qu'il en eut la chair de poule.

« Voici ce que j'ai de plus important à vous dire, Ralph, alors écoutez bien.

— Je ne fais que ça.

— Vous devez vous raccrocher à l'idée que fondamentalement, vous allez encore très bien, même si vous vous sentez souvent dans un état lamentable. Il y a sommeil et sommeil, voyez-vous — le bon et le mauvais. Si vous avez des rêves cohérents et, ce qui est peut-être plus important, des rêves lucides, c'est que vous avez encore un bon sommeil. Et à cause de ça, une ordonnance pour des somnifères serait peut-être la pire des choses pour vous en ce moment. Et je connais mon Litchfield. C'est quelqu'un de bien, mais il adore remplir des ordonnances.

— A qui le dites-vous ! observa Ralph qui pensait à Carolyn.

— Si vous racontez à Litchfield tout ce que vous m'avez expliqué pendant que nous nous rendions ici, il va vous prescrire des benzodiazépines, probablement du Dalmane ou du Restoril, ou peut-être du Halcion, voire du Valium. Vous allez dormir, mais vous paierez ensuite l'addition. Car les benzodiazépines entraînent une accoutumance ; elles provoquent des problèmes respiratoires et, pis que tout pour des gens comme vous et moi, elles réduisent de manière significative le sommeil REM, appelé aussi sommeil paradoxal. En d'autres termes, le sommeil pendant lequel on rêve.

« Au fait, comment trouvez-vous la tarte ? Je vous pose la question parce que vous n'y avez guère touché. »

Ralph prit une grosse bouchée qu'il avala sans la goûter. « Excellente. Mais dites-moi plutôt pourquoi il faut rêver pour que notre sommeil soit un bon sommeil.

— Si j'étais capable de vous répondre, j'arrêterais illico de vendre mes petites pilules et je me ferais gourou des insomniaques. » Plussaj avait fini sa tarte et, du bout du doigt, recueillait les miettes les plus grosses tombées dans l'assiette. « REM veut dire *mouvements rapides des yeux* et est devenu synonyme de sommeil avec rêves dans l'esprit du public, mais personne ne sait quel est exactement le rapport entre ces mouvements rapides des yeux et les rêves que font les dormeurs. Il paraît douteux que ces mouvements signifient que le rêveur mime ainsi des déplacements, car les chercheurs en ont observé beaucoup pendant des rêves que les sujets décrivaient ensuite comme assez statiques — des rêves de conversations comme celle que nous avons en ce moment, par exemple. De même, personne ne sait vraiment pourquoi il semble exister une relation très nette entre les rêves lucides et cohérents et l'état de notre santé mentale : plus on fait ce genre de rêves, plus nous sommes bien ; moins on en fait, moins on est bien. C'est un véritable instrument de mesure.

— Parler de santé mentale, c'est plutôt vague, observa Ralph, sceptique.

— Ouais, admit Plussaj avec un sourire. Ça me rappelle un autocollant que j'ai vu sur une voiture il y a quelques années : AIDEZ LA PSYCHIATRIE OU JE VOUS TUE. Mais je vous parle ici d'éléments de base mesurables : les capacités cognitives, les aptitudes à résoudre des problèmes par les méthodes déductives et inductives, la capacité à établir des relations, la mémoire...

— La mienne est mauvaise, en ce moment. » Ralph pensait à son incapacité à se souvenir du numéro de téléphone du cinéma et au temps qu'il avait passé à pourchasser un sachet de soupe qui n'y était pas dans le placard de la cuisine.

« Oui, vous souffrez probablement de pertes de mémoire à court terme, mais votre braguette est remontée, votre chemise est convenablement boutonnée et je suis sûr que si je vous le demande, vous pourrez me donner sans hésiter votre deuxième prénom. Je ne sous-estime pas votre problème — je serais bien la dernière personne au monde à le faire —, je vous demande simplement de changer de point de vue pendant deux ou trois minutes. De penser à tous les aspects de votre vie dans lesquels vous êtes encore parfaitement fonctionnel.

— Très bien. Ces rêves lucides et cohérents dont vous parliez... sont-ils de bons indicateurs de notre fonctionnement, comme la jauge d'essence d'une voiture, ou nous aident-ils activement à fonctionner ?

— Il est très difficile d'être affirmatif sur ce point, mais la réponse la plus vraisemblable est : les deux. Vers la fin des années cinquante, à l'époque où les médecins ont commencé à éliminer les barbituriques — le dernier à avoir été largement employé était ce médicament si rigolo appelé Thalidomide —, quelques chercheurs ont même avancé l'hypothèse que n'existait pas cette relation entre les rêves et le bon sommeil dont nous nous sommes gargarisés.

— Et alors ?

— Les expériences n'ont pas confirmé cette hypothèse. Les personnes qui arrêtent de dormir ou qui souffrent d'interruptions constantes de leurs rêves ont toutes sortes de problèmes, y compris la perte des aptitudes cognitives et de la stabilité émotionnelle. Elles se mettent aussi à connaître des problèmes perceptifs comme l'hyperréalité. »

Au-delà du pharmacien, à l'autre bout du comptoir, était installé un homme qui lisait le *Derry News*. Pour Ralph, seuls le sommet de sa tête et ses mains étaient visibles. Il portait une bague assez peu discrète au petit doigt de la main gauche. En manchette de la page de couverture s'étalait ce titre : SUSAN DAY VIENDRA DÉFENDRE LE DROIT À L'AVORTEMENT À DERRY LE MOIS PROCHAIN. En dessous, en caractères légèrement plus petits, on lisait : *Les groupes anti-avortement organiseront des contre-manifestations*. En milieu de page, la photo en couleurs de Susan Day lui rendait davantage justice que les clichés en noir et blanc dans la vitrine du brocanteur. Sur ces derniers, elle avait un aspect ordinaire, presque sinistre ; sur la photo du journal, elle était radieuse. Elle portait ses cheveux d'un blond de miel tirés en arrière. Elle avait des yeux sombres, intelligents, à l'expression frappante. Hamilton

Davenport avait eu tort de se montrer pessimiste; Susan Day, en fin de compte, allait venir.

Puis Ralph vit quelque chose qui lui fit immédiatement tout oublier de Susan Day et de Ham Davenport.

Une aura gris-bleu commençait à s'amasser autour des mains de l'homme au journal, ainsi qu'au-dessus de la partie visible de son crâne. Elle paraissait particulièrement brillante à la hauteur de la bague en onyx de son petit doigt. Elle ne créait pas d'opacité mais tout au contraire semblait *clarifier* les choses, et transformait la pierre de la bague en une sorte d'astéroïde, comme dans un film de science-fiction d'un grand réalisme...

« Vous disiez, Ralph?

— Hein? » Ralph dut faire un effort pour détourner les yeux de la main à la bague. « Je ne sais plus... Je disais quelque chose? Ah oui... Je crois que je voulais vous demander ce que vous appeliez hyperréalité.

— Des perceptions sensorielles exacerbées. Comme dans un trip au LSD, mais sans avoir besoin d'ingérer de produits chimiques.

— Oh », dit Ralph, fasciné par l'aura gris-bleu brillante qui dessinait des runes de forme complexe sur l'ongle de l'index avec lequel Plussaj écrasait les miettes. On aurait tout d'abord dit des lettres écrites sur le givre d'une vitre... puis des phrases creusées dans le brouillard... puis des visages étranges, haletants.

Il cligna des yeux et la vision disparut.

« Ralph? Vous êtes toujours là?

— Oui, bien sûr. Mais je voudrais vous demander quelque chose, Joe. Si les remèdes de bonne femme ne marchent pas, si vos trucs dans leurs emballages bleus sont sans effet et si les médicaments sur ordonnance risquent en réalité de rendre les choses encore pires, qu'est-ce qui me reste? Rien, non?

— Vous ne mangez pas le reste de votre tarte? »

Le pharmacien tendit le doigt vers l'assiette de Ralph. Une lumière gris-bleu glaciale jaillit de la pointe de son index, comme des caractères arabes formés dans de la vapeur de glace.

« Non, je n'ai plus faim. Je vous en prie. »

Plussaj tira l'assiette à lui. « Ne renoncez pas aussi vite. Vous allez revenir avec moi à la pharmacie, où je vous donnerai deux cartes de visite. Je vous conseille amicalement, en tant que votre fourgueur de drogues local, de donner une chance à ces deux types.

— Quels types ? » demanda Ralph, plus fasciné que jamais lorsque Plussaj ouvrit la bouche pour enfourner le dernier morceau de tarte. Une éclatante lumière grise éclairait chacune de ses dents. Les plombs de ses molaires brillaient comme de minuscules soleils. Les fragments de croûte et de pomme, sur sa langue, nageaient dans de la

(lucide, Ralph, lucide,)

lumière. Puis le pharmacien referma la bouche pour mâcher et la lueur disparut.

« James Roy Hong et Anthony Forbes. Hong est acupuncteur et son cabinet se trouve sur Kansas Street. Forbes est hypnotiseur et travaille dans le quartier est, sur Hesser Street, je crois. Et avant que vous vous mettiez à crier à l'imposture...

— Je ne crierai à rien du tout », l'interrompit Ralph d'un ton calme. Sa main se posa sur l'Œil Magique qu'il portait toujours, sous sa chemise. « Croyez-moi, à rien du tout.

— Bon, parfait. Commencez par aller voir Hong. Ses aiguilles sont impressionnantes, mais c'est à peine si on les sent, et il a des résultats. Ne me demandez pas comment ça marche, je n'en ai pas la moindre idée, mais je n'ai pas oublié que lorsque j'ai traversé une mauvaise période, il y a deux hivers de cela, il m'a beaucoup aidé. Forbes est aussi très bon, d'après ce que j'ai entendu dire ; pourtant, je choisirais plutôt Hong. Il est surchargé de travail, mais je peux peut-être vous donner un coup de main pour ça. Qu'en dites-vous ? »

Ralph vit une lueur grise brillante, ténue comme un fil, glisser au coin de l'œil de Plussaj pour rouler le long de sa joue, comme une larme surnaturelle. Cela le décida. « J'en dis que je suis d'accord. »

Le pharmacien lui donna une claque sur l'épaule. « Voilà qui est parlé en homme ! Payons et allons-nous-en. » Il sortit une pièce de vingt-cinq cents. « On joue l'addition à pile ou face, O.K. ? »

2

En retournant à la pharmacie, Plussaj s'arrêta devant une affiche collée sur la vitrine vide de la boutique qui séparait le restaurant de son magasin. Ralph ne fit qu'y jeter un coup d'œil : il l'avait déjà vue derrière la vitre sale de Rose Docaze.

« *Recherchée pour meurtre*, murmura le pharmacien d'un ton stupéfait. Les gens ont perdu tout sens de la mesure, vous ne trouvez pas ?

— Si, admit Ralph. Si nous avions des queues, je crois que la plupart d'entre nous passeraient leur temps à courir après pour essayer de la mordre.

— Cette affiche est déjà assez ignoble, mais regardez ça ! » reprit Plussaj, indigné.

Il montrait quelque chose que l'on avait écrit dans la crasse qui recouvrait la vitrine du magasin inoccupé. Ralph se rapprocha pour lire le message. À MORT ! Une flèche, en dessous, pointait en direction d'une des photos de Susan Day.

« Bordel de Dieu, dit doucement Ralph.

— Comme vous dites. » Plussaj tira un mouchoir de sa poche et effaça le message, laissant à la place des mots une silhouette d'éventail d'un gris brillant que Ralph savait être le seul à pouvoir voir.

3

Il suivit le pharmacien jusqu'au fond du magasin et se tint à l'entrée d'un bureau à peine plus grand qu'une cabine téléphonique; Plussaj s'assit sur le seul meuble de la pièce — un tabouret qui n'aurait pas déparé le local d'un usurier — et appela le bureau de James Roy Hong, acupuncteur. Il appuya sur le bouton du haut-parleur pour que Ralph puisse suivre la conversation.

La secrétaire de Hong (une personne qui répondait au prénom d'Audra et qui paraissait avoir avec Plussaj des relations chaleureuses dépassant nettement le cadre professionnel) commença par répondre que le Dr. Hong ne pouvait recevoir aucun nouveau patient avant Thanksgiving, c'est-à-dire début novembre. Les épaules de Ralph retombèrent. Plussaj leva la main, paume ouverte — *Attendez une minute, Ralph* — et entreprit de convaincre Audra de trouver (voire de créer) un créneau pour Ralph au début octobre. Cela faisait presque un mois de délai, mais c'était tout de même mieux que novembre.

« Merci, Audra, dit Plussaj. C'est toujours d'accord pour vendredi soir, n'est-ce pas ?

— Oui. Et coupe-moi le bouton de ce fichu haut-parleur, Joe. Ce que j'ai à te dire maintenant ne concerne que toi. »

Plussaj s'exécuta, écouta, rit jusqu'aux larmes — larmes qui faisaient à Ralph l'effet de superbes perles liquides —, donna deux bisous dans le combiné et raccrocha.

« Voilà, c'est réglé », dit-il en tendant à Ralph une petite carte de visite au dos de laquelle il avait écrit la date et l'heure du rendez-vous. « Le 4 octobre, ce n'est pas terrible, mais c'est ce qu'elle a pu faire de mieux. Audra est une bonne fille.

— C'est parfait.

— Et voici la carte d'Anthony Forbes, au cas où vous voudriez l'appeler entre-temps.

— Merci, répondit Ralph en la prenant. Je vous dois vraiment beaucoup...

— La seule chose que vous me devez, c'est de revenir me voir pour que je sache comment ça s'est passé. Ce sont des choses qui non seulement m'intéressent, mais me préoccupent. On trouve même des médecins qui refusent de prescrire *quoi que ce soit* contre l'insomnie, figurez-vous. Ils prétendent que jamais personne n'est mort par manque de sommeil, mais moi je vous affirme que c'est une belle connerie. »

Ralph se dit qu'une telle information aurait dû le terrifier, mais il se sentait assez calme, en tout cas pour le moment. Les auras avaient disparu ; les dernières avaient été les perles liquides brillant dans les yeux du pharmacien, lorsqu'il avait ri aux propos que lui tenait la secrétaire de Hong. Il commençait à penser qu'il avait été victime d'une sorte d'absence mentale provoquée par la combinaison d'une extrême fatigue et de l'allusion de Plussaj à l'hyperréalité. Il avait une autre raison de se sentir mieux : le rendez-vous pris avec quelqu'un qui avait aidé cet homme à franchir un cap difficile du même ordre. Il songea que l'acupuncteur pouvait bien le transformer en porc-épic avec ses aiguilles, si un tel traitement lui permettait de ne pas ouvrir l'œil avant le lever du soleil.

Et il y avait une troisième chose. Les auras grises n'avaient rien eu d'effrayant, en réalité. Il les avait trouvées plutôt... intéressantes.

« Des gens meurent tous les jours d'insomnie, poursuivait Plussaj, même si le médecin légiste finit par écrire *suicide* sur l'emplacement réservé aux causes du décès, et non pas *insomnie*. L'insomnie et l'alcoolisme ont beaucoup en commun, et en particulier ceci : ce sont des maladies du cœur et de l'esprit, et quand on les laisse suivre leur cours, elles détruisent d'ordinaire l'esprit bien avant d'avoir détruit le corps. Alors moi, je prétends que l'on meurt par manque de sommeil. C'est une période dangereuse pour vous, Ralph, et vous devez bien prendre soin de vous. Si vous avez l'impression que vous vous mettez à dérailler, appelez Litchfield. Vous entendez ? Arrêtez de faire des manières. »

Ralph fit la grimace. « Je crois que je préférerais vous appeler, vous. »

Le pharmacien acquiesça, comme si c'était exactement la réaction qu'il avait attendue. « Mon numéro est sous celui de Hong. »

Surpris, Ralph regarda la petite carte de visite. Il y avait bien un deuxième numéro, précédé des initiales J. P.

« De jour comme de nuit, ajouta Plussaj. Vous ne dérangerez pas ma femme, vu que nous avons divorcé en 1983. »

Ralph voulut dire quelque chose, mais fut incapable de parler. Il ne réussit à émettre qu'un petit bruit étouffé sans signification. Il déglutit laborieusement, essayant de dégager sa gorge de ce qui l'obstruait.

Plussaj vit les efforts qu'il déployait et lui donna une tape dans le dos. « Pas de grandes effusions dans le magasin, Ralph — ça fait fuir la clientèle. Voulez-vous un Kleenex ?

— Non merci. Ça va. » Il avait parlé d'une voix un peu étranglée, mais audible et à peu près normalement contrôlée.

Le pharmacien lui jeta un regard dubitatif. « Pas encore, mais ça va aller. » Il engloutit de nouveau la main de Ralph dans sa grande paluche, mais cette fois-ci le vieil homme ne s'inquiéta pas. « Pour le moment, essayez de vous détendre. Et n'oubliez pas d'être reconnaissant pour le sommeil que vous avez.

— Entendu. Et merci encore. »

Plussaj acquiesça et retourna au comptoir où il remplissait les ordonnances.

4

Ralph remonta l'allée 3, tourna à gauche devant un formidable étalage de préservatifs et franchit la porte sur laquelle on pouvait lire, en décalcomanies : MERCI D'AVOIR FAIT VOS ACHATS À RITE AID. Il pensa tout d'abord qu'il n'y avait rien d'anormal au fort éblouissement qui lui fit presque fermer les yeux — il était midi, et il n'avait peut-être pas remarqué que la pharmacie était plongée dans une certaine pénombre. Puis il ouvrit de nouveau les paupières et plus un souffle ne franchit sa gorge.

Une expression de stupéfaction démesurée se peignit sur son visage. Celle que pourrait afficher un explorateur qui, après s'être ouvert un chemin dans le fouillis indescriptible d'une jungle, se trouve en face d'une ville oubliée fabuleuse, ou devant un phénomène géologique absolument fantastique — une falaise de diamant, par exemple, ou une cascade tombant en spirale.

Ralph se réfugia contre la boîte aux lettres bleue placée à côté de l'entrée de la pharmacie, n'ayant toujours pas recommencé à respirer, lançant des coups d'œil affolés à droite et à gauche tandis que son cerveau s'efforçait de comprendre les merveilleuses et terribles informations dont il était bombardé.

Les auras étaient de retour — mais c'est un peu comme si on disait que Hawaii est un endroit où l'on n'a pas besoin de manteau. La lumière était cette fois-ci omniprésente, violente, jaillissant de partout, étrange et belle.

De toute sa vie, Ralph n'avait eu qu'une seule expérience qui pouvait se rapprocher — et encore de très loin — de ce qui lui arrivait maintenant. Au cours de l'été 1941, l'année de ses dix-huit ans, il avait été rendre visite en auto-stop à un de ses oncles, à Poughkeepsie, une ville de l'État de New

York située à environ six cents kilomètres de Derry. Un gros orage, l'après-midi du deuxième jour de son expédition, l'avait obligé à courir se réfugier dans l'abri le plus proche, une grange décrépite qui penchait de manière inquiétante au bout d'un champ. Il avait passé plus de temps à marcher qu'à circuler dans un véhicule, ce jour-là, et il s'était endormi d'un sommeil profond, avant même la fin des roulements de tonnerre, dans l'un des boxes à chevaux abandonnés depuis longtemps.

Il s'était réveillé le lendemain dans la matinée, après avoir dormi quatorze heures d'affilée, et avait regardé autour de lui, frappé d'admiration, ne sachant pas très bien, au cours des premiers moments, où il se trouvait. Il voyait seulement qu'il était dans un lieu obscur où régnait une odeur agréable et que l'univers au-dessus de sa tête était fractionné en une multitude de rayons d'une lumière éclatante. Puis il s'était souvenu d'avoir trouvé refuge dans une grange, et il avait compris que cette vision étrange était due aux nombreuses fentes des murs et du toit de son abri, fentes par lesquelles passait le puissant soleil d'été... ce n'avait été que ça. Rien de plus. Il n'en était pas moins resté assis pendant cinq minutes, muet d'émerveillement — un adolescent aux yeux écarquillés avec de la paille dans les cheveux et sur les bras — contemplant les vagues de poussière dorée qui tournoyaient paresseusement dans les rayons obliques et entrecroisés du soleil. Il se rappelait avoir pensé qu'on se serait cru dans une église.

C'était la même expérience, à la puissance dix. Mais du diable si, cette fois, il pouvait expliquer ce qui se passait et comment le monde s'était transformé pour devenir aussi merveilleux. Les choses et les gens, les gens, en particulier, avaient des auras, certes, mais ce n'était que le début de ce phénomène stupéfiant. Les objets n'avaient jamais été aussi *brillants*, aussi définitivement *présents*. Les voitures, les poteaux téléphoniques, les caddies devant le supermarché, les immeubles de l'autre côté de la rue, tout paraissait se précipiter sur lui comme dans les vieux films en relief. D'un seul coup, ce bout de rue commerçante aux façades défraîchies de Witcham Street était devenu le Pays des Merveilles ; et Ralph avait beau être plongé dans sa contemplation, il n'était pas sûr de ce qu'il voyait : il savait seulement que le spectacle était riche, superbe, et fabuleusement étrange.

Les seuls éléments qu'il parvenait à isoler étaient les auras des personnes qui entraient et sortaient des magasins, rangeaient leurs paquets dans les coffres des voitures, ou se mettaient au volant pour partir. Certaines de ces auras étaient plus éclatantes que les autres, mais même les moins lumineuses étaient cent fois plus brillantes que lors des premières manifestations du phénomène.

Mais c'est de ça que parlait Plussaj, aucun doute. L'hyperréalité. Et ce que tu vois en ce moment n'est rien de moins que les hallucinations des gens qui ont pris du LSD. Ce que tu vois n'est qu'un nouveau symptôme de ton insomnie, ni plus ni moins. Profites-en, Ralph, mon vieux, et émerveille-toi autant que tu veux — c'est merveilleux — mais n'y crois pas une seconde.

Il n'avait nul besoin de s'encourager à s'émerveiller, cependant, car tout était sujet d'émerveillement. Un camion de boulangerie reculait d'une place de parking, en face du « Point du Jour/Soleil Couchant », et une substance d'un marron brillant qui avait presque la couleur du sang séché sortait du pot d'échappement. Ni exactement fumée, ni tout à fait vapeur, mais avec des caractéristiques des deux, elle s'élevait en pics irréguliers qui allaient en s'atténuant, comme une courbe d'électroencéphalogramme. Ralph regarda le sol et y vit les empreintes des roues du camion, du même marron que ce qui sortait du pot d'échappement. Le véhicule accéléra en quittant le parking, et le graphique fantomatique qu'il laissait derrière lui adopta une nuance d'un rouge brillant, semblable à du sang artériel.

Partout il voyait des bizarreries du même genre, des phénomènes qui s'entrecroisaient en diagonale, évoquant les rayons obliques qui passaient par les trous et les fissures de la vieille grange. Mais son plus grand sujet d'émerveillement était les gens ; c'est autour d'eux que les auras semblaient le plus clairement définies et réelles.

Un jeune employé sortit du supermarché, poussant un chargement d'épicerie au milieu d'un nimbe d'une blancheur tellement éclatante qu'on aurait dit un projecteur mobile. L'aura de la femme, à côté de lui, était bien pâlichonne en comparaison, de la nuance gris-vert d'un fromage qui se couvre de moisissures.

Une jeune fille interpella l'employé depuis la fenêtre baissée d'une Subaru et le salua d'un geste ; sa main gauche laissa dans l'air des traînées brillantes d'un rose de barbe-à-papa. Elles s'évanouissaient presque tout de suite. Le jeune homme lui sourit et lui rendit son salut ; sa main produisit une traînée en éventail d'un blanc tirant sur le jaune. Ralph eut l'impression de voir la nageoire d'un poisson tropical. Puis l'éventail commença à disparaître, mais plus lentement.

Ralph, devant cette profusion de lumières, éprouvait une peur considérable ; mais, au moins pour le moment, la peur cédait le pas à une stupéfaction émerveillée. Jamais il n'avait rien vu d'aussi beau de toute sa vie. *Mais ce n'est pas réel*, trouva-t-il bon de s'avertir. *N'oublie pas cela, Ralph*. Il se promit d'essayer, mais pour le moment, la voix qui prononçait cette mise en garde paraissait venir de très loin.

Il remarqua alors autre chose : de la tête de toutes les personnes qu'il pouvait voir montait une traînée de cette lumière translucide. Elle s'élevait comme une étamine ou un ruban de papier crépon brillamment coloré, avant de se dissoudre et de disparaître. Pour certaines personnes, ce panache s'arrêtait à moins de deux mètres de la tête; pour d'autres, il montait jusqu'à trois ou même cinq mètres. Dans la plupart des cas, sa couleur était la même que celle du reste de l'aura; d'un blanc brillant dans le cas de l'employé du supermarché, elle était gris-vert dans celui de la cliente qu'il accompagnait, mais il y avait des exceptions frappantes. Ralph vit un panache couleur de rouille émaner d'un homme d'âge moyen qui se déplaçait au milieu d'une aura bleu foncé, et une femme entourée d'une aura gris clair surmontée d'une traînée d'une nuance magenta étonnante — et aussi quelque peu inquiétante. Dans quelques cas (deux ou trois, pas davantage), les panaches étaient presque noirs. Ceux-là déplaisaient à Ralph, qui remarqua que les porteurs de ce type de panaches (le terme lui était venu spontanément à l'esprit) paraissaient invariablement en mauvaise santé.

Évidemment qu'ils n'ont pas l'air bien. Ces panaches sont des indicateurs de leur état de santé... et de maladie, dans certains cas. Comme les fameuses auras Kirlian qui fascinaient tant les gens, à la fin des années soixante.

Ralph, l'avertit une autre voix, *tu ne vois pas* réellement *ces choses, hein? Je ne voudrais pas jouer les trouble-fête, néanmoins...*

Mais ne se pouvait-il pas, au fond, que ce phénomène fût réel? Que son insomnie chronique, jointe à l'effet stabilisateur de ses rêves cohérents et lucides, l'eût fait accéder à quelque dimension fabuleuse, hors de portée des perceptions ordinaires?

Laisse tomber ça, Ralph, et sur-le-champ. Tu as mieux à faire, ou bien tu vas te retrouver dans le même bateau que ce pauvre Ed Deepneau.

Le fait de penser à Ed provoqua une association d'idées — une remarque qu'il avait faite le jour où il avait été arrêté pour sévices envers sa femme — mais avant que Ralph eût le temps de faire remonter ce souvenir, une voix s'éleva sur sa gauche :

« Maman ? Dis, maman, est-ce que je pourrais avoir un autre Honey Nut Cheerios ?

— On verra quand on sera dans le magasin, mon chéri. »

Une jeune femme et un petit garçon passèrent devant lui, la main dans la main. C'était le garçon, âgé de quatre ou cinq ans, qui avait parlé. Sa mère avançait dans un nuage d'un blanc presque aveuglant. Le panache qui montait de ses cheveux blonds était également blanc et très large — plus proche du gros ruban d'un emballage cadeau fantaisie que d'une simple traînée — et s'élevait à au moins sept mètres, flottant un peu en arrière d'elle pendant qu'elle marchait. Il évoqua à Ralph des images de noces : traînes, voiles, tourbillons vaporeux de gaze.

L'aura de son fils était d'un bleu sombre plein de santé, tirant sur le violet, et lorsqu'ils passèrent devant lui, Ralph assista à quelque chose de surprenant ; des vrilles d'aura montaient aussi de leurs mains jointes, blanches pour la femme, bleu foncé pour l'enfant. Elles s'élevaient, entortillées en tire-bouchon, avant de disparaître.

Mère et fils, mère et fils, pensa Ralph. Il y avait un symbolisme parfait de simplicité dans ces rubans qui s'enroulaient l'un autour de l'autre comme de la vigne vierge autour d'une tonnelle. A les voir ainsi, son cœur se réjouit — cucul, mais c'était ce qu'il ressentait. *Mère et fils, blanc et bleu, mère et fils...*

« Maman, qu'est-ce qu'il regarde, le monsieur ? »

La blonde ne jeta qu'un bref coup d'œil à Ralph, mais il la vit qui pinçait les lèvres avant de se détourner. Plus important, il observa que l'aura brillante qui l'entourait s'assombrissait soudain, se resserrait sur elle et s'entremêlait de filaments d'un rouge sombre.

C'est la couleur de la peur... ou peut-être de la colère.

« Je ne sais pas, Tim. Viens. Et arrête de lambiner. » Elle l'entraîna, accélérant le pas, et les mouvements de balancier de sa queue de cheval laissaient derrière elle des petits quarts de cercle gris teintés de rouge. On aurait dit les arcs que décrivent parfois les essuie-glaces sur un pare-brise sale.

« Hé, m'man, ça suffit, arrêter de me tirer comme ça ! » Le petit garçon était obligé de trottiner pour la suivre.

C'est ma faute, pensa Ralph, qui se vit soudain tel que la jeune maman avait dû le voir : un vieux type au visage fatigué, avec d'énormes poches violacées sous les yeux, se tenant debout devant la pharmacie, à côté de la boîte aux lettres — ou plutôt rencogné contre elle —, les contemplant d'un œil rond, elle et son petit garçon, comme s'ils étaient la chose la plus remarquable au monde.

Ce que vous n'êtes pas loin d'être, chère madame, au cas où vous ne le sauriez pas.

Mais aux yeux de la jeune femme, il avait dû avoir l'air du plus grand pervers de tous les temps. Il devait se débarrasser de ce truc. Réalité ou hallucination, peu importait ; il fallait que cela cessât. Sinon, quelqu'un allait finir par appeler soit les flics, soit les types armés de filets à papillons. Pour ce qu'il en savait, la première chose qu'allait faire la jeune femme, dans le supermarché, serait de décrocher le téléphone de l'une des cabines.

Il était encore en train de se demander comment on peut chasser par la seule volonté quelque chose qui est dans son esprit, lorsqu'il se rendit compte que c'était déjà fait. Phénomène psychique ou hallucination sensorielle, la chose avait disparu d'elle-même pendant qu'il pensait à l'impression désagréable qu'il avait dû faire à la jolie et jeune maman. Le jour avait retrouvé son éclat d'été indien, merveilleux, certes, mais loin de valoir ces chatoiements translucides qui avaient tout envahi. Les gens qui se croisaient sur le parking étaient redevenus comme avant : plus d'auras, plus de panaches, plus de feux d'artifice. Rien que des hommes et des femmes qui allaient faire leurs courses au Shop'n' Save ou retirer leurs dernières photos de l'été au Photo-Mat, ou encore prendre un café à emporter au « Point du Jour/Soleil Couchant ». Certains d'entre eux se faufilaient peut-être en catimini au Rite Aid pour s'acheter une boîte de condoms ou, Dieu nous garde et nous bénisse, un SOMNIFÈRE.

Rien que les citoyens ordinaires de Derry vaquant à leurs occupations quotidiennes.

Ralph poussa avec force un soupir longtemps retenu et s'attendit à se sentir soulevé par une vague de soulagement. Le soulagement vint bien, mais pas sous la forme océanique à laquelle il s'était attendu. Nulle impression d'avoir été sur le point de sombrer dans la folie et d'en avoir réchappé en un clin d'œil, nulle impression, non plus, d'avoir été en train de perdre la raison à un moment ou un autre. Il comprenait cependant parfaitement bien qu'il n'allait pas pouvoir vivre bien longtemps dans un univers de cet éclat et de cette intensité sans mettre sa raison en danger; ce serait comme d'avoir un orgasme qui se prolongerait des heures. Peut-être les génies et les grands artistes avaient-ils ce genre d'expériences, mais elles n'étaient pas pour lui; ce survoltage allait lui faire péter les plombs en un rien de temps, et lorsque les porteurs de filets à papillons viendraient s'occuper de lui pour l'emmener, il serait probablement content de les suivre.

S'il y avait une émotion qu'il ressentait clairement, en cet instant, ce n'était pas le soulagement, mais cette espèce d'agréable mélancolie qu'il avait parfois éprouvée après avoir fait l'amour, quand il était tout jeune homme. Une mélancolie sans profondeur mais envahissante, qui remplissait, aurait-on dit, tous les emplacements vides de son corps et de son esprit à la manière dont une crue, en se retirant, laisse derrière elle une mince couche d'humus fertile. Il se demanda s'il revivrait jamais une telle épiphanie, des instants aussi inquiétants et enivrants à la fois. Il se dit qu'il y avait de fortes chances... au moins jusqu'au mois prochain, quand James Roy Hong lui planterait ses aiguilles dans le corps, où jusqu'à ce qu'Anthony Forbes lui balançât sa montre à gousset sous le nez en lui disant qu'il se sentait lourd, lourd et s'endormait. Il était possible que ni l'acupuncteur ni l'hypnotiseur ne réussissent à le guérir de son insomnie, mais si jamais l'un d'eux y parvenait, Ralph soupçonnait qu'il arrêterait de voir les auras et les panaches après sa première nuit de sommeil. Ainsi, au bout d'un mois de nuits reposantes aurait-il sans doute tout oublié de ce qui venait de lui arriver. En ce qui le concernait, c'était une excellente raison d'éprouver une pointe de mélancolie.

Tu ferais mieux de te bouger, mon vieux — si par hasard ton nouvel ami regarde par la fenêtre de sa pharmacie et te vois planté là comme un drogué, c'est lui qui va prendre la peine d'appeler les types aux filets à papillons.

« Ou bien le Dr. Litchfield, plus vraisemblablement », marmonna-t-il, coupant à travers le parking pour rejoindre Harris Avenue.

5

Arrivé à la maison de Lois, il passa la tête par la porte d'entrée et lança : « Ho ! ho ! Il y a quelqu'un là-dedans ?

— Entre, entre, Ralph. Nous sommes dans le séjour », répondit la voix de Lois.

Ralph avait toujours comparé la petite maison de Lois Chassey, à cent mètres du Red Apple en descendant Harris Avenue, à la demeure d'un hobbit, telle qu'il se l'imaginait. Bien rangée, encombrée d'objets, peut-être un peu trop sombre, mais impeccablement propre. Et il se disait qu'un hobbit comme Bilbo Baggins, avec l'intérêt qu'il portait à ses ancêtres éclipsé seulement par celui qu'il nourrissait pour son repas suivant, aurait été enchanté par la minuscule salle de séjour où les parents de la propriétaire vous regardaient depuis tous les murs. La place d'honneur, au-dessus de la télévision, était occupée par une photographie de studio coloriée de l'homme dont Lois parlait toujours en disant : « M. Chassey ».

McGovern était assis sur le canapé, penché en avant, une assiette de macaronis au fromage en équilibre instable sur ses genoux osseux. La télé était allumée et diffusait une émission de jeu qui en était au stade du bonus.

« Qu'est-ce qu'elle a voulu dire par : *Nous sommes dans le séjour ?* » demanda Ralph. Mais avant que McGovern eût le temps de répondre, Lois arrivait, une assiette fumante à la main.

« Tiens, assieds-toi et mange. J'en ai parlé à Simone, et ça sera probablement aux informations de midi.

— Bon sang, Lois, il ne fallait pas te donner cette peine », protesta-t-il en prenant l'assiette ; mais aux premiers effluves d'oignons et de fromage fondu, son estomac lui fit savoir qu'il n'était pas du tout d'accord. Il jeta un coup d'œil à l'horloge, à peine visible entre la photo d'un homme en manteau de fourrure et d'une maîtresse femme qui avait l'air d'avoir eu son franc-parler, et fut étonné de constater qu'il était midi moins cinq.

« Je n'ai rien fait d'autre que mettre des restes à réchauffer dans le four à micro-ondes, répondit Lois. Un jour, Ralph, je te ferai vraiment de la cuisine. Assieds-toi donc.

— Pas sur mon chapeau », dit McGovern sans détourner les yeux de la télé. Il prit le fédora, posé à côté de lui, le laissa tomber au sol et revint à son assiette, dont le contenu disparut rapidement. « C'est délicieux, Lois.

— Merci. » Elle se tut assez longtemps pour voir l'un des concurrents empocher un voyage à la Barbade et une voiture neuve, et fila à la cuisine. Le gagnant hurlant de joie disparut de l'écran, remplacé par un homme en pyjama froissé qui se tournait et se retournait dans son lit, puis se mit sur son séant et regarda son réveil. Il indiquait trois heures dix-huit, heure nocturne que Ralph ne connaissait que trop bien.

« Impossible de dormir ? fit une voix sympathique. Fatigué de rester éveillé, nuit après nuit ? » Une petite pilule brillante arriva par la fenêtre de la chambre, faisant à Ralph l'effet d'une minuscule soucoupe volante — bleue, évidemment.

Ralph s'assit à côté de McGovern. Les deux hommes avaient beau être minces (*décharné* aurait été plus juste dans le cas de Bill), il ne restait plus guère de place sur le canapé.

Lois arriva avec sa propre assiette et s'assit dans le fauteuil à bascule près de la fenêtre. Sur fond de musique en conserve et d'applaudissements préenregistrés qui marquaient la fin de l'émission, une voix de femme annonça : « Aux *Informations de midi*, Lisette Benson vous parlera d'une féministe bien connue, dont la venue prochaine à Derry a déclenché une manifestation de protestation — et six arrestations — devant une clinique locale. Chris Altoberger nous donnera les prévisions météo et Bob McClanahan nous parlera sport. Restez avec nous ! »

Ralph prit une bouchée de macaronis et, levant les yeux, vit que Lois le regardait. « Ça te plaît ?

— Délicieux », répondit-il. Il ne mentait pas mais il se dit néanmoins qu'une portion de nouilles froides, sorties directement de la boîte, lui aurait paru tout aussi bonne. Il avait plus que faim : il était littéralement affamé. La vue des auras consommait apparemment beaucoup de calories.

« En quelques mots, voici ce qui s'est passé, dit

McGovern qui, après avoir avalé son dernier macaroni, posa l'assiette par terre à côté de son chapeau. Environ dix-huit personnes se sont rassemblées devant WomanCare ce matin, à huit heures et demie, au moment où arrive le personnel. D'après Simone, ces gens prétendent s'appeler les Amis de la Vie, mais l'assortiment de barjots de Notre Pain Quotidien constitue les purs et durs de ce groupe. Elle a dit que l'un d'eux était Charles Pickering, le type que les flics ont attrapé alors qu'il s'apprêtait, semble-t-il, à jeter une bombe incendiaire sur le centre, l'an dernier. D'après la nièce de Simone, la police n'aurait arrêté que quatre personnes, mais il se pourrait qu'il y en ait davantage.

— Ed était vraiment là, aussi ? demanda Ralph.

— Oui, intervint Lois. Et il a été arrêté. Mais au moins, personne n'a été aspergé de gaz lacrymogènes. C'était une simple rumeur. Il n'y a eu aucun blessé.

— Cette fois », ajouta McGovern d'un ton sinistre.

Le générique des *Informations* de midi apparut sur l'écran de la télé couleur (format hobbit) de Lois, pour laisser bientôt la place à Lisette Benson. « Bonjour. Notre premier titre, en cette belle journée de fin d'été, concerne la venue à Derry, le mois prochain, de l'écrivain féministe controversé Susan Day, qui a accepté de prendre la parole au centre municipal. L'annonce de sa présence a déclenché une manifestation devant WomanCare, centre de planning familial et clinique d'avortement qui a récemment polarisé... »

« Voilà qu'ils recommencent avec ces histoires de clinique d'avortement, bordel de Dieu ! s'emporta McGovern.

— Chut ! » fit Lois d'un ton péremptoire qui ne lui était pas habituel — elle qui s'exprimait d'ordinaire d'une petite voix timide. McGovern lui adressa un coup d'œil surpris et se tut.

« ... John Kirkland à WomanCare, pour le premier

de nos deux reportages », disait Lisette Benson. Un journaliste apparut à l'écran, debout devant un immeuble en briques, tout en longueur. En surimpression, au bas de l'écran, on apprenait que l'on était en direct. Une rangée de fenêtres courait le long du bâtiment ; deux étaient brisées et plusieurs autres maculées d'un magma rouge qui évoquait le sang. La police avait déroulé une bande jaune entre le reporter et le bâtiment ; trois flics en tenue et un quatrième en civil formaient un petit groupe dans l'angle le plus éloigné. Ralph ne fut pas très surpris de reconnaître, dans l'homme en civil, le détective John Leydecker.

« Ils se sont donné le nom d'Amis de la Vie, Lisette, et prétendent que les événements de ce matin étaient une manifestation spontanée d'indignation, suscitée par l'annonce de la venue de Susan Day — la femme que les groupes anti-avortement de la nation appellent "la première faiseuse d'anges d'Amérique" sera à Derry le mois prochain, pour y prendre la parole. L'un des officiers de police estime cependant que ce n'est pas du tout ainsi que se sont passées les choses. »

Un reportage enregistré suivit. Il s'ouvrait sur un gros plan de Leydecker, l'air résigné devant le micro qu'une main lui tendait.

« Cette manifestation n'avait rien de spontané, déclara-t-il. Elle a de toute évidence fait l'objet d'une préparation minutieuse. Ils se sont apparemment fondés sur la rumeur de l'éventuelle venue de Susan Day et ont attendu que la nouvelle soit publiée dans la presse, comme elle l'a effectivement été ce matin. »

Le plan changea. Kirkland adressa à Leydecker son coup d'œil le plus pénétrant. « Que voulez-vous dire, quand vous parlez de *préparation minutieuse* ?

— La plupart des panneaux qu'ils brandissaient portaient le nom de Susan Day. En plus, il y avait plus d'une douzaine de *ça*. »

Une émotion étonnamment humaine se glissa sous le masque du policier-que-l'on-interviewe; Ralph crut y lire du dégoût. Leydecker exhiba un grand sac en plastique (modèle pour pièces à conviction) et, pendant un instant, Ralph, horrifié, crut qu'il contenait le corps mutilé et ensanglanté d'un bébé. Puis il comprit que, même en admettant que le liquide rouge fût du sang, le corps n'était que celui d'une poupée.

« On n'achète pas ces trucs-là au supermarché du coin, dit Leydecker au journaliste, je vous le garantis. »

La séquence suivante s'attarda un bon moment, en plan rapproché, sur les vitres brisées et maculées que la caméra parcourut lentement. La matière visqueuse paraissait plus que jamais être du sang, et Ralph se dit soudain qu'il n'avait plus très envie de finir ses macaronis.

« Les manifestants sont venus avec des poupées dans lesquelles ils avaient injecté un produit qui, d'après la police, serait un mélange de sirop Karo et de colorant alimentaire rouge, fit la voix de Kirkland, hors écran. Ils ont lancé les poupées sur le bâtiment en criant des slogans contre Susan Day. Deux vitres ont été brisées, mais les dégâts ne sont pas très importants. »

La caméra s'arrêta sur une vitre où la traînée rougeâtre était particulièrement macabre.

« La plupart des poupées ont éclaté, poursuivit Kirkland, projetant une substance qui ressemble suffisamment au sang pour terroriser les employés témoins du bombardement. »

La vue de la fenêtre maculée fut remplacée par celle d'une ravissante brune en pantalon et chandail.

« Ooooh, regardez, c'est Barbie! s'exclama Lois. Bon sang, j'espère que Simone regarde! Je devrais... »

Ce fut au tour de McGovern de faire *Chut*.

« J'ai eu vraiment très peur, disait Barbara

Richards à Kirkland. J'ai tout d'abord cru qu'ils lançaient des bébés morts, ou des fœtus qu'ils se seraient procurés je ne sais trop où. Le Dr Harper est passé en nous criant que ce n'étaient que des poupées, mais je n'en étais pas encore bien sûre.

— Vous dites qu'ils criaient des slogans ? demanda Kirkland.

— Oui. Celui que j'ai le mieux compris, c'est : *Hors de Derry, l'Ange de la Mort !* »

Puis Kirkland revint à l'image, en direct cette fois. « Les manifestants ont été conduits au commissariat central de Derry, sur Main Street, vers neuf heures trente ce matin, Lisette. J'ai cru comprendre que douze d'entre eux avaient été relâchés après leur interrogatoire, et que six autres ont été arrêtés sous le chef d'inculpation de dégradation de bâtiment public, un délit mineur. Il semble donc qu'un nouvel épisode de la guerre sans fin qui a lieu à Derry sur la question de l'avortement vienne de se dérouler. John Kirkland, pour Channel 4. »

« Un nouvel épisode de... », reprit McGovern en levant les bras au ciel.

Lisette Benson revint à l'écran. « Nous allons maintenant retrouver Anne Rivers, qui s'est entretenue il y a moins d'une heure avec deux des soi-disant Amis de la Vie arrêtés au cours de la manifestation de ce matin. »

Anne Rivers se tenait sur les marches de l'usine à flics de Main Street, Ed Deepneau à sa droite et un personnage de haute taille, au teint jaune et dont le menton s'ornait d'une barbichette, à sa gauche. Ed était pimpant et tout à fait beau gosse, avec sa veste de tweed gris et son pantalon bleu marine. Le type à la barbichette était habillé d'une manière que seul un bourgeois aux idées de gauche pouvait imaginer être la tenue prolétarienne typique du Maine : un jean délavé, une grosse chemise à carreaux défraîchie, des bretelles de pompier d'une largeur considérable. Il ne fallut qu'une seconde à Ralph pour l'identifier : Dan Dalton, propriétaire de Rose Docaze. La dernière fois qu'il l'avait vu, il se tenait derrière les guitares et les cages à oiseaux de sa vitrine et avait adressé à Ham Davenport un geste de la main qui disait : *Vos opinions, j'en ai rien à foutre.*

Mais c'était bien entendu Ed qui retenait son attention, si coquet, l'air tellement raisonnable.

McGovern, apparemment, ressentait la même chose. « Seigneur, je n'arrive pas à croire que c'est le même homme », murmura-t-il.

« Lisette, commença la jolie blonde, j'ai à mes côtés Ed Deepneau et Daniel Dalton, tous deux de Derry, arrêtés l'un et l'autre lors de la manifestation de ce matin. C'est bien cela, messieurs ? On vous a arrêtés ? »

Ils acquiescèrent, Ed avec une note d'humour à peine perceptible, Dalton la mâchoire serrée, l'air déterminé et sévère. Le brocanteur regardait la journaliste avec une mimique (c'est du moins l'impression qu'éprouva Ralph) qui semblait dire : *Voyons, dans quelle clinique d'avortement l'ai-je vue entrer, la tête enfoncée dans les épaules ?*

« Avez-vous été relâchés sous caution ?

— Nous avons été relâchés sur parole, répondit Ed. Les charges qui pèsent contre nous sont mineures. Nous n'avions l'intention de blesser personne, et personne ne l'a été.

— Nous avons été arrêtés seulement parce que les autorités impies en place dans cette ville ont voulu faire un exemple », renchérit Dalton. Ralph crut voir Ed grimacer légèrement à cette remarque, comme s'il se disait : *Voilà qu'il recommence.*

Anne Rivers présenta de nouveau son micro à Ed.

« La question principale n'est pas d'ordre philosophique mais pratique, dit-il. Bien que les personnes qui gèrent WomanCare aiment à mettre l'accent sur les conseils qu'elles dispensent, sur les thérapies, les mammographies gratuites et autres services admirables du centre, celui-ci joue un autre rôle. Des flots de sang coulent de WomanCare...

— Du sang innocent ! » s'écria Dalton. Ses yeux luisaient dans son long visage osseux, et Ralph eut une pensée troublante : dans tout le Maine oriental, des gens regardaient ce reportage et devaient trouver l'homme aux bretelles rouges cinglé, alors que son acolyte semblait être plutôt raisonnable. C'en était presque comique.

Ed traita l'interruption du brocanteur comme l'équivalent anti-avortement d'un *Alléluia*, et garda le silence avec respect pendant un instant avant de reprendre :

« Cela fait actuellement huit ans que dure le massacre à WomanCare. Beaucoup de gens, et en particulier les féministes les plus outrancières, comme le Dr. Roberta Harper, directrice du centre, aiment bien dorer la pilule en parlant d'interruption volontaire de grossesse, mais c'est d'avortement qu'il est question, c'est-à-dire de l'acte le plus brutal qu'une société sexiste puisse commettre à l'égard d'une femme.

— Mais le fait de lancer des poupées pleines de sang factice contre les fenêtres d'une clinique privée est-il le meilleur moyen de faire connaître votre point de vue, monsieur Deepneau ? »

Un instant — un bref instant — le petit pétillement de bonne humeur, dans le coin de l'œil d'Ed, fut remplacé par une expression beaucoup plus dure et froide. Ralph retrouva, pendant une seconde, l'Ed Deepneau de naguère, prêt à casser la figure à un camionneur pesant cinquante kilos de plus que lui. Il en oublia qu'il assistait à une interview enregistrée, et il se prit à avoir peur pour la journaliste blonde, aussi mince et presque aussi jolie que la femme à laquelle était encore marié l'homme qu'elle interrogeait. *Soyez prudente, ma petite dame, soyez prudente et sur vos gardes. L'individu qui est à vos côtés est très dangereux.*

Puis l'éclair de férocité disparut, et l'homme en veste de tweed fut de nouveau un jeune citoyen convaincu que ses idées avaient conduit en prison. Et Dalton, qui faisait maintenant claquer ses bretelles avec nervosité, reprit le rôle du type sur le point de déraper.

« Ce que nous faisons est ce que les soi-disant bons Allemands n'ont pas su faire dans les années trente », disait Ed. Il avait pris un ton patient, professoral, comme s'il avait déjà répété tout cela cent fois... surtout devant des gens qui étaient déjà d'accord avec lui. « Ils ont gardé le silence, et six millions de juifs sont morts. Dans ce pays, c'est à un holocauste du même ordre...

— Plus de mille bébés par jour », intervint Dalton. Son ton n'était plus aussi strident ; il paraissait horrifié et désespérément fatigué.

« Beaucoup d'entre eux sont écartelés et mis en pièces lorsqu'on les arrache du sein de leur mère, et leurs petits bras s'agitent pour protester tandis qu'ils meurent. »

« Nom de Dieu de nom de Dieu, s'exclama McGovern, je n'ai jamais rien entendu d'aussi grot...

— Chut, Bill ! » l'interrompit Lois.

« ... les raisons de cette protestation ? demandait Rivers à Dalton.

— Comme vous le savez sans doute, le conseil municipal a accepté de réexaminer le plan d'occupation des sols qui permet à WomanCare d'avoir son activité en cet endroit. Le vote sur cette question pourrait intervenir dès novembre. Les partisans de l'avortement redoutent que le conseil municipal ne jette du sable dans les rouages de leur machine à tuer, alors ils ont convoqué Susan Day, le défenseur le plus notoire de l'avortement dans ce pays, afin que cette machine puisse continuer à tourner. Nous rassemblons nos forces... »

Le mouvement de pendule ramena le micro vers Ed. « Y aura-t-il d'autres manifestations de protestation, monsieur Deepneau ? » demanda Rivers. Ralph eut soudain l'intuition que la journaliste s'intéressait à Ed d'une manière qui n'était pas uniquement professionnelle — mais pourquoi pas, après tout ? Ed Deepneau était plein de charme, et Anne Rivers ne pouvait savoir qu'il croyait à la présence à Derry du Roi Pourpre et de ses Centurions, venus joindre leurs forces à celles des tueurs de bébés de Woman-Care.

« Tant que l'aberration légale qui a permis l'ouverture de cet abattoir n'aura pas été corrigée, les manifestations se poursuivront, répondit Ed. Et nous continuerons d'espérer que les historiens du prochain siècle prendront bonne note que tous les Américains n'étaient pas des nazis, pendant cette tragique période de notre histoire.

— Des manifestations *violentes* ?

— C'est à la violence que nous nous opposons. » La journaliste et le jeune chimiste ne se quittaient pas des yeux et Ralph se dit que la jeune Anne Rivers souffrait de ce que Carolyn aurait appelé une attaque de cuisses-en-feu. Dan Dalton était presque hors champ, l'air oublié.

« Et lorsque Susan Day viendra à Derry, le mois prochain, pouvez-vous garantir qu'elle sera en sécurité ? »

Ed sourit, et Ralph pensa au moment où, moins d'un mois auparavant, dans la chaleur de cette journée d'août, il s'était retrouvé allongé sur le dos, Ed au-dessus de lui, les mains plantées dans le sol de part et d'autre de ses épaules, et lui avait soufflé au visage : *Ils brûlent la plupart des fœtus là-bas, à Newport*. Ralph frissonna.

« Dans un pays où des milliers d'enfants sont arrachés du sein de leur mère par l'équivalent médical d'aspirateurs industriels, je ne pense pas que quiconque puisse garantir quoi que ce soit », répliqua Ed.

Anne Rivers le regarda un instant, l'expression incertaine, comme si elle se demandait si elle devait ou non lui poser une autre question (son numéro de téléphone, par exemple), avant de se tourner vers la caméra. « Ici Anne Rivers, depuis le commissariat central de Derry. »

Lisette Benson réapparut, et quelque chose, dans l'expression amusée que trahissait le coin de sa bouche, laissa penser à Ralph qu'il n'avait peut-être pas été le seul à remarquer l'attrait éprouvé par la journaliste pour l'homme qu'elle interrogeait. « Nous suivrons l'évolution de cette affaire heure par heure, dit-elle. N'oubliez pas de nous rejoindre à dix-huit heures pour les dernières informations. A Augusta, le gouverneur Greta Powers a réagi aux accusations... »

Lois se leva et éteignit la télévision. Elle resta quelques instants plongée dans la contemplation muette de l'écran qui s'assombrissait, puis poussa un profond soupir et se rassit. « J'ai de la compote de myrtilles, annonça-t-elle. Mais après ça, est-ce que vous allez en vouloir ? »

Les deux hommes secouèrent négativement la tête. McGovern regarda Ralph et dit : « Ils m'ont fichu la frousse. »

Ralph acquiesça. Il ne pouvait s'empêcher de revoir Ed aller et venir, passant au travers de l'arc-en-ciel né de la brume d'eau projetée par le tourniquet d'arrosage, se frappant la paume du poing.

« Comment est-il possible qu'on l'ait relâché sur parole et qu'on ait pu l'interviewer aux informations, comme si c'était un être humain normal ? s'indigna Lois. Après ce qu'il a fait à cette pauvre Helen ! Seigneur, et la journaliste qui avait l'air prête à l'inviter à venir dîner chez elle !

— Ou à croquer la pomme avec elle au lit, ajouta Ralph d'un ton pince-sans-rire.

— L'inculpation pour violences conjugales et l'affaire d'aujourd'hui sont des choses entièrement différentes, observa McGovern, et vous pouvez parier tout ce que vous voulez que les avocats de ces barjots sauront faire en sorte qu'on ne fasse pas l'amalgame.

— De plus, les violences conjugales sont classées comme délits et non comme crimes, ajouta Ralph.

— Comment peut-on considérer cela comme un simple délit ? protesta Lois. Voilà quelque chose que je n'ai jamais compris.

— C'est un délit quand il s'agit de votre femme, dit McGovern, levant un sourcil ironique. C'est comme ça, en Amérique, Lois. »

Se tordant nerveusement les mains, elle alla prendre la photo de M. Chassey sur le poste de télévision, la contempla quelques instants, la reposa et se remit à se tordre les mains. « Je respecte la loi et je reconnais bien volontiers que je ne comprends pas tout. Mais quelqu'un devrait aller leur dire qu'il est cinglé. Que c'est un type qui bat sa femme et qu'il est fou.

— A quel point il l'est, vous ne vous en doutez pas », dit Ralph. Il leur raconta alors, pour la première fois, ce qui s'était passé en bordure de l'aéroport, l'été précédent. Cela lui prit environ dix minutes. Quand il se tut, aucun de ses deux interlocuteurs ne fit de commentaire, se contentant de le regarder en ouvrant de grands yeux.

« Qu'est-ce qu'il y a ? Vous ne me croyez pas ? Vous pensez que j'ai tout inventé ?

— Bien sûr que je te crois, dit Lois. J'étais simplement... stupéfaite. C'est... affolant.

— Il me semble qu'il faudrait mettre John Leydecker au courant de cette histoire, Ralph, intervint McGovern. Je ne crois pas qu'il puisse l'exploiter, mais étant donné ce que sont les nouveaux petits camarades de jeu de Deepneau, c'est une information qui pourrait sans doute l'intéresser. »

Ralph pesa soigneusement le pour et le contre, puis acquiesça et se leva. « Autant faire ça tout de suite. Tu m'accompagnes, Lois ? »

Elle hésita, puis fit non de la tête. « Je suis fatiguée... Et j'ai un peu — comment disent les gosses, aujourd'hui ? — j'ai un peu les boules. Je crois que je vais aller m'allonger et faire un petit somme.

— C'est une bonne idée, dit Ralph. Tu m'as l'air plutôt vannée. Et merci pour le repas. » Sans réfléchir, il se pencha sur elle et l'embrassa sur le coin de la bouche. Il y avait de la gratitude et de l'étonnement dans le regard de Lois quand elle leva les yeux sur lui.

6

Ralph ferma sa propre télévision vers dix-huit heures passées de quelques minutes, au moment où Lisette Benson, après avoir présenté les informations, passait le relais au présentateur des sports. La manifestation devant le centre WomanCare était passée en deuxième position — derrière l'affaire du gouverneur Greta Powers, accusée d'avoir pris de la cocaïne alors qu'elle était étudiante — mais il n'y avait rien de neuf, sinon qu'on savait maintenant que Dan Dalton était à la tête du groupe des Amis de la Vie. Ralph ajouta mentalement : *A titre provisoire*. Ed Deepneau était-il déjà le vrai patron ? Sinon, ça n'allait pas tarder, songea-t-il. A Noël, ce serait certainement chose faite. Question potentiellement plus intéressante : qu'est-ce que ses employeurs allaient penser d'aventures qui l'avaient conduit au poste de police de Derry ? Ralph se disait qu'ils se sentiraient beaucoup plus embêtés par ce qui s'était passé aujourd'hui que par l'inculpation pour violences conjugales du mois précédent ; il venait en effet d'apprendre récemment que les laboratoires Hawking étaient en passe de devenir le cinquième centre de recherche médicale du nord-est des États-Unis à avoir l'autorisation de travailler sur du tissu fœtal. Ils n'allaient guère apprécier que l'un de leurs chimistes ait été arrêté pour avoir jeté des poupées pleines de sang factice contre les murs d'une clinique qui pratiquait des avortements. Et s'ils apprenaient à quel point il était cinglé...

Et qui va le leur dire, Ralph ? Toi ?

Non. C'était là une démarche qu'il se refusait à faire, au moins pour le moment. Ce n'était pas comme se rendre au commissariat avec McGovern pour raconter l'incident de l'été dernier à Leydecker : ça relevait de la persécution. Comme d'écrire À MORT ! à côté de la photo d'une femme dont on ne partageait pas les idées.

Ce sont des conneries, et tu le sais.

« Je ne sais rien du tout, grommela-t-il, se levant pour s'approcher de la fenêtre. Je suis trop fatigué pour savoir quoi que ce soit. » Mais tandis qu'il restait là, à contempler sans les voir deux hommes qui sortaient du Red Apple en tenant chacun un pack de six bières à la main, il se rendit compte soudain qu'il savait quelque chose — quelque chose dont le souvenir lui fit froid dans le dos.

Ce matin, lorsqu'il était sorti de la pharmacie et avait été submergé par les auras — et par le sentiment d'accéder à un niveau supérieur de conscience — il s'était mis en garde à plusieurs reprises, se disant d'en profiter, mais de ne pas y croire ; que si jamais il oubliait cette distinction cruciale, il risquait de se retrouver dans le même bateau qu'Ed Deepneau. Cette idée avait failli ouvrir la porte conduisant à un souvenir enfoui, mais le jeu des auras, autour de lui, l'avait entraîné ailleurs avant qu'il eût le temps de l'exhumer complètement. Maintenant, il lui revenait : Ed avait bien dit qu'il voyait des auras ou quelque chose comme ça, non ?

Non. C'est peut-être ce qu'il a voulu dire, mais le terme qu'il a employé était couleurs. *J'en suis pratiquement sûr. C'était tout de suite après avoir dit qu'il voyait des cadavres de bébés partout, jusque sur les toits. Il a dit...*

Ralph regarda les deux hommes monter dans un van en piteux état et se dit qu'il n'arriverait jamais à se rappeler les termes exacts utilisés par Ed. Il était trop fatigué. Puis tandis qu'il suivait le véhicule des yeux, le nuage de fumée que le van laissa dans son sillage lui rappela la substance d'un marron brillant qu'il avait vue sortir du pot d'échappement du camion, le matin même ; et une nouvelle porte s'ouvrit dans sa mémoire.

« Il a dit que parfois, le monde était plein de couleurs, déclara-t-il à la pièce vide, mais qu'à partir d'un certain moment, elles devenaient toutes noires. Je crois que c'est ça. »

Il n'en était pas loin, mais n'y avait-il pas autre chose ? Ralph pensait que si, mais sans pouvoir se souvenir de quoi. Ce détail avait-il de l'importance, cependant ? Ses nerfs lui suggéraient vivement que oui — la sensation de froid, dans son dos, ne cessait de s'étendre et d'être plus forte.

Le téléphone sonna derrière lui. Quand il se tourna, il vit l'appareil qui baignait dans un nuage de lumière d'un rouge maléfique, sombre, le rouge des saignements de nez et des

(coqs, combats de coqs)

crêtes de coqs.

Non, gémit une partie de lui-même. *Oh non, Ralph, ça ne va pas recommencer !*

A chaque sonnerie, l'enveloppe de lumière brillait davantage, redevenant plus sombre dans les intervalles de silence. Impression de voir un cœur fantomatique avec un téléphone en son centre.

Ralph ferma les yeux de toutes ses forces ; lorsqu'il les rouvrit, l'aura rouge avait disparu.

Non. C'est simplement que tu ne peux pas la voir, pour le moment. Je n'en suis pas sûr, mais je l'ai peut-être chassée par la force de ma volonté. Un peu comme dans un rêve lucide.

Tandis qu'il se dirigeait vers le téléphone, il se dit — et en termes catégoriques — que cette idée était aussi aberrante que le fait de voir les auras. Sauf qu'il se racontait des histoires, et qu'il le savait. Car si c'était aberrant, comment se faisait-il qu'un seul coup d'œil au halo rouge crête-de-coq eût suffi pour qu'il ait la certitude que c'était Ed Deepneau qui appelait ?

C'est des conneries, Ralph. Tu crois que c'est Ed parce que tu penses à lui en ce moment... et parce que tu es tellement fatigué que ta tête te joue des tours. Vas-y, décroche, tu vas bien voir. Ce n'est pas le cœur révélateur, ni même le téléphone révélateur. Sans doute quelqu'un qui veut te vendre une assurance sur la vie ou la bonne femme de la transfusion sanguine qui s'étonne de ne pas t'avoir vu depuis un certain temps.

Sauf qu'il n'en croyait rien.

Il décrocha le combiné et dit : « Allô. »

7

Pas de réaction. Quelqu'un, cependant, était à l'autre bout du fil ; Ralph entendait sa respiration.

« Allô ? » répéta-t-il.

La réponse ne fut pas immédiate et il était sur le point de menacer de raccrocher lorsque Ed Deepneau dit : « Je vous appelle à cause de votre grande gueule, Ralph. Elle risque de vous valoir de gros ennuis. »

La sensation de froid, le long de son épine dorsale, se transforma en une couche glaciale qui s'étendit sur tout son dos, de la nuque aux reins.

« Salut, Ed. Je vous ai vu aux informations, aujourd'hui. » C'est la seule chose qui lui vint à l'esprit. Sa main ne tenait pas le téléphone, mais s'y accrochait, comme tétanisée par une crampe.

« Ne vous occupez pas de ça, mon vieux. Écoutez-moi bien, plutôt. Je viens d'avoir la visite de ce petit malin de détective qui m'a arrêté le mois dernier. Leydecker. Il vient tout juste de partir. »

Ralph sentit son cœur se contracter, mais pas autant qu'il aurait pu le craindre. Après tout, il n'y avait rien d'extraordinaire à ce que Leydecker fût allé voir Ed, non ? L'histoire de l'incident de l'aéroport et de la dispute avec Gros Balèze, pendant l'été 92, l'avait intéressé ; beaucoup intéressé.

« Ah bon ? dit Ralph d'un ton neutre.

— Le détective Leydecker s'est fourré dans l'idée que je crois que des gens — voire même des êtres surnaturels d'un genre ou d'un autre — transportent des fœtus dans des camions pour leur faire quitter la ville. Marrant, non ? »

Ralph, debout à côté du canapé, tripotait nerveusement le cordon du téléphone, d'où, se rendit-il compte, sourdait une lumière d'un rouge étouffé, comme une transpiration. La lumière pulsait au rythme des paroles d'Ed.

« Vous avez raconté des histoires dignes de la cour de récré, mon vieux. »

Ralph garda le silence.

« Le fait que vous ayez appelé la police parce que j'avais donné à cette salope la leçon qu'elle méritait largement ne m'a pas gêné. J'ai mis cela sur le compte... disons d'une inquiétude de type grand-paternel. Ou bien vous vous êtes peut-être dit qu'elle pourrait se sentir reconnaissante au point de coucher avec vous ? Après tout, si vous êtes vieux, vous n'en êtes pas encore au stade Jurassic Park. Vous avez peut-être pensé qu'elle se laisserait au moins mettre un doigt quelque part. »

Ralph ne dit rien.

« Pas vrai, mon vieux ? »

Il continua de se taire.

« Vous vous imaginez que vous allez me déstabiliser comme ça ? Vous pouvez toujours courir. »

Mais Ed paraissait sacrément déstabilisé, désarçonné. Comme s'il avait donné ce coup de téléphone avec un scénario précis en tête et que Ralph refusait de lui donner les bonnes répliques.

« Vous ne pouvez pas... vous feriez mieux...

— Le fait que j'appelle la police lorsque vous avez

battu Helen ne vous a pas gêné, mais la conversation que vous avez eue avec Leydecker, aujourd'hui, vous embête visiblement. Pourquoi, Ed ? Commenceriez-vous à vous poser des questions sur votre comportement ? Et votre façon de voir les choses, peut-être ? »

Ce fut au tour de Deepneau de garder le silence. Finalement, d'une voix basse mais sifflante, il dit : « Ce serait une très grave erreur, Ralph, de ne pas prendre cela au sérieux...

— Oh, je le prends au sérieux. J'ai vu ce que vous avez fait aujourd'hui, j'ai aussi vu ce que vous avez fait à votre femme, le mois dernier... également comment vous vous êtes comporté du côté de l'aéroport, il y a un an. La police est au courant, à l'heure actuelle. Je vous ai écouté, Ed. Maintenant c'est à vous de m'écouter. Vous êtes malade. Vous souffrez d'une sorte de dépression, vous avez des hallucinations...

— Rien ne m'oblige à écouter ces âneries ! » Il avait presque hurlé.

« En effet, rien. Vous pouvez raccrocher. C'est vous qui payez la communication, après tout. Mais tant que vous ne l'aurez pas fait, je continuerai d'enfoncer mon clou. Parce que je vous aime bien, Ed. Vous êtes un type intelligent, hallucinations ou pas, et je voudrais bien retrouver l'Ed que je connaissais avant. Et je crois que vous me comprenez : Leydecker est au courant, et il va vous surv...

— Est-ce que vous voyez déjà les couleurs ? » l'interrompit-il. Il avait retrouvé son calme. Au même instant, la lueur rougeâtre, autour du téléphone, disparut d'un seul coup.

« Quelles couleurs ? » demanda finalement Ralph.

Ed ignora cette réponse en forme de question. « Vous dites que vous m'aimez bien. Moi aussi, je vous aime bien. Je vous ai *toujours* bien aimé. Alors, je vais vous donner un conseil très précieux. Vous êtes en train de vous enfoncer en eaux profondes,

Ralph, et il y a des choses qui rôdent, là au fond, des choses que vous ne pourriez même pas concevoir. Vous me prenez pour un fou, mais moi je vous dis que vous ignorez tout de la folie. Vous n'avez pas la moindre idée de ce que c'est. Cela va venir, cependant, si vous persistez à vous mêler de ce qui ne vous regarde pas. Croyez-moi.

— Et qu'est-ce qui ne me regarde pas ? » demanda Ralph. Il s'efforçait de garder un ton léger, mais il étreignait toujours le téléphone, au point d'en avoir les articulations blanchies.

« Les forces... Il y a des forces à l'œuvre, à Derry, dont il vaut beaucoup mieux ne rien savoir. Ce sont... appelons-les simplement des *entités*. Elles ne vous ont pas encore vraiment remarqué, pour le moment, mais si vous continuez à faire l'idiot avec moi, ça ne va pas tarder. Et il vaudrait mieux pas. Croyez-moi. »

Forces... entités...

« Vous m'avez demandé comment je suis tombé sur ces trucs. Vous vouliez savoir qui était venu me parler... Vous n'avez pas oublié, Ralph ?

— Non. » Ou plutôt, ça lui revenait, maintenant. C'était la dernière chose que lui avait dite Ed avant d'afficher son grand sourire patelin et de se diriger vers les policiers. *Le monde est plein de couleurs... Je les ai vues depuis qu'il est venu et qu'il m'a parlé... On en reparlera plus tard...*

« C'est le docteur qui m'a mis au courant. Le petit docteur chauve. Je crois que c'est à lui qu'il vous faudra répondre si vous essayez encore de vous mêler de mes affaires. Dans ce cas, que Dieu vous vienne en aide.

— Le petit docteur chauve, hein ? Oui, je vois. Tout d'abord le Roi Pourpre, puis les Centurions, et maintenant le petit docteur chauve. Je suppose qu'ensuite, on aura droit au...

— Épargnez-moi vos sarcasmes, Ralph. Contentez-vous de vous tenir tranquille et de ne plus fourrer le nez dans mes affaires, vous m'entendez ? Tenez-vous tranquille ! »

Il y eut un cliquetis. Ed avait coupé la communication. Ralph resta un long moment à contempler le combiné, puis il raccrocha lentement.

Contentez-vous de vous tenir tranquille et de ne plus fourrer le nez dans mes affaires.

Pourquoi pas, au fond ? Il avait suffisamment de chats à fouetter comme ça, non ?

Ralph se rendit à pas lents dans la cuisine, plaça un plateau télé (filet de haddock) dans le four et essaya d'oublier les manifestations anti-avortement, les auras, Ed Deepneau, et le Roi Pourpre.

Ce fut en fin de compte plus facile qu'il ne l'aurait cru.

CHAPITRE 6

1

L'été s'évanouit comme il le fait toujours dans le Maine, presque sans qu'on s'en aperçoive. Les réveils prématurés de Ralph continuèrent, et quand arriva le moment où les couleurs mirent le feu aux arbres de Harris Avenue, il ouvrait les yeux tous les matins vers deux heures quinze. C'était pénible, mais il avait la perspective de ce rendez-vous avec Hong et les feux d'artifice délirants auxquels il avait eu droit après sa rencontre avec Joe Plussaj ne s'étaient pas reproduits. Il y avait bien de temps en temps un bref scintillement à la périphérie des choses, mais il avait découvert qu'en fermant très fort les yeux et en comptant jusqu'à cinq, le phénomène disparaissait.

En général.

Susan Day devait prononcer son discours le vendredi 8 octobre et, alors que septembre tirait à sa fin, les manifestations et le débat public sur la liberté d'avortement prirent un tour aigu, se focalisant de plus en plus sur la venue de la célèbre féministe. Ralph vit Ed à plusieurs reprises à la télévision, parfois en compagnie de Dan Dalton, mais de plus en plus souvent seul ; il parlait d'un ton rapide, persuasif, et la note d'humour qui brillait dans le coin de son œil passait fréquemment dans sa voix.

Il plaisait au public et les Amis de la Vie, apparemment, drainaient à eux les adhérents que Notre Pain Quotidien, qui leur avait donné naissance, aurait bien aimé recruter. Il n'y eut plus de lancer de poupées ni autres actions violentes, mais beaucoup de manifestations et de contre-manifestations, beaucoup de noms d'oiseaux lancés, beaucoup de poings levés et un déluge de lettres courroucées adressées aux journaux. Les prédicateurs brandissaient la menace de la damnation; les enseignants parlaient modération et éducation; une demi-douzaine de jeunes femmes qui s'intitulaient elles-mêmes les Lesbos-Minettes Gay pour Jésus furent arrêtées pour avoir paradé devant l'église baptiste de Derry avec des panneaux sur lesquels on lisait : BAS LES PATTES, MON CORPS EST À MOI ! Un policier anonyme aurait déclaré, selon le *Derry News*, qu'il espérait que Susan Day aurait la grippe ou un truc comme ça et serait obligée d'annuler sa venue.

Ed Deepneau ne tenta plus de communiquer avec Ralph; en revanche, ce dernier reçut, le 21 septembre, une carte postale d'Helen avec ces quelques mots jubilatoires griffonnés au dos : *Hourra ! Un boulot ! A la bibliothèque municipale de Derry ! Je commence le mois prochain ! A bientôt ! Helen.*

Il ne s'était pas senti aussi joyeux depuis le jour où Helen l'avait appelé de l'hôpital, et il descendit au rez-de-chaussée pour montrer la carte postale à McGovern, mais l'appartement de ce dernier était fermé à clef.

Il voulut alors aller voir Lois, mais elle aussi s'était absentée — sans doute pour l'une de ses parties de cartes ou pour aller acheter de la laine en vue du prochain châle qu'elle se tricoterait.

Légèrement contrarié et philosophant sur le fait que les gens avec lesquels on avait envie de partager une bonne nouvelle n'étaient jamais là au moment où on mourait d'envie de la leur annoncer, Ralph flâna jusqu'à Strawford Park. C'est là qu'il trouva McGovern, assis sur un banc non loin du terrain de softball des adolescents. Il pleurait.

2.

Pleurer est peut-être un terme trop fort; disons qu'il avait les larmes aux yeux. Un mouchoir dépassait de son poing serré, et il regardait une maman et son jeune fils qui jouaient à se rouler par terre tout à côté de la plaque de but où s'était conclu, deux jours auparavant, le dernier grand événement de softball de la saison, le tournoi annuel de Derry.

De temps en temps, il portait le mouchoir à ses yeux et s'essuyait. Ralph, qui n'avait jamais vu McGovern que l'œil sec — même à l'enterrement de Carolyn, il n'avait pas versé une larme —, louvoya pendant un moment non loin du parc, se demandant s'il devait s'approcher de son ami ou repartir comme il était venu.

Il prit finalement son courage à deux mains et s'avança jusqu'au banc. « Salut, Bill. »

McGovern leva vers lui des yeux rouges, pleins de larmes, l'air légèrement embarrassé. Il s'essuya de nouveau et essaya de sourire. « Salut, Ralph. Tu m'as surpris en train de pleurnicher. Désolé.

— Il n'y a pas de quoi, répondit Ralph en s'asseyant. Je suis passé par là, moi aussi. Qu'est-ce qui ne va pas ? »

McGovern haussa les épaules et se tamponna les yeux. « Rien de bien grave. Je souffre des effets d'un paradoxe, c'est tout.

— Et de quel paradoxe ?

— Quelque chose de bien est en train d'arriver à l'un de mes plus vieux amis — à l'homme à qui je dois mon premier poste d'enseignant, en fait. Il est mourant. »

Ralph haussa les sourcils mais ne dit rien.

« Il a attrapé une pneumonie. Sa nièce va probablement le conduire à l'hôpital aujourd'hui ou demain, on le ventilera, au moins pendant un temps, mais il va très certainement mourir. Je célébrerai sa mort, le moment venu, et je suppose que c'est ça, plus que tout le reste, qui me file un bourdon infernal. » Il marqua un temps d'arrêt. « Tu ne dois rien comprendre à ce que je te raconte, n'est-ce pas ?

— Non, pas un mot, mais ça ne fait rien. »

McGovern lui jeta un premier coup d'œil, puis un deuxième et renifla. Un son rude et enchifrené de larmes, mais Ralph jugea qu'il devait néanmoins s'agir d'un rire, et il risqua lui-même un sourire.

« Est-ce que j'ai dit quelque chose de marrant ?

— Non », répondit McGovern en lui donnant une tape légère sur l'épaule. J'ai simplement regardé ton visage, si sérieux et sincère — on lit en toi comme dans un livre ouvert, Ralph —, et je me disais que vraiment, je t'aimais beaucoup. Parfois, j'aimerais même être à ta place.

— Pas à trois heures du matin, en tout cas », dit doucement Ralph.

McGovern poussa un soupir et acquiesça. « L'insomnie...

— Oui, l'insomnie.

— Je suis désolé d'avoir ri, mais...

— Inutile de t'excuser, Bill.

— Mais je voudrais que tu me croies si je te dis que c'était un rire *admiratif*.

— Qui est cet ami ? Et pourquoi est-ce bien qu'il meure ? » demanda Ralph, qui commençait à se douter où résidait la source du paradoxe de McGovern ; il n'était pas aussi gentiment borné que Bill paraissait parfois le penser.

« Il s'appelle Bob Polhurst, et sa pneumonie est une bonne nouvelle parce qu'il est atteint de la maladie d'Alzheimer depuis l'été 1988. »

C'était quelque chose dans ce genre que Ralph s'était imaginé, même si la possibilité du sida lui avait aussi traversé l'esprit. Il se demanda si McGovern aurait été choqué et ressentit une pointe d'amusement à cette idée. Puis il regarda son ami et eut honte de son amusement. Il savait qu'en matière de sinistrose, McGovern était un semi-professionnel, mais son chagrin évident n'en était pas moins authentique.

« Bob est resté à la tête du département d'histoire à Derry High depuis 1948, époque à laquelle il ne pouvait guère avoir plus de vingt-cinq ans, jusqu'en 81 ou 82. C'était un professeur sensationnel, l'une de ces personnes exceptionnellement brillantes que l'on trouve parfois dans la cambrousse, cachant leur lumière sous le boisseau. Elles terminent en général chefs de leur département, ayant en plus une demi-douzaine d'autres activités en marge de leur enseignement, pour la simple raison qu'elles ne savent pas dire non. Bob, lui, ne savait pas. »

La maman passa devant eux, tenant son petit garçon par la main, pour se rendre à la minuscule baraque de rafraîchissements qui n'allait pas tarder à fermer, avec la mauvaise saison. Le visage de l'enfant avait une extraordinaire diaphanéité, une beauté que ne faisait que rehausser l'aura rose que Ralph voyait tourner autour de sa tête et de son petit visage animé d'ondes paisibles.

« Si on rentrait, maman ? demanda-t-il. J'ai envie de jouer avec mon Play-Doh. Je veux faire la famille Clay.

— On va d'abord aller boire quelque chose, d'accord, mon grand ? Maman a soif.

— D'accord. »

Une cicatrice en forme de crochet déparait le nez du garçon ; à cet endroit, la lueur rose prenait une nuance plus sombre, écarlate.

Tombé de son berceau quand il avait huit mois, pensa Ralph. *Voulait attraper les papillons sur le mobile que sa mère avait accroché au plafond. Elle fut terrifiée lorsqu'elle arriva en courant et vit tout ce sang; elle pensait que le pauvre enfant allait mourir. Patrick, il s'appelle Patrick; mais elle dit Pat. C'était le nom de son grand-père et...*

Il ferma les yeux de toutes ses forces pendant quelques instants. Son estomac papillonnait à quelques centimètres en dessous de sa pomme d'Adam et il eut soudain la conviction qu'il allait vomir.

« Ça ne va pas, Ralph? Tu ne te sens pas bien? »

Il ouvrit les yeux. Plus d'aura, rose ou d'une autre couleur; rien qu'une maman et son petit garçon se dirigeant vers la baraque à rafraîchissements et il n'avait aucun moyen, absolument aucun, d'expliquer à McGovern qu'elle ne voulait pas ramener Pat à la maison parce que le père de Pat s'était remis à boire après presque six mois de régime sec, et que lorsqu'il avait bu il devenait mauvais...

Pour l'amour du Ciel, stop! arrête!

« Si, ça va, répondit-il. J'ai une poussière dans l'œil, c'est tout. Continue de me parler de ton ami.

— Il n'y a pas grand-chose d'autre à raconter. C'était un génie, mais j'ai fini, avec le temps, par me convaincre que le génie était une marchandise grandement surévaluée. Je crois que ce pays est plein de génies, de types et de filles tellement brillants qu'ils ridiculiseraient les membres du club Mensa[1], et que la plupart d'entre eux sont des enseignants qui vivent et travaillent dans l'obscurité de petites villes, parce que c'est ce qui leur plaît. En tout cas, ça plaisait à Bob Polhurst.

« Il voyait à travers les gens d'une manière qui me paraissait inquiétante... au début, du moins. Au bout d'un certain temps, on s'apercevait qu'il n'y avait aucune raison d'avoir peur, que Bob était un être bon, mais il commençait par vous ficher la frousse. On en arrivait à se demander, des fois, si c'étaient des yeux normaux qu'il avait ou bien une sorte de machine à rayons X. »

A la baraque, la femme se pencha vers son fils, lui tendant un petit gobelet en carton. L'enfant le prit à

1. Club dont les membres se targuent d'avoir un QI supérieur à 140. (*N.d.T.*)

deux mains, souriant, et se mit à boire goulûment. La lueur rose fit une brève apparition autour de lui à cet instant, et Ralph sut qu'il avait eu raison : le nom du petit garçon était bien Patrick et sa mère ne voulait pas retourner à la maison. Il n'avait aucun moyen de savoir de telles choses, et pourtant il les savait.

« A cette époque, poursuivait McGovern, quand on venait du fin fond du Maine et qu'on n'était pas à cent pour cent hétérosexuel, on se démenait comme un beau diable pour faire semblant d'en être un. Il n'y avait pas d'autre choix, sauf à aller habiter à Greenwich Village, à porter un béret sur la tête et à passer ses samedis soir dans des clubs de jazz où on claquait des doigts en guise d'applaudissements. A l'époque, l'idée de s'afficher était ridicule. Pour la plupart d'entre nous, il n'y avait que la clandestinité. A moins d'avoir envie qu'une bande de garçons ivres te coincent dans une allée pour te refaire le portrait, le monde était pour nous une vaste prison. »

Le petit Pat vida son gobelet et le jeta à terre. Sa mère lui dit de le ramasser et de le mettre dans la poubelle, tâche qu'il accomplit avec une splendide bonne humeur. Puis elle le prit par la main et ils se dirigèrent à pas lents vers la sortie du parc. Ralph les regarda partir non sans émoi, avec l'espoir que les craintes et inquiétudes de la jeune femme se révéleraient injustifiées, mais redoutant qu'elles ne fussent avérées.

« Lorsque j'ai posé ma candidature pour un poste au département d'histoire de Derry High, en 1951, je venais de passer deux ans à enseigner dans la cambrousse, au diable Vauvert, dans un patelin qui s'appelait Lubec ; je me figurais que si j'avais pu m'en sortir là-bas sans qu'on me pose de questions, je pouvais aller n'importe où sans problème. Mais Bob m'a examiné — ou plutôt, il m'a sondé — avec son fichu regard aux rayons X, et il a su. En plus, il n'était pas timide. *Si jamais je décide de vous offrir ce poste et que vous l'acceptiez, monsieur McGovern, puis-je avoir l'assurance qu'il n'y aura pas le moindre petit incident touchant à vos préférences sexuelles ?*

« Préférences sexuelles, Ralph ! Bon sang, oh, bon sang ! jamais je n'aurais osé rêver entendre cette phrase avant ce jour ; et pourtant elle est sortie de sa bouche aussi aisément qu'une bille de roulement graissée à la margarine. J'ai commencé à monter sur mes grands chevaux, répondant que je ne savais pas de quoi il voulait parler, mais que je ne m'en sentais pas moins insulté — pour le principe, pourrait-on dire —, sur quoi je l'ai mieux regardé et j'ai décidé de ne pas me fatiguer davantage. J'avais pu faire illusion à Lubec, mais je ne pouvais faire illusion devant Bob Polhurst. Il n'avait même pas trente ans lui-même, à cette époque, et c'était bien le bout du monde s'il avait poussé jusqu'à Boston plus d'une demi-douzaine de fois, mais il n'en savait pas moins sur moi tout ce qu'il importait de savoir ; un entretien de vingt minutes lui avait suffi.

« *Non, monsieur, pas le moindre incident*, ai-je répondu, aussi intimidé qu'un petit enfant. »

McGovern se tamponna de nouveau les yeux de son mouchoir, mais Ralph soupçonna que le geste, cette fois, était en bonne partie affecté.

« Au cours des vingt-trois ans que j'ai passés à Derry High, avant d'aller au collège, Bob m'a tout appris de l'enseignement de l'histoire et du jeu d'échecs. C'était un joueur remarquable... Je peux te dire qu'il aurait donné du fil à retordre à cet impénitent bavard de Faye Chapin. Je ne l'ai battu qu'une fois, mais c'était après le déclenchement de sa maladie d'Alzheimer. Je n'ai jamais rejoué avec lui après ça.

« Il y avait d'autres choses. Il n'oubliait jamais une plaisanterie. Ni l'anniversaire ou la fête des gens qui lui étaient proches — il n'envoyait pas de carte, ne faisait pas de cadeau, mais il avait un mot gentil de félicitations, formulait des vœux, et personne ne doutait de sa sincérité. Il a publié une soixantaine d'articles sur l'enseignement de l'histoire et la guerre de Sécession, qui était sa spécialité. Entre 1967 et 1968, il a écrit un livre intitulé *Later That Summer*, sur les événements qui ont suivi la bataille de Gettysburg. Il m'a laissé lire le manuscrit, il y a dix ans, et c'est sans doute le meilleur bouquin que j'aie jamais lu sur la guerre de Sécession ; le seul qui s'en rapproche est le roman de Michael Shaara, *The Killer Angels*. Bob n'a jamais voulu le faire publier. Lorsque je lui ai demandé pourquoi, il m'a dit que si quelqu'un devait bien comprendre ses raisons, c'était moi. »

McGovern se tut quelques instants, les yeux perdus dans le parc rempli d'une lumière d'un vert doré entrelacée d'ombres noires qui oscillaient et se déplaçaient au moindre souffle d'air.

« Il m'a dit qu'il redoutait d'être sous les feux des projecteurs.

— Je comprends, dit Ralph.

— Et voici peut-être ce qui le résume le mieux : il avait l'habitude de remplir la grille des mots croisés du *Sunday New York Times* à l'encre. Je l'ai taquiné un jour à ce sujet, l'accusant de faire preuve de présomption. Il m'a adressé un grand sourire et m'a répondu qu'il y avait une vaste différence entre l'orgueil et l'optimisme, et qu'il était tout simplement optimiste.

« Bref, tu vois le tableau. Un homme bon, un excellent professeur, un esprit brillant. Lui dont la spécialité était la guerre de Sécession ne sait même plus ce que c'est qu'une guerre civile, et encore moins qui a gagné la nôtre. Bon sang, il ne connaît même pas son nom et dans pas longtemps — le plus tôt sera le mieux — il mourra sans même savoir qu'il a vécu. »

Un homme d'âge moyen habillé d'un T-shirt de l'université du Maine et d'un jean en haillons traversa le terrain de jeu d'un pas traînant, un sac de commissions en papier kraft tout froissé sous un bras. Il s'arrêta à côté de la baraque à rafraîchissements pour examiner le contenu de la poubelle, espérant y récupérer des bouteilles consignées. Quand il se pencha, Ralph vit l'enveloppe vert foncé qui l'entourait et le panache, d'un vert plus clair, qui s'élevait de son crâne en ondulant. Et soudain il fut trop fatigué pour fermer les yeux, trop fatigué pour faire l'effort de chasser l'aura.

Il se tourna vers McGovern et dit : « Tu sais, depuis un mois, je vois des trucs qui...

— Je me lamente, le coupa McGovern en s'essuyant les yeux d'un geste toujours aussi affecté, mais je ne sais pas très bien si c'est sur le sort de Bob ou sur le mien. Marrant, non ? Pourtant, si tu savais comme il était brillant, autrefois... c'était vraiment impressionnant...

— Bill ? Tu vois ce type, à côté de la baraque ? Celui qui fouille dans la poubelle ?

— Ouais, on en voit partout, en ce moment », répondit McGovern qui n'eut qu'un coup d'œil sans intérêt pour l'ivrogne (lequel avait trouvé deux boîtes de Budweiser qu'il fourra dans son sac) avant de se tourner de nouveau vers Ralph. « J'ai en horreur d'être vieux. A la vérité, je crois que tout se résume à ça. Vraiment. »

L'ivrogne s'approcha de leur banc de sa démarche simiesque, la brise annonçant son arrivée par une odeur qui n'était pas *Cuir de Russie*. Son aura, d'un vert vif et énergique qui évoquait à Ralph les décorations du jour de la Saint-Patrick, ne concordait ni avec son attitude servile ni avec son sourire torve.

« Salut les gars, ça boume ?

— On a connu mieux, répondit McGovern avec un haussement de sourcils sardonique. Et ça ira mieux, je crois, quand vous aurez décampé. »

L'ivrogne eut un regard incertain pour McGovern, parut conclure que c'était une cause perdue et se tourna vers Ralph. « Vous auriez pas un peu de monnaie qui traîne, monsieur? Faut que j'aille à Dexter. Mon oncle m'a appelé, au refuge de Derry, sur Neibolt Street. J'pourrais avoir mon ancien boulot, à l'usine, mais faut que je...

— Tirez-vous, l'ami », dit McGovern.

L'ivrogne lui adressa un regard bref et anxieux, puis ses yeux bruns injectés de sang roulèrent de nouveau vers Ralph. « C'est un bon boulot, v'savez. J'pourrais le ravoir, mais faut que j'y soye aujourd'hui. Y a un bus... »

Ralph mit la main dans sa poche et y trouva trente-cinq cents qu'il laissa tomber dans la main tendue. L'ivrogne sourit. L'aura qui l'entourait devint plus éclatante, puis disparut soudain. Ralph se sentit très soulagé.

« Hé, chouette ! Merci, m'sieur !

— Je vous en prie », dit Ralph.

L'homme, de sa démarche dandinante, prit la direction du Shop'n'Save, où l'on trouvait des marques de tord-boyaux comme Night Train, Old Duke et Silver Satin.

Et merde, Ralph, tu pourrais pas être aussi un peu charitable dans ta tête, non ? Parcours encore un kilomètre dans cette direction, et tu arrives à la station de bus.

Rien de plus vrai, mais il avait vécu assez longtemps pour savoir qu'il y avait un monde de différence entre une pensée charitable et une illusion. Si l'ivrogne à l'aura vert foncé allait à la station de bus, alors Ralph allait à Washington pour être secrétaire d'État.

« Tu ne devrais pas faire des trucs comme ça, Ralph, observa McGovern d'un ton réprobateur. Ça ne fait que les encourager.

— Sans doute, admit Ralph avec lassitude.

— Tu avais commencé à me dire quelque chose, quand on a été si grossièrement interrompus... »

L'idée de parler des auras à McGovern lui paraissait maintenant exceptionnellement mauvaise, et il n'arrivait pas à imaginer comment il avait pu être sur le point de le faire. L'insomnie, évidemment; c'était la seule explication. Elle affectait son jugement comme elle affectait sa mémoire à court terme et ses perceptions.

« Oui, j'ai eu quelque chose au courrier, ce matin, répondit Ralph, et j'ai pensé que ça te ferait aussi plaisir. » Il lui tendit la carte postale d'Helen, et McGovern la lut et la relut. La seconde fois, un grand sourire vint illuminer son visage long et chevalin. Le mélange de soulagement et de satisfaction sincères de cette expression fit que Ralph pardonna sur-le-champ à McGovern le déploiement d'apitoiement sur soi auquel il venait de se livrer. On oubliait facilement que Bill pouvait être aussi généreux que suffisant.

« Dis donc, c'est sensationnel, non? Un boulot!

— Et comment! Et si on fêtait ça en allant déjeuner quelque part? Il y a un petit restaurant sympathique, pas loin de la pharmacie Rite Aid — « Point du Jour/Soleil Couchant ». Un peu trop de plantes vertes, peut-être, pourtant...

— Merci, mais j'ai promis à la nièce de Bob que j'irais passer un moment avec lui. Bien entendu, il ne sait absolument plus qui je suis, mais ça n'a pas d'importance, car moi, je sais qui il est. *Capisce?*

— Ouais. Partie remise, alors?

— Exactement. » McGovern parcourut une dernière fois le message de la carte postale, toujours souriant. « Épatant, vraiment épatant! »

Cette expression au charme désuet fit sourire Ralph. « Je suis bien d'accord.

— J'étais prêt à te parier cinq dollars qu'elle allait retourner se jeter dans les bras de ce cinglé, avec la petite dans la poussette... mais j'aurais été content de perdre cet argent. Je suppose que ça paraît idiot.

— Un peu », répondit Ralph, mais uniquement parce qu'il savait que c'était ce que McGovern voulait entendre. Ce qu'il pensait, en fait, était que William McGovern venait de résumer son caractère et sa vision du monde d'une manière bien plus succincte que Ralph n'aurait jamais pu le faire.

« C'est agréable de savoir que quelqu'un va mieux et non le contraire, hein ?

— Tu parles !

— Est-ce que Lois est au courant ? »

Ralph secoua la tête. « Elle n'est pas chez elle. Je lui montrerai la carte dès que je la verrai.

— J'y compte bien. Est-ce que tu dors mieux ?

— Je crois que ça ne va pas trop mal.

— Bon. Tu as l'air un peu mieux. Un peu plus solide. Il ne faut pas se laisser aller, Ralph, c'est ça l'important. N'ai-je pas raison ?

— Sans doute, répondit Ralph avec un soupir. Je crois que là-dessus, tu as raison. »

3

Deux jours plus tard, assis à la table de sa cuisine, Ralph mangeait sans conviction une portion de céréales dont il n'avait pas réellement envie (supposant sans doute vaguement qu'elles étaient bonnes pour sa santé), la première page du *Derry News* étalée à côté de lui. Il avait parcouru rapidement l'article principal, mais c'était la photo qui ne cessait d'attirer son regard ; elle semblait résumer tous les mauvais pressentiments qu'il avait eus au cours du mois précédent sans pouvoir vraiment se les expliquer.

Il trouvait que la manchette, au-dessus de la photo — VIOLENCES AU COURS D'UNE MANIFESTATION DEVANT WOMANCARE — ne reflétait pas l'article, ce qui ne le surprenait guère ; cela faisait des années qu'il lisait le *News* et il était habitué à ses préjugés, parmi lesquels une position anti-avortement très ferme. Néanmoins, le journal prenait soigneusement ses distances avec les Amis de la Vie dans un éditorial du genre « attention, les enfants, vous allez trop loin ». Cela non plus ne le surprenait pas. Les Amis de la Vie s'étaient rassemblés dans un parking voisin à la fois de l'hôpital de Derry et du centre WomanCare, pour attendre un groupe de partisans de l'IVG d'environ deux cents manifestants qui traversait la ville en venant du centre municipal. La plupart des manifestants brandissaient des panneaux sur lesquels on voyait des photos de Susan Day et le slogan CHOISIR SANS CRAINTE.

Les marcheurs espéraient que leurs rangs se grossiraient de sympathisants pendant leur progression, comme une boule de neige roulant le long d'une pente. La manifestation devait se terminer par une courte réunion devant WomanCare, avec pour but de préparer les gens au discours de Susan Day ; des rafraîchissements étaient prévus. Ce rassemblement n'eut jamais lieu. Au moment où les partisans de l'IVG s'approchaient du parking, les Amis de la Vie se précipitèrent, bloquant le chemin et brandissant leurs propres panneaux (UN MEURTRE EST UN MEURTRE ! SUSAN DAY HORS D'ICI ! ARRÊTEZ LE MASSACRE DES INNOCENTS !) comme des boucliers.

La police avait escorté les marcheurs, mais personne n'avait prévu la rapidité avec laquelle on passa des insultes et des imprécations aux coups de pied et aux coups de poing. Tout commença lorsqu'une femme du groupe des Amis de la Vie reconnut sa fille parmi les pro-IVG. Après avoir lâché son panneau, la plus âgée chargea la plus jeune. Le petit ami de la jeune fille avait tenté de s'interposer et de retenir la mère. Mais lorsque maman lui avait ouvert le visage à coups de griffes, le jeune homme l'avait jetée à terre. Il s'était ensuivi une mêlée d'une dizaine de minutes et la police avait procédé à plus de trente arrestations, réparties à peu près également entre les deux groupes.

La photo, en première page du *Derry News* de ce

matin, représentait Hamilton Davenport et Dan Dalton. Le photographe avait pris Davenport affichant un rictus qui n'avait rien à voir avec son expression habituelle d'autosatisfaction. Il brandissait le poing en un geste primitif de triomphe. Lui faisant face — avec autour du cou le panneau défoncé CHOISIR SANS CRAINTE de Ham comme une collerette démesurée en carton — se tenait le *grand fromage** des Amis de la vie. Dalton, la mâchoire pendante, avait l'air sonné. Les violents contrastes de noir et blanc de la photo donnaient l'impression que du chocolat, et non du sang, lui coulait du nez.

Ralph détournait un instant les yeux, essayait de se concentrer sur ses céréales, puis revenait par l'esprit au jour où, l'été dernier, il avait découvert pour la première fois le faux avis de recherche au nom de Susan Day que l'on voyait maintenant collé partout à Derry — ce même jour où il avait failli s'évanouir devant Strawford Park. C'était surtout des visages qu'il se souvenait : celui de Davenport plein de colère tandis qu'il scrutait la vitrine de Rose Docaze, le petit sourire méprisant de Dalton qui semblait sous-entendre qu'on ne pouvait attendre d'un quadrumane comme Hamilton Davenport qu'il comprît la haute teneur morale du problème de l'avortement (comme lui et Ralph le savaient bien).

Il pensa à ces deux expressions et à ce qui séparait les deux hommes qui les arboraient, et au bout d'un moment, déprimé, il regarda de nouveau la photo. Deux autres personnes se tenaient juste derrière Dalton, tenant toutes les deux des panneaux anti-avortement et suivant attentivement la scène. Si Ralph ignorait qui était le type maigrichon aux lunettes en écaille et aux cheveux clairsemés, il connaissait bien, en revanche, le deuxième. C'était Ed Deepneau. Dans ce contexte, cependant, Ed ne comptait pratiquement pas. Ce qui fascinait Ralph — et lui faisait peur — c'était le visage de ces deux hommes qui tenaient des boutiques voisines depuis des années, sur Lower Witcham Street : Davenport, avec son poing fermé et son rictus de Néanderthal, Dalton, avec son regard hébété et son nez ensanglanté.

Si l'on n'est pas prudent avec ses passions, pensa-t-il, *voilà où elles vous mènent. Et il vaudrait mieux que les choses en restent là, parce que...*

« Parce que si ces deux-là avaient eu un revolver, ils se seraient entre-tués », marmonna-t-il. A ce moment-là, le carillon de la porte d'entrée (celui du rez-de-chaussée) retentit. Ralph se leva, jeta un dernier coup d'œil à la photo et se sentit pris d'une sorte de vertige, accompagné d'une étrange et inquiétante certitude : c'était Ed, et Dieu seul savait ce qu'il voulait.

Eh bien, ne va pas ouvrir !

Il resta debout à côté de la table de la cuisine pendant un long moment, indécis, souhaitant avec amertume pouvoir dissiper le brouillard qui paraissait avoir installé ses pénates sous son crâne, cette année. Puis le carillon retentit de nouveau et il se rendit compte que sa décision était prise. Ça pouvait bien être Saddam Hussein, là en bas, peu lui importait : il était chez lui, et il n'allait pas se terrer comme un roquet qui a reçu le fouet.

Il traversa la salle de séjour, ouvrit la porte donnant sur le palier et descendit dans la pénombre de l'escalier.

4

A mi-chemin, il se détendit un peu. La moitié supérieure de la porte donnant sur le porche était composée de lourds panneaux vitrés. Ces panneaux déformaient la vue, mais pas au point de l'empêcher de voir qu'il avait deux visiteurs, et qu'il s'agissait de femmes. Il devina sur-le-champ l'identité d'au moins l'une d'elles et accéléra le pas, faisant courir une main légère sur la rampe. Il ouvrit la porte en grand et se retrouva face à Helen Deepneau, un sac (portant la mention BÉBÉ. PREMIÈRE URGENCE sur le côté) accroché à une épaule et Natalie jetant des regards curieux par-dessus l'autre, avec des yeux aussi brillants que ceux d'une souris de dessin animé. Helen avait aux lèvres un sourire plein d'espoir et un peu nerveux.

Le visage de Natalie s'éclaira soudain et elle se mit à gigoter dans son sac à dos, agitant les bras en direction de Ralph.

Elle se souvient de toi, pensa-t-il. *Tu te rends compte !* Et tandis qu'il tendait la main et laissait le bébé lui saisir un doigt, ses yeux se remplirent de larmes.

« Ralph ? demanda Helen. Ça ne va pas ? »

Il sourit, la rassura d'un signe de tête, fit un pas en avant et la prit dans ses bras. La jeune femme lui jeta les bras autour du cou. Il eut un moment d'étourdissement, provoqué par le mélange de son parfum avec l'odeur lactée des bébés en bonne santé, puis elle lui donna un gros bécot sur l'oreille et le relâcha.

« Vous allez bien, c'est vrai ? » voulut-elle savoir. Elle avait aussi les larmes aux yeux, mais c'est à peine si Ralph le remarqua. Il était trop occupé à l'examiner, voulant être sûr qu'il ne restait aucune trace des mauvais traitements qu'elle avait subis. D'après ce qu'il voyait, en tout cas, c'était le cas : elle paraissait impeccable.

« Jamais je n'ai été aussi bien depuis des semaines, répondit-il. Vous êtes une vision de rêve pour des yeux fatigués. Toi aussi, Nat. » Il embrassa la petite main potelée qui lui tenait toujours le doigt et ne fut pas tellement pris au dépourvu lorsqu'il vit l'empreinte fantomatique gris-bleu qu'avaient laissée ses lèvres. Elle s'évanouit presque aussitôt et il serra à nouveau Helen contre lui, comme pour être sûr qu'elle était bien là.

« Cher Ralph, murmura-t-elle dans son oreille, cher vieil ami... »

Il sentit quelque chose s'agiter à la hauteur de son bas-ventre, apparemment provoqué par la combinaison du léger parfum et des délicates bouffées d'air dont les mots qu'elle prononçait chatouillaient ses oreilles... puis il se souvint d'une autre voix qui lui avait dit : *Je vous appelle à cause de votre grande gueule, Ralph. Elle risque de vous valoir de gros ennuis*.

Ralph relâcha la jeune femme et la tint à bout de bras, toujours souriant. « Vous êtes vraiment une vision de rêve pour des yeux fatigués, Helen. Que je sois pendu si je mens !

— Vous aussi, vous faites plaisir à voir, Ralph. J'aimerais vous présenter à une amie. Ralph Roberts, Gretchen Tillbury. Gretchen, voici Ralph. »

Il se tourna vers l'autre femme et la regarda vraiment pour la première fois tout en serrant délicatement, de sa paluche aux doigts déformés, la petite main blanche qu'elle lui tendait. Elle était du genre à pousser les hommes (même ceux qui avaient dépassé la soixantaine) à se tenir bien droits en rentrant le ventre. Blonde, elle mesurait sans doute plus d'un mètre quatre-vingts, mais ce n'était pas seulement sa taille qui frappait. Il y avait quelque chose d'autre, quelque chose qui était comme une odeur, ou une vibration ou

(*une aura*)

oui, d'accord, une aura. C'était tout simplement une femme que l'on ne pouvait pas ne pas regarder, à laquelle on ne pouvait pas ne pas penser, sur laquelle on ne pouvait s'empêcher de laisser courir son imagination.

Ralph se souvint d'Helen lui racontant la façon dont le mari de Gretchen lui avait entaillé toute la cuisse avec un couteau de cuisine et l'avait laissée se vider de son sang. Il se demanda comment un homme pouvait faire une chose pareille ; comment on pouvait toucher une telle créature autrement qu'avec vénération.

Avec aussi un peu de concupiscence, peut-être, une fois dépassé le stade « Elle s'avançait, sublime comme la nuit ». Et au fait, Ralph ce serait aussi sans doute le moment de ramener tes globes oculaires à leur place habituelle, dans leurs orbites.

« Très heureux de vous rencontrer, dit-il, lâchant sa main. Helen m'a parlé de la visite que vous lui avez rendue à l'hôpital. Merci de l'avoir aidée.

— C'était un plaisir de donner un coup de main à Helen, répondit Gretchen en lui adressant un sourire éblouissant. Elle est de ces femmes qui justifient tous nos efforts, en vérité... mais je me doute que vous le savez déjà.

— Vous n'avez probablement pas tort. Avez-vous le temps de prendre un café ? Je vous en prie, dites oui. »

Gretchen jeta un coup d'œil à Helen, qui acquiesça.

« C'est très gentil, dit Helen. Parce que... eh bien...

— Ce n'est pas seulement une visite de courtoisie, n'est-ce pas ? demanda Ralph, regardant tour à tour les deux femmes.

— En effet. Il y a quelque chose dont nous voudrions vous parler, Ralph. »

5

Dès qu'ils eurent atteint le haut de l'escalier, dans la pénombre, Natalie commença à s'agiter dans son sac et à gazouiller dans son latin de cuisine qui n'allait pas tarder, hélas ! à être remplacé par de vrais mots.

« Est-ce que je peux la prendre ? demanda Ralph.

— Bien sûr. Si elle se met à pleurer, je la reprendrai aussitôt, promis.

— D'accord. »

Mais le Bébé de Rêve ne pleura pas. A peine Ralph l'avait-il retirée de son sac qu'elle lui passa un bras amical autour du cou et installa son derrière au creux du bras droit du vieil homme comme si c'était son fauteuil habituel.

« Houlà ! fit Gretchen, je suis impressionnée.

— Blig ! » commenta Natalie en attrapant la lèvre inférieure de Ralph qu'elle tira comme si c'était un store. « Ganna-wig ! Andou-siss !

— Je crois qu'elle vient de dire quelque chose à propos des Andrew Sisters », dit Ralph. Helen renversa la tête en arrière et éclata de rire, un rire chaleureux qui paraissait lui remonter depuis les talons. Ralph se rendit compte en l'entendant à quel point il lui avait manqué.

Natalie lâcha la lèvre inférieure de Ralph et ils passèrent dans la cuisine, qui était la pièce la plus ensoleillée, à cette heure de la journée. Helen regarda avec curiosité autour d'elle tandis qu'il branchait la cafetière ; cela faisait longtemps que la jeune femme n'était pas venue ici. Trop longtemps. Elle prit la photo de Carolyn posée sur la table et l'examina attentivement, un petit sourire retroussant le coin de ses lèvres. Le soleil dorait de lumière la pointe de ses cheveux qu'elle avait coupés court, lui faisant une sorte d'auréole, et Ralph eut une soudaine révélation : il aimait Helen en grande partie parce que Carolyn l'avait aimée ; elle comme lui avaient été admis jusqu'au plus profond du cœur et de l'esprit de Carolyn.

« Elle était si jolie... n'est-ce pas, Ralph ?

— Oui », répondit-il en disposant les tasses de manière qu'elles fussent hors de portée des mains curieuses et toujours en mouvement de Natalie. « La photo a été prise un mois ou deux avant le début de ses maux de tête. Je suppose que c'est un peu bizarre de mettre une photo encadrée sur la table de la cuisine, à côté du sucrier, mais c'est la pièce où je passe le plus de temps ces temps-ci, dirait-on. Alors...

— Moi, je trouve que c'est un endroit parfait », dit Gretchen. Elle avait une voix basse, suavement rauque. *Si c'était elle qui m'avait murmuré au creux de l'oreille, je parie que la vieille souris du pantalon aurait fait un peu plus que se retourner dans son sommeil.*

« Moi aussi », renchérit Helen. Elle lui adressa un sourire fragile, d'un regard encore un peu fuyant, puis se débarrassa du sac de commissions qu'elle posa sur le comptoir. Natalie se mit à babiller avec impatience dès qu'elle aperçut son biberon. Un souvenir, très vif mais fort heureusement bref, revint à l'esprit de Ralph : Helen, avançant d'un pas titubant en direction du Red Apple, un œil gonflé et fermé, la joue ensanglantée, Natalie sur la hanche comme une adolescente tiendrait négligemment ses livres.

« Ça vous tente d'essayer, mon vieil ami ? » demanda Helen. Son sourire était plus franc et son regard plus direct.

« Bien sûr... mais le café...

— Je vais m'en occuper, papa gâteau, intervint Gretchen. J'ai bien dû en préparer un million de tasses, dans ma vie. Il y a du lait ?

— Dans le frigo. » Ralph s'assit devant la table ; il laissa Natalie appuyer la nuque contre le creux de son épaule et attraper le biberon de ses menottes, fascinantes par leur petitesse. Avec assurance, elle guida la tétine jusqu'à sa bouche et se mit aussitôt à téter. Ralph sourit à Helen, faisant semblant de ne pas remarquer qu'elle s'était mise de nouveau à pleurer un peu. « Ils apprennent vite, n'est-ce pas ?

— Oui. » Elle alla prendre un morceau de papier absorbant sur le dérouleur, à côté de l'évier, et s'essuya les yeux. « Je n'en reviens pas de voir à quel point elle est à l'aise avec vous, Ralph... elle n'était pas comme ça avant, il me semble.

— Je ne m'en souviens pas très bien. » Il mentait ;

Natalie, naguère, sans être particulièrement craintive, ne se montrait pas aussi décontractée.

« N'oubliez pas de pousser au fur et à mesure le petit truc en plastique dans le biberon. Sans quoi elle va avaler de l'air et aura des gaz.

— Compris. » Il leva les yeux un instant sur Gretchen. « Tout se passe bien ?

— Pas de problème. Comment le voulez-vous, Ralph ?

— Dans une tasse, ce sera parfait. »

Elle éclata de rire et posa une tasse devant lui, mais hors de portée de Natalie. Lorsqu'elle s'assit et croisa les jambes, il ne put s'empêcher de jeter un coup d'œil — et découvrit un petit sourire ironique sur les lèvres de la jeune femme lorsqu'il releva les yeux.

Au diable, pensa-t-il. Il n'est pire bouc qu'un vieux bouc, ça doit être ça. Même un vieux bouc qui n'arrive pas à dormir plus de deux heures ou deux heures et demie par nuit.

« Parlez-moi de ce travail, demanda-t-il à Helen qui venait de s'asseoir et buvait son café.

— Eh bien, figurez-vous, je crois qu'on devrait décréter jour de fête nationale l'anniversaire de Mike Hanlon — ce nom vous dit-il quelque chose ?

— Un peu, oui, dit Ralph avec un sourire.

— J'étais pratiquement sûre de devoir quitter Derry. J'ai envoyé mon curriculum dans des bibliothèques jusqu'à Portsmouth, mais j'en étais malade. Je vais avoir trente et un ans et cela ne fait que six ans que j'habite ici, et je me sens chez moi à Derry — je ne saurais expliquer pourquoi, mais c'est la vérité.

— Vous n'avez pas besoin de l'expliquer, Helen. Se sentir chez soi est quelque chose qui nous arrive, comme la couleur de nos yeux ou notre teint. »

Gretchen acquiesça. « Oui, exactement comme ça.

— Mike a appelé lundi dernier et m'a dit qu'un poste d'aide-bibliothécaire venait de se libérer à la bibliothèque des enfants. Je n'arrivais pas à y croire. J'ai passé la semaine à marcher sur un petit nuage, je devais me pincer! N'est-ce pas, Gretchen?

— Ton bonheur faisait plaisir à voir. »

Elle sourit à Helen, et ce sourire fut une révélation pour Ralph. Il comprit soudain qu'il pouvait reluquer Gretchen Tillbury autant qu'il voulait, cela n'avait aucune importance. Et n'en aurait pas eu davantage si le seul homme dans la pièce avait été Tom Cruise. Il se demanda si Helen était au courant, puis se tança pour sa bêtise. Helen était tout sauf stupide.

« Quand commencez-vous? lui demanda-t-il.

— Le 12 octobre. Les après-midi et débuts de soirée. Le salaire n'est pas faramineux, mais il suffira à nous faire passer l'hiver quelle que soit la façon dont se réglera le reste de ma situation. N'est-ce pas merveilleux, Ralph?

— Oui, c'est merveilleux. »

Natalie avait bu la moitié de son biberon et manifestait des signes de désintérêt. La tétine sortit à moitié de sa bouche et un filet de lait lui dégoulina jusqu'au menton. Ralph l'essuya de la main, et ses doigts laissèrent une série de délicates traînées gris-bleu dans l'air.

Le bébé eut un geste pour les attraper et rit tandis qu'elles se dissolvaient dans son poing. Ralph en oublia de respirer.

Elle les voit. La petite voit ce que je vois.

C'est dément, Ralph. C'est du délire et tu le sais bien.

Justement, non, il ne savait rien de tel. Il venait de le voir, de voir Natalie essayer de saisir les traînées d'aura que laissaient ses doigts.

« Ralph? Quelque chose ne va pas? demanda Helen.

— Non, non, tout va bien. » Il leva les yeux et vit la jeune femme entourée d'une aura d'une opulente couleur ivoire. Elle avait l'aspect satiné de dessous de luxe. Le panache qui flottait au-dessus d'elle était de la même nuance, de la largeur d'un gros ruban d'emballage cadeau. L'aura qui entourait Gretchen Tillbury était orange foncé, s'éclaircissant vers le jaune à son pourtour. « Allez-vous retourner dans votre maison ? »

Helen et Gretchen échangèrent un autre de leurs regards, mais c'est à peine s'il le remarqua. Il n'avait nul besoin d'observer leur visage ou de noter les détails de leur langage corporel pour savoir ce qu'elles ressentaient : il lui suffisait de regarder leurs auras. Les nuances jaune citron s'assombrissaient, en bordure de celle de Gretchen, si bien qu'elle était uniformément orange, maintenant. Celle d'Helen s'était mise à rétrécir, devenant en même temps si éclatante qu'elle en était pénible à contempler. Helen avait peur d'y retourner ; Gretchen le savait, et en était furieuse.

Et sa propre impuissance la rend encore plus furieuse.

« Je vais rester à High Ridge encore un certain temps, dit Helen. Peut-être jusqu'à l'hiver. Je finirai sans doute par revenir en ville, mais la maison va être mise en vente. Si quelqu'un l'achète — et avec la situation actuelle du marché immobilier, c'est un grand point d'interrogation — l'argent ira sur un compte bloqué, et sera ensuite partagé en fonction de l'acte... de l'acte de divorce. »

Sa lèvre inférieure tremblait. Son aura s'était encore resserrée sur elle et suivait les contours de son corps presque comme une seconde peau ; elle était traversée de minuscules éclairs rouges qui faisaient penser à des étincelles dansant au dessus d'un incinérateur. Ralph tendit la main par-dessus la table et serra celle d'Helen, qui lui sourit avec gratitude.

« Vous me dites deux choses, si je comprends bien. Que vous poursuivez la procédure de divorce et que vous avez encore peur de lui.

— Elle a été rouée de coups et maltraitée régulièrement au cours des deux dernières années de son mariage, intervint Gretchen. *Evidemment* qu'elle a encore peur de lui. » Elle avait parlé avec calme, d'un ton posé et raisonnable, mais regarder son aura était comme regarder à travers les petites vitres de mica que l'on trouvait autrefois sur les poêles à charbon.

Il abaissa les yeux sur la fillette et vit qu'elle était entourée de son propre nuage vaporeux et brillant de satin nuptial. Une aura plus petite que celle de sa mère mais, sinon, identique... comme ses yeux bleus et ses cheveux châtain clair. Le panache de Natalie s'élevait du sommet de sa tête en un ruban d'une pureté immaculée, et allait toucher le plafond contre lequel il s'enroulait, formant un amoncellement éthéré à côté du plafonnier. Lorsqu'une bouffée de brise pénétra dans la pièce par la fenêtre ouverte, il vit le ruban blanc onduler et se creuser, comme le faisaient d'ailleurs aussi les panaches d'Helen et de Gretchen.

Et si j'étais capable de voir le mien, il ferait la même chose. C'est réel — quoi qu'en pense mon côté « deux et deux font quatre », les auras existent réellement. Elles existent et je les vois.

Il attendit les inévitables dénégations, mais cette fois-ci rien ne vint.

« J'ai l'impression de passer l'essentiel de mon temps dans une machine à laver émotionnelle, en ce moment, reprit Helen. Ma mère est furieuse contre moi... elle m'a à peu près tout dit, c'est tout juste si elle ne m'a pas traitée de lâche en pleine figure... et parfois j'ai l'impression d'être lâche... j'ai honte...

— Vous n'avez aucune raison d'avoir honte, Helen. » Ralph regarda de nouveau le panache de Natalie, ondulant dans la brise. Il était magnifique, mais il n'éprouvait aucun besoin de le toucher ; un instinct profond lui disait que cela pouvait être dangereux pour tous les deux.

« Je le vois bien, mais les filles subissent un véritable lavage de cerveau. Du genre : *Voilà ta poupée Barbie, voilà son Ken, voilà ta cuisine miniature. Apprends bien, parce que lorsque ce sera pour de vrai, ce sera ta responsabilité, et si quelque chose va de travers, ce sera ta faute*. En plus, je crois que j'aurais très bien pu jouer le jeu. Vraiment. Sauf que personne ne m'a dit que dans certains mariages, Ken devenait fou. Est-ce que j'ai tort de me plaindre ?

— Non, parce que c'est exactement ce qui est arrivé, autant que je sache. »

Helen partit d'un petit rire amer, haché, où perçait une pointe de culpabilité. « N'essayez pas d'expliquer ça à ma mère. Elle refuse d'admettre qu'Ed ait jamais fait autre chose que me donner de temps en temps une claque conjugale sur les fesses... histoire de me remettre dans le droit chemin quand je déraillais un peu. Elle croit que j'ai imaginé le reste. Elle ne me l'a pas dit en toutes lettres, mais c'est ce qui ressort de sa voix à chaque fois que je lui parle au téléphone.

— Moi, je ne crois pas que vous l'ayez imaginé, dit Ralph. Je vous ai vue, non ? Et c'est moi que vous avez supplié de ne pas appeler la police. »

Il sentit qu'on lui pinçait la cuisse, sous la table, et il leva un regard étonné. Gretchen Tillbury lui adressa un infime signe de tête et le pinça à nouveau — un peu plus fort, cette fois.

« Oui, dit Helen. Vous étiez bien là, n'est-ce pas ? » Elle sourit timidement, ce qui était bien, mais ce qui arrivait à son aura était mieux encore : les minuscules éclairs rouges s'atténuaient, et l'aura elle-même s'élargissait.

Non... elle ne s'élargit pas. Elle se desserre, se détend.

La jeune femme se leva et fit le tour de la table. Nat contemplait fixement l'autre bout de la pièce, l'air fasciné. Il suivit son regard et vit un petit vase posé sur le rebord de la fenêtre, à côté de l'évier. Il y avait disposé des fleurs d'automne moins de deux heures auparavant, et une brume verte montait des tiges et entourait les pétales d'une lueur atténuée.

Elles sont en train d'exhaler leur dernier souffle. O mon Dieu, plus jamais je ne cueillerai une fleur de ma vie ! C'est promis.

Helen lui reprit délicatement Natalie, qui se laissa faire sans rechigner, même si son regard ne quitta pas un instant les fleurs exténuées tandis que sa mère faisait le tour de la table, s'asseyait et la nichait dans le creux de son bras.

Gretchen tapota sa montre. « Si nous voulons être à la réunion de midi...

— Oui, bien sûr, dit Helen d'un ton d'excuse. Nous faisons partie du comité d'accueil de Susan Day, expliqua-t-elle à Ralph, et ce n'est pas exactement comme le comité des fêtes du collège. Notre principal travail ne consiste pas à l'accueillir, mais à assurer sa sécurité.

— Vous pensez qu'il pourrait y avoir des problèmes ?

— Disons que la situation sera tendue, si vous préférez, intervint Gretchen. Elle dispose d'un service de sécurité personnel de six personnes, et ils nous ont envoyé les fax des menaces qu'elle a reçues en relation avec sa venue à Derry. Pour eux, c'est de la routine ; cela fait pas mal d'années qu'elle prend des tas de gens à rebrousse-poil. Ils nous tiennent au courant, mais ils nous ont aussi bien fait comprendre qu'en tant que groupe invitant, sa sécurité relève de la responsabilité de WomanCare autant que d'eux. »

Ralph ouvrit la bouche pour demander s'il y avait eu beaucoup de menaces, mais ne dit rien, sur le moment : il se doutait déjà de la réponse. Cela faisait soixante-dix ans qu'il habitait Derry et il savait que la ville était comme une machine dangereuse, comportant nombre de pointes effilées et de lames tranchantes juste en dessous de la surface. Cela était vrai de beaucoup de villes, mais à Derry, les choses semblaient toujours prendre une tournure plus sinistre qu'ailleurs. Helen avait dit qu'elle s'y sentait chez elle, et lui-même ressentait la même chose, cependant...

Il se souvint soudain d'un événement qui s'était produit presque dix ans auparavant, peu après la fin de la fête du Canal. Trois jeunes gens s'étaient emparés d'un homosexuel aussi discret qu'inoffensif, du nom d'Adrian Mellon, et l'avaient jeté dans la Kenduskeag après l'avoir battu et frappé de plusieurs coups de couteau; la rumeur disait qu'ils avaient assisté à son agonie depuis le pont, derrière la Falcon Tavern. Ils avaient déclaré à la police qu'ils n'aimaient pas le chapeau qu'il portait. Cela aussi, c'était Derry, et seul un fou pouvait l'ignorer.

Comme si ce souvenir l'y avait ramené (c'était peut-être le cas), Ralph regarda une fois de plus la photo en première page du *Derry News* d'aujourd'hui — Ham Davenport et son poing brandi, Dan Dalton, son nez ensanglanté, son regard hébété, le panneau de Ham autour du cou.

« Combien de menaces? demanda-t-il finalement. Plus d'une douzaine?

— Une trentaine, répondit Gretchen. Sur le lot, les services de sécurité de Susan Day en ont pris une demi-douzaine au sérieux. Deux parlent de faire sauter le centre municipal si elle n'annule pas sa venue. Une autre — celle-là est vraiment gratinée — vient d'un type qui se vante d'avoir un gros pistolet à eau plein d'acide à batterie. "Si j'atteins ma cible, même vos copines gouines ne pourront pas vous regarder sans dégueuler" — c'est ainsi qu'il conclut.

— Charmant, commenta Ralph.

— Ce qui nous amène là où nous voulions en venir. » Gretchen fouilla dans son sac et en sortit un petit aérosol à capuchon rouge qu'elle posa sur la table. « Modeste cadeau de vos amies reconnaissantes de WomanCare. »

Ralph prit l'objet. Sur un côté, on voyait une femme aspergeant un homme (affublé d'un chapeau cabossé et d'un loup de monte-en-l'air) d'un nuage de gaz ; sur l'autre, il y avait ce seul mot :

BODYGUARD

« Qu'est-ce que c'est ? demanda-t-il, désarçonné malgré lui. Du gaz lacrymogène ?

— Plus ou moins, répondit Gretchen ; le gaz lacrymogène est à éviter dans le Maine, pour des raisons légales. Ce truc est beaucoup moins fort... mais si vous en balancez à quelqu'un en pleine figure, il ne pensera pas à vous embêter pendant au moins deux bonnes minutes. Ça engourdit la peau, irrite les yeux et provoque des nausées. »

Ralph enleva le capuchon, regarda l'embout de l'aérosol, lui aussi de couleur rouge, et referma la bombe. « Nom de Dieu, ma mignonne, pourquoi devrais-je trimbaler un truc pareil ?

— Parce qu'on vous a déclaré officiellement Centurion, expliqua Gretchen.

— Quoi ? demanda Ralph.

— Centurion », répéta Helen. Nat s'était endormie dans les bras de sa mère et Ralph se rendit compte que les auras avaient disparu. « C'est comme ça que les Amis de la Vie baptisent leurs principaux ennemis — les dirigeants de ceux qui s'opposent à eux.

— Je vois, dit Ralph. Maintenant, je comprends. Ed m'a parlé de gens qu'il appelait les Centurions le jour où... le jour où il vous a agressée, Helen. Il a raconté aussi beaucoup d'autres choses, le jour en question, toutes plus délirantes les unes que les autres.

— En effet. Ed est à l'origine de tout ça, et il est cinglé. Il semble qu'il n'ait parlé de cette histoire de Centurions qu'au petit groupe de fidèles qui l'entoure — des gens aussi barjots que lui. Quant au reste des Amis de la Vie, je ne pense pas qu'ils se doutent de quoi que ce soit. Vous étiez-vous douté de quelque chose, vous ? Jusqu'à il y a un mois, vous doutiez-vous qu'il était cinglé ? »

Ralph secoua négativement la tête. *Non, et c'est bien ça qui me fiche la frousse*, pensa-t-il sans le dire.

« Les laboratoires Hawking ont fini par le mettre à la porte, reprit Helen. Hier. Ils ont tenu aussi longtemps qu'ils ont pu — il est excellent dans ce qu'il fait, et ils avaient beaucoup investi en lui — mais à la fin, ils ont été obligés de s'en séparer. Avec un dédommagement de trois mois de salaire... pas si mal pour un type qui bat sa femme et balance des poupées pleines de sang factice contre les fenêtres d'une clinique. » Elle tapa le journal du doigt. « Cette manifestation a été la goutte d'eau. C'est la troisième ou la quatrième fois qu'il est arrêté depuis qu'il fait partie des Amis de la Vie.

— Vous avez quelqu'un à vous chez eux, n'est-ce pas ? demanda Ralph. C'est comme ça que vous êtes au courant... »

Gretchen sourit. « Nous ne sommes pas les seuls à avoir infiltré une taupe dans leur groupe ; il y a une plaisanterie qui voudrait qu'en fait, il n'y ait pas vraiment d'Amis de la Vie — rien qu'une bande d'agents doubles. La police municipale de Derry y a quelqu'un ; la police d'État aussi. Et ceux-là sont ceux que notre... notre personne... connaît. Si ça se trouve, le FBI les surveille aussi. Les Amis de la Vie sont éminemment infiltrables, Ralph, parce qu'ils sont convaincus que tout le monde, au fond de soi, est en réalité de leur côté. Nous pensons cependant que notre représentant est la seule personne à être parvenue jusqu'au noyau dur, et cette personne affirme que si Dan Dalton est la queue, c'est Ed Deepneau qui la fait remuer.

— C'est l'impression que j'ai eue la première fois que je les ai vus ensemble à la télé », dit Ralph.

Gretchen se leva, rassembla les tasses et alla les

rincer dans l'évier. « Cela fait maintenant treize ans que je milite dans des mouvements féministes, et j'en ai vu, des trucs aberrants et insensés. Mais jamais comme ça. Il a réussi à faire croire à ces abrutis que les femmes de Derry subissent des avortements involontaires, que la moitié d'entre elles ne se rendent même pas compte qu'elles sont enceintes avant que les Centurions ne viennent de nuit prendre leurs bébés.

— A-t-il aussi parlé de l'incinérateur de Newport ? demanda Ralph. Celui qui serait en réalité un crématorium pour bébés ? »

Gretchen se retourna, ouvrant de grands yeux. « Comment êtes-vous au courant de ça ?

— Oh, j'ai eu le tuyau par Ed en personne, et de très près. Dès juillet 92. » Il n'hésita qu'un instant avant de leur raconter sa rencontre avec Deepneau, à côté de l'aéroport, et comment celui-ci avait accusé l'homme à la camionnette de transporter des bébés morts dans des barils marqués WEED-GO. Helen l'écouta en silence, l'œil de plus en plus rond. « Il ressassait la même histoire le jour où il vous a battue, conclut Ralph, mais entre-temps, il l'avait considérablement enjolivée.

— C'est sans doute ce qui explique la fixation qu'il fait sur vous, observa Gretchen, mais ses raisons, en réalité, n'ont strictement aucune importance. Le fait est qu'il donne à ses amis les plus cinglés une liste des soi-disant Centurions. Nous ne connaissons pas tous les noms qui y figurent, mais j'en fais partie, ainsi que Helen, Susan Day, bien sûr... et vous. »

Pourquoi moi ? faillit demander Ralph, qui se rendit compte que la question, effectivement, était sans intérêt. Ed l'avait peut-être dans le collimateur parce que Ralph avait appelé les flics après qu'il avait corrigé Helen ; plus vraisemblablement, sans raison particulière. Le vieil homme se souvenait d'avoir lu que David Berkowitz — plus connu sous le nom de Fils de Sam — prétendait avoir assassiné, dans certains cas, sur l'ordre de son chien.

« Que croyez-vous qu'il va chercher à faire ? demanda Ralph. Agression à main armée, comme dans un film de Chuck Norris ? »

Il sourit, mais Gretchen gardait un visage impassible. « Le problème, c'est que nous ignorons les actions qu'ils envisagent. La réponse la plus probable est *rien du tout*. Sauf qu'il pourrait passer dans la tête d'Ed ou l'un de ses acolytes l'idée de vous balancer par la fenêtre de votre cuisine. L'aérosol n'est rien d'autre qu'un gaz lacrymogène coupé d'eau. Une petite police d'assurance, c'est tout.

— Une police d'assurance, répéta-t-il, songeur.

— Vous vous retrouvez en compagnie particulièrement choisie, dit Helen avec une ébauche de sourire. Le seul autre Centurion de sexe masculin de la liste — du moins pour ce que nous en connaissons — est le maire Cohen.

— Lui avez-vous donné un de ces trucs ? » demanda Ralph en prenant la bouteille de gaz lacrymogène. Elle ne paraissait pas plus dangereuse que les échantillons gratuits de crème à raser qu'il trouvait de temps en temps dans sa boîte aux lettres.

« Ça n'a pas été nécessaire », répondit Gretchen. Elle consulta de nouveau sa montre. Helen vit son geste et se leva, sa petite fille endormie dans les bras. « Il a un permis de port d'arme.

— Comment êtes-vous au courant ? s'étonna Ralph.

— Nous avons vérifié dans les archives de la municipalité, répondit-elle avec un sourire. Les permis de port d'arme sont du domaine public.

— Oh... » Une pensée lui vint à l'esprit. « Et Ed ? Avez-vous vérifié ? En a-t-il un ?

— Non. Mais les types comme Ed ne font pas forcément une demande de permis, une fois passé un certain stade... vous le savez bien, n'est-ce pas ?

— En effet, répondit-il, se levant à son tour. Et vous, les filles ? Vous faites attention ?

— Et comment, mon vieux papa, et comment ! »

Il acquiesça, mais il ne se sentait pas entièrement satisfait. Il y avait une note légèrement protectrice dans le ton de la réponse qui ne lui plut pas, comme si sa question avait été idiote. Or elle ne l'était pas, et si elle ignorait cela, elle et ses amies pourraient finir par avoir des ennuis. Des ennuis graves.

« J'espère. J'espère vraiment. Voulez-vous que je prenne Nat pour descendre l'escalier, Helen ?

— Il ne vaut mieux pas. Vous la réveilleriez. » Elle le regarda, l'air grave. « Allez-vous porter la bombe sur vous, Ralph ? Pour me faire plaisir. Je ne peux pas supporter l'idée qu'il vous soit fait du mal simplement parce que vous avez essayé de m'aider et qu'il a une abeille folle dans le bonnet.

— J'y penserai très sérieusement. Ça ira ?

— Il faudra bien. » Elle l'étudia attentivement, examinant tous ses traits. « Vous avez l'air d'aller bien mieux que la dernière fois que je vous ai vu — vous avez retrouvé le sommeil, n'est-ce pas ? »

Il sourit. « Eh bien, à dire la vérité, j'ai toujours le même problème mais je dois certainement aller mieux, car c'est ce qu'on n'arrête pas de me dire. »

Elle se mit sur la pointe des pieds et l'embrassa au coin de la bouche. « On reprendra contact, d'accord ? Je veux dire... on reste en contact.

— Je fais mon bout de chemin, vous faites le vôtre, mon cœur. »

Ce fut au tour d'Helen de sourire. « Vous pouvez y compter, Ralph. Vous êtes le plus sensationnel Centurion de sexe masculin que j'aie rencontré. »

Ils éclatèrent tous les trois de rire, au point que Nat se réveilla et promena autour d'elle un regard de surprise encore endormi.

6

Après avoir suivi des yeux le départ des deux jeunes femmes (JE SUIS POUR L'IVG ET JE VOTE, lisait-on sur un autocollant à l'arrière du coupé

Accord de Gretchen Tillbury), Ralph remonta lentement à l'appartement. La fatigue lui tirait les talons comme s'il avait traîné des poids invisibles. Une fois dans la cuisine, il regarda tout d'abord le vase de fleurs, avec l'espoir de revoir cette étrange et superbe brume qui s'élevait des tiges. Rien. Puis il prit l'aérosol et examina à nouveau le dessin qui figurait sur le corps de l'objet. Une « Femme Menacée » résistant héroïquement à l'attaque de son agresseur — un méchant d'anthologie avec tous les attributs, y compris le feutre et le loup sur les yeux. Pas de nuances de gris, ici ; juste un *Viens ici, ordure, que je te fasse ta fête.*

Ralph songea que la folie d'Ed devenait contagieuse. Il y avait donc des femmes dans tout Derry — et parmi elles Gretchen Tillbury et sa douce petite Helen — qui se baladaient avec ces bombes lacrymogènes dans leur sac — bombes lacrymogènes qui délivraient toutes le même message : *J'ai peur. Les méchants masqués à chapeau mou ont débarqué à Derry et j'ai peur.*

Ralph n'avait pas envie d'être dans ce coup-là. Se mettant sur la pointe des pieds, il posa l'aérosol sur le dessus du placard à côté de l'évier, puis enfila sa vieille veste de cuir grise, avec l'intention de se rendre à la zone de pique-nique, près de l'aéroport, et de voir s'il ne pourrait pas jouer aux échecs avec quelqu'un. Sinon, il se rabattrait sur une partie de cartes.

Il s'arrêta sur le seuil de la cuisine et regarda fixement les fleurs dans un effort pour faire réapparaître la brume verte. Rien ne se produisit.

Mais le phénomène a bien eu lieu. Je l'ai vu. Natalie aussi.

Vraiment ? La petite avait-elle réellement vu monter la brume grise ? Les bébés n'arrêtent pas d'ouvrir des yeux ronds devant tout ce qu'ils voient ; tout les émerveille... Comment pouvait-il en être sûr ?

« J'en suis sûr, c'est tout », déclara-t-il à l'appartement vide. Exact. La brume verte qui s'élevait des tiges de fleurs avait bien été là, toutes les auras avaient bien été là, et...

« Et elles sont toujours ici », dit-il sans savoir s'il devait être soulagé ou au contraire consterné par la fermeté qu'il y avait dans son ton.

Et si pour le moment, tu évitais d'être ou l'un ou l'autre, mon mignon ?

Sa pensée, la voix de Carolyn, bon conseil.

Ralph ferma l'appartement et alla rendre visite au Derry des Vieux Croulants, avec l'espoir de faire une partie d'échecs.

CHAPITRE 7

1

Lorsque Ralph revint à pied chez lui, le 2 octobre, tenant deux romans western d'Elmer Kelton qu'il avait achetés d'occasion à Back Pages, il vit qu'un homme était assis sur les marches du porche, avec lui aussi un livre à la main. Son visiteur ne lisait pas, cependant ; il observait avec une intensité rêveuse la manière dont le vent tiède qui avait soufflé toute la journée rassemblait les feuilles jaunes et dorées des chênes et des trois ormes survivants de Harris Avenue.

Ralph se rapprocha et étudia les fins cheveux blancs que l'air agitait autour du crâne de l'homme assis sur le porche, la manière dont sa masse semblait avoir coulé dans son ventre, ses hanches et son derrière. Cette imposante partie centrale, qui servait de soubassement à une poitrine étroite et à un cou décharné et surmontait des jambes longues et maigres enfermées dans un vieux pantalon en flanelle verte, donnait l'impression que l'homme portait une bouée sous ses vêtements. Même à cent cinquante mètres, la question de l'identité du visiteur ne se posait pas : il s'agissait de Dorrance Marstellar.

Avec un soupir, Ralph repartit en direction de son domicile. Dorrance, apparemment hypnotisé par l'éclat des feuilles mortes, ne se détourna du spectacle que lorsque l'ombre de Ralph tomba sur lui. Il leva alors les yeux et il eut son sourire doux et étrangement vulnérable.

Faye Chapin, Don Veazie et quelques autres parmi ceux qui fréquentaient l'aire de pique-nique (ils battraient en retraite dans l'académie de billard de Jackson Street lorsque l'été indien céderait devant les premiers froids) voyaient dans ce sourire une preuve supplémentaire de la déficience mentale du pauvre Dor, livres de poésie ou non. Don Veazie, qui n'était pas précisément la délicatesse incarnée, avait pris l'habitude d'appeler Dorrance le Vieux Crétin, et Faye avait expliqué une fois à Ralph pourquoi il n'était pas surpris que le vieux Dor eût vécu jusqu'à plus de quatre-vingt-dix ans. « C'est quand on a le dernier étage démeublé qu'on vit le plus longtemps, lui avait-il confié un peu plus tôt, cette année. On n'a aucun souci à se faire. Du coup, pas d'hypertension et on risque moins de péter une valve ou de couler une bielle. »

Ralph, cependant, n'en était pas convaincu. La douceur du sourire de Dorrance, à son avis, ne lui donnait pas l'air stupide; il avait au contraire quelque chose d'éthéré et d'entendu... le sourire d'un enchanteur Merlin de province. Il se serait malgré tout passé d'une visite de Dor, aujourd'hui; il avait battu un nouveau record, ce matin, en se réveillant à une heure cinquante-huit, et il était épuisé. Il n'avait qu'un désir, s'asseoir dans son fauteuil, boire un café et essayer de lire l'un des romans western qu'il avait rapportés. Peut-être ferait-il ensuite une tentative de sieste.

« Salut », dit Dorrance. Le livre de poche qu'il tenait à la main s'intitulait *Cemetery Nights*, et son auteur était un certain Stephen Dobyns.

« Salut, Dor. C'est un bon livre? »

Dorrance regarda l'ouvrage comme s'il avait oublié sa présence, puis sourit et acquiesça. « Oui, très bon. Il écrit des poèmes qui sont comme des histoires. Ça ne me plaît pas toujours, mais des fois, si.

— Tant mieux. Écoute, Dor, ça me fait plaisir de te voir, mais j'ai fait une marche qui m'a un peu fatigué, alors on pourrait peut-être se revoir un autre...

— Oh, pas de problème », dit le vieillard en se relevant. Il dégageait toujours une légère odeur de cannelle qui évoquait, pour Ralph, ces momies égyptiennes que l'on conserve derrière des cordons de velours rouge dans la pénombre des musées. Son visage ne présentait pratiquement pas de rides, à l'exception des pattes-d'oie, au coin des yeux, mais on ne pouvait se tromper sur son âge (on en ressentait un peu d'effroi) : ses yeux bleus, décolorés, avaient le gris aqueux d'un ciel d'avril et sa peau une pâleur translucide qui rappelait à Ralph celle de la petite Natalie. Ses lèvres tombantes étaient d'un mauve presque lavande et émettaient de petits claquements lorsqu'il parlait. « Pas de problème, je ne suis pas venu te rendre visite ; simplement te transmettre un message.

— Un message ? Et de qui ?

— Je ne sais pas de qui il vient », répondit Dorrance avec une expression qui laissait entendre que soit Ralph était fou, soit qu'il jouait les idiots. « Je ne m'occupe pas des affaires des machrones. Je t'ai d'ailleurs averti de ne pas t'en mêler non plus, si tu t'en souviens. »

Ralph se rappelait bien quelque chose, mais quoi exactement, il n'aurait su le dire. De toute façon, il s'en moquait. Il était fatigué, et il avait déjà eu droit à un pesant discours en faveur de Susan Day de la part de Ham Davenport. Il n'avait aucune envie de recommencer avec Dorrance Marstellar, si belle que fût cette matinée de samedi. « Eh bien, donne-moi ton message, et je grimpe là-haut, ça te va ?

— Oh, bien sûr, parfait. » Sur quoi le vieux Dor s'interrompit, regardant, de l'autre côté de la rue, une nouvelle rafale de vent qui expédiait un tourbillon de feuilles dans le ciel brillant d'octobre. Il avait les yeux agrandis et quelque chose dans leur expression rappela à Ralph ceux de Natalie, le Bébé Miraculeux, lorsqu'elle avait voulu saisir les marques gris-bleu laissées par ses doigts, ou quand elle avait regardé la brume verte qui montait des fleurs, dans le vase. Ralph avait déjà vu Dor regarder les avions décoller et atterrir sur la piste 3, quelquefois pendant une heure ou plus, avec la même expression figée, mâchoire pendante.

« Dor ? »

Les paupières presque dépourvues de cils du vieillard battirent. « Ah, oui ! Le message ! Le message dit... » Il fronça légèrement les sourcils et abaissa les yeux sur le livre que ses mains pliaient dans un sens et dans l'autre. Puis son visage s'éclaira et il regarda de nouveau Ralph. « Le message dit : *Annule le rendez-vous.* »

Ce fut au tour de Ralph de froncer les sourcils. « Quel rendez-vous ?

— Tu n'aurais pas dû t'en mêler, répéta Dorrance, avant de pousser un gros soupir. Mais c'est trop tard, maintenant. Quand le vin est tiré, il faut le boire. Annule simplement le rendez-vous. Laisse pas ce type t'enfoncer des aiguilles dans le corps. »

Ralph, qui prenait déjà la direction du porche, se retourna. « Hong ? Tu veux parler de Hong ?

— Comment le saurais-je ? rétorqua Dorrance d'un ton irrité. Je ne me mêle pas de leurs affaires, je te l'ai déjà dit. De temps en temps, je me charge d'un message, comme aujourd'hui. C'est tout. Je devais simplement te dire d'annuler ton rendez-vous avec le poseur d'aiguilles, c'est fait. Le reste te regarde. »

Dorrance avait de nouveau les yeux perdus sur les arbres de l'autre côté de la rue, et son visage ancien et dépourvu de rides affichait une expression de légère exaltation. Le vent, qui soufflait fort, faisait onduler ses cheveux comme des algues. Lorsque Ralph le toucha à l'épaule, il se tourna bien volontiers, et Ralph comprit soudain que ce que Faye Chapin et les autres prenaient pour de la démence sénile était peut-être, en réalité, de la joie. Dans ce cas, leur erreur en disait sans doute davantage sur eux que sur le vieux Dor.

« Dorrance ?

— Oui, Ralph ?

— Ce message... qui te l'a confié ? »

Le vieillard réfléchit — ou donna peut-être simplement l'impression de réfléchir — puis lui tendit son exemplaire de *Cemetery Nights*. « Prends-le.

— Non, sans façon. Je ne suis pas très amateur de poésie.

— Celles-là te plairont. C'est comme des histoires... »

Ralph fut saisi d'une forte envie de l'attraper par les épaules et de le secouer jusqu'à ce que ses os fassent un bruit de castagnettes. « Je viens juste de prendre ces deux bouquins chez Back Pages. Ce que je veux savoir, c'est qui t'a donné ce message... »

Dorrance fourra le livre dans la main droite de Ralph, celle qui ne tenait pas les romans western, avec une force surprenante. « L'un d'eux commence ainsi : *Chaque chose que je fais, je la fais à la hâte, pour pouvoir faire autre chose...* »

Et avant que Ralph eût le temps de répondre, le vieux Dor regagnait le trottoir en coupant par la pelouse. Il tourna à gauche et prit la direction d'Extension, son visage rêveur tourné vers le ciel dans lequel tourbillonnaient follement les feuilles, comme si quelque rendez-vous l'attendait au-delà de l'horizon.

« Dorrance ! » cria Ralph, soudain furieux. De l'autre côté de la rue, Sue balayait les feuilles accumulées devant l'entrée du Red Apple. En entendant la voix de Ralph elle s'arrêta et le regarda avec curiosité. Se sentant stupide — et vieux —, Ralph se tricota ce qu'il espérait être un grand sourire joyeux sur la figure et lui fit bonjour de la main. Sue lui répondit et reprit son balayage. Dorrance, entre-temps, avait continué de s'éloigner, serein. Il était maintenant à mi-chemin du prochain carrefour.

Ralph décida de ne pas lui courir après.

2

Il grimpa les marches du porche, fit passer le livre de Dorrance avec les deux autres qu'il tenait dans la main gauche pour prendre son porte-clefs — et vit alors qu'il n'allait pas en avoir besoin : la porte n'était ni verrouillée, ni même tirée. Ralph avait reproché à plusieurs reprises son insouciance à McGovern, en ce qui concernait la fermeture de la porte d'entrée, et croyait avoir réussi à faire passer le message à travers le crâne épais de son locataire du rez-de-chaussée. On aurait dit, cependant, que McGovern était retombé dans son péché mignon.

« Nom d'un chien, Bill », grommela-t-il en s'avançant dans la pénombre du vestibule, non sans regarder nerveusement en direction de l'escalier. Il était trop facile d'imaginer Ed Deepneau s'y dissimulant, pénombre ou pas. Il ne pouvait cependant pas passer toute la journée dans le vestibule. Il ferma le verrou de la porte d'entrée et entama la montée.

Il n'y avait rien de menaçant, bien entendu. Il eut un instant difficile lorsqu'il crut voir quelqu'un debout dans un coin de la salle de séjour, mais ce n'était que sa vieille veste grise — qu'il avait, pour une fois, accrochée au portemanteau au lieu de la jeter sur une chaise ou de la poser sur un bras du canapé. Pas étonnant qu'elle lui eût donné un coup au cœur.

Il passa dans la cuisine et, les mains enfoncées dans les poches-revolver de son pantalon, étudia le calendrier mural. Il y avait un cercle autour du lundi suivant, et il avait écrit à côté : *Hong, 10 heures*.

Je devais simplement te dire d'annuler ton rendez-vous avec le poseur d'aiguilles, c'est fait. Le reste te regarde.

Un moment, Ralph eut l'impression de prendre du recul par rapport à sa vie, de telle façon qu'il pouvait contempler la dernière partie de la fresque qu'elle composait, au lieu du détail qui était ce jour-là. Ce qu'il vit l'effraya : une route inconnue conduisant dans un tunnel sans lumière où n'importe quoi pouvait l'attendre. Absolument n'importe quoi.

Alors fais demi-tour, Ralph !

Quelque chose lui disait, néanmoins, qu'il ne le pouvait pas. Qu'il était bon pour passer dans le tunnel, qu'il le voulût ou non. Plus que l'impression d'être entraîné, il avait celle d'y être poussé par des mains puissantes et invisibles.

« Ce n'est rien », marmonna-t-il, se frottant nerveusement les tempes du bout des doigts sans quitter des yeux la date encerclée — plus que deux jours — sur le calendrier. « C'est l'insomnie. C'est avec ça que les choses ont vraiment commencé à... »

Ont vraiment commencé à quoi, au fait ?

« A devenir bizarres, dit-il à voix haute. Oui, c'est là que les choses ont commencé à devenir bizarres. »

Bizarres : c'était le mot. Des tas de choses bizarres, mais les auras étaient sans conteste les plus bizarres de toutes. La lumière grise et froide — on aurait dit un givre animé — qui s'élevait de l'homme en train de lire au « Point du Jour / Coucher de Soleil ». La mère et son fils qui se dirigeaient vers le supermarché, leurs auras emmêlées s'élevant en tire-bouchon de leurs mains. Helen et Natalie enfouies dans un nuage somptueux de lumière ivoire ; Nat qui essayait d'attraper les marques laissées par ses doigts, ces traînées fantomatiques que seuls le bébé et lui pouvaient voir...

Et maintenant le vieux Dor faisant une apparition de prophète de l'Ancien Testament sur le pas de sa porte... sauf qu'au lieu de lui ordonner de se repentir, il lui avait conseillé d'annuler le rendez-vous avec l'acupuncteur que lui avait recommandé Joe

Plussaj. Il aurait dû trouver cela drôle, mais n'y parvenait pas.

L'entrée béante du tunnel. Tous les jours plus proche. Y avait-il réellement un tunnel ? Et si oui, où conduisait-il ?

Pour l'instant, je m'intéresse davantage à ce qui pourrait m'y attendre. Tapi dans l'obscurité.

Tu n'aurais pas dû t'en mêler, lui avait dit Dorrance. Mais c'est trop tard, maintenant.

« Quand le vin est tiré, il faut le boire », murmura Ralph, décidant soudain qu'il préférait ne pas trop prendre de recul, que ça le mettait mal à l'aise. Il valait mieux s'intéresser aux détails les uns après les autres, en commençant par le rendez-vous avec l'acupuncteur. Allait-il s'y rendre, ou bien suivre le conseil du vieux Dor, *alias* le Fantôme du Père de Hamlet ?

Ralph estima que la question ne se posait pas vraiment. Joe Plussaj avait convaincu la secrétaire de Hong de lui trouver un rendez-vous au début d'octobre, et il avait bien l'intention de s'y rendre. S'il avait un moyen de se sortir de sa situation, c'était probablement en commençant par avoir des nuits de sommeil normales. L'étape logique suivante était donc le cabinet de Hong.

« Quand le vin est tiré, il faut le boire », répéta-t-il. Sur quoi il alla s'installer dans le séjour pour lire un des romans western.

Mais au lieu de cela, il se retrouva en train de feuilleter le livre de poésies que Dorrance lui avait donné — *Cemetery Nights*, de Stephen Dobyns. Le Fantôme du Père d'Hamlet avait eu raison sur deux points : la plupart des poèmes racontaient une histoire et ils plaisaient à Ralph. Celui que lui avait cité Dorrance s'intitulait *Poursuite* et commençait ainsi :

Chaque chose que je fais, je la fais à la hâte
pour pouvoir faire quelque chose d'autre.
Ainsi passent les jours —

une course de stock-cars et la construction
sans fin d'une cathédrale gothique.
Par les fenêtres de ma voiture lancée à toute allure,
je vois tout ce que j'aime s'éloigner :
Les livres non lus,
les plaisanteries non dites, les paysages non visités...

Ralph lut le poème par deux fois, complètement absorbé, se disant qu'il fallait qu'il le montre à Carolyn. Il lui plairait, ce qui était bien, et elle l'en aimerait encore plus — lui qui s'en tenait d'ordinaire à des romans western ou historiques — d'avoir trouvé ce recueil et de le lui avoir rapporté, comme un bouquet de fleurs. Il se levait déjà, à la recherche d'un bout de papier pour marquer la page, lorsqu'il se souvint que Carolyn était morte depuis six mois. Il éclata en sanglots.

Il resta assis dans son fauteuil pendant près d'un quart d'heure, *Cemetery Nights* sur les genoux, et s'essuyant les yeux du revers de la main. Finalement il se rendit dans la chambre, s'allongea et essaya de dormir. Après avoir contemplé le plafond pendant une heure, il se leva, se prépara un café et trouva une partie de football à la télé.

3

La bibliothèque municipale de Derry ouvrait les dimanches après-midi de treize à dix-huit heures et Ralph s'y rendit le lendemain de la visite de Dorrance, avant tout parce qu'il n'avait rien de mieux à faire. La salle de lecture avec son haut plafond aurait normalement dû abriter un certain nombre de vieux comme lui, éparpillés aux tables, feuilletant pour la plupart les différents journaux du dimanche qu'ils avaient maintenant le loisir de lire; mais lorsque Ralph émergea des rayonnages au milieu desquels il venait de passer quarante minutes à flâner, il découvrit qu'il avait toute la salle à lui. Le ciel d'un bleu resplendissant de la veille avait laissé place à une pluie battante qui collait les feuilles récemment tombées sur le trottoir ou les entraînait, par les caniveaux, dans le système particulier et désagréablement compliqué des égouts de la ville. Le vent soufflait toujours, mais il avait tourné au nord et acquis un tranchant redoutable. Les personnes âgées douées de bon sens (ou ayant de la chance) se trouvaient chez elles, bien au chaud, regardant peut-être l'une des dernières parties de la lamentable saison des Red Sox, ou jouant à des jeux de société avec leurs petits-enfants, voire faisant la sieste après la volaille plantureuse du déjeuner.

Ralph, de son côté, n'éprouvait aucun intérêt pour les Red Sox, n'avait ni enfants ni petits-enfants, et paraissait avoir perdu son ancienne capacité à faire une petite sieste. Il avait donc pris le bus de treize heures pour la bibliothèque, où il se retrouvait maintenant ; il regrettait de n'avoir rien endossé de plus chaud que sa vieille veste grise élimée, car la salle de lecture était glaciale. Sombre, en plus. Le foyer de la cheminée était vide, et l'absence de tout claquement de la part des radiateurs suggérait fortement que l'on n'avait pas encore rallumé la chaudière. Le bibliothécaire de service ne s'était pas non plus donné la peine d'appuyer sur les interrupteurs qui allumaient les globes suspendus au plafond. Le peu de lumière qui réussissait à pénétrer jusque-là donnait l'impression de se dissiper en touchant le sol, et les recoins étaient pleins d'ombre. Les bûcherons, soldats, tambours et Indiens des anciennes peintures, sur les murs, faisaient l'effet de fantômes malveillants. La pluie froide soupirait et crépitait au gré du vent contre les vitres.

J'aurais mieux fait de rester à la maison, se dit-il sans trop y croire ; ces jours-ci, l'appartement était encore pire. En outre, il avait découvert un livre nouveau et intéressant dans la partie de la bibliothèque qu'il en était venu à baptiser la section Marchand de Sable : *Patterns of Dreaming (Les Types de rêves)*, du Dr. James Hall. Il alluma l'électricité, ce qui rendit la salle légèrement moins macabre, s'assit à l'une des quatre grandes tables vides et ne tarda pas à être absorbé par sa lecture.

> Avant que l'on ne se rendît compte que les sommeils REM et non-REM étaient des états distincts, les études portant sur la privation de tel ou tel stade particulier du sommeil conduisirent à l'hypothèse de Dement (1960), à savoir que la privation... entraîne une désorganisation de la personnalité à l'état de veille...

Bon sang, tu l'as dit, mon ami, pensa Ralph. *Même pas foutu de trouver un sachet de Cup-a-Soup quand on en a besoin.*

> ... les études sur la privation des rêves du début du sommeil ont également conduit à une fascinante spéculation sur le fait que la schizophrénie pourrait être un désordre lié à la privation de rêves nocturnes, les processus oniriques intervenant alors dans la vie éveillée.

Ralph était penché sur le livre, les coudes sur la table, les poings contre les tempes, le front plissé et les sourcils rapprochés dans une crispation de concentration. Il se demanda si Hall ne voulait pas parler des auras, même sans le savoir. Si ce n'est qu'il continuait à avoir des rêves, bon Dieu ! et des rêves très nets et précis, en général. La nuit dernière encore, il avait rêvé qu'il dansait dans le vieux Pavillon de Derry (disparu maintenant, après sa destruction pendant la grande tempête qui s'était abattue sur le centre de la ville huit ans auparavant) avec

Lois Chassey. Il avait l'impression de l'avoir invitée avec l'intention de la demander en mariage, mais Trigger Vachon — allez savoir pourquoi — n'avait cessé de s'interposer.

Il se frotta les yeux des poings, fit un effort pour se concentrer de nouveau et reprit sa lecture. Il ne vit pas l'homme au chandail gris distendu (avec le chien Snoopy sur le devant portant ses lunettes Joel Cool), lorsqu'il se matérialisa à l'entrée de la salle de lecture et qu'il tira un couteau de chasse du fourreau accroché à sa ceinture. Les suspensions firent courir un filet lumineux sur la lame dentelée tandis que l'homme la tournait et la retournait, admiratif. Puis il se dirigea vers la table où l'unique lecteur de la salle était assis, la tête dans les mains. Il s'installa à côté de Ralph, qui ne remarqua sa présence que de la manière la plus vague et lointaine.

> La tolérance à la perte de sommeil varie quelque peu avec l'âge du sujet. Chez les sujets les plus jeunes, les perturbations se manifestent de manière plus prématurée ; ils ont davantage de réactions physiques, tandis que les sujets les plus âgés...

Une main légère se posa sur l'épaule de Ralph, le tirant de sa lecture avec un sursaut.

« Je me demande de quoi elles auront l'air », murmura une voix extatique dans son oreille ; les paroles étaient véhiculées par des relents qui évoquaient du bacon pourri mijotant doucement dans un bain d'ail et de beurre rance. « Je veux parler de vos tripes. Je me demande de quoi elles auront l'air, lorsqu'elles dégoulineront sur le sol. Qu'est-ce que vous en pensez, Centurion impie, assassin de bébés ? Elles vont être jaunes, noires ou rouges ? »

Un objet effilé et dur s'appuya contre le flanc gauche de Ralph, puis se mit à aller et venir lentement le long de ses côtes.

« Je suis trop impatient de le savoir, reprit la voix extatique et murmurante. J'en meurs d'envie. »

4

Ralph tourna très lentement la tête, entendant craquer les tendons de son cou. Il ignorait le nom de l'homme à la mauvaise haleine — l'homme qui lui enfonçait entre les côtes quelque chose qui faisait trop l'effet d'un couteau pour ne pas en être un — mais il le reconnut sur-le-champ. Les lunettes en écaille l'aidèrent, et la chevelure clownesque, tire-bouchonnée en mèches, qui rappelèrent simultanément à Ralph Don King et Albert Einstein — ce fut elle le vrai révélateur. C'était l'individu qui se tenait à côté d'Ed Deepneau, au second plan de la photo sur laquelle on voyait Ham Davenport le poing levé et Dan Dalton portant le panneau CHOISIR SANS CRAINTE de Ham en guise de collier. Ralph eut aussi l'impression d'avoir vu ce même bonhomme dans divers reportages télévisés sur les différentes manifestations contre l'avortement. Rien qu'un autre brandisseur de slogans, rien qu'un visage de plus scandant des leitmotivs dans la foule ; rien qu'un autre second couteau, si l'on peut dire : car celui-ci semblait avoir pris son rôle au sérieux au point de vouloir le tuer.

« Qu'est-ce que vous en pensez ? » demanda l'homme au chandail Snoopy, toujours de son murmure extatique. Le timbre de sa voix effraya davantage Ralph que la lame qui montait et descendait lentement le long de sa veste de cuir, comme si elle repérait les organes vulnérables de son côté gauche : poumons, cœur, reins, intestins. « Quelle couleur, hein ? »

Son haleine était écœurante, mais Ralph n'osait ni tourner la tête, ni se reculer, redoutant qu'au moindre geste de sa part, le couteau ne s'arrêtât et ne plongeât. En ce moment, la lame remontait. Derrière les verres épais de ses lunettes à monture d'écaille, les yeux bruns de l'homme flottaient comme d'étranges poissons. Leur expression avait quelque chose de déconnecté et de bizarrement effrayé, trouva Ralph : les yeux d'un homme qui voyait des signes dans le ciel et entendait des voix monter du fond des placards, la nuit.

« Je ne sais pas. Je ne sais même pas pourquoi vous voudriez me faire du mal. » Il donna un bref coup d'œil autour de lui, sans bouger la tête, dans l'espoir de voir quelqu'un, n'importe qui, mais la salle de lecture était toujours vide. A l'extérieur, les rafales de vent lançaient des gifles de pluie contre les fenêtres.

« Parce que vous êtes un salopard de Centurion ! cracha l'homme aux cheveux gris. Un salopard assassin de bébés ! Un voleur de fœtus ! Pour les vendre au plus offrant ! Je sais tout sur vous ! »

Ralph laissa lentement retomber sa main droite. Étant droitier, la majorité des objets qu'il empochait dans la journée se retrouvaient en général à portée de cette main. Si la vieille veste grise disposait de vastes poches latérales, il craignait toutefois, s'il réussissait à y glisser la main, de n'y trouver, en guise d'arme, rien de bien plus dangereux qu'un emballage froissé de chewing-gum. Même pas sûr qu'il y eût un coupe-ongles.

« C'est Ed Deepneau qui vous a raconté ça, hein ? » demanda Ralph, qui poussa un grognement lorsque le couteau pesa sèchement de la pointe contre son flanc, juste à l'endroit où s'arrêtent les côtes.

« Ne prononcez pas son nom ! rétorqua l'homme au chandail Snoopy, de son murmure rauque. Ne le prononcez jamais ! Voleur d'enfants ! Lâche assassin ! Centurion ! » Il donna une nouvelle poussée à la lame qui traversa la veste de cuir et, cette fois, lui fit vraiment mal. Il n'avait pas l'impression d'avoir été entaillé — en tout cas, pas encore — mais l'homme avait pesé suffisamment fort pour lui faire une belle ecchymose. Pas bien grave : il pourrait s'estimer heureux, s'il ne s'en sortait qu'avec un bleu.

« Entendu, je ne prononcerai plus son nom.

— Excusez-vous ! » siffla l'homme, l'aiguillonnant de nouveau de sa lame. Cette fois-ci, elle traversa la chemise, et Ralph sentit couler, chaudes, les premières gouttes de sang contre sa peau. *Qu'est-ce qui se trouve à cette hauteur ?* se demanda-t-il. *Le foie ? La vésicule biliaire ? Qu'est-ce qu'on a, du côté gauche ?*

Il ne s'en souvenait plus ou ne voulait plus s'en souvenir. Une image lui était venue à l'esprit, une image qui essayait de se mettre en travers de toute pensée organisée — un daim suspendu la tête en bas sur une échelle double, devant une épicerie de campagne, pendant la saison de la chasse. Les yeux vitreux, la langue pendante, et une fente noire sur son ventre, celle laissée par un couteau, un couteau exactement comme celui-ci, lorsque le chasseur avait dépecé l'animal pour en retirer les entrailles, ne laissant que la tête, la peau et la chair.

« Je suis désolé, dit Ralph d'une voix qui n'était plus assurée. Sincèrement désolé.

— Ouais, très bien ! Vous pourriez l'être, mais vous ne l'êtes pas ! »

Nouvelle piqûre. Élancement douloureux brutal. Nouvelle coulée chaude le long de son flanc. Et soudain, la salle devint plus lumineuse, comme si deux ou trois des équipes de reportage qui tournaient dans Derry depuis le début des manifestations s'étaient rassemblées ici et venaient de brancher les projecteurs de leurs caméras vidéo portatives. Nulle caméra, cependant ; c'est en lui-même que s'était déclenché le flot de lumière.

Il se tourna vers l'homme au couteau — vers l'homme qui enfonçait en cet instant une lame en lui

— et vit que celui-ci était entouré d'une aura instable, vert et noir, qui évoquait

(des feux follets)

la maigre phosphorescence qu'il avait parfois aperçue dans les bois marécageux, à la tombée de la nuit. Elle était parcourue de ronces torsadées hérissées de pointes d'un noir absolu. Il la regarda, de plus en plus atterré, sentant à peine l'extrémité de la lame qui s'enfonçait en lui d'un ou deux millimètres de plus. Il avait vaguement conscience du sang qui formait une flaque à l'endroit où sa chemise était retenue par la ceinture de son pantalon, mais c'était tout.

Il est cinglé et il a réellement l'intention de me tuer, ce n'est pas seulement du baratin. Il n'est pas encore tout à fait prêt à le faire, pour l'instant, il n'est pas encore tout à fait décidé, mais ça risque de ne pas tarder. Et si j'essaie de m'enfuir, si j'essaie seulement de m'écarter d'un centimètre de la lame, je suis cuit. Je crois qu'il espère que je vais me décider à bouger... alors il pourra se dire que je me suis moi-même embroché, que c'était ma faute.

« Vous et tous ceux dans votre genre, reprit l'homme aux mèches grises hirsutes, on sait tout sur vous. »

La main de Ralph venait d'atteindre sa poche droite. Il y sentit un objet relativement gros qu'il n'identifia pas et ne se rappela pas y avoir placé. Ce qui ne voulait pas dire grand-chose ; lorsqu'on ne se souvenait plus si les quatre derniers chiffres du numéro de téléphone de son cinéma préféré étaient 1317 ou 1713, tout était possible.

« Ah, vous autres ! Bon sang de bon sang de sort ! » Cette fois-ci, Ralph sentit parfaitement la douleur lorsque l'homme enfonça un peu plus le couteau ; la lame enflamma, tout autour de sa poitrine, un fin réseau écarlate qui monta jusqu'à sa nuque. Il poussa un gémissement retenu et sa main droite se referma violemment, à travers le cuir de la veste, sur l'objet que contenait sa poche.

« Ne criez pas, lui intima l'homme aux cheveux fous, toujours de son murmure extatique. Oh, bon Dieu de bon Dieu, vous n'allez pas vous mettre à crier ! » Ses yeux bruns scrutaient le visage de Ralph ; les verres de ses lunettes les grossissaient tellement que les minuscules pellicules prises dans ses cils paraissaient aussi grosses que des galets. Ralph voyait l'aura de l'homme jusque dans ses yeux, allant et venant devant ses pupilles comme une fumée verte au-dessus d'une eau noire. Les torsades serpentines qui parcouraient la lumière verte étaient maintenant plus grosses ; elles s'entrecroisaient et se tressaient, et Ralph comprit que lorsque la lame s'enfoncerait sur toute sa longueur, la partie de la personnalité de cet homme qui les engendrait serait ce qui pousserait le couteau. Le vert trahissait sa confusion mentale et sa paranoïa ; le noir, quelque chose d'autre. Quelque chose

(venu d'ailleurs)

de bien pire.

« Non, hoqueta-t-il. Je ne crierai pas. Promis.

— Bien. Je peux sentir votre cœur, vous vous rendez compte ? Je le sens jusque dans la main par l'intermédiaire de mon couteau. Il doit battre rudement fort. » La bouche de l'homme s'étira en un sourire torve, sans humour. Un peu de bave restait collée aux commissures de ses lèvres. « Avec un peu de chance, vous allez avoir une crise cardiaque et vous écrouler, ça m'épargnera l'inconvénient de vous tuer. » Une autre bouffée de l'haleine fétide vint se briser sur la figure de Ralph. « Vous êtes bougrement vieux. »

Le sang coulait maintenant le long de son flanc en deux ruisselets, peut-être même trois. La souffrance provoquée par la pointe de la lame était à rendre fou — comme l'aiguillon d'une abeille géante.

Ou une aiguille, se dit-il, découvrant que cette idée avait un côté comique en dépit de la situation dramatique dans laquelle il se trouvait... ou peut-être à cause d'elle. C'était ce type, le véritable enfonceur d'aiguilles ; James Roy Hong n'en était qu'une pâle imitation.

Je n'aurai même pas la possibilité d'annuler le rendez-vous. Il se doutait bien que les barjots comme ce type en chandail Snoopy ne se chargeaient pas de ce genre de commissions. Les barjots comme ce type avaient un programme établi bien à eux et n'en déviaient jamais, qu'il vente, pleuve ou neige.

Quoi qu'il pût advenir, Ralph comprit qu'il n'allait pas pouvoir supporter encore bien longtemps ce couteau qui s'enfonçait en lui. Du pouce, il releva le rabat de sa poche et glissa la main à l'intérieur. Il reconnut l'objet dès l'instant où le bout de ses doigts le touchèrent : la bouteille aérosol que Gretchen avait sortie de son sac et posée sur la table de la cuisine. *Un petit cadeau de toutes vos amies reconnaissantes de WomanCare*, avait-elle dit.

Ralph n'arrivait pas à imaginer comment la bombe était passée du dessus du placard où il l'avait posée à la poche de sa vieille veste de demi-saison, mais il s'en moquait. Sa main se referma dessus et, encore du pouce, il fit sauter le capuchon de plastique. Pas un instant il ne quitta des yeux le visage parcouru de tressaillements, effrayé et jubilant, de l'homme aux mèches tire-bouchonnées.

« Il y a quelque chose que je sais, dit Ralph. Si vous me promettez de ne pas me tuer, je vous le dirai.

— Et quoi donc ? Qu'est-ce qu'un vieux débris comme vous peut bien savoir ? »

Qu'est-ce qu'un vieux débris comme moi peut savoir ? se demanda Ralph, et la réponse vint aussitôt, jaillissant dans son esprit comme le symbole du jackpot dans la fenêtre d'une machine à sous. Il s'obligea à s'incliner dans l'aura verte qui tourbillonnait autour de l'homme, dans l'épouvantable puanteur qui montait de ses boyaux malades. En même temps, il dégagea le petit aérosol de sa poche, le maintint contre sa cuisse et chercha de l'index le point d'appui qui déclencherait l'aspersion.

« Je sais qui est le Roi Pourpre », murmura-t-il.

Les yeux s'agrandirent, derrière les lunettes en écaille crasseuses, non seulement sous l'effet de la surprise, mais du choc ; l'homme eut un léger mouvement de recul. Un instant, la terrible pression diminua sur le flanc gauche de Ralph. C'était sa chance, la seule qu'il aurait, et il la prit. Il se jeta sur sa droite, tomba de la chaise et roula sur le sol. Sa nuque heurta le carrelage, mais la douleur lui parut lointaine et sans importance, comparée au soulagement de ne plus sentir la pointe du couteau.

L'homme aux cheveux tire-bouchonnés piaula — rage et résignation mêlées, comme si toute une vie de difficultés lui avait donné l'habitude de ce genre d'échec. Il se pencha par-dessus la chaise que Ralph venait de libérer, sa hure animée de tics tendue en avant, ses yeux faisant l'effet de ces créatures phosphorescentes et fantasmagoriques qui vivent au fond des abysses. Ralph brandit la bouteille aérosol, et n'eut qu'une fraction de seconde pour se rendre compte qu'il ne savait pas dans quelle direction pointait le trou minuscule, dans l'embout — il risquait tout aussi bien de s'envoyer une dose de Bodyguard.

Plus le temps de vérifier ce détail.

Il appuya sur le bouton au moment où l'homme plongeait sur lui avec le couteau. Un fin nuage de gouttelettes enveloppa le visage du barjot et givra ses lunettes ; on aurait dit le même produit que le désinfectant parfumé au pin que Ralph employait dans ses toilettes.

Le résultat fut instantané, et il n'aurait pu souhaiter mieux. L'homme poussa un hurlement de douleur, lâcha son couteau (il heurta un genou de Ralph et atterrit entre ses jambes) et s'étreignit le visage, arrachant ses lunettes. Elles atterrirent sur la table. En même temps, l'aura étroite et plus ou moins huileuse qui l'entourait émit un éclair d'un rouge éclatant avant de disparaître — du moins à la vue de Ralph.

« Je suis aveugle! cria l'homme d'une voix haut perchée et stridente, je suis aveugle, je suis aveugle!

— Non, vous n'êtes pas aveugle, dit Ralph en se remettant debout avec peine. Vous êtes... »

L'homme poussa un nouveau hurlement et se laissa choir sur le sol, où il se mit à se rouler dans tous les sens, se tenant le visage à deux mains, et s'époumonant comme un enfant qui vient de se prendre la main dans une porte. Entre ses doigts écartés, Ralph apercevait ses joues qui viraient à l'écarlate de manière inquiétante.

Ralph se dit qu'il valait mieux laisser ce type, qu'il était cinglé et aussi dangereux qu'un serpent à sonnettes, mais il était trop horrifié et honteux de ce qu'il avait fait pour suivre ce qui était par ailleurs un excellent conseil. L'idée qu'il s'était agi pour lui d'une question de vie ou de mort, qu'il lui avait fallu mettre son adversaire hors de combat, pour ne pas périr lui-même, lui paraissait déjà irréelle. Il se pencha pour toucher l'homme au bras d'une main craintive. Le barjot roula loin de lui et se mit à tambouriner du talon contre le carrelage, de ses tennis crasseuses, comme un enfant qui pique une crise de nerfs. « Espèce de salopard! Vous m'avez rendu aveugle! » Et il ajouta, à l'immense stupéfaction de Ralph : « Je vous poursuivrai en justice et vous y laisserez votre chemise!

— Vous aurez d'abord à vous expliquer pour le couteau avant de pouvoir porter plainte, j'en ai bien l'impression », lui répondit Ralph. Il aperçut alors l'arme, toujours sur le sol, se baissa pour la ramasser, puis arrêta son mouvement : autant que ses empreintes digitales n'y fussent pas. Lorsqu'il se redressa, un étourdissement l'envahit et, pendant quelques instants, la pluie qui battait contre les fenêtres prit un son creux. Il donna un coup de pied dans le couteau pour l'éloigner, tituba et dut s'accrocher au dossier de la chaise qu'il avait occupée pour ne pas tomber. Les choses, autour de lui, reprirent leur aplomb. Il entendit des pas qui se rapprochaient dans le hall principal et des voix qui murmuraient, d'un ton interrogatif.

Vous voilà enfin, pensa Ralph. *Où étiez-vous passés, il y a trois minutes, quand ce type était sur le point de faire éclater mon poumon comme un ballon ?*

Mike Hanlon, silhouette mince qui lui donnait l'air d'avoir la trentaine en dépit de la chape serrée de ses cheveux grisonnants, fit son apparition sur le seuil. Derrière lui, Ralph reconnut l'adolescent qui lui servait d'assistant pendant les week-ends, et derrière encore, quatre ou cinq curieux, sans doute venus de la salle des périodiques.

« Monsieur Roberts ! s'exclama Mike. Bon Dieu, mais vous êtes blessé !

— Je vais bien, c'est lui qui va mal », répondit Ralph. Mais quand il abaissa les yeux sur lui en montrant l'homme qui gisait toujours à terre, il vit qu'il n'allait pas si bien que cela. Sa veste s'était relevée quand il avait fait son geste, et sur la chemise écossaise, en dessous, s'étalait une tache rouge et humide en forme de goutte d'eau, partant de l'aisselle. « Merde », chevrota-t-il, se laissant tomber sur sa chaise. Il heurta les lunettes en écaille du coude, et elles allèrent valser à l'autre bout de la table. Le produit qui les embuait encore leur donnait l'aspect de deux yeux aveuglés par une cataracte.

« Il m'a jeté de l'acide dessus ! hurla l'homme allongé sur le sol. Je ne peux rien voir, et j'ai la peau qui fond ! Je sens qu'elle fond ! » Ralph aurait presque juré qu'il se livrait volontairement à une parodie de la Méchante Sorcière de l'Ouest.

Mike jeta un seul bref coup d'œil à l'homme au sol et s'assit à côté de Ralph. « Qu'est-ce qui s'est passé ?

— Oh, ce n'est sûrement pas de l'acide », répondit

Ralph, lui montrant le Bodyguard. Il posa la bouteille sur la table, à côté de *Patterns of Dreaming*. « La personne qui me l'a donné m'a dit que ce n'était même pas aussi fort qu'une bombe lacrymogène normale, ça ne fait qu'irriter les yeux et vous donner des nausées...

— Ce n'est pas son état à lui qui m'inquiète, le coupa Mike Hanlon d'un ton impatient. Quelqu'un qui peut crier aussi fort ne va sûrement pas mourir dans les minutes qui suivent. C'est le vôtre, monsieur Roberts. Avez-vous une idée de la gravité de votre blessure ?

— Il ne m'a pas vraiment donné un coup de couteau, expliqua Ralph, juste enfoncé la pointe de la lame. Il est là », ajouta-t-il avec un geste en direction de l'arme, qui gisait plus loin sur le carrelage. A la vue de la pointe rougie, il se sentit pris d'un nouvel étourdissement ; on aurait dit qu'un train express fait d'oreillers en plume lui traversait la tête. Comparaison stupide, évidemment, ridicule, mais il n'était pas dans un état d'esprit bien reluisant.

L'assistant regarda mieux l'homme toujours allongé sur le sol. « Oh, oh, dit-il, on le connaît, ce type, Mike. C'est Charlie Pickering.

— Bonté divine ! s'exclama Mike. Comment se fait-il que je ne sois pas plus surpris que cela ? » Il regarda le jeune homme et soupira. « Autant appeler les flics, mon garçon. Je crois bien qu'on a un problème sur les bras. »

5

« Je vais avoir des ennuis pour avoir utilisé ça ? » demanda Ralph une heure plus tard avec un geste en direction d'une des deux pochettes en plastique scellées posées sur le bureau de Mike Hanlon. Une bande adhésive jaune marquée PIÈCE À CONVICTION et sur laquelle on avait ajouté à la main : *Bombe aérosol, 10.3.93, bibliothèque municipale de Derry*, était collée dessus.

« Pas autant que notre petit camarade Charlie va en avoir pour avoir employé ceci », répondit John Leydecker, montrant l'autre sachet en plastique. Le couteau de chasse était à l'intérieur ; sur la pointe, le sang avait séché et pris une couleur marron. Leydecker portait aujourd'hui un sweater de l'université du Maine et avait à peu près les proportions d'une grange. On croit encore beaucoup au concept de légitime défense, ici, dans notre cambrousse. On n'en parle cependant pas trop, c'est un peu comme reconnaître qu'on croit que la terre est plate. »

Mike Hanlon, qui se tenait appuyé au chambranle de la porte, éclata de rire.

Ralph espéra que son visage ne trahissait pas le profond soulagement qu'il ressentait. Pendant que l'infirmier lui prodiguait ses soins (c'était l'un de ceux qui avaient pris Helen Deepneau en charge, en août dernier) après qu'on l'avait photographié, qu'il le désinfectait, puis lui posait des points de suture et le bandait, il avait serré les dents et s'était imaginé devant un juge le condamnant à six mois de taule pour agression avec une arme non mortelle. *J'espère, monsieur Roberts, que cela servira d'exemple à tous les vieux chnoques du coin qui pourraient se sentir autorisés à se promener avec des bombes aérosol de gaz toxique sur eux...*

Leydecker regarda une fois de plus les six photos Polaroïd alignées à côté de l'ordinateur de Mike Hanlon. Le jeune technicien médical des urgences avait pris les trois premières avant de procéder aux premiers soins sur Ralph. On y voyait un petit cercle noir — rappelant un peu les virgules démesurées que tracent les enfants qui apprennent à écrire — sur son flanc. La deuxième série de photos avait été prise après la pose des points de suture et la signature d'un document dans lequel Ralph reconnaissait qu'on lui avait proposé une hospitalisation et qu'il avait refusé ; sur ces clichés, on voyait le début de ce qui allait devenir un bleu d'une taille spectaculaire.

« Dieu bénisse Edwin Land et Richard Polaroïd, dit Leydecker en plaçant les photos dans un troisième sachet de pièces à conviction.

— Je ne suis pas sûr du tout qu'il y ait un Richard Polaroïd, observa Mike Hanlon du pas de la porte.

— Vous avez sans doute raison, mais que Dieu le bénisse tout de même. Il suffira qu'un jury voie ces photos pour vous faire attribuer une médaille, Ralph, et même le meilleur des avocats ne pourrait contester la validité de ces preuves (il se tourna vers Mike Hanlon). Charlie Pickering ?

— Oui, acquiesça Mike, Charlie Pickering.

— Un enfoiré. »

Mike acquiesça de nouveau. « De première grandeur. »

Les deux hommes se regardèrent de l'air le plus sérieux, puis éclatèrent de rire en même temps. Ralph comprit tout à fait ce qu'ils ressentaient — c'était drôle parce que c'était horrible et horrible parce que c'était drôle — et il dut se mordre sauvagement la lèvre pour ne pas se joindre à eux. La dernière chose au monde qu'il eût envie de faire en ce moment était de s'esclaffer ; les contractions l'auraient fait souffrir en diable.

Leydecker prit un mouchoir dans sa poche revolver, s'essuya les yeux et retrouva son calme.

« C'est l'un des Laissez-les-vivre, n'est-ce pas ? » demanda Ralph. Il se souvenait de l'aspect de l'homme lorsque l'assistant de Hanlon l'avait aidé à s'asseoir ; privé de ses lunettes, il avait l'air aussi dangereux qu'un lapin nain dans la vitrine d'une animalerie.

« Si vous voulez, oui, répondit froidement Hanlon. Il était parmi ceux que l'on a attrapés dans le parking de service de l'hôpital qui dessert aussi WomanCare. Il avait un bidon d'essence à la main et un sac à dos plein de bouteilles vides.

— Également de la charpie, ne l'oubliez pas, ajouta Leydecker. Elle devait lui servir de mèche. C'était à l'époque où Charlie était membre à part entière de Notre Pain Quotidien.

— A-t-il vraiment failli mettre le feu ? » demanda Ralph, curieux.

Leydecker haussa les épaules. « Il s'en est fallu de peu. Quelqu'un du groupe a apparemment estimé que faire sauter la clinique du planning familial était un geste qui relevait davantage du terrorisme que de la politique et a fait un appel anonyme à la police locale.

— Une bonne affaire », commenta Mike. Il eut un petit rire, puis croisa les bras comme pour retenir une nouvelle crise d'hilarité.

« Ouais », dit Leydecker. Le détective s'étira en faisant craquer les articulations de ses doigts. « Au lieu de l'envoyer en prison, un juge consciencieux et attentionné l'expédia pour six mois à Juniper Hill suivre une psychothérapie ; ils ont dû estimer qu'il n'allait pas trop mal, puisqu'il est revenu en ville depuis juillet dernier, ou quelque chose comme ça. »

Mike enchaîna : « Oui, et il débarque ici presque tous les jours. Histoire d'améliorer l'ambiance, sans doute. Il attrape par la manche pratiquement tous les gens qui viennent, et leur fait son petit laïus sur le fait que les femmes qui avortent périront dans le soufre et la damnation, et que les vraies méchantes comme Susan Day brûleront pour l'éternité dans un lac de feu. Mais je n'arrive pas à comprendre pour quelle raison il s'en est pris à vous, monsieur Roberts.

— Un coup de chance, j'imagine.

— Vous allez bien, Ralph ? Je vous trouve un peu pâle.

— Très bien », répondit-il, mentant effrontément ; en fait il commençait même à ressentir des nausées. « Je ne suis pas sûr que vous alliez si bien que ça, mais pour ce qui est de la chance, vous en avez.

C'est une chance que ces dames vous aient donné la bombe lacrymo, une chance que vous l'ayez eue sur vous et plus encore que Pickering n'ait pas décidé de vous enfoncer tout de suite son couteau dans le dos. Vous pensez-vous en état de venir jusqu'au commissariat faire tout de suite votre déposition officielle, ou bien... »

Ralph bondit soudain du fauteuil pivotant de Mike Hanlon et se précipita, une main sur la bouche, vers la porte qui se trouvait à l'arrière du bureau — porte qu'il ouvrit en espérant que ce n'était pas le placard du bibliothécaire : sans quoi, il risquait de remplir ses caoutchoucs des restes légèrement usagés d'un sandwich au fromage et de soupe de tomate.

Heureusement, il s'agissait du local dont il avait besoin. Il se laissa tomber à genoux devant les toilettes et vomit, les yeux fermés, appuyant fermement le bras gauche contre le trou que lui avait fait Pickering dans le flanc. La douleur, en dépit du biceps qui se durcissait et pressait sur la plaie, demeurait intolérable.

« La réponse est non, je suppose », dit Mike Hanlon derrière lui, avant de poser une main réconfortante sur la nuque de Ralph. « Ça va mieux ? La blessure ne s'est pas remise à saigner ?

— Je ne crois pas », répondit Ralph, qui commença à déboutonner sa chemise. Il fut cependant obligé de s'interrompre pour se serrer de nouveau du bras, tandis que son estomac se contractait une dernière fois. Quand il examina enfin le pansement, il était d'un blanc immaculé. « On dirait que ça va.

— Bien », fit la voix de Leydecker. Il se tenait derrière le bibliothécaire. « C'est fini ?

— Il me semble, oui. » Il regarda Mike Hanlon, l'expression honteuse. « Je vous prie de m'excuser pour... pour...

— Ne soyez pas ridicule, lui dit Mike en l'aidant à se remettre debout.

— Je vais vous raccompagner. Vous ferez votre déclaration demain, ça suffira largement, intervint le policier. Ce dont vous avez besoin, c'est de vous reposer pendant le reste de la journée et d'une nuit de bon sommeil.

— Rien ne vaut une nuit de bon sommeil », acquiesça Ralph. Ils venaient d'atteindre la porte du bureau. « Vous voulez bien me lâcher, détective Leydecker ? On n'est pas encore fiancés, n'est-ce pas ? »

Leydecker parut surpris et laissa retomber le bras de Ralph. Mike se remit à rire. « Elle est bonne, celle-là aussi, monsieur Roberts. »

Le policier souriait. « Je ne crois pas, mais que cela ne vous empêche pas de m'appeler Jack, si vous voulez. Ou John. Mais pas Johnny. Depuis la mort de ma mère, la seule personne qui m'appelle Johnny est mon vieux prof, McGovern. »

Le vieux prof McGovern, songea Ralph. *Ça me fait bizarre.*

« D'accord, John ira très bien. Et vous pouvez m'appeler Ralph tous les deux. En ce qui me concerne, *M. Roberts* restera toujours pour moi une pièce de Broadway avec Henry Fonda.

— Exactement, l'approuva Mike Hanlon. Et soignez-vous bien.

— J'essaierai — au fait, ajouta-t-il brusquement, il faut que je vous remercie pour quelque chose, sans rapport avec ce que vous avez fait pour moi aujourd'hui. »

Mike leva un sourcil intrigué. « Oh ?

— Oui. Vous avez engagé Helen Deepneau. C'est quelqu'un que j'aime beaucoup et elle avait un besoin désespéré de trouver du travail. Alors je vous dis merci. »

Mike sourit et hocha la tête. « Je serais heureux d'accepter vos fleurs, mais c'est en réalité elle qui m'a fait une faveur. Elle est surqualifiée pour le poste, mais si j'ai bien compris, elle tient à rester en ville.

— Moi aussi, je tiens à ce qu'elle y reste, et vous avez rendu la chose possible. Donc, merci encore.

— Je vous en prie », répondit Mike avec le sourire.

6

Tandis que Ralph et Leydecker faisaient le tour du comptoir d'échanges de livres, le policier demanda : « Je parie que c'est le gâteau de miel qui vous a réussi, hein ? »

Sur le coup, Ralph n'eut pas la moindre idée de ce qu'il voulait dire — il aurait pu tout aussi bien lui poser sa question en espéranto.

« Vos insomnies, reprit patiemment Leydecker. C'est terminé, n'est-ce pas ? Ça doit : vous avez l'air un gigamillion de fois mieux que le jour où je vous ai rencontré pour la première fois.

— Il faut dire que j'étais un peu secoué, le jour en question. » Une ancienne rengaine du vieux Billy Crystal à propos d'un certain Fernando lui revint à l'esprit — *Écoute, mon chéri, ne sois pas ridicule, ce n'est pas comment tu te sens, c'est de quoi tu as l'air ! Et tu... as l'air... merveilleux !*

« Parce que aujourd'hui, vous ne l'êtes pas ? Hé, Ralph, réveillez-vous, c'est moi. Alors avouez : ce ne serait pas le gâteau de miel, par hasard ? »

Ralph eut l'air de réfléchir, puis acquiesça. « Oui. J'ai bien l'impression que c'est ça qui a réglé la question.

— Fantastique ! Je vous l'avais bien dit, non ? » s'exclama joyeusement Leydecker tandis qu'ils s'avançaient dans la pluie de l'après-midi.

7

Ils attendaient que le feu passât au vert en haut d'Up-Mile Hill, lorsque Ralph se tourna vers Leydecker et lui demanda s'il y avait des chances de prouver qu'Ed était le complice de Charles Pickering. « Parce que, voyez-vous, c'est Ed qui l'a poussé à ça. J'en suis aussi sûr que je sais que c'est Strawford Park, là devant nous.

— Vous avez probablement raison, mais ne vous faites pas trop d'illusions ; nous avons bien peu de chances de le coincer. Même avec un substitut du procureur moins conservateur que Dale Cox, je ne parierais pas cher là-dessus.

— Et pourquoi ?

— En premier lieu, je doute qu'il soit possible de démontrer que les deux hommes entretenaient des relations étroites. En deuxième lieu, des types comme Pickering ont tendance à être d'une loyauté à toute épreuve vis-à-vis des gens qu'ils considèrent comme des amis, tant ils en ont peu ; leur univers est avant tout constitué d'ennemis. Si on l'interroge, je doute fort que notre homme répète ce qu'il vous a raconté pendant qu'il vous chatouillait les côtes avec son couteau de chasse. En dernier lieu, Ed Deepneau n'est pas idiot. Cinglé, certes, et peut-être même davantage que Pickering, si l'on y réfléchit, mais pas stupide. Il ne reconnaîtra rien du tout. »

Ralph opina ; c'était exactement ce qu'il pensait d'Ed.

« Si jamais Pickering affirmait que Deepneau lui avait ordonné de vous trouver et de vous supprimer — sous prétexte que vous faites partie de cette bande de Centurions assassins de bébés et voleurs de fœtus —, Ed se contenterait de sourire et de hocher la tête en disant qu'il ne doutait pas que ce pauvre Charlie nous avait raconté cela, que le pauvre Charlie pouvait même le croire, mais que ce n'était pas vrai pour autant. »

Le feu passa au vert. Leydecker franchit le carrefour, puis s'engagea à gauche, sur Harris Avenue. Les essuie-glaces clapotaient contre le pare-brise. Strawford Park, sur la droite de Ralph, ondulait comme un mirage à travers la pluie qui dégoulinait sur la vitre de sa portière.

« Et que pourrions-nous objecter? poursuivit le policier. Le fait est que Charlie Pickering a une longue histoire de troubles mentaux. Question hôpitaux psy, il les a tous faits : Juniper Hill, l'hôpital d'Acadia, l'institut de santé mentale de Bangor... prenez n'importe quel endroit où l'on vous branche gratuitement sur le courant et où on vous habille de vestes qui se boutonnent dans le dos, Charlie a toutes les chances d'y être passé. Actuellement, l'avortement est sa lubie. Dans les années soixante, il en avait après Margaret Chase Smith. Il écrivait partout — au député de Derry, à la police d'État, au FBI —, prétendant que c'était une espionne soviétique. Il disait qu'il en avait la preuve.

— Nom de Dieu, c'est incroyable!

— Non, c'est du Charles Pickering, et je parie qu'on en trouve une douzaine comme lui dans toutes les villes de la taille de la nôtre, aux États-Unis. Que dis-je, dans le monde entier. »

La main de Ralph alla délicatement toucher le bandage, sur son flanc gauche. Ses doigts suivirent le contour des agrafes, sous les couches de gaze. Ce dont il se souvenait le mieux, c'étaient les yeux agrandis par la loupe des verres de Pickering, leur expression à la fois terrifiée et extatique. Il éprouvait déjà des difficultés à admettre que l'homme à qui appartenaient ces yeux avait failli le tuer, et craignait que demain, toute cette histoire ne se ramène à l'un de ces rêves intrusifs dont parlait James Hall dans son livre.

« Ce qui est chiant, Ralph, c'est qu'un maboul comme Charlie Pickering est un instrument parfait entre les mains d'un type comme Ed Deepneau. Pour le moment, notre petit camarade boxeur de femme dispose de cent mille dénégations à nous opposer. »

Leydecker s'engagea dans l'allée de la maison de Ralph et se gara derrière une grosse Oldsmobile avec des taches de rouille sur les bords du coffre et un très vieil autocollant — DUKAKIS EN 88 — sur le pare-chocs.

« A qui appartient ce brontosaure ? Au prof ?

— Non, c'est *mon* brontosaure. »

Leydecker lui adressa un regard incrédule en mettant le levier de la boîte automatique sur *parking*. « Si vous avez une auto, comment se fait-il que vous vous fassiez doucher en attendant le bus ? Elle est en panne ?

— Non, elle marche », répondit Ralph d'un ton un peu raide, ne voulant pas ajouter qu'il n'en était pas tellement sûr ; cela faisait deux mois qu'il n'avait pas fait tourner la vieille Olds. « Et je n'étais pas sous la pluie, puisque l'arrêt du bus comporte aussi un abri. Avec un toit. Et même un banc. D'accord, il n'y a pas la télé par câble, mais attendez voir l'année prochaine.

— Pourtant..., dit Leydecker, regardant toujours l'Oldsmobile d'un air dubitatif.

— J'ai passé les quinze dernières années de ma vie professionnelle à piloter un bureau, mais avant, j'étais vendeur. Pendant quelque chose comme vingt-cinq ans, j'ai parcouru dans les mille deux cents kilomètres par semaine. A l'époque où je me suis carré derrière un bureau, à l'imprimerie, l'envie de conduire m'avait passé depuis longtemps. Et depuis la mort de ma femme, je n'ai guère eu de raisons de prendre le volant, on dirait. Le bus me va très bien dans la plupart des cas. »

Tout cela était on ne peut plus vrai, et il n'éprouva pas le besoin d'ajouter qu'il faisait de moins en moins confiance à ses réflexes et que sa vue n'était plus ce qu'elle avait été. Un an auparavant, un gamin de sept ou huit ans s'était mis à courir après son ballon dans Harris Avenue au moment où Ralph revenait du cinéma ; et il avait eu beau ne rouler qu'à trente kilomètres à l'heure, il avait bien cru, pendant deux épouvantables secondes, qu'il allait passer sur l'enfant. Il n'en avait rien été, évidemment — ça n'avait même pas été de justesse, en fait —, mais depuis, il aurait pu compter sur les doigts des deux mains le nombre de fois où il avait pris l'Oldsmobile.

Cela non plus, il n'éprouva pas le besoin de le confier au policier.

« Vous avez raison, il faut faire ce qui vous convient le mieux, admit Leydecker avec un geste vague de la main en direction de la vieille voiture. Est-ce que treize heures, demain après-midi, ça vous convient pour venir faire votre déposition, Ralph ? Je prends mon service à midi, je pourrais donc suivre par-dessus votre épaule et vous apporter un café, au besoin.

— Ça me va très bien. Et merci de m'avoir ramené chez moi.

— Il n'y a pas de quoi. Ah, autre chose... »

Ralph venait d'ouvrir la portière. Il la referma et se tourna vers Leydecker, le sourcil levé.

Le détective étudia ses mains, changea de position derrière le volant, mal à l'aise, s'éclaircit la gorge et releva la tête. « Je voulais simplement vous dire que vous n'êtes pas quelqu'un d'ordinaire. Des tas de types ayant quarante ans de moins que vous auraient terminé l'aventure à l'hôpital. Ou à la morgue.

— Mon ange gardien a dû faire des heures sup », répondit Ralph, pensant à sa surprise lorsqu'il avait compris quel était l'objet cylindrique qui se trouvait dans sa poche droite.

« C'est bien possible, mais que cela ne vous empêche pas de vous enfermer à triple tour, le soir. Vous m'entendez ? »

Ralph sourit et acquiesça. Sincères ou pas, les éloges de Leydecker lui avaient fait chaud au cœur. « Entendu ; si je peux convaincre McGovern d'y mettre du sien, tout ira au poil. »

Je peux aussi descendre vérifier que la porte du bas est bien fermée, à mon réveil. Soit dans les deux heures et demie après m'être endormi, au train dont vont les choses.

« Tout ira au poil, oui, renchérit Leydecker. On n'a pas été très content, là où je travaille, quand on a appris qu'Ed Deepneau avait plus ou moins fait une OPA sur les Amis de la Vie, mais je ne peux pas dire que nous ayons été surpris. C'est un type séduisant, charismatique. Du moins, les jours où on ne tombe pas sur lui quand il vient de traiter sa femme comme un punching-ball. »

Ralph opina du chef.

« Par ailleurs, ce n'est pas le premier de ce genre que nous voyons ; ils ont souvent un comportement autodestructeur. Ce processus a déjà commencé chez Deepneau. Il a perdu sa femme, il a perdu son travail... vous êtes au courant ?

— Oui. C'est Helen qui me l'a dit.

— Et maintenant, il perd ses partisans les plus modérés. Ils décrochent à la vitesse d'avions de chasse qui foncent vers l'aéroport parce qu'ils sont à court d'essence. Pas Ed ; lui, il continue, quoi qu'il advienne. Je suppose qu'il en aura encore une poignée autour de lui le jour où Susan Day viendra faire son laïus, mais après ça, j'ai bien l'impression qu'il va se retrouver aussi seul qu'un pestiféré.

— Avez-vous pensé qu'il risquait de tenter quelque chose, vendredi prochain ? Qu'il va peut-être essayer de faire du mal à Susan Day ?

— Oh oui, pour y penser, nous y avons pensé, croyez-moi. »

8

Ralph fut extrêmement heureux de trouver la porte d'entrée fermée à clef, cette fois. Il ne la déverrouilla que le temps de se glisser à l'intérieur, puis entreprit l'escalade laborieuse de l'escalier, qui lui sembla plus haut et plus sombre que jamais, cet après-midi.

L'appartement paraissait trop silencieux, en dépit du crépitement régulier de la pluie sur le toit, et l'air était comme chargé de l'odeur de trop de nuits blanches. Il tira une chaise de la cuisine près du comptoir, monta dessus et regarda sur le haut du placard, à côté de l'évier. Comme s'il s'était attendu à y trouver une autre bouteille de Bodyguard — l'originale, celle qu'il avait posée là après le départ d'Helen et Gretchen —, quelque chose en lui s'y attendait vraiment. Il n'y avait rien, toutefois, sinon un cure-dents, un vieux fusible Buss et beaucoup de poussière.

Il descendit de la chaise avec précaution, constata qu'il avait laissé des traces boueuses dessus, les nettoya avec du papier absorbant. Puis il remit la chaise à sa place et se rendit dans le séjour. Il resta un moment debout, parcourant la pièce des yeux — le canapé avec sa couverture au motif floral défraîchi, son gros fauteuil rembourré, le vieil appareil de télé posé sur une tablette de chêne entre les deux fenêtres donnant sur Harris Avenue. De la télé, son regard se porta à l'angle opposé. En entrant dans l'appartement, hier, encore un peu énervé d'avoir trouvé la porte d'entrée non verrouillée, il avait pris, un bref instant, sa veste accrochée au portemanteau pour la silhouette d'un intrus. Inutile de se mentir; il avait pensé, sur le coup, qu'Ed était venu lui rendre visite.

Mais voilà, jamais je ne suspends ma veste là. C'était l'une des choses — des rares choses, il me semble — qui avaient le don d'agacer Carolyn. Et si je n'ai pas réussi à en prendre l'habitude pendant qu'elle était vivante, sûr et certain que ce n'est pas depuis sa mort que je l'ai adoptée. Non, ce n'est pas moi qui ai accroché cette veste.

Ralph vida les poches de sa veste de cuir sur le dessus du poste de télévision. Dans la gauche il ne trouva rien, sinon un rouleau de petits bonbons à la menthe Life Savers, dont le premier était collé au papier ; mais la droite se révéla être un coffre au trésor, même sans l'aérosol. Elle contenait une friandise (Lemon Tootsie Pop) toujours dans son emballage ; une publicité froissée pour une pizzeria de Derry ; une pile de 1,5 volt ; un petit carton qui avait naguère contenu une part de tarte de chez McDonald's ; sa carte de fidélité de Dave's Video Stop, à quatre points d'une location gratuite (elle était restée aux abonnés absents pendant quinze jours et Ralph était sûr de l'avoir perdue) ; une pochette d'allumettes ; différents bouts de papier d'aluminium ; et un morceau de papier ligné bleu, plié.

Ralph l'ouvrit et lut la phrase que la main incertaine d'un vieillard avait griffonnée : *Chaque chose que je fais, je la fais à la hâte pour pouvoir faire autre chose.*

Rien d'autre, mais cela suffisait à confirmer, pour sa raison, ce que son cœur avait déjà deviné : il avait trouvé Dorrance sur les marches du porche, lorsqu'il était revenu de chez Back Pages avec ses livres, mais le patriarche avait eu d'autres choses à faire avant de s'asseoir pour l'attendre. Il était monté dans l'appartement de Ralph, avait pris la bombe aérosol sur le haut du placard, l'avait glissée dans la poche droite de la vieille veste de cuir grise ; il avait même laissé sa carte de visite, sous la forme d'un fragment de poème, probablement écrit sur une page arrachée au petit carnet en piteux état sur lequel il notait les arrivées et les départs de la piste 3. Puis, au lieu de remettre la veste où il l'avait trouvée, le vieux Dor l'avait accrochée correctement au portemanteau. Cela fait,

(quand le vin est tiré, il faut le boire)

il était redescendu attendre sur le porche.

La veille au soir, Ralph avait réprimandé McGovern pour avoir une fois de plus oublié de mettre le verrou à la porte d'entrée, et Bill l'avait écouté patiemment, comme lui-même avait supporté patiemment les remontrances de Carolyn, quand il jetait sa veste sur la première chaise venue, au lieu de la suspendre au portemanteau. Il se demandait maintenant s'il n'avait pas accusé McGovern à tort. Le vieux Dor avait peut-être forcé le verrou... ou l'avait ensorcelé. Étant donné les circonstances, la sorcellerie paraissait l'hypothèse la plus vraisemblable. Parce que...

« Parce que, marmonna Ralph à voix basse, récupérant machinalement le contenu de ses poches pour le remettre à sa place, ce n'est pas comme s'il avait simplement su que j'allais avoir besoin de ce truc ; il savait où le trouver, et il savait où le mettre. »

Un frisson zigzagua dans son dos, et la partie rationnelle de son esprit essaya de démolir cette idée en la traitant de folle, d'absurde, de délire d'insomniaque au dernier stade... voire. Mais tout ça n'expliquait pas le bout de papier, n'est-ce pas ?

Il regarda de nouveau les mots griffonnés sur la feuille de papier ligné — *Tout ce que je fais, je le fais à la hâte, pour pouvoir faire quelque chose d'autre*. Ce n'était pas plus son écriture que *Cemetery Nights* était un livre à lui.

« Sauf qu'il m'appartient, maintenant. Dor me l'a donné. » Un autre frisson lui parcourut le dos, aussi tortueux qu'une fissure dans un pare-brise.

Et quelle autre explication te vient à l'esprit ? L'aérosol n'a pas pu voler directement dans ta poche. Pas plus que ce bout de papier.

Il ressentit de nouveau cette impression d'être poussé par des mains invisibles vers la gueule d'un tunnel ténébreux. Avec le sentiment de vivre un mauvais rêve, Ralph retourna dans la cuisine. En chemin, il se débarrassa de sa veste et la jeta sur un bras du canapé sans même y penser. Il resta quelques instants sur le pas de la porte, regardant fixement le calendrier sur lequel on voyait deux garçons rieurs occupés à sculpter une lanterne dans une citrouille pour Halloween. Mais c'était le cercle autour de la date de demain qui retenait toute son attention.

Annule le rendez-vous avec l'enfonceur d'aiguilles, avait dit Dorrance ; c'était le message et aujourd'hui, l'enfonceur de couteau l'avait plus ou moins souligné. Éclairé au néon, oui !

Il chercha le numéro dans les pages jaunes et le composa.

« Cabinet du Dr. James Roy Hong, l'informa une agréable voix féminine. Pour l'instant, personne ne peut prendre votre communication, alors ayez la gentillesse de nous laisser un message après le bip sonore. Nous vous rappellerons dès que possible. »

Le répondeur automatique émit son bip. D'une voix qui le surprit lui-même par sa fermeté, Ralph dit : « Ici Ralph Roberts. J'ai rendez-vous demain matin à dix heures. Je suis désolé, mais je serai dans l'impossibilité de venir. Il s'est passé quelque chose. Merci. » Il marqua un temps d'arrêt, puis ajouta : « Bien entendu, je paierai la consultation. »

Il ferma les yeux et remit le combiné à tâtons sur sa fourche. Puis il s'appuya du front contre le mur.

Qu'est-ce que tu fabriques, Ralph, mon vieux ? Au nom du Ciel, qu'est-ce que tu fabriques ?

« Le chemin est long pour le paradis, mon cœur. »

Tu ne peux pas sérieusement croire ce que tu penses... si ?

« ... un long chemin, alors ne gaspille pas ton énergie pour des bêtises. »

Et au fait, qu'est-ce que tu penses exactement ?

Il l'ignorait ; il n'en avait pas la moindre idée. Le destin, sans doute, les rendez-vous à Samarkand. Une seule chose s'imposait à lui, pour le moment, les cercles de douleur qui allaient s'agrandissant autour du petit trou qu'il avait au flanc gauche, le trou que lui avait fait le maboul au couteau. L'infirmier lui avait donné une demi-douzaine de pilules analgésiques, et il se dit qu'il ferait bien d'en prendre une; mais pour l'instant, il se sentait trop fatigué pour faire l'effort d'aller jusqu'à l'évier et se servir un verre d'eau... et s'il était trop fatigué pour traverser cette petite pièce merdique, comment diable pourrait-il parcourir le long chemin menant au paradis?

Cela aussi, il l'ignorait, et il s'en fichait pour l'instant. Il n'avait qu'une envie, rester là où il se tenait, la tête appuyée au mur et les yeux fermés, afin de ne rien avoir à regarder.

CHAPITRE 8

1

La plage était un long ruban blanc, comme un bouillonnement de dentelle ourlant le bleu éclatant de la mer, et totalement vide, à l'exception d'un objet rond, à environ soixante-dix mètres. L'objet avait la taille d'un ballon de basket et remplissait Ralph d'une terreur profonde et — pour le moment — sans fondement.

Ne t'en approche pas. Il y a là quelque chose de mauvais. Quelque chose de vraiment mauvais. C'est un chien noir hurlant à la lune, du sang dans l'évier, un corbeau perché sur un buste d'Athéna juste de l'autre côté de la porte de ta chambre. Tu ne dois pas t'en approcher, Ralph, et tu n'as pas besoin de t'en approcher, parce que c'est un de ces rêves lucides dont Joe Plussaj t'a parlé. Si tu le veux, tu peux faire demi-tour et t'éloigner.

Sauf que ses pieds commencèrent à l'entraîner en avant et qu'il ne s'agissait peut-être pas, en fin de compte, d'un rêve lucide. Ni très agréable, d'ailleurs ; pas agréable du tout. Parce que plus il s'approchait de l'objet de la plage, moins il ressemblait à un ballon de basket.

C'était de loin le rêve le plus réaliste que Ralph eût jamais connu de sa vie, et le fait de savoir qu'il rêvait paraissait même renforcer cette impression de réalisme. De lucidité. Il sentait le sable fin et mou sous ses pieds nus, un sable tiède, mais pas chaud ; il entendait le grondement raboteux, caillouteux, des vagues qui arrivaient, perdaient leur équilibre et se brisaient sur la plage, où le sable brillait comme une peau bronzée couverte d'eau ; il sentait l'odeur du sel et des algues qui séchaient, parfum fort et piquant qui lui rappelait ses vacances d'été à Old Orchard Beach, quand il était enfant.

Hé, mon pote, si tu n'es pas capable de modifier ce rêve, je me dis que tu pourrais peut-être appuyer sur le bouton du siège éjectable et gicler — te réveiller, en d'autres termes, et tout de suite.

Il avait parcouru la moitié de la distance qui le séparait de l'objet et la question de ce qu'il était ne se posait plus. Non pas un ballon de basket, mais une tête. On avait enterré un être humain jusqu'au cou dans le sable... et, se rendit-il soudain compte, la marée montait.

Il ne gicla pas ; il se mit à courir. L'ourlet écumeux d'une vague, à cet instant, vint effleurer la tête. Elle ouvrit la bouche et commença à crier. Même ainsi déformée, Ralph reconnut la voix sur-le-champ. C'était celle de Carolyn.

L'écume de la vague suivante s'étala sur la plage et ramena en arrière les cheveux collés sur les joues mouillées de la tête. Ralph courut plus vite, conscient que de toute façon il arriverait trop tard. La marée montait vite. Elle serait noyée bien avant qu'il eût le temps de dégager son corps du sable.

Tu n'as pas à la sauver, Ralph. Carolyn est déjà morte et ça ne s'est pas passé sur une plage déserte, mais chambre 317, au Derry Home Hospital. Tu étais avec elle jusqu'à la fin et le bruit que tu entendais n'était pas celui des vagues, mais le grésil qui frappait la fenêtre. Tu ne t'en souviens pas ?

Si, il s'en souvenait, mais il n'en accéléra pas moins, soulevant des gerbes d'un sable fin comme du sucre en poudre à chaque foulée.

Tu ne l'atteindras même pas, tu sais comment ça se passe dans les rêves, non ? Quand tu te précipites sur un truc, ça se transforme en autre chose...

Non, ce n'était pas ce que disait le poème... à moins que... mais Ralph ne savait plus trop. La seule chose qu'il se rappelait clairement, en ce moment, était qu'à la fin, le narrateur fuyait en courant à l'aveuglette quelque chose de mortel

(jetant un coup d'œil par-dessus mon épaule je vois sa forme)

qui le poursuivait dans les bois... et gagnait du terrain.

Néanmoins, il se rapprochait de la forme noire posée sur le sable. Elle ne se changea pas en autre chose non plus, et lorsqu'il tomba à genoux à côté de Carolyn, il comprit tout de suite pourquoi il n'avait pu reconnaître celle qui avait été sa compagne pendant quarante-cinq ans, même de loin : son aura n'allait pas du tout, mais pas du tout. Elle se collait à sa peau comme une poche en plastique sale. Lorsque l'ombre de Ralph tomba sur elle, les yeux de Carolyn roulèrent comme ceux d'un cheval qui vient de se briser la jambe en sautant un obstacle. Elle respirait à petits coups rapides et effrayés, et chaque expiration expulsait des jets d'une aura gris-noir par ses narines.

Le panache endommagé qui montait de son crâne avait les nuances violet-noir d'une plaie qui s'infecte. Lorsqu'elle ouvrit la bouche pour crier de nouveau, une substance luisante, d'aspect déplaisant, coula de ses lèvres en filets pâteux pour disparaître dès l'instant ou presque où il la vit.

Je vais te sauver, Carol ! cria-t-il. Il se mit à creuser le sable autour d'elle, frénétique comme un chien qui exhume un os... et au moment où cette idée lui venait, il se rendit compte que Rosalie, le clébard matinal de Harris Avenue, était assise, fatiguée, à côté de sa femme qui hurlait. Une aura noire crasseuse entourait également la chienne. Elle tenait le panama disparu de McGovern entre ses pattes, et le chapeau avait l'air d'avoir subi un certain nombre de mastications depuis qu'il était en sa possession.

C'est donc ce qui est arrivé au foutu panama, pensa Ralph, avant de se tourner de nouveau vers Carolyn et de se remettre à creuser, encore plus vite. Jusqu'ici, il n'avait même pas réussi à lui dégager une épaule.

Ne t'occupe pas de moi! lui cria Carolyn. *Je suis déjà morte, tu le sais bien! Guette les empreintes de l'homme blanc, Ralph! Les...*

Une vague, vert bouteille dans le fond et ourlée d'une mousse savonneuse, se brisa à moins de trois mètres de la plage. Elle courut vers eux, frigorifia les couilles de Ralph de son eau froide et engloutit momentanément la tête de Carolyn dans un mélange écumeux chargé de sable. Lorsqu'elle se retira, c'est Ralph qui, tourné vers le ciel bleu indifférent, poussa un cri plein d'horreur. L'eau était parvenue à accomplir en une seconde ce qu'il avait fallu presque un mois de radiothérapie pour obtenir : elle lui avait enlevé tous ses cheveux, laissant Carolyn complètement chauve. Et son crâne commençait à se déformer à l'endroit où était attaché le panache noirâtre.

Carolyn, non! hurla-t-il, creusant encore plus vite. Le sable, maintenant humide, était désagréablement pesant.

Ça ne fait rien, dit-elle. Des bouffées gris-noir sortaient de sa bouche à chaque mot, comme les vapeurs délétères d'une cheminée d'usine. *C'est simplement la tumeur, et elle est inopérable, alors ne perds pas ton sommeil pour cette partie du spectacle. Qu'est-ce que ça peut faire, hein? La route est longue pour le paradis, alors ne gaspille pas ton énergie pour des bêtises, d'accord? Il faut cependant que tu surveilles ces traces...*

Mais je ne sais pas de quoi tu parles, Carolyn!

Une autre vague déferla, mouilla Ralph jusqu'à la taille et engloutit une fois de plus Carolyn. Lorsqu'elle se retira, la boursouflure de son crâne commençait à s'ouvrir.

Tu le découvriras bien assez tôt, répondit Carolyn. Puis le renflement de sa tête éclata avec un bruit de marteau heurtant un quartier de viande. Des gouttelettes de sang se dispersèrent dans l'air clair au parfum de sel, et une horde de bestioles noires de la taille de cancrelats se déversa de son crâne. Ralph n'avait jamais rien vu de tel auparavant — même pas dans un rêve — et il se sentit pris d'un dégoût si violent qu'il frisait l'hystérie. Il se serait bien enfui, Carolyn ou pas, mais il était cloué sur place, trop hébété pour bouger un seul doigt, encore plus pour se lever et courir.

Quelques bestioles noires entrèrent dans la bouche de Carolyn pendant qu'elle criait, mais la plupart dégringolèrent le long de ses joues et de ses épaules pour se disperser sur le sable. Leurs yeux accusateurs d'extraterrestres ne quittèrent pas Ralph un seul instant. *Tout cela est ta faute*, paraissaient-ils dire. *Tu aurais pu la sauver, Ralph, et quelqu'un de mieux que toi y serait arrivé.*

Carolyn ! hurla-t-il. Il tendit les mains vers elle, puis eut un geste de recul, terrifié par les bestioles noires qui continuaient à surgir de sa tête. Derrière elle, Rosalie restait assise dans sa propre enveloppe de ténèbres, regardant Ralph d'un air grave et tenant le chapeau disparu de McGovern dans la gueule.

L'un des yeux de Carolyn jaillit de son orbite et retomba sur le sable mouillé comme une cuillerée de gelée de myrtille. L'orbite vide vomit d'autres bestioles noires.

Carolyn ! cria-t-il, *Carolyn ! Carolyn ! Car...*

2

« ... olyn ! Carolyn ! Car... »

Soudain, alors même qu'il prenait conscience que son rêve était achevé, Ralph se retrouva en train de tomber. A peine comprit-il ce qui lui arrivait avant de heurter lourdement le plancher de la chambre. Il réussit à atténuer le choc en tendant un bras, ce qui lui évita sans doute un méchant coup derrière la tête, mais provoqua un élancement fichtrement puissant sous le bandage que maintenait du sparadrap sur son buste. Pourtant, c'est à peine s'il sentit la souffrance. Il éprouvait de la peur, de la répulsion, et un chagrin horrible, poignant... mais, plus que tout, il était submergé de gratitude. Le cauchemar — sans conteste le plus mauvais rêve qu'il eût jamais fait — était terminé, et il se trouvait de nouveau dans l'univers de la réalité.

Il rabattit le pan de sa veste de pyjama, qui était presque entièrement déboutonnée, vérifia qu'aucun saignement n'apparaissait sous le pansement, ne vit rien et se mit sur son séant. Le seul fait de se redresser ainsi l'épuisa ; et l'idée de se relever, au moins pour se remettre au lit, paraissait être hors de question, au moins pour le moment. On verrait lorsque les battements frénétiques de son cœur se seraient un peu calmés.

Peut-on mourir d'un cauchemar ? se demanda-t-il. C'est la voix de Joe Plussaj qui lui répondit : *Et comment, on le peut, Ralph, même si le médecin légiste écrit « suicide » dans la case réservée aux causes de la mort.*

Encore sous l'effet de son songe horrible, assis sur le plancher et s'étreignant les genoux de son bras droit, Ralph ne doutait pas que certains rêves fussent assez puissants pour tuer. Les détails de celui qu'il venait de faire s'estompaient, mais il ne se souvenait que trop bien de son apogée : ce choc sourd, comme ferait un marteau heurtant une épaisse tranche de bœuf, et la répugnante régurgitation d'insectes sortant de la tête éclatée de Carolyn. Insectes gros et gras, bien vivants, et certes ils pouvaient l'être : ils s'étaient régalés de la cervelle de sa défunte femme.

Ralph émit un gémissement bas larmoyant et s'essuya le visage de la main gauche, ce qui provoqua un nouvel élancement, sous le pansement. Il avait la paume grasse de sueur en retirant sa main.

Que lui avait-elle dit exactement de surveiller ? Une piste ? Non, des traces, des empreintes — laissées par un homme blanc. Empreintes, traces de quoi ? Et avait-elle dit autre chose ? Peut-être, ou peut-être pas. Il n'arrivait pas à s'en souvenir clairement. Et alors ? Ce n'était qu'un rêve, nom de Dieu, rien qu'un rêve, et, mis à part les descriptions fantaisistes du monde onirique des journaux à sensation, les rêves ne signifiaient rien et ne prouvaient rien. Quand une personne s'endormait, son esprit paraissait se transformer en une sorte de coureur de soldes dans une boutique, fouillant dans les piles d'objets sacrifiés, pour la plupart des souvenirs récents, sans valeur, à la recherche non pas d'objets intéressants ou même utilisables, mais de choses à l'éclat encore tapageur. Le dormeur en faisait des collages monstrueux, souvent surprenants mais qui avaient, la plupart du temps, autant de sens que la conversation de Natalie Deepneau. La chienne Rosalie et jusqu'au panama disparu de McGovern étaient venus faire de la figuration ; mais tout cela ne signifiait rien... sauf que demain soir, il éviterait de prendre l'une des pilules analgésiques que lui avait données l'infirmier, même s'il avait l'impression que son bras allait se détacher de son corps. Non seulement celle qu'il avait avalée à l'heure du dernier bulletin d'information n'avait pas réussi à lui éviter d'avoir mal, comme il l'avait espéré, à demi confiant, mais elle avait probablement contribué à provoquer le cauchemar.

Il réussit enfin à se lever et à s'asseoir sur le bord du lit. Une onde de faiblesse flottait dans sa tête comme une toile de parachute, et il ferma les yeux jusqu'à la disparition de la sensation. Tandis qu'il restait ainsi, la tête baissée et les yeux clos, il chercha de la main l'interrupteur de sa lampe de chevet et alluma. Lorsqu'il rouvrit les yeux, la partie de la chambre qu'éclairait la lumière jaune et chaude paraissait très brillante et très réelle.

Il consulta la pendulette, à côté de la lampe : une heure quarante-huit, et il se sentait parfaitement réveillé, parfaitement alerte, analgésique ou pas. Il se leva, passa à pas lents dans la cuisine et mit la bouilloire sur le feu. Puis il s'appuya au comptoir, massant sans y penser le pansement sous son bras gauche, dans un effort pour atténuer les élancements réveillés par ses récentes aventures. Lorsque la bouilloire siffla, il versa l'eau chaude sur un sachet de thé Sleepy Time (*Somnolence*, se dit-il, *une bien bonne marque pour toi*) et partit pour le salon, sa tasse à la main. Il se laissa tomber dans son fauteuil sans prendre la peine de mettre la lumière ; celle des lampadaires et la faible lueur diffusée par la porte de la chambre lui suffisaient largement.

Eh bien, me voilà une fois de plus installé au premier rang, rangée du centre. Que le spectacle commence !

Le temps passa — combien, il n'aurait su le dire — mais les élancements s'étaient calmés, sous son bras, et son thé brûlant était devenu à peine tiède lorsqu'il enregistra un mouvement du coin de l'œil. Ralph tourna la tête, s'attendant plus ou moins à voir Rosalie, mais ce n'était pas la chienne. Deux hommes venaient de sortir d'une maison de l'autre côté de Harris Avenue et se tenaient sur le perron. On ne pouvait distinguer les couleurs de la maison — les lampes à arc de sodium installées par la ville quelques années auparavant donnaient une excellente visibilité mais rendaient presque impossible l'appréciation exacte des couleurs —, néanmoins on se rendait compte que la peinture des parements était radicalement différente de celle du reste. Ce détail ainsi que l'emplacement permirent à Ralph de conclure qu'il s'agissait de la maison de May Locher.

Les deux hommes qui se tenaient sur le perron étaient de très petite taille ; ils ne devaient pas faire plus d'un mètre vingt ou trente. Une aura apparemment verdâtre les enveloppait. Ils portaient des blouses blanches identiques, qui rappelaient à Ralph celles des comédiens dans les vieilles séries télé sur le monde médical — des feuilletons comme *Ben Casey* ou *Dr. Kildare*. L'un d'eux tenait quelque chose à la main. Ralph plissa les yeux. Il ne put distinguer la nature exacte de l'objet, juste que sa forme était pointue et agressive. Il aurait refusé d'affirmer sous serment qu'il s'agissait d'un couteau, mais cela y ressemblait. Oui, il pouvait tout à fait s'agir d'un couteau.

La première pensée ordonnée qui lui vint à l'esprit, au vu de ce spectacle, fut que les deux hommes avaient l'air d'extraterrestres sortis tout droit d'un film sur les enlèvements par des soucoupes volantes — *Communion*, ou encore *A Fire in the Sky*. La deuxième fut de se dire qu'il venait de se rendormir dans le fauteuil, sans même s'en rendre compte.

C'est ça, Ralph, juste encore un peu de cette pagaille de trucs en solde, probablement due au stress d'avoir reçu un coup de couteau et amplifiée par ces foutues pilules antidouleur.

Il ne trouva rien d'effrayant, en dehors de l'objet long et effilé que tenait l'un d'eux, aux deux personnages qui bavardaient sur le porche de May Locher. Ralph se dit que même en songe, personne ne pouvait tirer grand-chose d'une paire de types chauves de cette taille, en blouses blanches, vrais laissés-pour-compte du casting d'un film de série B. Leur comportement, par ailleurs, n'avait rien d'inquiétant : ni furtif, ni menaçant. Ils se tenaient sur ce perron comme si c'était la chose la plus naturelle du monde, à ces heures les plus noires et les plus calmes de la nuit. Ils se faisaient face et leur attitude et leur grosse tête chauve donnaient l'impression de deux amis lancés dans une conversation paisible et civilisée. Ils paraissaient attentionnés et intelligents — le genre d'extraterrestres qui sont plus enclins à dire : « Nous venons en paix » qu'à vous enlever, vous enfoncer une sonde entre les fesses et prendre des notes sur vos réactions.

Très bien, ce nouveau rêve n'est peut-être pas un épouvantable cauchemar. Après le dernier, de quoi te plains-tu ?

Évidemment non, il ne se plaignait pas. Se ramasser une fois par nuit sur le plancher lui suffisait, merci bien. Ce rêve présentait toutefois quelque chose de troublant ; il paraissait réel d'une manière qui n'avait pas été celle du cauchemar avec Carolyn. Car après tout, il se trouvait dans sa propre salle de séjour, pas sur une plage étrange et déserte qu'il n'avait jamais vue auparavant. Assis dans le même gros fauteuil à oreillettes où il s'installait tous les matins, et tenant une tasse de thé (presque froid) à la main gauche ; et lorsqu'il approcha la main droite de son nez, il sentit une faible odeur de savon en provenance du dessous de ses ongles... Le Irish Spring qu'il aimait utiliser sous la douche...

Soudain, il porta la main à son côté gauche et appuya sur le pansement. La douleur fut immédiate et intense... mais les deux petits hommes en blouses blanches ne bougèrent pas du porche de May Locher.

Ce que tu ressens n'a pas d'importance, mon vieux. Ça ne peut pas avoir d'importance, parce que...

« Fais pas chier ! » gronda Ralph d'une voix basse et étranglée. Il se leva après avoir posé la tasse sur la petite table voisine. Du Sleepy Time se renversa sur le guide télé qui s'y trouvait déjà. « Fais pas chier, ce n'est pas un rêve ! »

3

Il traversa le séjour d'un pas vif, les pans de son pyjama lui battant les mollets, ses vieilles pantoufles produisant des chuintements et des claquements de serpillière mouillée, tandis que montaient, de l'endroit où Charlie Pickering l'avait frappé, des protestations étouffées sous forme de petites bouffées brûlantes. Il prit une chaise et la porta jusque dans la minuscule entrée de l'appartement, où se trouvait un placard. Le vieil homme ouvrit la porte, alluma la seule ampoule intérieure et disposa la chaise de manière à pouvoir atteindre l'étagère la plus haute.

Celle-ci était encombrée de toutes sortes d'objets oubliés, dont la plupart avaient appartenu à Carolyn. Des bibelots insignifiants, à peine mieux que des débris, mais à les voir, ce qui restait de sa conviction d'être dans un rêve se dissipa. Il y avait un vieux sachet de M&M, sa gourmandise secrète et rassurante ; un cœur en dentelle, un unique escarpin de satin blanc au talon cassé, un album de photos. Voir ces objets lui faisait bien plus mal que la blessure sous son bras, mais il n'avait pas le temps de s'abandonner à la douleur, en ce moment.

Il s'étira, la main gauche posée sur l'étagère poussiéreuse pour garder l'équilibre, et commença de farfouiller au milieu de ce capharnaüm avec sa main droite, non sans prier intérieurement pour que la chaise de cuisine n'ait pas l'idée de se dérober sous lui. La blessure commençait à l'élancer furieusement et il comprit qu'elle allait se remettre à saigner s'il n'arrêtait pas rapidement sa séance de gymnastique, mais...

Je suis pourtant sûr qu'elles sont par là... enfin... presque sûr...

Il repoussa une vieille boîte à mouches artificielles et son panier à poissons en osier. Derrière, se trouvait un numéro de la revue *Look* avec Andy Williams en couverture. Ralph l'écarta d'un revers de la main, soulevant un nuage de poussière. L'antique sachet de M&M tomba au sol et s'ouvrit, expédiant les bonbons multicolores dans tous les sens. Ralph se pencha encore un peu; il était presque sur la pointe des pieds. Il se dit que c'était sans doute son imagination, mais il avait l'impression que sous lui, la chaise était près d'aller valdinguer.

Cette idée venait à peine de lui traverser l'esprit qu'effectivement, la chaise se mettait à grincer et à entamer une marche arrière sur le plancher. Ralph l'ignora, comme il ignora la voix qui lui disait de mettre un terme à ce cirque, et tout de suite, parce qu'il rêvait éveillé, exactement comme James Hall expliquait dans son livre que c'était ce qui finissait par arriver aux insomniaques, un jour ou l'autre, et bien que les petits hommes chauves, de l'autre côté de la rue, n'eussent en réalité aucune existence, il pouvait très bien se trouver debout sur une chaise en train de glisser lentement, pouvait tout aussi bien se casser le col du fémur lorsqu'elle lui ferait définitivement défaut — et qu'est-ce qu'il donnerait comme explication, bon sang, lorsqu'un petit malin de toubib du service des urgences, à l'hôpital, lui demanderait comment il avait réussi son coup?

Avec un grognement, il n'en étira pas moins la main jusqu'au fond, poussant de côté un carton d'où dépassait la pointe d'une étoile d'arbre de Noël, tel un bizarre périscope effilé (envoyant par terre l'escarpin au talon cassé, au passage), et aperçut enfin ce qu'il cherchait, dans l'angle le plus éloigné du placard, sur sa gauche : le boîtier contenant ses vieilles jumelles Zeiss-Ikon.

Ralph descendit de la chaise juste à temps pour ne pas en tomber, la rapprocha et remonta dessus. Comme il ne pouvait atteindre l'angle dans lequel se trouvaient les jumelles, il prit le filet à poissons qui attendait depuis toutes ces années à côté de sa boîte à mouches et de son panier, et réussit à piéger le boîtier à sa seconde tentative. Il l'attira à lui jusqu'à ce qu'il pût le saisir par la bandoulière, et descendit de la chaise pour poser le pied sur l'escarpin sans talon. Il se tordit douloureusement la cheville. Il vacilla, moulina des bras pour retrouver son équilibre, manquant de peu d'aller heurter le mur, tête la première. En retournant dans le séjour, néanmoins, il sentit quelque chose de chaud et humide sous le pansement. Il avait fini par s'arranger pour rouvrir la plaie. Merveilleux. Encore une soirée exceptionnelle chez Roberts... et combien de temps était-il resté loin de la fenêtre ? Il l'ignorait, mais il avait l'impression que cela faisait longtemps, et la certitude que les petits docteurs chauves auraient disparu à son retour. La rue serait vide et...

Il s'arrêta brusquement ; le boîtier aux jumelles continua d'osciller au bout de la bandoulière, faisant courir lentement une ombre trapézoïdale sur le plancher, là où la lumière des lampadaires projetait son éclat orangé comme une couche de peinture bien laide.

Les petits docteurs chauves ? Était-ce bien ainsi qu'il venait de les évoquer ? Oui, évidemment. Parce que c'était sous ce nom qu'*ils* les désignaient — les types qui prétendaient avoir été enlevés par eux... examinés par eux... opérés par eux, parfois. Des médecins de l'espace, les proctologues du grand au-delà. Mais ce n'était pas le plus stupéfiant. Le plus stupéfiant était...

C'est l'expression qu'a employée Ed, le soir où il m'a téléphoné et où il m'a conseillé de ne pas me mêler de ses affaires. Il a dit que c'était le docteur qui lui avait parlé du Roi Pourpre, des Centurions et de tout le reste.

« Ouais... », murmura Ralph. Une chair de poule frénétique lui hérissait le dos. « Ouais, c'est ce qu'il a dit : "Le docteur me l'a dit. Le petit docteur chauve." »

Lorsqu'il atteignit la fenêtre, il constata que les étrangers se trouvaient toujours là ; ils avaient simplement quitté le perron de May Locher pour gagner le trottoir, pendant que lui allait à la pêche aux jumelles. Ils se tenaient même directement au-dessous d'un de ces fichus lampadaires à lumière orange. L'impression de scène désertée après la représentation qu'avait déjà donnée Harris Avenue à Ralph revint avec une force décuplée, démente... mais chargée d'un sens différent. A commencer par le fait que la rue n'était plus déserte, non ? Une pièce inquiétante de bien après minuit venait de commencer, dans un théâtre que les deux étranges créatures, là en bas, croyaient certainement vide.

Et qu'est-ce qu'ils feraient s'ils se rendaient compte qu'ils ont un spectateur ? Qu'est-ce qu'ils me feraient ?

Les petits docteurs chauves avaient maintenant l'attitude de deux personnes qui sont sur le point de tomber d'accord. En cet instant, l'effet qu'ils produisaient sur Ralph n'était plus du tout celui de deux médecins, en dépit de leurs blouses blanches, mais plutôt d'ouvriers qui viennent de terminer leur quart dans une usine ou un atelier. Ces deux types, manifestement amis, avaient l'air de s'être arrêtés à la sortie de l'entreprise pour finir une discussion qui les passionnait tellement qu'ils ne pouvaient même pas prendre le temps de se rendre jusqu'au café le plus proche et qui, de toute façon, ne durerait qu'une minute ou deux ; l'accord total n'était plus qu'à une ou deux répliques.

Ralph sortit les jumelles de leur boîtier, les porta à ses yeux et perdit une ou deux secondes à tripoter la molette de réglage avant de se rendre compte qu'il avait oublié les caches, devant les verres. Il les enleva et lorsqu'il regarda de nouveau, les deux silhouettes debout sous le lampadaire bondirent brusquement dans son champ de vision, assez grand et parfaitement éclairé, mais un peu flou. Il manipula de nouveau la molette de réglage et aussitôt les deux personnages devinrent nets. Ralph arrêta de respirer.

L'aperçu qu'il eut d'eux fut extrêmement bref ; pas plus de trois secondes s'écoulèrent, avant que l'un des deux hommes (s'il s'agissait bien d'hommes) eût un hochement de tête et donnât une tape sur l'épaule de son compagnon. Sur quoi ils se tournèrent, et Ralph ne vit plus que deux crânes lisses au-dessus de dos habillés de blanc. Trois secondes, tout au plus, mais Ralph en avait suffisamment vu, pendant ce bref intervalle de temps, pour se sentir profondément mal à l'aise.

Il avait couru chercher les jumelles pour deux raisons, l'une et l'autre fondées sur son incapacité de continuer à croire qu'il rêvait. Il avait tout d'abord voulu être sûr de pouvoir identifier les deux hommes si jamais il était appelé à le faire. Ensuite (il avait plus de mal à admettre consciemment celle-ci, mais elle avait tout autant de poids), il avait éprouvé le besoin de dissiper l'impression dérangeante qu'il était en train de vivre une rencontre du troisième type.

Mais au lieu de la dissiper, le bref coup d'œil qu'il avait eu le temps de donner par les jumelles n'avait fait que l'intensifier. Les petits docteurs chauves ne semblaient pas posséder de traits. Ils avaient certes des visages — des yeux, un nez une bouche —, mais ils paraissaient aussi interchangeables que les enjoliveurs chromés d'une voiture de la même marque et du même modèle. Il aurait pu s'agir de jumeaux identiques, mais ce n'était pas non plus l'impression qu'avait éprouvée Ralph ; ils lui avaient davantage fait l'effet de mannequins dans un magasin de vêtements, la perruque enlevée pour la nuit, se ressemblant non pas pour des raisons génétiques mais grâce aux mécanismes de la production de masse.

La seule caractéristique particulière qu'il arrivait à isoler et à désigner était la perfection de leur peau surnaturellement lisse : aucun des deux ne présentait le moindre repli, la plus petite ride. Pas de boutons, pas de verrues, pas de cicatrices, non plus ; Ralph se dit toutefois que c'étaient des détails qu'on pouvait ne pas remarquer, même à travers de bonnes jumelles. En dehors de cela, tout le reste était subjectif. Et ce coup d'œil avait été tellement bref ! S'il avait pu disposer des jumelles plus tôt, sans tout ce cirque avec la chaise et le filet à poissons, et s'il s'était rendu compte que les capuchons obturaient les verres au lieu de perdre son temps à tripoter la molette de réglage, il aurait pu s'épargner une partie du malaise qu'il ressentait maintenant.

On dirait des esquisses, pensa-t-il à l'instant même où ils lui tournaient le dos. C'est ça qui me tracasse le plus, je crois. Non pas tellement les têtes chauves identiques, les blouses blanches identiques, ni même l'absence de toute ride. C'est cet aspect esquissé : les yeux réduits à des cercles, les petites oreilles roses comme deux traits ondulés tracés avec un feutre, la bouche en deux coups de pinceau à aquarelle plongé dans un rose délavé. En réalité, ils ne ressemblent ni à des personnes, ni à des extraterrestres, mais plutôt à des représentations exécutées à la hâte de... de je ne sais pas quoi.

Une chose ne faisait pas de doute, toutefois : Doc Chauve #1 et Doc Chauve #2 étaient immergés dans une aura resplendissante qui donnait l'impression d'être d'un vert mordoré dans les jumelles, et grouillait de minuscules éclats rouge orange comme des étincelles tourbillonnant au-dessus d'un feu de camp. Ces auras dégageaient un sentiment de puissance et de vitalité en totale contradiction, pour Ralph, avec les visages dépourvus de traits comme d'intérêt.

Des visages ? Je ne pourrais sans doute pas les reconnaître, même avec un revolver collé à la tempe. Comme s'ils avaient été conçus pour être oubliés.

Évidemment, s'ils étaient toujours chauves, pas de problème. Mais s'ils portaient des perruques et étaient assis, m'empêchant de voir à quel point ils sont petits ? Peut-être... l'absence de rides pourrait les trahir ?... mais pas forcément. En revanche, les auras... ces auras d'un vert doré, avec leurs étincelles rouges virevoltantes... je les reconnaîtrais partout. Il y a cependant quelque chose qui cloche chez eux, non ? Mais quoi ?

La réponse lui vint à l'esprit aussi soudainement et facilement que les deux créatures étaient apparues en gros dans les jumelles lorsqu'il avait enfin pensé à enlever les caches. Les deux petits docteurs chauves étaient bien enveloppés chacun dans une aura brillante... mais sans avoir de panache s'élevant au-dessus de leur tête sans cheveux. Pas la moindre trace qu'il y en eût un.

Ils remontèrent tranquillement Harris Avenue en direction de Strawford Park, comme deux amis au cours de leur promenade du dimanche. Juste avant qu'ils ne quittassent le cercle de forte lumière répandue par le lampadaire situé devant la maison de May Locher, Ralph abaissa les jumelles de manière à pouvoir distinguer l'objet que Doc Chauve #1 tenait à la main. Ce n'était pas un couteau, comme il l'avait supposé, mais ce n'était pas non plus le genre d'objet que l'on trouve rassurant de voir entre les mains d'un étranger qui s'éloigne, aux petites heures du matin.

Il s'agissait d'une paire de ciseaux en acier aux deux longues lames.

4

Le sentiment d'être impitoyablement poussé vers la gueule d'un tunnel où l'attendaient toutes sortes de choses déplaisantes l'avait de nouveau envahi, accompagné maintenant de panique, car il avait l'impression d'avoir reçu la dernière grande bourrade pendant son sommeil, alors qu'il rêvait à son épouse décédée. Quelque chose en lui avait envie de hurler de terreur et Ralph comprit que s'il n'essayait pas de contrôler tout de suite cette impulsion, il allait effectivement se mettre à crier à pleins poumons. Il ferma les yeux et prit de profondes inspirations, se représentant un produit alimentaire à chacune : une tomate, une pomme de terre, une crème glacée, un chou de Bruxelles. Le Dr. Jamal avait enseigné à Carolyn cette technique toute simple, qui lui avait souvent permis de repousser ses maux de tête avant qu'ils ne l'envahissent complètement ; et même au cours des six dernières semaines, alors que la tumeur flambait, impossible à maîtriser, cette méthode s'était parfois révélée efficace. Elle permit à Ralph de contrôler sa panique. Ses battements de cœur ralentirent et le besoin de crier commença à passer.

Sans cesser de respirer à fond et d'énumérer

(pomme-poire-tranche de tarte au citron)

des produits comestibles, il remit soigneusement les caches sur les jumelles. Ses mains tremblaient encore, mais pas au point de l'empêcher de s'en servir. Une fois les jumelles dans leur boîtier, il leva avec précaution le bras gauche et examina le pansement. Il présentait en son centre un point rouge, de la taille d'un cachet d'aspirine, qui ne paraissait pas s'agrandir. Bien.

Il n'y a rien de bien là-dedans, Ralph.

Très juste, mais ce n'était pas ce genre de réflexion qui allait l'aider à déterminer exactement ce qui s'était passé, ni ce qu'il allait faire. Première étape : chasser de son esprit le rêve atroce avec Carolyn, et chercher à éclaircir ce qui était arrivé.

« Je suis réveillé depuis le moment où j'ai heurté le sol, dit-il à voix haute. J'en suis sûr, comme je suis sûr d'avoir vu ces hommes. »

Oui. Il les avait réellement vus, ainsi que leur aura d'un vert mordoré. D'ailleurs, il n'était pas le seul : Ed Deepneau en avait lui aussi vu au moins un. Ralph aurait parié un château là-dessus, s'il en avait eu un. Toutefois, il n'éprouvait qu'un mince soulagement à l'idée que lui et son voisin paranoïaque qui brutalisait sa femme voyaient les mêmes petits docteurs chauves.

Et les auras ? Est-ce qu'il n'avait pas dit aussi quelque chose à propos des auras ?

A la vérité, il n'avait pas utilisé exactement ce terme, mais Ralph était certain qu'il y avait fait allusion au moins par deux fois. *Le monde est parfois plein de couleurs, Ralph*. En août, peu après que John Leydecker l'avait arrêté pour violences conjugales, un délit simple. Puis un mois plus tard ou presque, lorsqu'il avait appelé Ralph au téléphone : *Est-ce que vous voyez déjà les couleurs ?* avait-il demandé.

Tout d'abord les couleurs, maintenant les petits docteurs chauves ; si ça continuait, le Roi Pourpre lui-même allait faire son apparition. Et à part tout ça, que devait-il faire, après ce qu'il venait de voir ?

La réponse s'imposa à lui avec une évidence inattendue qui le soulagea. Le problème urgent, comprit-il, n'était pas son état de santé mentale, les petits docteurs chauves, les auras, mais May Locher. Il venait de voir deux étrangers quitter la maison de sa voisine au beau milieu de la nuit... et l'un d'eux tenait à la main une arme potentiellement mortelle.

Ralph tendit la main, décrocha le téléphone et composa le 911.

5

« Officier Hagen, fit une voix de femme. En quoi puis-je vous aider ?

— En m'écoutant avec attention et en agissant

vite », répondit nerveusement Ralph. Disparu, l'air hébété et indécis qu'il avait si souvent affiché depuis le mois d'août; assis bien droit dans son fauteuil, le téléphone sur les genoux, il n'avait pas l'air d'avoir soixante-dix ans, mais plutôt d'un quinquagénaire en bonne santé et en forme. « Vous pouvez peut-être sauver la vie de quelqu'un.

— Monsieur, pouvez-vous s'il vous plaît me donner votre nom et vo...

— Ne m'interrompez pas, officier Hagen, la coupa l'homme qui n'arrivait pas à se souvenir des quatre derniers chiffres du cinéma de Derry Center. Je me suis réveillé il y a quelques instants, et, incapable de me rendormir, je me suis assis un moment. Mon séjour donne sur Harris Avenue. Je viens juste de voir... »

Il n'eut qu'une très courte hésitation, réfléchissant non à ce qu'il avait vu, mais à ce qu'il allait déclarer avoir vu à l'officier Hagen. La réponse lui vint à l'esprit aussi rapidement et naturellement que la décision d'appeler le 911, l'instant d'avant.

« J'ai vu deux hommes sortir de la maison qui se trouve du même côté que le Red Apple, mais un peu plus haut sur la rue; cette maison appartient à une personne du nom de May Locher. J'épelle : L-O-C-H-E-R, L comme Lexington. Cette dame est très gravement malade. Je n'avais jamais vu ces deux hommes auparavant. » Il marqua de nouveau un temps d'arrêt, mais volontairement cette fois, pour obtenir le maximum d'effet. « L'un d'eux tenait des ciseaux à la main.

— Adresse? » demanda l'officier Hagen. Son ton était tout à fait calme, mais Ralph n'en sentit pas moins que pas mal d'alarmes venaient de se déclencher dans la tête de la jeune femme.

« Je ne sais pas. Regardez dans l'annuaire, ou dites simplement à la patrouille de police de chercher la construction jaune avec parements roses à trois ou quatre maisons du Red Apple en montant.

Ils auront probablement besoin de leurs torches pour l'identifier, à cause de la fichue lumière orange des lampadaires, mais ils la trouveront sans peine.

— Monsieur, je n'en doute pas, mais j'ai tout de même besoin de votre nom et de votre ad... »

Ralph reposa doucement le combiné sur sa fourche. Il resta dans la contemplation de l'appareil pendant une bonne minute, comme s'il allait se mettre à sonner. Étant donné que rien ne se produisit, il en tira la conclusion que, soit la police ne disposait pas de ces équipements de repérage sophistiqués que l'on voit dans les séries télévisées, soit ils n'étaient pas branchés. Parfait. Cela ne résolvait pas le problème de ce qu'il ferait ou dirait si jamais la police trouvait May Locher en bouillie, dans son horrible petite maison jaune et rose, mais au moins avait-il gagné un peu de temps.

En contrebas, Harris Avenue avait retrouvé son calme et son silence, sous l'éclairage des lampadaires de forte intensité qui s'éloignaient dans les deux directions, bien alignés, comme dans un rêve surréaliste de perspective. La pièce, brève mais chargée de drame, paraissait être terminée. La scène était de nouveau vide. Elle...

Non, pas entièrement. Rosalie arriva en boitillant de l'allée qui séparait le Red Apple de la quincaillerie voisine, True Value Hardware. Le foulard décoloré battait à son cou. On n'était pourtant pas jeudi : il n'y avait aucune poubelle à inspecter. Elle avançait d'un pas vif, sur le trottoir, mais lorsqu'elle fut à la hauteur de la maison de May Locher, elle s'arrêta et abaissa le museau (long et élégant, ce qui fit penser à Ralph que la chienne devait avoir un colley parmi ses ancêtres).

Il se rendit compte qu'il y avait quelque chose qui brillait.

Il ressortit les jumelles de leur boîtier et les dirigea sur Rosalie. Il se retrouva alors au 10 septembre dernier, le jour où il avait rencontré Bill et Lois devant l'entrée de Strawford Park. L'image qui lui vint à l'esprit fut celle de McGovern passant le bras autour de la taille de Lois et l'entraînant avec lui ; il se rappela aussi comment le couple lui avait fait penser à Fred Astaire et Ginger Rogers. Mais surtout, il se souvint des empreintes spectrales qu'ils avaient laissées derrière eux, grises pour Lois, vert olive pour Bill. Hallucinations, avait-il décrété à l'époque — le bon temps où il n'avait pas encore attiré l'attention de barjos comme Charlie Pickering et ne voyait pas de petits docteurs chauves au milieu de la nuit.

Rosalie reniflait des empreintes similaires. Elles étaient du même vert mordoré qui avait entouré Doc Chauve #1 et Doc Chauve #2. Ralph éloigna lentement les jumelles de la chienne et vit d'autres empreintes identiques, doubles, qui s'éloignaient en direction du parc. Elles s'estompaient — il avait presque l'impression de les voir s'atténuer sous ses yeux —, mais elles étaient bien présentes.

Ralph revint sur Rosalie, soudain pris d'une affection démesurée pour la vieille chienne errante. Et pourquoi pas ? S'il avait eu besoin de la preuve irréfutable, incontestable, qu'il avait bien vu ce qu'il *pensait* avoir vu, Rosalie venait de la lui donner.

Si la petite Natalie était là, elle les verrait, elle aussi, pensa-t-il... Puis tous ses doutes l'envahirent de nouveau. *Tu crois ? Tu crois vraiment ?* Il se rappelait avoir vu le bébé qui essayait de saisir les auras laissées par ses doigts, et il avait la certitude qu'elle avait ouvert un œil rond devant la fumée verte spectrale qui s'élevait du bouquet de fleurs, dans la cuisine. Mais comment pouvait-il parler de certitude ? Qui pouvait dire à coup sûr ce que regardait un bébé, ce qu'il essayait d'attraper ?

Mais Rosalie... regarde... tu vois bien ce qu'elle fait, non ?

L'ennui, se rendit-il compte, c'est qu'il n'avait pas

vu les empreintes avant que Rosalie n'eût commencé à renifler le trottoir. Peut-être sentait-elle l'arôme enivrant de quelque reste avarié, et ce qu'il voyait n'était-il qu'une création de son esprit fatigué et affamé de sommeil... comme les petits docteurs chauves eux-mêmes.

Dans le champ grossissant des jumelles, Rosalie remonta Harris Avenue, le nez au ras du sol, sa queue dépenaillée remuant lentement. Elle passait des traces laissées par Doc Chauve #1 à celles de Doc Chauve #2, pour revenir à celles de Doc Chauve #1.

Et maintenant, quelle est la piste que suit la chienne, d'après toi ? Croirais-tu par hasard qu'elle traquerait une putain d'hallucination ? Il ne s'agit pas d'une hallucination, mais d'empreintes, Ralph. De véritables empreintes. Les empreintes de l'homme blanc que Carolyn t'a dit de guetter. Tu le sais bien. Tu le vois bien.

« C'est dément, tout de même... complètement dément ! »

Ah bon ? Vraiment ? Ce rêve a peut-être été plus qu'un rêve. S'il existait quelque chose comme l'hyperréalité — et il pouvait maintenant en attester l'existence — pourquoi n'existerait-il pas quelque chose comme la précognition ? Pourquoi des fantômes ne viendraient-ils pas prédire l'avenir dans vos rêves ? Comment savoir ? C'était comme si une porte venait de s'entrouvrir dans le mur de la réalité... et que toutes sortes de choses peu ragoûtantes en surgissaient.

Il était sûr d'une chose : les empreintes existaient réellement. Il les voyait, Rosalie les sentait, il n'y avait rien à ajouter. Ralph avait découvert un certain nombre de choses étranges et intéressantes, depuis six mois qu'il se réveillait de plus en plus prématurément, et l'une d'elles était que la capacité de l'être humain à s'illusionner atteignait son niveau le plus élevé entre trois et six heures du matin. Comme maintenant...

Il se pencha pour voir l'horloge, au mur de la cuisine. Trois heures et demie, à peine passées. Ouais.

Il reprit les jumelles et retrouva Rosalie, qui suivait toujours la piste des petits docteurs chauves. Au cas où quelqu'un se serait aventuré sur Harris Avenue, à cette heure indue — mais pourquoi pas ? — il aurait simplement vu un bâtard efflanqué et crasseux occupé à renifler le trottoir au petit bonheur la chance, comme le font tous les chiens errants et jamais dressés. Ralph, cependant, voyait ce que Rosalie humait et il s'autorisait finalement à croire ce que lui disaient ses yeux. Permission qu'il révoquerait peut-être en doute au lever du soleil, mais pour le moment, il savait parfaitement ce que ses yeux voyaient.

Rosalie releva brusquement la tête. Ses oreilles se dressèrent, tournées vers l'avant. Un instant, elle fut presque belle, à la manière dont est beau un chien de chasse à l'arrêt. Puis, quelques instants avant que le faisceau lumineux d'une voiture qui approchait du carrefour Witcham Street-Harris Avenue ne vînt balayer la rue, elle repartit dans la direction d'où elle était venue, d'une foulée déhanchée et claudicante qui faisait peine à voir. Au fond, qu'était donc cette chienne, sinon un membre de plus du club des Vieux Croulants de Harris Avenue ? Un membre qui ne pouvait profiter du réconfort, à l'occasion, d'une partie de gin-rummy ou de poker à un sou la mise avec ceux de sa génération ? Elle fonça dans l'allée qui séparait le Red Apple de la quincaillerie une seconde avant que le véhicule de patrouille de la police ne s'engageât dans la rue, qu'il descendit lentement, comme s'il flottait au fil de l'eau. Pas de sirène, mais les gyrophares tournaient, peignant les maisons endormies et les petits commerces qui s'alignaient sur cette partie de Harris Avenue d'éclairs alternativement bleus et rouges.

Ralph posa les jumelles et se pencha en avant, coudes sur les genoux, surveillant attentivement la scène. Son cœur battait suffisamment fort pour qu'il le sentît jusque dans les tempes.

La voiture ralentit encore en passant devant le Red Apple. Le projecteur monté sur le côté droit s'alluma, et le rayon se mit à parcourir les façades, de l'autre côté de la rue ; la plupart du temps, il passait aussi sur les numéros, placés à côté des portes ou des colonnes du porche. Lorsqu'il éclaira celui de May Locher (86, vit Ralph, sans même avoir besoin des jumelles), les feux arrière du véhicule s'allumèrent et il s'immobilisa.

Deux policiers en tenue descendirent et s'approchèrent de l'allée qui conduisait à la maison, sans avoir conscience qu'un homme les observait depuis son premier étage, ni qu'ils marchaient sur des empreintes d'un vert mordoré. Ils échangèrent quelques mots, et Ralph reprit les jumelles pour mieux les distinguer. Il fut à peu près sûr de reconnaître le plus jeunes des deux flics : c'était lui qui avait accompagné Leydecker, le jour de l'arrestation d'Ed Deepneau. Comment s'appelait-il, déjà... Knoll ?

« Non, murmura Ralph. Nell, Chris Nell. Ou Jess Nell, peut-être. »

Nell et son collègue paraissaient avoir une discussion animée et beaucoup plus sérieuse que celle qui avait retenu les deux petits docteurs chauves sur le porche. Quand elle se termina, les deux hommes mirent l'arme à la main et escaladèrent l'escalier étroit qui menait au perron, Nell en tête. Il appuya sur la sonnette, attendit, recommença, appuyant cette fois au moins cinq secondes sur le bouton. Ils patientèrent encore un peu, sur quoi le deuxième flic passa devant Nell et enfonça à son tour la sonnette.

Qui sait : il connaît peut-être l'art secret du fonctionnement des sonnettes, celui-là, pensa Ralph. *Sans doute après avoir répondu à une petite annonce des rose-croix*.

N'empêche, sa technique ne réussit pas mieux

que celle de son collègue. Ralph ne fut pas tellement surpris qu'il n'y eût pas de réaction. Petit bonhomme chauve armé de ciseaux ou pas, il doutait que May Locher fût seulement capable de se lever de son lit.

Si elle est confinée dans son lit, elle a peut-être quelqu'un chez elle pour lui préparer ses repas et faire ses courses, l'aider à sa toilette, lui passer le bassin...

Chris Nell — ou Jess — prit à nouveau position devant la porte, mais délaissa la sonnette, cette fois, au profit de la bonne vieille méthode des coups dans le battant, ouvrez-au-nom-de-la-loi. Il se servit de son poing gauche pour ce faire, car il tenait toujours son revolver à la main droite, le canon appuyé contre la cuisse.

Une image effrayante, aussi claire et précise que les auras qu'il venait de voir, emplit soudainement l'esprit de Ralph. Il vit une femme gisant dans un lit, un masque à oxygène transparent sur la bouche et le nez; au-dessus du masque, ses yeux vitreux, exorbités, ne voyaient plus rien. En dessous, un terrible sourire inégal lui ouvrait la gorge. Les draps et le devant de la chemise de nuit étaient imbibés de sang. Non loin, allongé sur le ventre contre le sol, se trouvait le cadavre d'une autre femme — l'assistante. Traversant la chemise de nuit rose en flanelle de cette dernière, une demi-douzaine de blessures, faites par les pointes des ciseaux de Doc Chauve #1. Et Ralph ne doutait pas que si l'on soulevait ladite chemise de nuit, les plaies ressembleraient beaucoup à celle qu'il avait sous le bras... ou à la virgule démesurée tracée par un écolier débutant.

Ralph essaya de chasser cette vision en clignant des yeux, sans y parvenir. Une douleur sourde montait de ses mains, et il se rendit compte qu'il serrait les poings au point que ses ongles lui entraient dans la paume. Il s'obligea à les ouvrir et les appuya sur ses cuisses. En esprit, il vit la femme à la chemise de nuit rose tressaillir légèrement — elle vivait encore, mais elle n'en avait sans doute plus pour longtemps. Certainement pas pour longtemps, sauf si ces deux balourds décidaient d'entreprendre quelque chose d'un peu plus productif que de poireauter sur le perron, alternant la titillation de la sonnette et les coups de poing sur la porte.

« Allez, les gars, dit Ralph, s'étreignant les cuisses. Allez, faites quelque chose, ne restez pas plantés là ! »

Tu sais que ce que tu vois est dans ta tête, n'est-ce pas ? Bon, d'accord, il se peut qu'il y ait deux femmes mortes, là-dedans, c'est possible, mais tu n'en as pas la certitude, hein ? Ce n'est pas comme les auras, ou les empreintes...

Non, ce n'était pas comme les auras et les empreintes, et oui, il s'en rendait compte. Il voyait bien aussi que personne ne venait répondre aux coups de sonnette, au 86, Harris Avenue, et cela augurait mal pour l'ancienne camarade d'école de McGovern. Il n'avait pas vu de sang sur les ciseaux de Doc Chauve #1, mais étant donné la qualité approximative des vieilles Zeiss-Ikon, cela ne prouvait pas grand-chose. D'autant moins que le type pouvait tout aussi bien avoir essuyé les lames avant de quitter la maison. Cette idée venait à peine de lui traverser l'esprit que son imagination ajoutait une serviette ensanglantée jetée à côté de la femme allongée sur le sol.

« Mais qu'est-ce que vous fichez, tous les deux ? grommela Ralph. Bordel, vous n'allez pas y passer la nuit, tout de même ! »

Des phares de voiture inondèrent Harris Avenue. Une Ford banalisée, mais équipée d'un gyrophare mobile, vint s'arrêter à côté du véhicule de patrouille. L'homme qui en descendit était en civil ; il portait un coupe-vent gris en popeline et un bonnet tricoté bleu. Ralph put espérer pendant quelques instants que le nouveau venu serait John Leydecker (même si ce dernier lui avait dit qu'il ne prenait son service qu'à midi) mais il n'eut même pas besoin des jumelles pour se rendre compte que ce n'était pas lui. L'homme était beaucoup plus mince et portait une moustache sombre. Le deuxième flic descendit le perron à sa rencontre pendant que Chris (ou Jess) Nell faisait le tour de la maison de May Locher.

Il s'ensuivit l'un de ces temps d'arrêt que, d'ordinaire, le cinéma fait si commodément sauter. Flic 2 rengaina son revolver et se lança dans une conversation avec le nouvel arrivant, au pied du perron, les deux hommes jetant de temps en temps un coup d'œil à la maison. Une ou deux fois, le flic en tenue parut vouloir partir dans la direction qu'avait prise son collègue, mais l'homme en civil le retint par le bras, et ils se remirent à parler. Ralph, les mains plus que jamais crispées sur les cuisses, poussait de petits grognements de frustration.

Quelques minutes interminables s'écoulèrent ainsi, puis tout arriva d'un seul coup, de cette manière confuse, embrouillée et incohérente qui semble caractériser les situations d'urgence. Une autre voiture de police arriva (la maison de May Locher et les deux constructions voisines étaient zébrées de lumières orange et jaunes conflictuelles) et deux nouveaux flics en tenue en descendirent ; ils ouvrirent le coffre et en sortirent un engin encombrant qui fit à Ralph l'effet d'un instrument de torture portable. Il lui semblait que cet appareil portait le nom de Mâchoire de Vie[1]. A la suite de la terrible tempête de 1985, tempête qui avait fait plus de deux cents victimes dont nombre s'étaient retrouvées prisonnières de leur propre véhicule, les enfants des écoles de Derry avaient organisé une collecte pour en acheter un.

Tandis que les deux nouveaux flics transportaient la Mâchoire de Vie, la porte de la maison voisine de

1. Il s'agit d'un appareil de désincarcération. *(N.d.T.)*

May Locher s'ouvrit et les Eberly, Stan et Georgina, apparurent sur leur perron. Ils portaient des peignoirs de bain coordonnés, et les cheveux de Stan se dressaient en bataille sur sa tête d'une manière qui n'était pas sans rappeler à Ralph la tignasse de Charlie Pickering. Il prit les jumelles, inspecta brièvement leur visage — on y lisait curiosité et excitation — puis les reposa.

Le véhicule suivant fut une ambulance du Derry Home Hospital. De même que les véhicules de police déjà sur place, elle ne faisait pas fonctionner sa sirène, mais elle disposait d'impressionnants feux clignotants et de gyrophares et les actionnait frénétiquement. Les événements, de l'autre côté de la rue, donnaient à Ralph l'impression d'assister à un de ces films de Dirty Harry qu'il aimait bien et dont on aurait coupé le son.

Les deux flics qui manipulaient la Mâchoire de Vie la laissèrent tomber sur le gazon, tandis que le détective en coupe-vent tendait les mains vers eux, paumes ouvertes, en un geste qui semblait dire : *Mais enfin, qu'est-ce que vous voulez faire avec votre foutu truc ? Enfoncer la porte ?* Au même instant, l'officier Nell revint de derrière la maison. Il secouait négativement la tête.

Le détective se tourna brusquement, frôla Nell et son acolyte au passage, escalada les marches, prit son élan et enfonça la porte de May Locher d'un coup de pied. Il s'accorda le temps d'ouvrir la fermeture Eclair de son blouson, sans doute pour pouvoir accéder plus facilement à son arme, puis entra sans regarder en arrière.

Ralph eut envie d'applaudir.

Nell et son collègue se regardèrent, incertains, puis emboîtèrent le pas au détective et pénétrèrent à leur tour dans la maison. Ralph se pencha encore plus et se trouva si près de la fenêtre que ses narines dessinaient de petits cercles de buée sur la vitre. Trois hommes, en pantalon blanc d'hôpital teinté en orange par l'éclairage impitoyable des lampadaires, sortirent de l'ambulance. L'un d'eux ouvrit la double porte arrière, mais sinon, le trio resta planté là, les mains dans les poches, attendant de voir si on allait avoir besoin d'eux. Les deux flics qui avaient trimballé la Mâchoire de Vie jusque sur le gazon de May Locher se regardèrent, haussèrent les épaules, reprirent l'engin et entreprirent de le ramener à leur véhicule. Restaient plusieurs gros trous dans la pelouse, là où ils avaient laissé tomber la machine.

Pourvu qu'elle aille bien... pourvu qu'elle et les autres personnes, s'il y en a, aillent bien..., pensa Ralph.

Le détective réapparut sur le perron et, tandis que le cœur de Ralph se serrait dans sa poitrine, fit signe aux ambulanciers. Deux d'entre eux tirèrent une civière de l'ambulance, le troisième resta où il se trouvait. Les brancardiers se dirigèrent d'un bon pas vers la maison, mais sans courir, et lorsque l'infirmier resté à côté de l'ambulance sortit un paquet de cigarettes et en alluma une, Ralph comprit — d'un seul coup, pleinement, sans l'ombre d'un doute — que May Locher était morte.

6

Stan et Georgina Eberly s'approchèrent de la haie basse qui séparait leur pelouse de celle de May Locher. Ils se tenaient par la taille et avaient l'air des jumeaux Bobbsey devenus vieux, gros et gras — et effrayés.

D'autres voisins apparaissaient sur le pas de leur porte, réveillés par la bousculade silencieuse des gyrophares et des projecteurs, ou alors parce que le réseau téléphonique de ce bout de rue venait de se mettre en branle. La plupart de ces personnes étaient âgées (« Nous, les Age-d'Or », comme aimait les appeler McGovern avec toujours, bien entendu, le sourcil arqué ironiquement), autrement dit des hommes et des femmes dont le sommeil était léger et facilement troublé, dans le meilleur des cas. Il prit soudain conscience qu'Ed, Helen et la petite Natalie Deepneau avaient été les gens les plus jeunes entre ici et Extension... et maintenant, les Deepneau n'étaient plus là.

Je devrais descendre. Je ferais très bien dans le tableau, encore un des Age-d'Or de Bill.

Si ce n'est qu'il en était incapable. Ses jambes lui faisaient l'effet de sachets de thé retenus les uns aux autres par des brins de fil sans force, et il était sûr que s'il essayait de se lever, il s'étalerait sur le plancher comme de la gélatine. Il resta donc assis et suivit, de sa fenêtre, la pièce qui se déroulait sous ses yeux, sur une scène habituellement déserte à cette heure — sauf lorsque Rosalie y faisait une apparition furtive. Pièce dont il était le producteur, grâce à un seul coup de téléphone anonyme. Il regarda les ambulanciers émerger de la maison avec la civière, se déplaçant plus lentement, cette fois, à cause de la silhouette enveloppée dans un drap et attachée qu'ils transportaient. Des flèches lumineuses bleues et rouges se disputaient la blancheur du suaire et des formes, bras, jambes, taille cou et tête, qu'il dissimulait.

Ralph se retrouva brutalement plongé dans son rêve. Il vit sa femme sous le drap — non pas May Locher mais Carolyn Roberts — et d'un instant à l'autre, sa tête allait se fendre en deux et les bestioles noires, celles qui s'étaient engraissées de sa cervelle malade, se mettre à grouiller.

Il porta les mains à ses yeux. Un bruit — un son inarticulé, chagrin, rage, horreur et épuisement confondus — lui échappa. Il resta ainsi longtemps, regrettant d'avoir eu une telle vision, pris de l'espoir aveugle que si le tunnel existait vraiment, on n'exigeât pas de lui qu'il y entrât. Les auras étaient étranges et belles, mais tant de beauté n'arrivait pas à compenser ce moment épouvantable de son cauchemar où il avait découvert sa femme enterrée en dessous de la ligne de marée haute, n'arrivait pas à compenser l'horreur lugubre de ses nuits de veille et de son sommeil perdu, ni la vue de cette silhouette en son linceul que l'on roulait sur une civière.

Il ne souhaitait pas seulement que tombât le rideau, mais bien autre chose. Tandis qu'il restait là, se pressant les yeux de la paume des mains, il n'avait qu'un désir : que tout fût terminé, absolument tout. Pour la première fois en ses vingt-cinq mille journées d'existence, Ralph Roberts souhaita être mort.

CHAPITRE 9

1

Il y avait, dans l'espèce de placard qui servait de bureau au détective John Leydecker, une affiche de cinéma qui provenait probablement de l'une des boutiques de vidéo locales, où elles se vendaient pour quelques dollars. On y voyait Dumbo l'éléphant en plein vol, ses oreilles magiques déployées. Quelqu'un avait collé, à la place de la tête de Dumbo, une photo de Susan Day soigneusement découpée pour laisser apparaître la trompe. Sur le paysage de dessin animé, en dessous, on avait dessiné un poteau indicateur sur lequel on lisait DERRY 250.

« Charmant », commenta Ralph.

Leydecker eut un petit rire. « Pas politiquement très correct, n'est-ce pas ?

— C'est un euphémisme », répondit Ralph, qui se demanda comment Carolyn aurait réagi devant l'affiche, ou mieux encore, comment Helen aurait réagi. Il était deux heures moins le quart, et Leydecker et lui revenaient tout juste du tribunal régional de Derry, de l'autre côté de la rue, où Ralph avait fait sa déposition sur sa rencontre avec Charlie Pickering, la veille. Le substitut du procureur qui l'avait interrogé lui avait fait l'effet de pouvoir attendre encore un an ou deux avant d'envisager l'achat d'un rasoir.

Comme promis, Leydecker l'avait accompagné et

était resté assis dans un coin du bureau du substitut, sans dire un mot. Sa proposition d'offrir un café à Ralph s'avéra être surtout une figure de style : le breuvage d'aspect diabolique venait d'une vieille machine, au fond de la salle de permanence. Ralph en prit une gorgée prudente et fut soulagé de constater que son goût valait un peu mieux que son aspect.

« Sucre ? Crème ? Un revolver pour tirer dessus ? »

Ralph sourit et secoua la tête. « C'est très bien comme ça... mais ce serait probablement une erreur que de se fier à mon jugement. J'ai ramené ma consommation à deux tasses par jour, depuis l'été dernier, et du coup, j'ai tendance à toujours le trouver bon.

— C'est comme moi avec la cigarette ; moins j'en fume, meilleures je les trouve. Le péché est une pute. » Leydecker sortit son petit tube de cure-dents et s'en colla un au coin de la bouche. Puis il posa sa tasse sur le terminal de l'ordinateur, s'approcha de l'affiche et commença à dégager les agrafes qui retenaient les angles.

« Vous n'êtes pas obligé de le faire pour moi, observa Ralph. C'est votre bureau.

— Faux. » Le détective décolla délicatement la photo de Susan Day, la froissa en boule et l'expédia dans la corbeille à papier. Puis il entreprit de rouler l'affiche pour en faire un cylindre serré.

« Ah bon ? Alors comment se fait-il que votre nom soit sur la porte et que les gosses, sur cette photo, vous ressemblent tellement ? » dit Ralph avec un geste vers un cadre dans lequel on voyait une femme, jolie et rondelette, flanquée de deux garçons qui devaient avoir à peu près huit et dix ans. La femme souriait ; les garçons regardaient l'objectif d'un air sérieux.

« C'est mon nom et c'est bien ma famille, mais le bureau vous appartient, ainsi qu'à tous ceux qui paient des impôts, Ralph. Également au premier imbécile de journaliste venu qui passerait par ici avec une caméra vidéo; et si jamais cette affiche apparaissait aux informations de midi, je ne serais pas dans le caca! J'ai oublié de l'enlever en partant, vendredi soir, et j'avais presque tout mon week-end — ce qui n'arrive pas si souvent ici, laissez-moi vous dire.

— Si je comprends bien, ce montage n'est pas de vous. » Ralph déplaça les papiers posés sur la seule chaise du minuscule bureau et s'assit.

« Non, pas de moi. Quelques collègues ont organisé un pot en mon honneur, vendredi après-midi. Le grand jeu, avec gâteaux, crème glacée, cadeaux. » Leydecker fouilla dans son bureau et en retira un élastique qu'il glissa autour de l'affiche roulée pour qu'elle ne se rouvrît pas (regardant un instant Ralph à travers le tube, pour s'amuser, comme si c'était une longue-vue), puis la jeta dans la corbeille à papier. « J'ai eu droit à une paire de petites culottes coquines, à une douche vaginale parfumée à la fraise, à une pile de la littérature anti-avortement des Amis de la Vie — littérature qui comporte une bande dessinée intitulée *La Grossesse involontaire de Denise* — et à cette affiche.

— Quelque chose me dit que ce n'était pas votre anniversaire qu'on fêtait, n'est-ce pas?

— Non, en effet. » Le policier fit craquer ses articulations et soupira en direction du plafond : « Les gars avaient décidé de célébrer ma nomination pour une mission spéciale. »

Ralph apercevait de fugitives étincelles d'une aura bleue, autour du visage et des épaules de Leydecker, mais en l'occurrence, il n'eut pas besoin de faire l'effort de les déchiffrer. « C'est Susan Day, cette mission spéciale, non? Vous aurez la responsabilité de sa protection pendant qu'elle sera en ville.

— Dans le mille. Bien entendu, la police d'Etat sera présente, mais ils s'en tiennent avant tout aux questions de circulation, dans des situations comme celle-ci. Il y aura peut-être des gens du FBI : ils se contenteront de traîner ici et là, de prendre des photos et de s'adresser mutuellement le signe secret du Club.

— Ne dispose-t-elle pas de son propre service de sécurité ?

— Si, mais j'ignore combien ils sont et ce qu'ils valent. J'ai parlé au responsable, ce matin, et il a au moins l'air de savoir de quoi il retourne ; nous devons cependant mettre nos gens sur le coup. On sera cinq hommes, d'après les instructions que j'ai reçues. Moi, plus quatre gars qui se porteront volontaires dès que je leur aurai gentiment demandé. L'objectif est de... attendez une minute... ça va vous plaire... (Leydecker farfouilla parmi les papiers qui encombraient son bureau, trouva celui qu'il cherchait et le brandit)... d'assurer une forte présence bien visible. »

Il laissa tomber la feuille et sourit à Ralph, sans la moindre trace d'humour.

« En d'autres termes, si quelqu'un essaie de descendre cette salope ou de lui faire un shampooing à l'acide, il faut que Lisette Benson et les autres vidéidiots puissent au moins enregistrer le fait que nous étions là. » Le policier regarda l'affiche, dans la corbeille à papier, et lui montra son majeur obscènement dressé.

« Comment pouvez-vous détester autant quelqu'un que vous n'avez jamais rencontré ?

— Je ne fais pas que la détester, Ralph ; je la hais. Ecoutez. Je suis catholique, ma chère maman est catholique et mes garçons sont ou seront enfants de chœur à Saint-Joseph. Génial. Etre catholique, c'est génial. On vous laisse même manger de la viande le vendredi si vous voulez, maintenant. Mais si vous pensez qu'être catholique signifie que je suis en faveur d'un retour de l'interdiction, en matière d'avortement, vous vous trompez de bonhomme. Car voyez-vous, je suis un catholique à qui il arrive d'interroger les types qui battent leurs enfants à coups de tuyau en caoutchouc, ou qui les poussent dans l'escalier après avoir passé la nuit à boire de ce bon vieux whisky irlandais et à pleurer sur leur maman. »

Le détective passa la main sous sa chemise et en ramena un médaillon qu'il tendit en direction de Ralph.

« Marie, mère de Jésus. Je le porte depuis l'âge de treize ans. Il y a cinq ans, j'ai arrêté un homme qui avait le même. Il venait de faire bouillir son beau-fils de deux ans. Ce que je vous raconte est une histoire vraie. Le type a posé un grand chaudron sur le feu, et quand l'eau s'est mise à bouillir, il a pris le gosse par la cheville et l'a laissé tomber dedans, comme si c'était un homard. Pourquoi ? Parce que le môme mouillait son lit, d'après ce qu'il nous a expliqué. J'ai vu le corps, et je vais vous dire quelque chose : quand on a eu un truc comme ça sous les yeux, les photos de ces trous-du-cul de Laissez-les-vivre sur les avortements par aspiration sont presque reposantes à regarder. » Il y avait un léger tremblement dans la voix de Leydecker. « Ce dont je me souviens le mieux, c'est que le type pleurait et n'arrêtait pas de s'accrocher au médaillon de la Vierge qu'il avait autour du cou en disant qu'il voulait se confesser. Voilà qui m'a rendu fier d'être catholique, Ralph, je vous le dis tout de suite... et en ce qui concerne le pape, j'estime qu'il n'aura le droit de se prononcer que le jour où il aura eu lui-même un enfant, ou qu'il aura passé un an à s'occuper des bébés nés de mères droguées au crack.

— Tout à fait clair, dit Ralph. Mais alors c'est quoi, votre problème avec Susan Day ?

— Elle fout de l'huile sur le feu, c'est ça mon problème, s'écria Leydecker. Elle vient à Derry et moi, je dois la protéger. Très bien. J'ai des hommes compétents et avec une once de chance, je crois qu'on peut espérer qu'elle repartira d'ici avec la tête sur les épaules et les nénés pointés dans la bonne direction — mais *quid* de ce qui se passera avant ? *Quid* de ce qui se passera après ? Est-ce qu'elle s'en préoccupe, à votre avis ? Et les gens qui dirigent WomanCare, tant qu'on y est, croyez-vous qu'ils en ont quelque chose à foutre, des éventuels effets secondaires ?

— Je ne sais pas.

— Les partisans de WomanCare sont un peu moins portés à la violence que les Amis de la Vie, mais en termes de degré d'emmerdement, qui est ce qui m'intéresse, ils ne sont guère différents. Savez-vous au moins comment toute cette histoire a commencé ? »

Ralph essaya de se reporter à la première conversation où on avait mentionné le nom de Susan Day, celle qu'il avait eue avec Hamilton Davenport. Un instant, ça faillit lui revenir, puis le souvenir se brouilla. L'insomnie venait à nouveau de gagner. Il secoua la tête.

« Le plan d'occupation des sols, dit Leydecker en réponse à sa propre question, avec un rire d'incrédulité. Ce bon vieux plan d'occupation des sols. Génial, non ? Au début de l'été, deux des conseillers municipaux les plus conservateurs, George Tandy et Emma Wheaton, ont soumis une pétition au comité du POS pour qu'il revoie la zone où se trouve le centre de planning familial. L'idée était qu'en faisant un redécoupage, la zone n'avait plus d'existence légale. J'ignore si ce sont les termes exacts, mais vous voyez le but de la manœuvre, n'est-ce pas ?

— Bien sûr.

— Et c'est pourquoi les partisans de l'avortement, les pro-IVG, comme on les appelle, ont demandé à Susan Day de venir faire un discours à Derry, afin de se constituer un trésor de guerre destiné à combattre les enfoirés d'en face. Le seul problème, c'est que les enfoirés en question n'avaient aucune chance de faire modifier le POS du district 7 *et que les gens de WomanCare le savaient* ! Bon sang, June

Halliday, l'une des directrices, siège au conseil municipal ! C'est tout juste si elle et Wheaton ne se crachent pas à la figure quand elles se croisent dans le hall de l'hôtel de ville.

« Le redécoupage du district 7 a été un canular dès le départ, pour la bonne raison que, techniquement, WomanCare est un hôpital exactement comme le Derry Home, lequel n'est qu'à un jet de pierre. Changer le plan d'occupation des sols pour WomanCare, afin de le rendre illégal, c'est changer celui de l'un des trois hôpitaux du comté de Derry — le troisième, par sa taille, de l'État du Maine. C'est dire que cela n'avait pas la moindre chance de se produire ; mais au fond, ça se comprend, parce que de toute façon ce n'est jamais de cela qu'il a été réellement question. Il s'agissait avant tout de se faire chier mutuellement et de jouer au bâton merdeux. Et pour la plupart des pro-IVG — l'un de mes hommes les appelle les Défenseurs des Baleines — il s'agit de montrer qu'ils ont raison.

— Raison ? Je ne vous suis pas.

— Il ne leur suffit pas qu'une femme puisse entrer chez eux et se faire débarrasser, à son gré, du petit casse-pieds qui lui pousse dans le ventre ; les pro-IVG veulent mettre un terme à la discussion. Ce qu'ils désirent, au fond d'eux-mêmes, c'est que des gens comme Dan Dalton admettent qu'ils ont raison, ce qui n'arrivera jamais. Il y a beaucoup plus de chances pour que les juifs ct les Arabes reconnaissent que tout ça n'était qu'une erreur et fassent taire les armes. Je soutiens le droit qu'a une femme de se faire avorter, si réellement elle en a besoin, mais l'attitude c'est-moi-qui-ai-forcément-raison des pro-IVG me donne envie de gerber. Ce sont les nouveaux puritains, de mon point de vue, c'est-à-dire des gens qui croient que si vous ne pensez pas comme eux, vous irez en enfer... sauf que dans leur version, c'est un endroit où l'on n'entend que de la musique de plouc et où on ne mange que des hamburgers.

— Vous paraissez assez amer.

— Passez donc trois mois assis sur une poudrière et voyez comment vous vous sentirez. Tenez, dites-moi : croyez-vous que Pickering vous aurait enfoncé un couteau dans les côtes, hier, s'il n'y avait pas eu tout ce chambard avec WomanCare, les Amis de la Vie et Miss Touchez-pas-à-mon-con-sacré-de-mes-deux Susan Day ? »

Ralph donna l'impression de réfléchir sérieusement à la question, mais en réalité, il contemplait l'aura de Leydecker. Elle était d'un bleu foncé vigoureux, mais la frange se teintait d'une lueur verdâtre ondoyante. C'était cette frange qui intéressait le vieil homme; il avait son idée sur ce qu'elle signifiait.

« Non, je ne crois pas, finit-il par répondre.

— Moi non plus. Vous avez été blessé au cours d'une guerre qui a déjà été déclarée, Ralph, et vous ne serez pas le dernier. Mais si jamais vous alliez voir les Défenseurs des Baleines ou Susan Day et leur disiez, en ouvrant votre chemise et montrant votre plaie : *Ceci est en partie de votre faute, alors prenez vos responsabilités*, ils lèveraient les bras au ciel et vous répondraient : *Oh, grâce à Dieu, non, nous sommes désolés que vous ayez été blessé, Ralph, nous autres défenseurs des baleines, détestons la violence, ce n'est pas notre faute, il faut empêcher la fermeture de WomanCare, nous devons faire un rempart de nos corps, et si pour cela il faut verser un peu de sang, qu'il en soit ainsi.* Sauf que ce n'est pas WomanCare qui est en question, et c'est ce qui me fait grimper aux rideaux. C'est...

— L'avortement ?

— Bordel, non ! Le droit à l'avortement est parfaitement reconnu dans l'État du Maine et à Derry, Susan Day pourra bien dire tout ce qu'elle voudra, vendredi soir prochain, au centre municipal. Ce qui est en question, c'est de savoir quelle équipe est la meilleure. De quel côté est Dieu. De savoir qui a raison. Si seulement ils pouvaient tous se contenter de chanter *We are the Champions* et d'aller se prendre une cuite... »

Ralph renversa la tête et éclata de rire, et Leydecker se joignit à lui.

« C'est pourquoi j'affirme que ce sont des enfoirés, reprit-il avec un haussement d'épaules. Mais voilà, ce sont *nos* enfoirés. Les enfoirés de Derry, et il m'est égal de les surveiller pour le compte de la ville. C'est pour cette raison que j'ai choisi ce métier et que je continue à l'exercer. Il faudra cependant me pardonner si je suis rien moins qu'enthousiaste à l'idée d'être recruté pour protéger une pin-up de calendrier new-yorkaise qui va débarquer ici en avion, se lancer dans un discours incendiaire et reprendre les airs avec quelques nouvelles coupures de presse et assez de matière pour le chapitre cinq de son prochain bouquin.

« Elle va nous raconter que nous sommes d'authentiques et merveilleux citoyens de l'Amérique profonde, et lorsqu'elle sera de retour dans son duplex de la Grosse Pomme, elle se plaindra à ses amis qu'elle n'a pas encore réussi à débarrasser ses cheveux de l'odeur d'étable de notre cambrousse. Je l'entends rire d'ici... et si nous avons de la chance, toute l'affaire retombera comme un soufflé, sans morts ni éclopés. »

Ralph était sûr, maintenant, de ce qui signifiaient les étincelles verdâtres de l'aura. « N'empêche, ça vous fiche la frousse, n'est-ce pas ? » demanda-t-il.

Leydecker le regarda, surpris. « Ça se voit, hein ?

— Oh, à peine. » *Seulement dans ton aura, John, c'est tout. Seulement dans ton aura.*

« Ouais, j'ai la frousse. A titre personnel, j'ai peur de ne pas être à la hauteur de la mission, qui n'a strictement aucune compensation à offrir à tout ce qui pourrait mal tourner. Sur un plan professionnel, j'ai peur que quelque chose lui arrive pendant qu'elle sera sous ma responsabilité. Sur le plan de la communauté, je suis fichtrement terrifié à l'idée de ce qui se passera s'il se produit une confrontation et que le génie sorte de la bouteille... un peu plus de café, Ralph ?

— Non merci. Il va falloir que j'y aille, de toute façon. Dites-moi, qu'est-ce qui va arriver à Pickering ? »

Il ne se faisait pas un souci énorme pour le sort de son agresseur, mais le policier risquait de s'étonner qu'il demandât des nouvelles de May Locher avant de poser cette question. De s'étonner et de se montrer soupçonneux.

« Steve Offenbach — le substitut qui vous a interrogé — et l'avocat commis d'office pour Pickering doivent probablement être en train de marchander en ce moment même. L'avocat affirme sans doute qu'il se sent capable de plaider pour son client — l'idée que Charlie Pickering puisse être le client de quelqu'un, pour quoi que ce soit, dépasse l'imagination, soit dit en passant — sur la base de tentative d'homicide au second degré, autrement dit, coups et blessures. Offenbach lui répond sans doute que le moment est venu de mettre Pickering définitivement hors d'état de nuire, et qu'il va demander une inculpation pour tentative d'homicide au premier degré. Sur quoi l'avocat va prendre un air scandalisé, et demain, votre petit camarade sera inculpé de voies de fait au premier degré à l'aide d'une arme mortelle et déféré au parquet. Ensuite, en décembre, ou plus vraisemblablement au début de l'année prochaine, vous vous retrouverez le témoin vedette de son procès.

— Liberté sous caution ?

— Elle sera probablement fixée autour de quarante-cinq mille dollars. Il est possible de sortir en versant seulement dix pour cent si le reste peut être consigné ou hypothéqué au cas où il y aurait tentative de fuite, mais Charlie Pickering ne possède ni maison ni voiture, pas même une montre Timex. Il finira sans doute par retourner à Juniper Hill, mais là n'est pas l'essentiel; on va pouvoir le garder au frais pendant un sacré bon bout de temps, maintenant, et avec des gens comme Charlie Pickering, c'est ça, l'essentiel.

— Aucune chance que les Amis de la Vie paient sa caution ?

— Aucune. Ed Deepneau a passé pas mal de temps avec lui la semaine dernière, à boire du café au Bagel Shop. Je suppose qu'Ed tuyautait Charlie sur les Centurions et le Roi Ecarlate...

— Pourpre, le Roi Pourpre, selon Ed...

— Si vous voulez, dit Leydecker avec un geste de la main. Mais j'imagine qu'il a dû passer l'essentiel de son temps à lui dire que vous étiez le bras droit du diable en personne, et que seul un type courageux, brillant et dévoué comme lui, Charlie Pickering, serait capable de vous éjecter de la scène.

— D'après vous, ce serait un sacré salopard de calculateur », observa Ralph, qui se souvenait de l'Ed Deepneau avec lequel il jouait aux échecs, avant que Carolyn ne tombât malade. Cet Ed-là était un garçon civilisé, intelligent, courtois, capable de beaucoup d'empathie. Ralph n'arrivait toujours pas à concilier ce personnage avec celui qu'il avait aperçu pour la première fois au cours de l'été 92 et avait fini par baptiser Ed le Coq.

« Non pas seulement un salopard calculateur, mais un salopard calculateur *et* dangereux, corrigea Leydecker. Pour lui, Charlie était un simple instrument, comme un couteau à peler les pommes. Si jamais la lame casse, on ne se précipite pas chez le rémouleur pour la faire refaire, ça n'en vaut pas la peine. On le jette et on s'en procure un nouveau. C'est de cette façon que les types dans le genre d'Ed traitent les types dans le genre de Charlie, et étant donné qu'Ed *est* les Amis de la Vie — au moins pour le moment —, je ne crois pas que nous ayons à nous inquiéter d'une mise en liberté sous caution pour Charlie. Au cours des prochains jours, il va se retrouver plus seul qu'un gardien de phare. D'accord ?

— D'accord. » Ralph n'en revenait pas de se rendre compte qu'il se sentait désolé pour Pickering. « Je voulais aussi vous remercier de vous être arrangé pour que mon nom n'apparaisse pas dans le journal... si c'est bien à vous que je le dois. »

La colonne des faits divers locaux du *Derry News* mentionnait brièvement l'incident, disant seulement qu'on avait arrêté Charlie Pickering pour port d'arme illégal, dans l'enceinte de la bibliothèque municipale.

« Parfois c'est nous qui leur demandons un service, parfois c'est eux qui nous le demandent, répondit Leydecker en se levant. C'est comme ça que les choses se passent, dans la réalité. Si les cinglés des Amis de la Vie et les prétentieux de WomanCare pouvaient comprendre cela, mon travail serait beaucoup plus simple. »

Ralph alla prendre le poster de Dumbo dans la corbeille à papier. « Vous permettez ? demanda-t-il. Je connais une petite fille à qui il plaira sans doute beaucoup, d'ici moins d'un an. »

Leydecker écarta les bras. « Je vous en prie. Considérez-le comme un bon point pour vous être comporté en citoyen responsable. Mais ne me demandez pas mes petites culottes ajourées. »

Ralph éclata de rire. « Ça ne me viendrait pas à l'idée.

— J'apprécie sincèrement que vous soyez venu, Ralph. Merci beaucoup.

— Pas de problème. » Les deux hommes échangèrent une poignée de main, et Ralph fit demi-tour. Il se sentait un peu — c'était ridicule — comme le lieutenant Columbo de la série télévisée ; il ne lui manquait que le cigare et l'imper élimé. Il posa la main sur la poignée de porte, marqua un temps d'arrêt et se retourna : « Puis-je vous poser une question qui n'a rien à voir avec Pickering ?

— Allez-y.

— Ce matin, au Red Apple, j'ai entendu dire que Mme Locher, une voisine, était morte dans la nuit. Rien de bien surprenant ; elle souffrait d'emphysème. Mais la police a entouré son terrain de bandes jaunes et a mis une note disant que la maison avait été placée sous scellés. Savez-vous ce qui est arrivé ? »

Leydecker le regarda si longuement et avec tant d'intensité que Ralph se serait senti extrêmement mal à l'aise... s'il n'y avait eu l'aura du policier. Elle ne trahissait aucun soupçon.

Bon Dieu, Ralph, tu ne crois pas que tu prends ces trucs-là un peu trop au sérieux ?

Peut-être, ou peut-être pas. D'une manière ou d'une autre, il était bien content que les scintillements verts, à la périphérie de l'aura de Leydecker, n'eussent pas réapparu. « Pourquoi me regardez-vous ainsi ? finit-il par demander. Si je me suis montré trop curieux, je vous prie de m'excuser.

— Non, pas du tout. C'est un peu bizarre, c'est tout. Si je vous en parle, saurez-vous tenir votre langue ?

— Bien sûr.

— C'est votre locataire du rez-de-chaussée qui m'inquiète, sur ce plan-là. Quand il est question de discrétion, ce n'est pas précisément à Prof que je pense... »

Ralph rit de bon cœur. « Je ne lui dirai pas un mot — croix de bois, croix de fer —, mais c'est amusant que vous parliez de lui. Bill est allé à l'école avec May Locher, dans le temps. Ils étaient même au collège ensemble.

— Bon sang, je n'arrive pas à imaginer Prof au collège, observa Leydecker. Et vous ?

— Plus ou moins », répondit Ralph, même si l'image qui lui vint à l'esprit était particulièrement curieuse : un Bill McGovern en petit lord Fauntleroy mâtiné de Tom Sawyer en chaussures de sport avec chaussettes longues... un panama sur la tête.

« Nous ne sommes pas sûrs de ce qui est exactement arrivé à Mme Locher, dit Leydecker. Il se trouve que peu après trois heures du matin, il y a eu un appel anonyme sur le 911 — une voix d'homme qui prétendait qu'il venait de voir deux individus, dont l'un tenant des ciseaux à la main, sortir de la maison de Mme Locher.

— Elle a été tuée ? » s'exclama Ralph, qui se rendit compte simultanément de deux choses : à savoir qu'il venait d'avoir une réaction d'une crédibilité qu'il n'aurait osé espérer, et qu'il venait de franchir un pont. Il ne l'avait pas brûlé derrière lui — pas encore, en tout cas — mais il aurait beaucoup d'explications à donner s'il voulait revenir de l'autre côté.

Leydecker tendit les mains vers lui, paumes ouvertes. « Si on l'a tuée, ce n'est ni avec des ciseaux, ni avec un objet pointu quelconque. Son corps ne portait pas la moindre marque. »

Voilà, au moins, qui était un soulagement.

« Par ailleurs, il est possible de faire mourir quelqu'un de peur, en particulier une personne âgée et malade, pendant une tentative d'homicide. Bref, cela sera plus facile à comprendre si vous me permettez de vous raconter ce que nous savons. Ça ne sera d'ailleurs pas bien long.

— Bien sûr. Désolé.

— Je vais vous dire quelque chose qui va vous amuser. La première personne à laquelle j'ai pensé, lorsque j'ai regardé le registre des appels du 911, c'est vous.

— A cause des insomnies, n'est-ce pas ? demanda Ralph d'une voix restée ferme.

— Oui, et du fait que le type prétendait avoir vu ces hommes depuis sa salle de séjour. La vôtre donne bien sur l'avenue, n'est-ce pas ?

— En effet.

— Hum... J'ai même envisagé d'écouter l'enregistrement, puis je me suis souvenu que vous veniez aujourd'hui... et que vous aviez retrouvé le sommeil. C'est bien ça, non ? »

Sans prendre un instant pour réfléchir, sans hésiter, Ralph mit le feu au pont qu'il venait de franchir : « C'est à dire que je ne dors pas aussi bien que lorsque j'avais seize ans et que je travaillais encore deux heures après avoir fait mes devoirs, je ne vais pas vous raconter ça, mais si c'est moi qui ai appelé le 911, je l'ai fait en dormant.

— Exactement ce que je me suis dit. En outre, s'il vous arrivait de voir quelque chose d'anormal dans la rue, pourquoi feriez-vous un appel anonyme ?

— Je ne vois pas pourquoi, en effet », répondit Ralph qui pensa : *Mais en supposant qu'il s'agisse de quelque chose de plus que simplement anormal, John ? De quelque chose de complètement incroyable ?*

« Moi non plus. Votre appartement donne sur Harris Avenue, comme une bonne douzaine d'autres... et ce n'est pas parce que le type a dit qu'il appelait d'une maison que c'est vrai, non ?

— Sans doute. Il y a une cabine téléphonique devant le Red Apple, et une devant le magasin de spiritueux ; sans compter celles de Strawford Park, si elles sont en état.

— En réalité, il y en a quatre dans le parc, et elles fonctionnent toutes. Nous avons vérifié.

— Mais pourquoi avoir menti sur l'endroit d'où il appelait ?

— La raison la plus vraisemblable est parce qu'il mentait aussi pour le reste. Toujours est-il que d'après Donna Hagen, le type avait une voix jeune et paraissait sûr de lui. » A peine avait-il fini sa phrase que le policier faisait la grimace et se posait une main sur le crâne. « Ce n'est pas que je veuille dire, Ralph...

— Mais non. L'idée que je parle comme un vieux chnoque de retraité n'a rien de nouveau pour moi : je suis un vieux chnoque de retraité. Continuez.

— Chris Nell était l'officier de service. Il fut le premier sur place. Il m'accompagnait, le jour où nous avons arrêté Ed Deepneau, si vous vous souvenez.

— Je n'ai pas oublié son nom.

— Le détective de permanence et responsable des opérations était Steve Utterback. C'est un bon gars. »

L'homme au bonnet de laine, pensa Ralph.

« La dame était morte dans son lit, mais il n'y avait aucune trace de violence. Rien, semble-t-il, n'avait été volé, même si on tient compte du fait que les personnes âgées comme May Locher possèdent rarement des objets faciles à négocier, comme un magnétoscope ou une chaîne hi-fi. Elle avait cependant des enceintes Bose et deux ou trois bijoux de valeur. Évidemment, il y en avait peut-être d'autres aussi beaux ou plus, mais...

— Mais pourquoi un voleur prendrait-il les uns et pas les autres ?

— Exactement. Le plus intéressant, dans cette affaire, c'est que la porte d'entrée — celle par laquelle seraient sortis les deux individus, selon le coup de fil anonyme — était verrouillée de l'intérieur ; pas seulement fermée à clef, il y avait une grosse targette et la chaîne était mise. Pareil pour la porte de derrière. Mais alors, si l'appel était honnête, et si May Locher était morte après le départ des deux types, qui a tiré les verrous et mis les chaînes ? »

Peut-être le Roi Pourpre, pensa Ralph... qui se rendit compte avec horreur qu'il avait failli parler à voix haute.

« Je l'ignore... et les fenêtres ?

— Fermées. Crémones tournées. Et juste au cas où ça ne ferait pas encore assez Agatha Christie à votre goût, Steve a noté que les volets de tempête étaient posés. L'un des voisins lui a dit que Mme Locher les avait fait installer par un jeune homme, la semaine dernière.

— C'est tout à fait vrai. Pete Sullivan, le même gosse qui nous livre le journal. Maintenant que vous le dites, je l'ai vu les poser.

— Un embrouillamini pour roman policier », conclut Leydecker. Ralph se dit cependant que le détective aurait sans doute volontiers échangé la mission de protection de Susan Day contre l'affaire May Locher. « L'enquête médicale préliminaire m'est parvenue juste avant que j'aille vous rejoindre au tribunal. J'y ai jeté un coup d'œil. Myocardite, thrombose, etc.; autrement dit, le cœur a lâché. Pour l'instant, on traite l'appel au 911 comme une mauvaise plaisanterie — on en a tout le temps, comme partout — et on considère que la femme est morte des suites de son emphysème.

— Il s'agirait d'une coïncidence, autrement dit. » Conclusion qui pourrait lui épargner bien des ennuis — si du moins elle tenait la route — mais sa propre voix trahissait de l'incrédulité.

« A moi non plus, ça ne me plaît pas, reprit Leydecker. Ni à Steve, et c'est pour cette raison que la maison a été placée sous scellés. Les experts de la police doivent faire une fouille complète des lieux. Ils s'y mettront sans doute dès demain matin. En attendant, Mme Locher est partie faire une petite promenade jusqu'à Augusta pour une autopsie complète. Qui sait ce qu'elle va révéler? Vous seriez surpris par ce qu'une bonne autopsie permet de découvrir, parfois.

— Je veux bien vous croire. »

Leydecker jeta son cure-dents dans la corbeille à papier et resta songeur un moment. Puis son visage s'éclaira. « Hé, j'ai une idée. Je pourrai peut-être convaincre quelqu'un du service de me tirer une copie de ce coup de fil. Je vous l'apporterai pour vous le faire écouter. Vous reconnaîtrez peut-être la voix. Qui sait? On a vu parfois se produire des choses encore plus bizarres.

— Sans doute, répondit Ralph avec un sourire embarrassé.

— De toute façon, c'est l'affaire d'Utterback. Venez, je vous raccompagne. »

Une fois dans le hall, Leydecker examina de nouveau Ralph d'un regard inquisiteur. Ce coup-ci, le vieil homme se sentit beaucoup plus mal à l'aise, car il n'en comprenait pas la raison. L'aura avait disparu, entre-temps.

Il s'efforça maladroitement de sourire. « J'ai quelque chose qui me pend du nez ? demanda-t-il.

— Pas du tout. Je suis simplement stupéfait par votre bonne mine, surtout après ce qui s'est passé hier. Et comparé avec l'état dans lequel vous étiez cet été... Si c'est l'effet du gâteau de miel, je vais m'en acheter toute une ruche ! »

Ralph éclata de rire, comme si c'était la repartie la plus drôle qu'il eût jamais entendue.

2

Une heure quarante-deux, mardi matin.

Ralph est assis dans son fauteuil et regarde les fines volutes de brume tourner autour des lampadaires. Un peu plus haut dans la rue, les bandes jaunes posées par la police autour de la maison de May Locher pendent, découragées.

A peine deux heures de sommeil, cette nuit, et il songe à nouveau qu'il vaudrait mieux être mort. Plus d'insomnies, alors. Plus d'attentes interminables de l'aube, dans ce siège qu'il en venait à détester. Finies, les journées où il pouvait regarder le monde à travers cette protection aussi impalpable que le Bouclier Invisible tant vanté par la publicité du dentifrice Gardol. A l'époque où la télé était toute récente, il en allait ainsi ; c'était le temps où il n'avait pas encore trouvé les premiers fils blancs dans ses cheveux et où il s'endormait cinq minutes après avoir fait l'amour avec Carolyn.

Et les gens qui n'arrêtent pas de me dire que j'ai l'air en pleine forme. C'est le plus délirant.

Mais non. Si l'on songeait un peu à certaines des choses qu'il avait vues, récemment, quelques personnes lui affirmant qu'il avait l'air d'un homme neuf ne constituaient qu'une note de bas de page sur la liste des bizarreries auxquelles il était confronté.

Ralph tourna de nouveau les yeux vers la maison de May Locher. May s'était barricadée à l'intérieur, d'après Leydecker, et pourtant Ralph avait vu les petits docteurs chauves sortir par la porte de devant, il les avait vus, bon Dieu de bon Dieu...

Vraiment ?

Pouvait-il en jurer ?

En esprit, il se reporta à la matinée de la veille. Assis dans ce même fauteuil, une tasse de thé à portée de la main, se disant : *Rejouons la scène.* Et il avait bien vu ces deux petits salopards chauves sortir, bon sang, *il les avait vus sortir de la maison de May Locher* !

Oui, mais voilà ; ce n'était peut-être pas exactement comme ça que les choses s'étaient passées, car il ne regardait pas dans la direction de la maison de May Locher à ce moment-là, plutôt dans celle du Red Apple. Il avait interprété le mouvement aperçu du coin de l'œil comme étant sans doute dû à Rosalie, et tourné la tête pour vérifier. C'est à ce moment-là qu'il avait découvert les deux petits docteurs chauves sur le perron. Il n'était pas absolument sûr d'avoir vu la porte d'entrée s'ouvrir ; il n'avait peut-être fait que supposer qu'elle avait dû s'ouvrir — et il n'y avait rien là d'illogique, puisqu'il ne les avait pas vus *remonter* l'allée de la maison.

Tu ne peux en être certain.

Mais si. A trois heures du matin, Harris Avenue était aussi calme que les montagnes de la lune et il enregistrait le moindre mouvement qui pouvait se produire dans son champ visuel. Doc Chauve #1 et Doc Chauve #2 étaient-ils sortis par la porte de devant ? Plus il y réfléchissait, plus Ralph devenait dubitatif.

Mais alors, qu'est-ce qui s'est passé, mon vieux ? Ils sont peut-être sortis de derrière le Bouclier Invisible de Gardol ? Encore mieux : ils sont passés à travers la porte, carrément, comme les fantômes de cette vieille série télévisée, Cosmo Topper...

Et le plus hallucinant était que cette impression lui paraissait la bonne.

Quoi ? Qu'ils soient passés à travers cette putain de porte ? Voyons Ralph, faut te soigner. Faut parler à quelqu'un de ce qui t'arrive.

Oui. Voilà au moins une chose dont il était sûr : il devait déballer toute l'affaire à quelqu'un avant que cela ne le rendît fou. Mais à qui ? Carolyn, ç'aurait été l'idéal, mais Carolyn était morte. Leydecker ? Le problème, là, était que Ralph lui avait déjà menti à propos du coup de fil anonyme. Pourquoi ? Parce qu'il serait passé pour cinglé s'il avait dit la vérité. Il aurait même eu l'air, en réalité, d'avoir attrapé la paranoïa d'Ed — comme on attrape un virus. Et n'était-ce pas l'explication la plus vraisemblable, quand on allait au fond des choses ?

« Mais ça ne colle pas, murmura-t-il. Ils étaient bien réels. Les auras aussi, étaient réelles. »

La route est longue pour le paradis, mon cœur... et prends garde aux empreintes vert mordoré laissées par l'homme blanc en chemin.

Le raconter à quelqu'un. Tout déballer. Et il vaudrait mieux le faire avant que Leydecker n'écoutât l'enregistrement de l'appel au 911 et ne vînt lui demander des explications. Il allait vouloir savoir, avant tout, pourquoi Ralph avait menti et ce qu'il savait sur la mort de May Locher.

Le raconter à quelqu'un. Tout déballer.

Carolyn morte, Leydecker une connaissance trop récente, Helen gardant un profil bas au foyer de WomanCare quelque part dans la cambrousse, Lois Chassey trop encline à parler à ses copines... Qui restait-il ?

La réponse était évidente, une fois la question posée en ces termes, mais Ralph éprouvait une surprenante répugnance à faire à McGovern des confidences sur ce qui lui arrivait. Il se souvenait du jour où il avait trouvé Bill assis sur un banc, à côté du terrain de softball, pleurant la mort prochaine de son vieil ami et mentor Bob Polhurst. Il avait voulu lui parler des auras, mais on aurait dit McGovern incapable de l'écouter, trop occupé qu'il était à ressasser son numéro, parfaitement rodé, sur ce que le fait de vieillir avait de débectant.

Ralph évoqua le sourcil sardonique en accent circonflexe; le cynisme à toute épreuve; le long visage à l'expression toujours lugubre. Les allusions littéraires qui, en général, faisaient sourire Ralph mais le faisaient aussi, souvent, se sentir légèrement inférieur. Et il y avait l'attitude de McGovern vis-à-vis de Lois; condescendante, un brin cruelle.

Ce portrait était cependant loin d'être juste, et Ralph le savait. Bill McGovern pouvait faire preuve de bonté et — ce qui était plus important dans le cas présent — de compréhension. Lui et Ralph se connaissaient depuis plus de vingt ans, et habitaient depuis dix ans dans la même maison. Il avait été l'un de ceux qui tenaient les cordons du poêle à l'enterrement de Carolyn, et si Ralph n'était pas capable de parler à Bill McGovern de ce qui lui arrivait, à qui se confier?

La réponse semblait être : *à personne.*

CHAPITRE 10

1

Les anneaux nébuleux qui gravitaient autour des lampadaires avaient disparu, lorsque le ciel commença à s'éclaircir à l'est; à neuf heures, l'air était limpide et tiède — peut-être le commencement de la fin pour l'été indien. Ralph descendit au rez-de-chaussée dès la fin de *Good Morning America*, déterminé à raconter à McGovern ce qui lui arrivait (ou du moins tout ce qu'il oserait) avant de perdre courage. Une fois devant la porte de l'appartement du bas, cependant, il entendit la douche qui coulait et la voix de William D. McGovern (heureusement étouffée par la distance) qui chantait *I Left my Heart in San Francisco*.

Ralph passa sur le porche et, les mains enfoncées dans ses poches revolver, déchiffra la journée comme sur un catalogue. Il n'existait rien, vraiment rien de comparable à un soleil d'octobre, songea-t-il; il avait presque l'impression de sentir s'évaporer ses petites misères nocturnes. Elles allaient sans aucun doute revenir, mais pour le moment il se sentait bien — fatigué et le cerveau embrumé, certes, mais sinon, pas si mal que ça. La journée était plus que belle: absolument radieuse, et quelque chose lui disait qu'il faudrait attendre le mois de mai pour en revoir une semblable. Il estima que ce serait de la folie que de ne pas en profiter. Une promenade jusqu'à Harris Avenue Extension ne lui prendrait pas plus d'une demi-heure, trois quarts d'heure si jamais il trouvait quelqu'un là-bas avec qui discuter le bout de gras ; à ce moment-là McGovern serait douché, rasé, peigné et habillé. Et peut-être prêt, également, à tendre une oreille sympathique, si Ralph avait de la chance.

Il se rendit jusqu'à l'aire de pique-nique sans s'avouer nettement qu'il espérait tomber sur le vieux Dor. Dans ce cas, ils pourraient peut-être parler un peu poésie — de Stephen Dobyns, par exemple — ou même de philosophie. Et pour entamer cette partie de la discussion, Dorrance pourrait éventuellement lui expliquer ce qu'étaient les « affaires des machrones », et pourquoi il jugeait que Ralph n'avait pas à s'en mêler.

Dorrance, toutefois, n'était pas à l'aire de pique-nique. Il ne trouva que Don Veazie, qui voulut lui expliquer pour quelles raisons Bill Clinton faisait un exécrable président, et pourquoi il aurait mieux valu, pour le bien des États-Unis d'Amérique, que le peuple américain eût élu ce génie du fisc qu'était Ross Perot. Ralph (qui avait voté Clinton et estimait que l'homme ne s'en sortait pas trop mal) écouta le temps requis par le code des bonnes manières puis dit qu'il avait pris rendez-vous pour se faire couper les cheveux, la première chose qui lui vint à l'esprit.

« Encore autre chose ! lui lança Don d'une voix de stentor, tandis qu'il s'éloignait. Sa prétentieuse de bonne femme ! C'est une lesbienne ! Ça ne m'échappe jamais ! Tu sais comment ? Je regarde leurs chaussures ! Les chaussures, c'est comme un code secret entre elles ! Elles en portent toujours qui ont le bout carré et...

— Salut, Don ! » répondit Ralph sur le même ton, battant hâtivement en retraite.

A peine avait-il parcouru quatre cents mètres que le jour, autour de lui, explosait silencieusement.

2

Il se trouvait en face de la maison de May Locher quand l'événement se produisit. Il s'arrêta net, regarda Harris Avenue d'un œil exorbité et incrédule, et porta la main droite au bas de sa gorge, bouche bée. On aurait dit qu'il avait une crise cardiaque et si son cœur lui faisait l'effet de battre normalement — pour le moment, en tout cas —, il avait l'impression on ne peut plus nette d'être victime d'une forme ou d'une autre de crise. Rien de ce qu'il avait vu jusqu'ici, cet automne, ne l'avait préparé à ce spectacle. De toute façon, rien n'aurait pu l'y préparer, songea-t-il.

L'autre monde — le monde secret des auras — était devenu de nouveau visible, mais dans des proportions au-delà de tout ce qu'il aurait pu rêver... au point qu'il se demanda un instant s'il n'était pas possible de mourir de surtension perceptive. Harris Avenue s'était transformée en une sorte de Pays des Merveilles à l'éclat insupportable, fait de sphères, de cônes et de croissants de couleur. Les arbres, qui étaient encore à une bonne semaine de l'apogée paroxystique de leur métamorphose automnale, n'en flamboyaient pas moins comme des torches. Le ciel était au-delà de toute couleur, une explosion bleue supersonique.

Les lignes téléphoniques de Derry Ouest n'étaient pas enterrées et Ralph les contemplait fixement, vaguement conscient d'avoir arrêté de respirer et de devoir songer à recommencer rapidement s'il ne voulait pas s'évanouir. Des spirales jaunes zigzaguaient à toute allure autour des fils noirs, lui rappelant les enseignes de coiffeur de son enfance. Ici et là, ce motif de corps de guêpe était rompu par une flèche verticale rouge et effilée, ou par un éclair vert qui paraissait partir dans les deux sens à la fois et cachait les anneaux jaunes avant de s'estomper.

Ce que tu vois, ce sont les gens qui parlent, se dit-il dans son hébétude. *Tu piges, Ralph ? Tatie Sadie, de Dallas, bavarde avec son neveu préféré qui habite à Derry ; un fermier de Haven s'engueule avec le détaillant à qui il achète les pièces détachées de ses machines ; un pasteur essaie de venir en aide à un de ses paroissiens dans l'angoisse. Ce sont des voix, et j'ai l'impression que les flèches et les éclairs brillants traduisent les émotions puissantes auxquelles les gens sont en proie — amour ou haine, bonheur ou jalousie.*

Ralph comprit aussi que ce qu'il voyait et ressentait n'était pas *tout* ; qu'il existait tout un univers au-delà de ce qu'atteignaient actuellement ses sens. Un univers tel, peut-être, que même ce qu'il contemplait en ce moment lui paraîtrait faible et atténué. Mais comment en supporter davantage sans devenir fou ? Mettre sa vision hors circuit n'y suffirait même pas ; il comprenait plus ou moins que son impression de « voir » ces choses provenait en réalité de ce qu'il avait toujours considéré la vue comme le sens principal. Il y avait cependant ici, en fait, bien plus que sa vue d'affectée.

Afin de se le prouver, il ferma les yeux... et continua à voir Harris Avenue. Comme si ses paupières étaient devenues transparentes. La seule différence était une inversion des couleurs, ce qui créait un monde semblable à un négatif de photo couleurs. Les arbres n'étaient plus orange et jaune, mais avaient acquis un vert brillant et synthétique de jus de citron Gatorade. Le revêtement d'asphalte de Harris Avenue, refait au mois de juin dernier, s'était transformé en une grande voie blanche et le ciel en un stupéfiant lac écarlate. Il ouvrit de nouveau les yeux, presque sûr que les auras auraient disparu, mais ce n'était pas le cas ; le monde continuait à tonner et à vibrer de couleurs, de mouvements, de sons retentissants.

Quand cela a-t-il commencé ? se demanda Ralph

en reprenant sa marche à pas lents. *Quand les petits docteurs chauves ont-ils commencé à sortir du bois ?*

Il n'y avait néanmoins aucun docteur en vue, chauve ou non; pas d'anges juchés sur l'architecture, pas de diables qui guettaient depuis les grilles d'égout. Seulement...

« Faites attention, Roberts ! Regardez un peu où vous allez ! »

Ces paroles, rudes et un peu inquiètes, paraissaient posséder une véritable structure matérielle ; impression de faire courir la main sur l'ancien lambris de chêne d'une abbaye ou d'un château antiques. Ralph se figea et vit Mme Perrine, autre habitante de la rue. Elle était descendue du trottoir pour éviter de se faire renverser comme une quille et se tenait au milieu des feuilles mortes qui lui montaient jusqu'aux chevilles, son filet à commissions à la main, foudroyant Ralph de sous ses sourcils poivre et sel épais. L'aura qui l'entourait était de ce gris sérieux, sans compromis, des uniformes des cadets de West Point.

« Seriez-vous ivre, Roberts ? » demanda-t-elle d'un ton sec ; et d'un seul coup, la débauche de couleurs et de sensations s'évanouit, Harris Avenue redevint ce qu'elle était, une artère paresseuse, somnolant dans la lumière de cette délicieuse matinée d'automne.

« Ivre, moi ? Pas du tout. Je suis aussi sobre qu'un juge, parole d'honneur. »

Il lui tendit la main. Mme Perrine, qui avait plus de quatre-vingts ans mais tenait toujours aussi fermement la rampe, la regarda comme si elle dissimulait une farce quelconque. *Ça ne me surprendrait pas de votre part*, disait ses yeux gris et froids. *Ça ne me surprendrait pas du tout, Roberts*. Elle remonta sur le trottoir sans l'aide de Ralph.

« Je suis désolé, madame Perrine, je ne regardais pas où j'allais.

— Effectivement, vous ne regardiez pas. Vous

marchiez en bayant aux corneilles, la bouche ouverte. On aurait dit l'idiot du village.

— Désolé, répéta-t-il, obligé de se mordre la langue pour ne pas éclater de rire.

— Humf. » Mme Perrine le regarda lentement, de haut en bas, comme un sergent des Marines inspecterait une nouvelle recrue. « Votre chemise est déchirée sous le bras, Roberts. »

Ralph souleva le bras gauche et regarda. Une déchirure déparait en effet sa chemise à carreaux préférée. On voyait même à travers le pansement la tache de sang séché, ainsi qu'une touffe inconvenante, faite de poils emmêlés. Il rabaissa vivement le bras, se sentant rougir.

« Humf », répéta Mme Perrine, exprimant par cette onomatopée tout ce qu'elle avait à dire sur le compte de Ralph Roberts sans avoir recours à un seul mot du vocabulaire. « Apportez-la-moi à la maison, si vous voulez. Et si vous avez d'autres choses à recoudre aussi. Je suis encore capable de tirer l'aiguille, figurez-vous.

— Oh, je n'en doute pas, madame Perrine. »

La vieille dame le regardait avec une expression qui semblait dire : *Vous n'êtes qu'un vieux bouc lubrique desséché, Ralph Roberts, mais sans doute n'y pouvez-vous rien*.

« Pas l'après-midi, reprit-elle. J'aide à préparer le dîner au refuge des sans-abri, et je fais le service à cinq heures. C'est pour l'œuvre de Dieu.

— Oui, je suis sûr que...

— Il n'y aura pas de sans-abri au ciel, Roberts. Vous pouvez compter là-dessus. Pas de chemises déchirées non plus. Mais tant que nous sommes sur terre, nous devons nous occuper de tout ça. » *Et moi*, proclamait le visage de Mme Perrine, *je m'en occupe spectaculairement bien*. « Apportez vos affaires à recoudre le matin ou le soir, Roberts. Pas de cérémonie entre nous, mais ne venez pas frapper chez moi après huit heures trente. Je me couche à neuf heures.

— C'est très aimable de votre part, madame Perrine », répondit Ralph, obligé de se mordre à nouveau la langue. Il se rendait compte que cette méthode n'allait pas tarder à devenir inefficace et que sous peu, il devrait choisir entre éclater de rire ou mourir.

« Pas du tout. Mon devoir de chrétienne. Et Carolyn était une amie pour moi.

— Merci... C'est terrible pour May Locher, n'est-ce pas ?

— Pas du tout. La miséricorde divine. » Et elle reprit son chemin, impavide, avant que Ralph pût ajouter quelque chose. Elle avait le dos d'une telle rigidité qu'on avait mal rien qu'en la regardant.

Ralph parcourut quelques mètres et bientôt n'y tint plus. Il s'appuya de l'avant-bras à un poteau téléphonique, la bouche enfouie dans le creux du coude, et rit aussi silencieusement que possible — rit jusqu'à ce que des larmes lui coulent le long des joues. Lorsque la crise de fou rire (car c'était vraiment ce qu'il ressentait, une véritable crise hystérique) fut passée, il releva la tête et regarda autour de lui, attentif, curieux, des larmes encore plein les yeux. Il ne vit rien d'autre que ce que n'importe qui pouvait voir, et ce fut un soulagement.

Ne te fais pas d'illusions, Ralph. Ça va revenir. Tu le sais parfaitement. Tout va revenir.

Oui ; sans doute le savait-il parfaitement, mais c'était pour plus tard. Pour le moment il avait quelque chose à dire à quelqu'un.

3

Lorsque finalement Ralph fut de retour de son stupéfiant voyage jusqu'au bout de l'avenue, McGovern était installé sous le porche et feuilletait le journal. Mais quand il s'engagea dans l'allée, il prit brusquement la décision de ne pas tout dire à Bill. En particulier, il se garderait bien de lui expliquer à quel point les deux bonshommes qu'il avait vus sortir de la maison de May Locher ressemblaient aux extraterrestres des journaux à scandale du Red Apple.

McGovern le regarda escalader les marches. « Salut, Ralph.

— Salut, Bill. Est-ce qu'on peut parler ? J'ai quelque chose à te dire.

— Bien sûr. » Il referma son journal, le repliant avec soin. « On a finalement emmené mon vieil ami Bob Polhurst à l'hôpital, hier soir.

— Ah bon ? Il me semblait que ça devait déjà être fait.

— C'est ce que je croyais. C'est ce que tout le monde espérait. Il nous a roulés. En fait, on aurait dit qu'il allait mieux, du côté de la pneumonie, du moins ; puis il a rechuté. Il a fait un arrêt respiratoire hier, vers midi, et sa nièce a bien cru qu'il mourrait avant l'arrivée de l'ambulance. Mais il a tenu le coup et son état semble s'être de nouveau stabilisé. » Il regarda en direction de la rue et soupira : « May Locher passe l'arme à gauche dans la nuit, et Bob continue de s'accrocher. Quel monde, tout de même...

— Ouais.

— De quoi voulais-tu me parler ? As-tu finalement décidé de te déclarer à Lois ? Besoin de quelques conseils paternels sur la meilleure manière d'aborder la question ?

— J'ai besoin de conseils, d'accord, mais pas sur ma vie sentimentale.

— Raconte-moi tout », répliqua McGovern d'un ton rude.

Ce que fit Ralph. L'attention silencieuse que lui accorda son ami le soulagea beaucoup et lui fit plaisir. Il commença en rappelant en quelques mots les choses que McGovern connaissait déjà : l'incident entre Ed et Gros Balèze pendant l'été 92, et comment Ed avait répété, le jour où il avait battu Helen, les propos qu'il avait tenus à cette occasion. Au fur et à mesure qu'il parlait, Ralph était envahi par la conviction de plus en plus forte qu'il existait des relations entre toutes les choses qui lui arrivaient, relations qu'il pouvait presque percevoir.

Il parla également des auras, mais pas du cataclysme silencieux qui l'avait submergé moins d'une demi-heure auparavant — cela aussi était plus qu'il ne voulait en dire, au moins pour le moment. McGovern était évidemment au courant de l'agression de Pickering, et savait que Ralph avait pu éviter le pire grâce à la bombe lacrymogène que Helen et Gretchen lui avaient donnée ; mais il ajouta un détail qu'il ne lui avait pas communiqué le dimanche soir, lorsqu'il avait raconté l'agression à son locataire au cours d'un repas improvisé : comment la bombe était apparue magiquement dans sa poche, le vieux Dor lui paraissant l'auteur le plus probable de ce tour de prestidigitation.

« Bonté divine ! s'exclama McGovern. Sais-tu que tu vis dangereusement, Ralph ?

— On dirait.

— Et qu'est-ce que tu as raconté à Leydecker de tout ça ? »

Bien peu de chose, voulut-il dire, mais il s'aperçut que ce serait encore une exagération. « Pratiquement rien. Et il y a un autre détail que je ne lui ai pas avoué. Quelque chose de bien plus... substantiel, il me semble, et qui a à voir avec ce qui s'est passé là-bas. » Il fit un geste en direction de la maison de May Locher, devant laquelle deux vans bleu et blanc venaient tout juste de s'arrêter. MAINE STATE POLICE, lisait-on sur les côtés. Ralph supposa que c'étaient les experts de la police dont Leydecker lui avait parlé.

« May ? » McGovern s'inclina un peu en avant. « Tu sais quelque chose sur ce qui lui est arrivé ?

— Je crois. » S'exprimant avec soin, passant d'un mot à l'autre comme d'une pierre à la suivante sur un gué délicat à franchir, Ralph raconta comment il s'était réveillé, était allé dans la salle de séjour et avait vu deux hommes sortir de la maison de May Locher. Il expliqua de quelle façon il avait fini par récupérer ses jumelles et parla des ciseaux que tenait l'un des deux hommes. Il ne fit mention ni du cauchemar de Carolyn, ni des empreintes luisantes, ni encore moins du fait qu'il avait tardivement pensé que les deux individus étaient peut-être sortis en passant directement à travers la porte — ce qui n'aurait réussi qu'à détruire les derniers lambeaux de crédibilité qui lui restaient. Il termina sur l'appel anonyme au 911, puis attendit avec anxiété la réaction de McGovern.

Ce dernier secoua la tête, comme pour s'éclaircir les idées. « Auras, oracles, mystérieux monte-en-l'air armés de ciseaux... tu vis vraiment dangereusement.

— Qu'est-ce que tu en penses, Bill ? »

McGovern resta quelques instants sans réagir. Il avait fait un rouleau du journal, pendant le récit de Ralph, et s'en tapotait machinalement la jambe. Ralph éprouva le besoin de répéter sa question plus brutalement — *Crois-tu que je sois fou, Bill ?* — mais y résista. S'imaginait-il que les gens donnaient des réponses honnêtes à ce genre de questions ? Il aurait fallu leur injecter une sérieuse dose de penthotal auparavant. Que Bill répondît : *Oh oui, t'es aussi fou que trois poux, mon petit Ralphie, veux-tu que j'appelle Juniper Hill pour voir s'ils ont un lit de libre ?* — voilà qui était peu vraisemblable... et étant donné qu'aucune des réponses que le vieux prof pourrait lui donner n'aurait de signification, autant se passer de poser la question.

« Je ne sais pas exactement ce que j'en pense, finit par dire Bill. En tout cas, pas pour le moment. De quoi avaient-ils l'air ?

— Ils avaient des figures difficiles à distinguer,

même avec les jumelles. » Il avait répondu d'une voix aussi ferme que la veille, lorsqu'il avait nié être l'auteur du coup de téléphone anonyme.

« Tu n'as probablement aucune idée de l'âge qu'ils pouvaient avoir ?

— Non, aucune.

— L'un d'eux aurait-il pu être notre vieux pote d'en haut de la rue ?

— Ed Deepneau ? » Ralph regarda McGovern, surpris. « Non, absolument pas.

— Et Pickering ?

— Non plus. Ni l'un ni l'autre. Je les aurais reconnus. Où veux-tu en venir ? Penses-tu que j'aie fini par craquer et que j'aie cru voir les deux types qui m'ont causé le plus de souci ces temps derniers sur le perron de May Locher ?

— Bien sûr que non », répondit McGovern. Mais le tapotement régulier du journal sur sa jambe s'interrompit et il cligna des yeux. Ralph sentit un creux au niveau de l'estomac. Oui, c'était exactement à cela que voulait en venir Bill, ce qui n'avait rien de surprenant, au fond, non ?

Peut-être pas, mais cela ne changeait rien à la sensation au creux de son estomac.

« Et d'après Johnny, toutes les portes étaient fermées ?

— Ouais.

— De l'intérieur ?

— Oui, mais... »

McGovern se leva si brusquement de son siège que Ralph, pendant une folle seconde, crut qu'il allait partir à fond de train, peut-être même en criant : *Faites attention à Ralph Roberts ! Il est devenu cinglé !* Mais, au lieu de se précipiter vers l'escalier, il se dirigea vers la porte d'entrée. D'une certaine façon, Ralph trouva cela encore plus inquiétant.

« Qu'est-ce que tu vas faire ?

— Appeler Larry Perrault. C'est le plus jeune frère

de May. Il habite toujours à Cardville. Je suppose que c'est là-bas qu'elle sera enterrée. » (McGovern adressa un regard étrange, interrogatif, à Ralph.) « Que croyais-tu que j'allais faire ?

— Je ne sais pas, répondit Ralph, mal à l'aise. Pendant une seconde, j'ai cru que tu allais prendre la poudre d'escampette.

— Mais non. » En disant cela, McGovern lui tapota l'épaule, d'un geste qui donna l'impression à Ralph d'être froid et fait pour la forme.

« Qu'est-ce que le frère de May Locher a à voir là-dedans ?

— Johnny a bien dit qu'on avait envoyé le corps de May pour une autopsie complète à Augusta, non ?

— Euh, je crois que le mot qu'il a employé était nécropsie... »

De la main, McGovern rejeta l'objection. « Autopsie, nécropsie, c'est du pareil au même. S'ils trouvent quoi que ce soit d'anormal — quoi que ce soit qui suggérerait qu'elle a été assassinée — on aura informé Larry. Il est son seul parent proche.

— D'accord, mais est-ce qu'il ne va pas se demander pourquoi ça nous intéresse tant ?

— Oh, il ne faut pas s'inquiéter pour ça, observa McGovern d'un ton apaisant qui déplut à Ralph. Je lui dirai que la police a mis les scellés sur la maison et que cette bonne vieille Harris Avenue bruit des rumeurs les plus diverses. Il sait que j'ai été le camarade de classe de May, et que je lui rendais régulièrement visite, depuis deux ans. Nous ne sommes pas fous l'un de l'autre, Larry et moi, mais on s'entend raisonnablement bien. Il me dira ce que je veux savoir, ne serait-ce que parce que nous sommes tous les deux des survivants de Cardville. Tu piges ?

— Il me semble, mais...

— Je l'espère », le coupa McGovern qui se mit soudain à ressembler à un reptile très vieux et très laid — un iguane marin, par exemple, ou un basilic. Il tendit un doigt vers Ralph : « Je ne suis pas un imbécile et je sais quand je dois tenir ma langue. On peut lire en ce moment sur ta figure que tu n'en es pas convaincu, et ça m'offense, ça m'offense même sacrément.

— Je suis désolé », dit Ralph, stupéfait par la sortie de son ami.

McGovern le regarda encore quelques instants, ses lèvres reptiliennes rétractées sur un dentier trop grand, et acquiesça. « Bon, très bien, j'accepte tes excuses. Tu as un sommeil merdique, je dois en tenir compte, et quant à moi, on dirait que je n'arrive pas à penser à autre chose qu'à Bob. » Il laissa échapper l'un de ses plus profonds soupirs *pauvre-de-moi*. « Écoute, si tu préfères que je n'appelle pas son frère...

— Non, non », se récria Ralph, se disant qu'il aurait bien aimé revenir dix minutes en arrière et effacer toute cette conversation. Puis quelque chose flotta dans son esprit, un sentiment parfaitement élaboré et prêt à l'emploi qui, il le savait, ferait plaisir à Bill : « Je suis désolé si j'ai eu l'air de mettre en doute ta discrétion. »

McGovern sourit, tout d'abord à contrecœur, puis de tout son visage. « J'ai compris, maintenant, ce qui te tient réveillé ; c'est de penser à des conneries dans ce genre. Tiens-toi tranquille, Ralph, et tâche d'avoir des pensées agréables à propos d'hippopotames, comme disait ma mère. Je reviens tout de suite. Je ne vais probablement pas le trouver, avec toutes les dispositions qu'il doit prendre pour les funérailles et tout le bazar. Veux-tu jeter un coup d'œil sur le journal en attendant ?

— Volontiers. Merci. »

McGovern lui tendit le *Derry News*, qui gardait encore sa forme en rouleau, et entra dans la maison. Ralph déplia la feuille de chou locale et parcourut la première page. La manchette disait : LES PARTISANS

DE L'AVORTEMENT PRÊTS À RECEVOIR SUSAN DAY. Deux photos de presse flanquaient l'article. Sur l'une, une demi-douzaine de jeunes femmes préparaient des banderoles (NOTRE CORPS NOUS APPARTIENT ! et UNE AUBE NOUVELLE POUR DERRY !), l'autre montrait des manifestants qui tournaient autour du centre WomanCare. Ils ne brandissaient ni panneaux ni banderoles, car ils n'en avaient pas besoin ; leurs robes noires à capuchon et leurs faux en disaient assez.

Ralph poussa à son tour un soupir, laissa tomber le journal sur le rocking-chair voisin et regarda se déployer la matinée de ce mardi, dans Harris Avenue. Il se dit que McGovern téléphonait peut-être en réalité à John Leydecker et non à Larry Perrault, et que les deux hommes avaient en ce moment même un petit entretien prof-élève sur ce qu'il fallait faire de ce vieux cinglé de Ralph Roberts.

Je me suis dit que vous aimeriez sans doute savoir qui est le véritable auteur de ce coup de téléphone anonyme, Johnny.

Merci, Prof. On s'en doutait déjà, évidemment, mais c'est une bonne chose d'en avoir confirmation. Je suppose qu'il n'est pas dangereux. D'une certaine manière, je l'aime bien.

Ralph repoussa ces spéculations sur qui Bill appelait ou n'appelait pas. Il était plus facile de rester assis ici sans penser à rien, pas même à un hippopotame. Plus facile de suivre des yeux le gros camion de Budweiser pendant qu'il entrait lentement dans le parking du Red Apple et s'arrêtait un instant pour laisser ressortir le véhicule de Magazines Incorporated, lequel venait de larguer sa ration hebdomadaire de journaux à scandale, de revues, de livres de poche. Plus facile de regarder la vieille Harriet Bennigan, à côté de laquelle Mme Perrine avait l'air d'une fringante pouliche, courbée sur les montants de son espèce de trépied à roulettes — un déambulateur —, en route pour sa laborieuse promenade matinale. Plus facile de regarder la fillette en jean, avec son immense T-shirt blanc et un chapeau d'homme de trois tailles trop grand pour elle sur la tête, sauter à la corde sur le terrain vague envahi de mauvaises herbes qui se trouvait entre la boulangerie Frank's et le salon de beauté Vicky Moon's. Plus facile de suivre le mouvement de pendule des mains de la petite fille. Plus facile de l'écouter chantonner la chanson d'accompagnement :

Cinq-dix-vingt, l'oie boit son vin...

Tout au fond de lui, Ralph se rendit compte, avec beaucoup d'étonnement, qu'il était sur le point de s'endormir ici, sur le porche. En même temps, les auras s'infiltraient de nouveau dans le monde, le remplissant de couleurs fabuleuses et de mouvement. C'était merveilleux, néanmoins...

... néanmoins, il y avait quelque chose qui clochait. *Quelque chose*. Mais quoi ?

La fillette qui sautait à la corde dans le terrain vague. C'était elle, qui clochait. Ses jambes habillées de toile montaient et descendaient comme l'aiguille dans le pied-de-biche d'une machine à coudre. Son ombre bondissait à côté d'elle sur ce qui restait de dalles, dans une allée envahie par les herbes et les tournesols. La corde tourbillonnait... montait et descendait... l'entourait... montait et descendait tout autour d'elle...

Mais non, ce n'était pas un T-shirt trop grand, il s'était trompé. C'était une blouse qui habillait cette silhouette. Une blouse blanche, comme celle des acteurs dans les feuilletons télé d'autrefois sur le milieu médical.

Cinq-dix-vingt, l'oie boit son vin,
Le singe chique son tabac sur la ligne de tram...

Un nuage s'interposa devant le soleil et une lumière verte sinistre envahit le jour, l'entraînant sous l'eau. Ralph fut tout d'abord parcouru d'un frisson, puis sa peau se hérissa de chair de poule. L'ombre bondissante de la fillette disparut. Elle leva les yeux et Ralph vit qu'il ne s'agissait nullement d'une petite fille. La créature qui le regardait était un homme d'une taille approximative d'un mètre vingt. Il avait tout d'abord pris le visage plongé dans l'ombre par le chapeau pour celui d'un enfant, à cause de son aspect parfaitement lisse, sans la moindre ride. Et en dépit de cela, il donnait une impression de malignité et de méchanceté diaboliques, au-delà de ce que pouvait concevoir un esprit normal.

C'est bien ça, pensa Ralph, obnubilé par la créature bondissante. C'est exactement ça. *Quelle que soit cette chose, elle est anormale. Folle.*

On aurait pu croire que le gnome venait de lire dans les pensées de Ralph, car à cet instant précis ses lèvres se retroussèrent sur un sourire à la fois timide et féroce, comme s'ils partageaient tous les deux un secret pénible. Et il était sûr — oui, absolument sûr, il en aurait presque juré — que la créature chantonnait, sans les lèvres, à travers ce sourire.

[*La ligne a été coupée ! Le singe s'est étouffé ! Et tous se sont noyés !*]

Il ne s'agissait pas de l'un des petits docteurs chauves que Ralph avait vus sortir de chez May Locher, il en était à peu près certain. Il avait un rapport avec eux, peut-être, mais celui-ci était différent. C'était...

La créature jeta la corde à sauter au loin. Le jouet devint tout d'abord jaune, puis rouge, donnant l'impression de lancer des étincelles pendant son vol plané. Le petit personnage — Doc #3 — regarda Ralph et sourit.

Et Ralph prit soudain conscience de quelque chose d'autre, quelque chose qui le remplit d'horreur. Il venait de reconnaître le chapeau que portait la créature.

Le panama disparu de Bill McGovern.

4

Encore une fois, on aurait pu croire que la créature avait lu en lui. Elle souleva le chapeau, exhibant un crâne rond et chauve, et l'agita comme un cow-boy qui chevauche un bronco sauvage dans un rodéo, sans cesser un seul instant d'arborer son innommable sourire.

Soudain, elle désigna Ralph comme si elle le marquait. Puis elle enfonça de nouveau le chapeau sur sa tête et s'engouffra à toute allure dans l'étroit passage étouffé de végétation qui séparait le salon de beauté de la boulangerie. Le nuage s'éloigna, le soleil fit sa réapparition, et les auras à l'intensité lumineuse variable commencèrent une fois de plus à se dissiper. Quelques instants après la disparition de la créature, Harris Avenue était redevenue ce qu'elle était d'ordinaire — cette bonne vieille et barbante Harris Avenue de toujours.

Ralph poussa un soupir chevrotant, au souvenir de la folie qu'il avait lue sur ce petit visage souriant, et de la manière dont la créature avait pointé

(Le singe s'est étouffé)

un doigt vers lui, comme si elle

(et tous se sont noyés)

y apposait sa marque.

« Dis-moi que je me suis endormi, marmonna-t-il d'une voix rauque. Dis-moi que je me suis endormi et que j'ai rêvé tout ça. »

Derrière lui, la porte s'ouvrit. « Et en plus, tu parles tout seul, dit McGovern. Tu dois avoir de l'argent à la banque, Ralph.

— Ouais, de quoi payer les frais de mon enterrement. » Il se faisait l'impression d'être comme quelqu'un qui vient de subir un choc terrible et fait encore des efforts pour surmonter sa terreur résiduelle; il s'attendait presque à voir McGovern se précipiter vers lui, le visage soucieux (ou peut-être simplement soupçonneux), pour lui demander ce qui n'allait pas.

Mais Prof ne fit rien de tel. Il se laissa tomber dans le rocking-chair, croisa les bras en un X mélancolique sur sa poitrine étroite, et se mit à contempler Harris Avenue, la scène sur laquelle lui, Ralph, Lois, Dorrance et tous les autres vieux du coin — nous, les « Age-d'Or », en macgovernien dans le texte — étaient destinés à jouer leur dernier acte — acte ennuyeux et parfois douloureux.

Et si je lui parlais du chapeau? Si j'entamais la conversation en disant : « Bill, je viens d'apprendre ce qui est arrivé à ton panama. Un voyou, vague parent des types que j'ai vus l'autre jour, l'avait à l'instant sur la tête. Il le portait lorsqu'il sautait à la corde entre la boulangerie et le salon de beauté » ?

Si Bill nourrissait encore des doutes sur l'état de sa santé mentale, ce dernier petit bulletin d'information suffirait sans aucun doute à les balayer. Oups!

Ralph ne desserra pas les dents.

« Désolé d'avoir mis tout ce temps, dit McGovern. Larry a prétendu que je le prenais juste au moment où il partait pour le salon funéraire, mais avant que j'aie pu lui poser la moindre question, j'ai eu droit à la moitié de la biographie de May et à presque toute la sienne. Il a dû parler sans reprendre sa respiration pendant au moins trois quarts d'heure. »

Aucun doute, Bill exagérait — tout au plus était-il parti cinq minutes. Ralph consulta néanmoins sa montre et eut la surprise de constater qu'il était onze heures quinze. Il tourna les yeux vers la rue et constata que Mme Bennigan avait disparu. De même que le camion de livraison de bière. Se serait-il endormi? Il le fallait bien, aurait-on dit... Toutefois, il n'arrivait pas à trouver la moindre rupture dans ses perceptions conscientes.

Oh, voyons, ne joue pas les imbéciles. Tu dormais forcément quand tu as vu ce petit mec chauve. Tu l'as rêvé.

Ce qui paraissait parfaitement logique; même le fait qu'il portait le panama de Bill était logique. Ce même chapeau avait figuré dans le cauchemar avec Carolyn, entre les pattes de la chienne Rosalie, cette fois.

Sauf qu'aujourd'hui, il n'avait pas rêvé, il en était certain.

Euh... pratiquement certain.

« Tu ne me demandes pas ce que m'a dit le frère de May? demanda McGovern d'un ton légèrement mortifié.

— Désolé, dit Ralph. Je crois que j'étais dans la lune.

— Tu es pardonné, mon fils... à condition que tu écoutes attentivement, à partir de maintenant. Le détective responsable de l'affaire, Funderburke...

— Steve Utterback, j'en suis à peu près sûr. »

McGovern agita les mains en l'air, sa réponse habituelle quand on le corrigeait sur quelque chose. « Peu importe. Bref, il a appelé Larry et lui a dit que les conclusions de l'autopsie attribuaient le décès à des causes parfaitement naturelles. Ce qui les tracassait le plus, à la lumière de ton coup de téléphone, était l'idée qu'elle avait pu avoir une crise cardiaque — mourir littéralement de peur — à cause d'une intrusion de cambrioleurs. Les portes fermées de l'intérieur et l'absence de la moindre trace de vol militaient contre cette hypothèse, évidemment, mais ils ont pris ton appel suffisamment au sérieux pour envisager cette possibilité. »

Le léger ton de reproche de McGovern — comme si Ralph avait étourdiment jeté du sable dans les rouages d'une machine fonctionnant d'habitude sans heurt — eut le don d'agacer Ralph. « Évidemment qu'ils l'ont pris au sérieux! J'ai vu deux types sortir de sa maison, et je l'ai signalé aux autorités.

Quand les flics sont arrivés, May était morte. Comment auraient-ils pu ne pas le prendre au sérieux ?

— Pourquoi n'as-tu pas donné ton nom ?

— Je ne sais pas. Quelle différence, d'ailleurs ? Et comment, au nom du Ciel, peuvent-ils être sûrs qu'elle n'est pas morte de peur ?

— J'ignore s'ils peuvent en être sûrs à cent pour cent, répliqua McGovern, lui-même un peu piqué, maintenant, mais je suppose qu'ils ne doivent pas en être loin puisqu'ils rendent le corps de May à son frère pour qu'il soit enterré. Ils ont dû faire un test sanguin, ou quelque chose de ce genre. Tout ce que je sais, c'est que ce Funderburke...

— Utterback.

— ... a dit à Larry que May était probablement morte pendant son sommeil. »

Sur quoi McGovern croisa les jambes, tripota le pli de son pantalon et se mit à scruter Ralph avec intensité.

« Je vais te donner un conseil, alors écoute-moi bien. Va voir le médecin. Maintenant. Aujourd'hui. Ne passe pas par la case départ, ne touche pas les deux cents dollars, rends-toi directement à la case Litchfield. Ça commence à devenir pesant. »

Ceux qui sortaient de chez May Locher ne m'ont pas vu, mais celui-là, si. Il m'a vu et m'a montré du doigt. Pour ce que j'en sais, peut-être même me cherchait-il.

Eh bien, voilà qui était une réconfortante réflexion parano...

« Ralph ? Tu as entendu ?

— Oui. Je comprends que tu ne crois pas que j'ai vu sortir ces types de chez May Locher.

— Exactement. J'ai vu ta tête, à l'instant, quand je t'ai dit que j'étais resté trois quarts d'heure au téléphone, et j'ai aussi vu que tu regardais l'heure. Tu ne pensais pas qu'autant de temps s'était écoulé, n'est-ce pas ? Et la raison pour laquelle tu ne le croyais pas est que tu as somnolé sans t'en rendre compte. Tu t'es payé une petite sieste. C'est probablement ce qui t'est arrivé l'autre nuit, Ralph. Sauf que la nuit en question, tu as rêvé à ces deux types, un rêve tellement réaliste que tu es allé faire le 911 à ton réveil. Tu ne trouves pas que ça tient debout ? »

Cinq-dix-vingt, l'oie boit son vin, pensa Ralph.

« Et les jumelles, alors ? objecta-t-il. Elles sont encore sur la petite table du séjour, à côté de mon fauteuil. Elles prouvent bien que j'étais réveillé, non ?

— Je ne vois pas en quoi. Tu es peut-être somnambule — tu n'y avais pas pensé ? Tu prétends avoir vu des intrus, et tu n'es même pas capable de les décrire.

— Avec la lumière orange de ces fichus lampadaires...

— Et toutes les portes fermées de l'intérieur !

— Pourtant, j'ai...

— Et ces histoires d'auras ! Ce sont les insomnies qui les provoquent — j'en suis presque sûr. Cependant, les choses pourraient être plus sérieuses. »

Ralph se leva, descendit les quelques marches du porche et se tint en haut de l'allée, tournant le dos à McGovern. Le sang battait à ses tempes et son cœur cognait fort. Trop fort.

Il ne m'a pas seulement montré du doigt. J'avais raison, la première fois ; ce petit salopard m'a marqué. Et ce n'était pas un rêve. Je n'ai pas rêvé non plus ceux que j'ai vus sortir de chez May Locher, j'en suis sûr.

Évidemment, tu en es sûr, Ralph, lui répondit une autre voix. *Les fous sont toujours sûrs des choses folles qu'ils voient ou qu'ils entendent. C'est ça qui en fait des fous, pas les hallucinations elles-mêmes. Si tu as vraiment vu ce que tu as vu, où est passée Mme Bennigan ? Qu'est-il arrivé au camion de Budweiser ? Qu'est-il arrivé pendant les quarante-cinq minutes que Bill a passées au téléphone ?*

« Tu es victime de symptômes très sérieux », dit McGovern derrière lui. Ralph crut déceler quelque chose de terrible dans la voix de son ami. De la satisfaction ? Pouvait-il s'agir de satisfaction ?

« L'un d'eux tenait des ciseaux, répondit Ralph sans se retourner. Je les ai vus.

— Allons voyons, Ralph ! Réfléchis un peu ! Sers-toi de ta tête et réfléchis ! Dimanche après-midi, moins de vingt-quatre heures avant ta première séance d'acupuncture, un maboul t'enfonce un couteau entre les côtes. Est-il si extraordinaire que tu fasses un cauchemar dans lequel un type tient un objet pointu, la nuit suivante ? Les aiguilles de Hong et le couteau de chasse de Pickering se sont transformés en ciseaux, c'est tout. Ne vois-tu pas que cette hypothèse rend compte de tout, alors que ce que tu prétends avoir vu ne tient pas debout ?

— Et j'aurais eu une crise de somnambulisme quand j'ai été chercher les jumelles ? C'est ça ?

— C'est possible. Vraisemblable, même.

— Même chose pour la bombe lacrymogène dans ma poche, évidemment ? Ce bon vieux Dor n'y était absolument pour rien.

— Je me fiche pas mal de la bombe lacrymo et du vieux Dor ! C'est toi qui m'inquiètes ! Tu souffres d'insomnies depuis avril ou mai, tu es déprimé et perturbé depuis la mort de Carolyn...

— Je ne suis pas déprimé ! » hurla Ralph. De l'autre côté de la rue, le facteur s'arrêta et regarda dans leur direction avant de s'éloigner vers le parc.

« Comme tu voudras, dit McGovern. Tu n'es pas déprimé. Tu ne dors pas non plus, mais tu vois des auras, des types qui se faufilent hors de maisons fermées au milieu de la nuit... » Puis, d'un ton trompeusement léger, l'ancien prof ajouta ce que Ralph redoutait, depuis le début, de l'entendre dire : « Tu ferais mieux de faire attention, jeune homme. Tu commences à ressembler un peu trop à Ed Deepneau. Ce n'est pas rassurant. »

Ralph se retourna. Un sang brûlant et morne pulsait derrière son visage. « Pourquoi me dis-tu ça ? Pourquoi tu t'en prends à moi comme ça ?

— Je ne m'en prends pas à toi, Ralph, j'essaie de t'aider. D'être ton ami.

— Je n'en ai pas l'impression.

— Qu'est-ce que tu veux, la vérité fait parfois un peu mal, répondit McGovern d'un ton calme. Il faut au moins que tu envisages l'hypothèse que ton corps et ton esprit cherchent à te dire quelque chose. Permets-moi de te poser une question. Est-ce le seul rêve dérangeant que tu as fait, ces temps derniers ? »

Ralph pensa fugitivement à Carolyn, enterrée jusqu'au cou dans le sable et hurlant à propos des empreintes de l'homme blanc. Il revit les bestioles noires qui grouillaient sur sa tête. « Je n'ai pas eu le moindre cauchemar récemment, rétorqua-t-il d'un ton raide. Évidemment, tu ne vas pas me croire parce que ça ne correspond pas au petit scénario que tu viens d'inventer.

— Écoute, Ralph...

— Permets que je te pose une question à mon tour. Est-ce que tu crois vraiment que le fait que je voie ces deux hommes et que May Locher soit morte la même nuit soit une pure coïncidence ?

— Peut-être pas. Il n'est pas impossible que ton état physique et mental ait été suffisamment bouleversé pour créer les conditions favorables à un événement psychique bref mais parfaitement authentique. »

Ralph fut réduit au silence.

« Je crois que ce sont des choses qui arrivent de temps en temps, reprit McGovern en se levant. Ça doit paraître marrant, de la part d'un vieux rationaliste comme moi, mais c'est pourtant vrai. Je n'affirme pas que c'est exactement ce qui s'est passé, simplement que c'est une possibilité. Ce dont je suis sûr, en revanche, c'est que les deux hommes que tu penses avoir vus n'existent pas dans le monde réel. »

Ralph regardait son ami, les mains enfoncées dans les poches, les poings tellement serrés qu'ils étaient comme deux pierres. Les muscles de ses bras vibraient de tension.

McGovern descendit les marches, et le prit doucement par le bras, juste au-dessus du coude. « Je pense simplement... »

Ralph se dégagea si brusquement que Bill poussa un grognement de surprise et trébucha un peu. « Ce que tu penses, je le sais.

— Tu n'as pas écouté ce que...

— Oh, j'ai assez écouté. Et même plus qu'assez, crois-moi. Et il faut m'excuser, je vais aller faire une autre promenade. J'ai besoin de m'éclaircir les idées. » Toujours aussi brûlant, le sang battait à son front, à ses joues. Il essaya d'embrayer son esprit sur un autre pignon afin de laisser cette fureur stupide et impuissante derrière lui, sans y parvenir. Il se sentait dans un état très voisin de celui dans lequel il s'était réveillé du cauchemar avec Carolyn ; la terreur et la confusion faisaient rage dans ses pensées, et lorsque ses jambes se mirent en mouvement, ce ne fut pas l'impression de marcher qu'il ressentit, mais celle de chuter, comme lorsqu'il était tombé du lit, hier matin. Il continua néanmoins à avancer. Parfois, c'est tout ce que l'on peut faire.

« Tu as besoin de consulter un médecin, Ralph ! » lui lança McGovern. Et Ralph ne put se cacher plus longtemps qu'il y avait une note de plaisir étrange et morbide dans la voix de son ami. L'inquiétude sous laquelle cela se dissimulait était probablement authentique, mais faisait l'impression d'un glaçage sucré sur un gâteau amer.

« Pas un pharmacien, pas un acupuncteur, pas un hypnotiseur, mais un médecin ! Ton médecin de famille ! »

Ouais, c'est ça, le type qui a enterré ma femme au-dessous de la ligne des marées, pensa-t-il en une sorte de cri mental. *Le type qui l'a enfouie dans le sable jusqu'au cou et lui a dit qu'elle ne risquait pas de se noyer tant qu'elle prendrait son Valium et son Tylénol !*

A voix haute, il répondit : « Ce dont j'ai besoin, c'est de marcher ! De ça, et pas d'autre chose ! » Les battements de son cœur se répercutaient maintenant à ses tempes en coups de marteau brefs et durs, et il se dit que c'était ainsi que commençait une attaque ; s'il ne se contrôlait pas très vite, il risquait de s'effondrer, victime de ce que son père appelait « une apoplexie de colère ».

Il entendit McGovern qui s'engageait à son tour dans l'allée. *Ne me touche pas, Bill. Ne pose même pas une main sur mon épaule, sans quoi je vais probablement me retourner et t'en aligner une en pleine figure.*

« Je ne cherche qu'à t'aider, ne le vois-tu pas ? » cria McGovern. De l'autre côté de la rue, le facteur s'était de nouveau arrêté pour les observer : devant le Red Apple, Karl, le type qui y travaillait le matin et Sue, la jeune femme qui le relayait l'après-midi, les regardaient sans se gêner. Karl, remarqua-t-il, tenait un sachet de petits pains à hamburgers à la main. Stupéfiant, tout de même, les détails que l'on pouvait noter, dans ces circonstances... même si ce n'était pas aussi stupéfiant que les choses qu'il avait vues ce matin.

Les choses que tu t'imagines avoir vues, murmura doucement une voix traîtresse au fond de sa tête.

« Marche, marmonna Ralph, désespéré. Continue simplement de marcher. » Un film venait de commencer à se jouer dans sa tête. Un film désagréable, d'un genre qu'il allait rarement voir, bien qu'il fût un habitué du complexe de salles du Derry Center. La bande sonore de ce navet d'épouvante, par-dessus le marché, semblait être la comptine *Pop ! Goes the Weasel*.

« *Laisse-moi te dire un truc, Ralph. A nos âges, les maladies mentales sont courantes ! Sont foutrement courantes ! Alors* VA VOIR UN MÉDECIN ! »

Mme Bennigan se tenait sur son perron, le déambulateur abandonné au pied de l'escalier. Elle portait toujours son manteau de demi-saison d'un rouge éclatant et elle regardait le spectacle de la rue, bouche bée.

« *Est-ce que tu m'écoutes, Ralph ? Je l'espère ! Je l'espère bien !* »

Ralph accéléra le pas, rentrant la tête dans les épaules comme si soufflait un vent froid. *Et si jamais il continuait à crier, de plus en plus fort ? S'il se mettait à te suivre dans la rue ?*

S'il fait ça, les gens vont penser que c'est lui qui est devenu cinglé, se répondit-il, mais cette idée n'eut pas le don de le calmer. Dans son esprit, il continuait d'entendre un piano jouant cette ritournelle pour enfants — non, il ne la jouait pas vraiment, il l'émaillait de *plink* et de *plonk*, comme feraient des gosses dans une crèche :

All around the mulberry bush
The monkey chased the weasel,
The monkey thought't was all in fun,
Pop ! Goes the weasel[1] *!*

Ralph commença alors à voir toutes les personnes âgées de Harris Avenue, celles qui achetaient leur police d'assurance à des compagnies faisant leur publicité sur la télé par câble, celles qui avaient des calculs ou des tumeurs de la peau, celles dont la mémoire diminuait au fur et à mesure que grossissait leur prostate, celles qui vivaient de la retraite de la Sécurité sociale et qui regardaient le monde à travers des cataractes de plus en plus épaisses au lieu de verres colorés en rose... Ces mêmes personnes qui lisaient maintenant tout le courrier publicitaire

1. Autour du buisson couvert de mûres / Le singe poursuit la belette, / Le singe croit que c'est pour rire / Pouf ! disparue, la belette ! *(N.d.T.)*

qu'elles recevaient, qui parcouraient les circulaires des supermarchés annonçant des rabais sur les conserves et les surgelés de base. Il les voyait, habillées de shorts grotesques, de robes courtes pelucheuses, portant des casquettes et des T-shirts ornés des personnages de Snoopy... En un mot, il les voyait comme les plus vieux élèves de maternelle du monde. Ils défilaient autour d'une double rangée de chaises et un petit homme chauve en blouse blanche jouait *Pop! Goes the Weasel* au piano. Un autre crâne en peau de fesse subtilisait les chaises une à une, et lorsque la musique s'arrêtait et que tout le monde s'asseyait, l'une des personnes — aujourd'hui, c'était May Locher, demain ce serait probablement le vieux chef de département de McGovern — se retrouvait debout. Il lui fallait alors quitter la pièce, évidemment. Et Ralph entendit McGovern qui riait. Qui riait, parce qu'il avait de nouveau retrouvé une chaise. May Locher était peut-être bien morte, Bob Polhurst pouvait bien être mourant, Ralph Roberts perdre la boule, mais lui allait encore très bien, maître William D. McGovern se portait comme un charme, toujours d'attaque, toujours vertical, se sustentant, toujours capable de trouver une chaise lorsque la musique s'interrompait.

Ralph accéléra encore le pas, la tête plus que jamais rentrée dans les épaules, s'attendant à un autre tir de barrage de conseils et d'admonitions. Il estimait peu probable que McGovern le suivît dans la rue, mais pas à exclure complètement. S'il était suffisamment en colère, il en serait capable — l'abreuvant de reproches, lui intimant d'arrêter de faire l'idiot et d'aller voir un médecin, lui rappelant que le piano pouvait cesser de jouer n'importe quand, absolument n'importe quand, et que s'il ne trouvait pas de chaise tant qu'il en restait de disponibles, il risquait de manquer l'occasion pour l'éternité.

Les cris s'interrompirent toutefois. Il eut envie de regarder derrière lui, pour savoir ce que faisait McGovern, mais se retint. Si jamais Bill le voyait se retourner, ça pouvait le relancer. Mieux valait continuer d'avancer. Ralph allongea donc une fois de plus le pas, prit à nouveau la direction de l'aéroport sans même y réfléchir, tête basse, et s'efforça de ne pas entendre l'impitoyable piano, de ne pas voir les vieux enfants qui défilaient autour des chaises, de ne pas voir leurs regards terrifiés au-dessus des sourires truqués.

Il se rendit compte, tout en marchant, que ses espoirs avaient été vains. On l'avait finalement poussé dans le tunnel, et l'obscurité régnait tout autour de lui.

DEUXIÈME PARTIE

LA CITÉ SECRÈTE

« Les hommes âgés devraient être explorateurs. »

T.S. ELIOT.

CHAPITRE 11

1

Le Derry des Vieux Croulants n'était pas la seule cité secrète à exister dans l'agglomération que Ralph Roberts avait toujours considérée comme sa ville natale ; il avait grandi dans le quartier de Mary Mead, où se trouvaient à l'heure actuelle les lotissements de Old Cape, et découvert qu'en plus du Derry dévolu aux adultes, il y en avait un qui n'appartenait strictement qu'aux enfants : la zone (aussi fréquentée par les clochards), près du dépôt des chemins de fer, sur Neibolt Street, où l'on trouvait parfois des boîtes de soupe de tomate à moitié remplies de restes de ragoût et des bouteilles où moisissaient encore une ou deux gorgées de bière ; l'allée, derrière le cinéma Aladin, où on fumait des cigarettes Bull Durham et où on faisait parfois éclater des pétards Black Cat ; le vieil orme immense qui surplombait la rivière et d'où des dizaines de garçons et de filles avaient appris à plonger ; la centaine (à moins qu'il n'y en eût bien davantage) de pistes tortueuses s'entrecroisant dans les Friches-Mortes, une vallée envahie de végétation qui enfonçait un coin comme une balafre mal guérie en direction du centre de la ville.

Ces rues secrètes, ces avenues dissimulées se déployaient bien en dessous du champ visuel des adultes qui, par conséquent, les ignoraient... Mais il y avait eu des exceptions. En particulier un flic du nom d'Aloysius Nell — M. Nell pour des générations d'enfants de Derry — et ce n'était que maintenant, alors qu'il se dirigeait vers l'aire de pique-nique à partir de laquelle Harris Avenue devenait Harris Avenue Extension, que Ralph se dit que Chris Nell était sans doute le fils du vieux M. Nell... Mais non, ça ne collait pas, car le flic que Ralph avait vu pour la première fois en compagnie de John Leydecker était beaucoup trop jeune pour être le fils du vieux M. Nell. Il devait probablement s'agir de son petit-fils.

Ralph avait pris conscience de l'existence d'une seconde ville secrète — celle qui appartenait aux vieux — à l'époque où il avait pris sa retraite, mais il avait fallu la disparition de Carolyn pour qu'il se rendît compte qu'il en était lui-même citoyen. Il avait alors découvert une géographie immergée surnaturellement semblable à celle qu'il avait connue enfant, un pays foncièrement ignoré par le monde toujours pressé, de travailler comme de s'amuser, qui menait son tohu-bohu autour. Le Derry des Vieux Croulants se superposait enfin à une troisième ville secrète : le Derry des Damnés, endroit effrayant où demeuraient essentiellement les ivrognes, les fugitifs, et les cinglés qu'on ne pouvait garder enfermés.

C'est dans l'aire de pique-nique que Lafayette Chapin avait initié Ralph à l'une des plus importantes considérations qu'on puisse faire sur sa vie une fois que l'on était devenu un Vieux Croulant en bonne et due forme, évidemment. Cette considération avait à voir avec le concept de « vie réelle ». Le sujet était venu sur le tapis alors que les deux hommes commençaient à se connaître un peu mieux. Ralph avait demandé à Faye ce qu'il faisait, avant de venir à l'aire de pique-nique.

« Oh, dans ma vie réelle, j'étais charpentier, et ébéniste à l'occasion, avait répondu Chapin, exhibant dans un grand sourire les dents qui lui restaient. Mais ça fait presque dix ans que c'est terminé. » Comme si, se souvenait d'avoir pensé Ralph, la retraite était un baiser de vampire qui entraînait ceux qui y survivaient dans le monde des morts vivants. Et si l'on y réfléchissait vraiment, était-on si loin du compte ?

2

McGovern maintenant à une distance respectueuse (du moins l'espérait-il), Ralph s'engagea parmi les chênes et les érables qui séparaient l'aire de pique-nique d'Extension. Il constata que huit ou neuf personnes y avaient échoué, depuis sa première promenade, et que la plupart s'étaient munies d'un repas froid ou de sandwichs du Coffee Pot. Les Eberly et les Zell jouaient aux cartes avec le jeu graisseux qu'ils dissimulaient sur place, dans le creux d'un chêne ; Faye et Doc Mulhare, un vétérinaire à la retraite, disputaient une partie d'échecs ; deux mouches du coche allaient d'un groupe à l'autre pour donner des conseils.

Ces jeux étaient en principe la raison d'être de l'aire de pique-nique — comme de la plupart des endroits de Derry où se réunissaient les Vieux Croulants ; mais Ralph pensait que les jeux, en fait, n'étaient que prétexte. Les gens venaient en réalité ici pour affirmer concrètement, au moins à leurs yeux, qu'ils menaient encore une certaine forme d'existence, réelle ou autre.

Ralph s'assit sur un banc vide à proximité de la barrière anticyclone et suivit du doigt, machinalement, les noms, les initiales (sans parler des FUCK YOU !) gravés dans le bois, tout en regardant les avions atterrir régulièrement toutes les deux minutes : un Cessna, un Piper, un Apache, un bimoteur Bonanza, puis le vol Air-Express onze-quarante-cinq en provenance de Boston. Il tendait cependant l'oreille aux conversations qui se poursuivaient non loin de lui. Le nom de May Locher fut prononcé à plusieurs reprises. Quelques-uns des Vieux Croulants l'avaient connue et dans l'ensemble, ils partageaient l'opinion formulée par Mme Perrine : que Dieu l'avait finalement prise en pitié et avait mis un terme à ses souffrances. La plupart des conversations, toutefois, tournaient autour de la venue imminente de Susan Day. En règle générale, la politique n'était pas le sujet de prédilection des Vieux Croulants, qui préféraient parler d'un bon cancer des intestins ou d'une crise cardiaque massive; mais même parmi eux, le thème de l'avortement exerçait son don singulier de faire prendre parti, d'enflammer et de diviser.

« Elle n'a pas choisi la bonne ville en venant ici, et ce qui est rageant, c'est qu'il y a des chances pour qu'elle ne s'en doute même pas », dit Doc Mulhare, concentré sur l'échiquier, la mine lugubre, tandis que Faye Chapin attaquait à la hussarde ce qui restait de défense autour de son Roi. « Les choses ne se passent pas comme ailleurs, à Derry. Tu te souviens de l'incendie du Black Spot, Faye ? »

Faye poussa un grognement et s'empara du deuxième Fou de Doc.

« Ce que je n'arrive pas à comprendre, intervint Lisa Zell, ce sont tous ces cafards. » De la main, elle frappa le *Derry News*, sur la première page duquel on voyait la photo des silhouettes noires encapuchonnées tournant autour de WomanCare. « On dirait qu'ils veulent revenir à l'époque où les femmes se faisaient avorter à coups d'aiguilles à tricoter.

— C'est bien ce qu'ils veulent, renchérit Georgina Eberly. Ils s'imaginent que la peur d'y rester peut obliger une femme à garder son enfant. Il ne leur vient jamais à l'esprit qu'une femme peut craindre davantage d'avoir un enfant que de s'en débarrasser d'un coup d'aiguille à tricoter.

— Qu'est-ce que le fait d'avoir peur vient faire là-dedans ? demanda agressivement l'une des mouches du coche — un vieux à la tête en pelle à charbon du nom de Pedersen. Un meurtre est un meurtre, que le bébé soit dedans ou dehors, voilà comment je vois les choses, moi. Même s'ils sont tellement petits qu'il faut un microscope pour les voir, c'est un meurtre. Parce que si on les laisse tranquilles, ils deviennent des enfants.

— C'est ce qui fait de toi un Adolf Eichmann à chaque fois que tu te branles, rétorqua Faye en avançant sa Reine. Échec.

— Voyons, La-fa-yette Chapin ! s'exclama Lisa Zell.

— Se masturber n'est pas la même chose, protesta Pedersen, écarlate.

— Ah non ? Ce n'est pas dans la Bible, qu'un type a été maudit pour avoir balancé la purée sur le sol ? demanda la deuxième mouche du coche.

— Tu penses probablement à Onan », fit une voix derrière Ralph. Surpris, celui-ci se retourna et vit le vieux Dorrance. Il tenait à la main un livre de poche avec un gros chiffre 5 en couverture. *D'où diable sort-il, celui-là ?* se demanda-t-il ; il aurait presque juré qu'il n'y avait personne derrière lui, une minute ou deux auparavant.

« Onan, déconnant, dit Pedersen. Les spermatozoïdes, ce n'est pas comme les bébés.

— Non ? répliqua Faye. Alors explique-moi pourquoi l'Église catholique ne distribue pas de préservatifs dans les parties de loto ? Vas-y, je t'écoute.

— C'est de l'ignorance ! Et si tu ne vois pas...

— Ce n'est pas parce qu'il se masturbait que Onan a été puni, le coupa Dor de sa voix aiguë et discordante de vieillard. Mais parce qu'il refusait d'engrosser la veuve de son frère, afin que son frère ait une descendance. Il y a un poème d'Allen Ginsberg, je crois...

— La ferme, vieux fou ! s'étrangla Pedersen avant

de fusiller Faye Chapin du regard. Et si tu ne vois pas qu'il y a une grande différence entre un homme qui s'astique le manche et une fille qui balance le bébé que Dieu a créé en son sein dans les toilettes, tu es aussi cinglé que Dor.

— Cette conversation est écœurante », s'insurgea Lisa Zell, qui paraissait néanmoins plus fascinée qu'écœurée. Ralph regarda derrière lui et se rendit compte qu'on avait arraché une partie du grillage de son poteau et qu'il pendait, replié vers l'intérieur; l'œuvre, sans doute, des gamins qui s'emparaient des lieux, le soir venu. Voilà qui résolvait au moins un mystère. Il n'avait pas remarqué Dorrance parce que le vieillard ne s'était pas trouvé dans l'aire de pique-nique et devait avoir été se promener sur le périmètre de l'aéroport.

Ralph se dit que c'était peut-être la bonne occasion de prendre Dor à part et de lui tirer les vers du nez... si ce n'est qu'il risquait d'être encore plus perplexe après qu'avant. Le vieux Dor avait tout du chat du Cheshire dans *Alice au pays des merveilles :* davantage de sourire que de substance.

« Une grande différence, hein? demandait Faye à Pedersen.

— Ouais, très grande. » Deux taches rouges luisaient aux joues parcheminées de Pedersen.

Doc Mulhare, mal à l'aise, changea de position sur son siège. « Allez, oublions tout ça et finissons la partie, Faye, d'accord? »

Faye n'entendit même pas, tant Pedersen mobilisait son attention. « Tu ferais peut-être bien de penser à tous les petits spermatozoïdes qui t'ont claqué dans le creux de la main à chaque fois que tu t'es assis sur les toilettes en te disant qu'il serait chouette d'avoir Marilyn Monroe pour te... »

Pedersen, d'un geste, renversa les pièces qui restaient sur l'échiquier. Doc Mulhare grimaça avec un mouvement de recul, les lèvres tremblantes; il avait un regard effrayé, derrière ses lunettes à la monture rose réparée par deux fois avec du chatterton.

« Ouais, excellent ! s'exclama Faye. Voilà un putain de bon argument, espèce de corniaud ! »

Pedersen brandit les poings dans une attitude à la John Sullivan. « Tu veux qu'on règle ça autrement, peut-être ? Viens donc, je t'attends ! »

Faye se mit lentement debout. Il mesurait facilement trente centimètres de plus que Pedersen et le dépassait bien de trente kilos.

Ralph n'en croyait pas ses yeux. Si le poison s'était infiltré aussi loin, qu'en était-il dans le reste de la ville ? Doc Mulhare aurait-il eu raison ? Susan Day ne devait pas avoir la moindre idée que son numéro allait avoir des effets aussi néfastes sur Derry. D'une certaine manière — de beaucoup de manières, en fait —, Derry n'était pas une ville comme les autres.

Il s'élança avant de seulement savoir ce qu'il voulait faire et eut le soulagement de constater que Stan Eberly avait eu la même idée. Ils échangèrent un regard en s'approchant des deux hommes qui se tenaient nez à nez, et Stan hocha discrètement la tête. Ralph passa un bras autour des épaules de Faye moins d'une seconde avant que Stan ne saisît Pedersen par le haut du bras gauche.

« Vous allez rester tranquilles, tous les deux, dit Stan, parlant directement dans la touffe de poils que Pedersen avait dans l'oreille, sinon vous allez vous retrouver au Derry Home avec chacun une crise cardiaque, et toi, tu n'as pas besoin de nous en faire une de plus, Harley. Tu en es à combien ? A ta deuxième ? Ta troisième ?

— Je le laisserai pas faire des plaisanteries sur des femmes qui assassinent des bébés ! » siffla Pedersen, et Ralph vit que des larmes lui coulaient sur les joues. « Ma femme est morte à la naissance de notre seconde fille ! Elle a été emportée par une septicémie en 46 ! Alors je ne veux pas entendre parler de ces histoires de bébés assassinés !

— Bordel, Harley, je le savais pas. Je suis désolé, dit Faye d'une voix différente.

— Va te faire foutre avec tes *désolé* ! » cria Pedersen, s'arrachant à la prise de Stan. Il parut foncer sur Faye, qui leva les poings mais les rabaissa lorsqu'il vit Pedersen s'éloigner sans le regarder, après l'avoir bousculé, et prendre le sentier qui rejoignait Extension. Il disparut à leur vue. Trente secondes de silence s'ensuivirent ; un silence absolu, estomaqué, finalement rompu par le bourdonnement de guêpe d'un Piper Cub qui arrivait.

3

« Nom de Dieu, finit par dire Faye. On voit un type presque tous les jours pendant cinq ou dix ans, et on commence à croire qu'on sait tout de lui. Bordel, Ralphie, j'ignorais comment sa femme était morte. Je me sens comme un idiot...

— Inutile de te mettre dans cet état, Faye, intervint Stan. Il devait avoir ses ragnagnas.

— Taisez-vous ! s'exclama Georgina. On a entendu assez d'horreurs comme ça pour aujourd'hui.

— Je serai bien content quand cette bonne femme sera venue et repartie, et que les choses auront retrouvé leur cours normal », observa Fred Zell.

Doc Mulhare était à quatre pattes et rassemblait les pièces d'échecs. « Est-ce que tu veux terminer la partie, Faye ? Je crois que je me souviens des positions.

— Non merci. » La voix de Faye, restée ferme pendant sa prise de bec avec Pedersen, se mit soudain à chevroter. « Je crois que j'en ai assez pour le moment. Demande à Ralph s'il ne veut pas me remplacer.

— Merci, mais je crois que ce sera pour une autre fois », répondit l'intéressé. Il cherchait Dorrance des yeux et finit par le repérer. Le vieillard était repassé par l'ouverture du grillage et se tenait debout, dans l'herbe jusqu'aux genoux, en bordure de la route de service qui passait par là; il tordait le livre qu'il tenait tout en regardant le Piper Cub rouler vers le terminal principal. Ralph se mit à penser à la manière dont Ed avait déboulé sur cette route dans sa vieille Datsun marron et comment il avait juré

(grouille-toi, salope!)

devant la lenteur de la grille. Pour la première fois depuis plus d'un an, il se demanda ce qu'Ed, pour commencer, pouvait bien faire sur le terrain d'aviation.

« ... qu'avant.

— Hein? Quoi? » Il fit un effort et concentra de nouveau son attention sur Faye.

« Je disais que tu devais avoir retrouvé le sommeil, parce que tu as l'air fichtrement plus en forme qu'avant. Maintenant, c'est ton ouïe qui fout le camp, on dirait.

— Ça doit, répondit Ralph en esquissant un sourire. Je crois que je vais aller casser une petite croûte. Tu m'accompagnes, Faye? Je t'invite.

— Non, j'ai déjà pris quelque chose qui me reste sur l'estomac comme un morceau de plomb, pour tout te dire. Bon Dieu, Ralph, cette vieille bête pleurait, t'as vu ça?

— Oui, mais je ne m'en ferais pas trop pour autant, si j'étais toi. » Ralph prit la direction d'Extension et Faye lui emboîta le pas. Avec ses larges épaules affaissées et sa tête baissée, on aurait dit un ours dressé habillé en homme. « A nos âges, on pleure pour un rien, tu le sais bien.

— Sans doute. » Il lui adressa un sourire de gratitude. « De toute façon, merci de m'avoir arrêté avant que les choses ne tournent mal. Tu sais comment je suis, des fois. »

Si seulement quelqu'un avait été là quand on s'est engueulés, Bill et moi, pensa Ralph. « Pas de problème. C'est moi qui devrais te remercier, en réalité.

Ce sera un truc de plus à mettre sur mon curriculum quand je me présenterai pour ce boulot si bien payé à l'ONU. »

Faye éclata de rire et donna une tape sur l'épaule de Ralph. « Ouais, secrétaire général ! Pacificateur en chef ! T'en serais capable, Ralph, sans déconner !

— Et comment... Fais attention à toi, Faye.

— Toujours d'accord pour le tournoi, la semaine prochaine, demanda Faye, l'arrêtant du geste. La grande classique de la piste 3 ? »

Il fallut quelques instants à Ralph pour comprendre de quoi il était question, même si la chose était le principal sujet de conversation de l'ex-charpentier depuis que les feuilles commençaient à changer de couleur. Faye était l'organisateur du tournoi d'échecs qu'il avait baptisé « la Classique de la piste 3 » depuis la fin de sa « vie réelle », en 1984. Le trophée consistait en un enjoliveur démesuré sur lequel étaient gravés une couronne et un sceptre fantaisistes. Faye, sans conteste le meilleur joueur de tous les Vieux Croulants (du moins de ce côté-ci de la ville), s'était remis le trophée à lui-même six fois, sur les neuf tournois organisés, et Ralph le soupçonnait d'avoir fait exprès de perdre les trois autres fois, simplement pour que la compétition conservât de son intérêt pour les autres. Mais il n'avait guère songé aux échecs, cet automne ; d'autres choses l'avaient préoccupé.

« Bien sûr. Je pense que je vais participer. »

Faye sourit. « Parfait. On aurait dû le faire le week-end dernier, comme prévu, mais j'espérais qu'en le remettant, Jimmy V. pourrait jouer. Il est toujours à l'hôpital, malheureusement, et si on le retarde encore il fera trop froid pour jouer dehors et on se retrouvera dans l'arrière-boutique du coiffeur, comme en 90.

— Qu'est-ce qui lui arrive, à Jimmy V. ?

— Son cancer est revenu », répondit Faye qui ajouta, un ton plus bas : A mon avis, il n'a pas une chance sur cent mille de s'en sortir, ce coup-ci. »

Ralph ressentit brusquement un chagrin d'une surprenante intensité à cette nouvelle. Jimmy Vandermeer et lui s'étaient bien connus au cours de leur « vie réelle ». A l'époque, tous les deux étaient voyageurs de commerce, Jimmy dans la confiserie et les cartes de vœux, tandis que Ralph vendait du matériel d'impression et des fournitures de papeterie; ils s'étaient suffisamment bien entendus pour avoir pu faire équipe à plusieurs reprises dans leurs tournées de Nouvelle-Angleterre, partageant les frais d'essence et s'offrant des chambres beaucoup plus luxueuses que ce qu'ils auraient pu se payer individuellement.

Ils avaient également partagé les secrets ordinaires des hommes qui voyagent. Jimmy avait raconté à Ralph l'histoire de la prostituée qui lui avait volé son portefeuille, en 1958, et comment il avait menti à sa femme en accusant un auto-stoppeur qu'il aurait pris. Ralph avait avoué à Jimmy qu'à l'âge de quarante-trois ans il avait pris conscience d'être devenu accro au tord-boyaux et qu'il avait dû mener un douloureux et laborieux combat pour se défaire de sa dépendance. Pas plus que Jimmy V. n'avait parlé de sa dernière pute à sa femme, Ralph n'avait parlé à Carolyn de son goût bizarre pour le sirop pour la toux.

Beaucoup de tournées; beaucoup de pneus changés; beaucoup de plaisanteries sur le voyageur de commerce et la jolie fille du fermier; beaucoup de conversations qui se prolongeaient tard dans la nuit, parfois jusqu'au petit matin. On parlait quelquefois de Dieu, plus souvent de l'impôt sur le revenu. Tout compte fait, Jimmy Vandermeer avait été un sacré bon compagnon. Puis Ralph avait obtenu un poste sédentaire à l'imprimerie et perdu contact avec Jimmy. C'était seulement ici qu'ils avaient renoué connaissance, ainsi qu'en d'autres lieux de Derry où se retrouvaient les Vieux Croulants : la bibliothèque, la salle de billard, l'arrière-boutique de Duffy

Sprague, le coiffeur, et deux ou trois autres endroits. Lorsque Jimmy lui avait raconté, après la mort de Carolyn, qu'il s'était tiré d'une escarmouche avec le cancer un poumon en moins, mais que sinon tout allait bien, un souvenir était revenu à Ralph : Jimmy parlant base-ball ou pêche à la ligne, tout en jetant dans l'air qui grondait à la fenêtre de la voiture, les uns après les autres, les mégots brasillants de ses Camel.

J'ai eu de la chance, avait-il ajouté. Moi et le Duke, on a eu de la chance. Sauf que pour ni l'un ni l'autre, cette chance n'avait duré, aurait-on dit. De toute façon, elle ne durait pour personne, au bout du compte.

« Oh, bon Dieu, dit Ralph. Je suis désolé d'apprendre ça.

— Cela fait maintenant deux semaines qu'il est au Derry Home. On lui fait des rayons et on lui injecte ces saloperies qui sont supposées tuer le cancer et qui te laissent à demi mort. Ça m'étonne que tu ne sois pas au courant, Ralph. »

Je comprends que tu sois étonné, mais moi je ne le suis pas. Les insomnies te bouffent tout. Un jour, c'est le dernier sachet de Cup-a-Soup qui disparaît ; le lendemain, c'est ta perception du temps ; le surlendemain, ce sont tes vieux amis.

Faye secoua la tête. « Putain de cancer. Ça fiche la frousse, cette manière qu'il a de t'attendre au tournant. »

Ralph acquiesça. Il pensait à Carolyn. « Connais-tu le numéro de sa chambre ? Je pourrais aller lui rendre visite.

— Oui, je le connais. Le 315. Tu crois que tu t'en souviendras ? »

Ralph sourit. « Un moment, au moins.

— Va le voir si tu peux, bien sûr. On les drogue beaucoup, mais il reconnaît quand même ses visiteurs et je parie qu'il sera content de te voir. Vous avez passé de sacrés moments ensemble autrefois, d'après ce qu'il m'a raconté un jour.

— Oh, tu sais, on était deux types sur la route, c'est tout. Si on tirait à pile ou face pour savoir qui payait le dîner, Jimmy prenait toujours pile. » Soudain, il eut les larmes aux yeux.

« C'est bête, hein ? dit doucement Faye.

— Oui.

— Eh bien, va le voir. Tu lui feras plaisir, et tu te sentiras mieux. C'est ce qui devrait se passer, en tout cas. Et ne va pas m'oublier notre fichu tournoi d'échecs ! » ajouta Faye, se redressant et faisant un effort héroïque pour avoir l'air joyeux. « Si tu déclares forfait maintenant, tu fiches en l'air mon tirage au sort.

— Je ferai de mon mieux.

— Ouais, je le sais. » Du poing, il frappa Ralph légèrement au bras. « Et merci encore de m'avoir arrêté avant que j'aie eu le temps de faire quelque chose que j'aurais regretté ensuite.

— Pas de quoi ; le pacificateur en chef, c'est moi. » Ralph commença à s'éloigner sur le sentier qui rejoignait Extension, puis se retourna. « Au fait, tu vois cette route de service, là-bas ? Celle qui relie General Aviation à la rue ? » demanda-t-il avec un geste. Le camion d'un traiteur venait de l'emprunter au sortir du terminal privé, et son pare-brise leur renvoyait des reflets aveuglants dans les yeux. Le véhicule s'arrêta tout près du portail, coupant le rayon électrique. Le portail commença à rouler pesamment sur son rail.

« Oui, bien sûr.

— L'été dernier, j'ai vu Ed Deepneau l'utiliser, ce qui signifie qu'il possédait une carte magnétique pour ouvrir le portail. Sais-tu pour quelle raison il pouvait en avoir une ?

— Tu veux parler du type des Amis de la Vie ? Le chercheur de labo qui a fait un peu d'expérimentation sur sa femme, cet été ? »

Ralph acquiesça. « Mais c'est de l'été 92 que je te parle. Il était au volant d'une vieille Datsun marron. »

Faye se mit à rire. « Je ne serais pas fichu de faire la différence entre une Datsun, une Toyota et une Honda, Ralph. J'ai arrêté de reconnaître les bagnoles à peu près à l'époque où Chevrolet a abandonné les ailerons de requin. Mais je peux dire qui emprunte cette route : les livreurs, les mécaniciens, les pilotes, les équipages et les contrôleurs aériens. Certains passagers ont une carte magnétique, s'ils volent souvent sur des appareils privés. Les seuls scientifiques, ici, sont les types qui travaillent à la station d'analyse de l'air. C'est son boulot ?

— Pas du tout. Il est chimiste. Il travaillait encore aux labos Hawking, il y a peu de temps.

— Il faisait joujou avec les rats blancs, c'est ça ? Il n'y a pas de rats à l'aéroport, que je sache, mais maintenant que j'y pense, il y a aussi tout un paquet de gens qui passent par ce portail.

— Oh ? Et qui donc ? »

Faye lui montra du doigt un bâtiment préfabriqué au toit en tôle ondulée, à environ soixante-dix mètres du terminal de General Aviation. « Tu vois cette baraque ? C'est SoloTech.

— SoloTech ?

— Une école. Une école de pilotage. »

4

Ralph retourna jusqu'à Harris Avenue ses grosses mains fourrées au fond des poches, la tête basse au point de ne guère voir autre chose que les fissures du trottoir sous ses chaussures de sport. Toutes ses pensées étaient de nouveau tournées vers Ed Deepneau... et vers SoloTech. Il n'avait aucun moyen de savoir si c'était pour l'école de pilotage qu'Ed s'était trouvé sur le périmètre de l'aéroport, le jour où il avait percuté Mister West Side Gardeners, mais c'était tout à coup une question à laquelle il aurait beaucoup aimé avoir la réponse. Il aurait également beaucoup aimé savoir où Ed habitait à l'heure actuelle. Il se demandait si John Leydecker n'aurait pas partagé sa curiosité sur ces deux points, et décida qu'il allait le savoir.

Il passait devant le modeste immeuble à un étage qui abritait George Lyford, comptable agréé, d'un côté, et la bijouterie Maritime Jewelry (ACHETONS VOS OBJETS EN OR AU MEILLEUR PRIX) de l'autre, lorsqu'il fut tiré de ses pensées par un aboiement bref et étranglé. Il leva les yeux et vit Rosalie assise sur le trottoir, tout à côté de l'entrée de Strawford Park. La vieille chienne haletait, et la bave qui coulait de sa langue pendante faisait une petite flaque sombre entre ses pattes, sur le ciment. Elle avait la fourrure hirsute, comme si elle venait de courir, et le foulard délavé, autour de son cou, paraissait frémir au rythme saccadé de sa respiration. Lorsque Ralph la regarda, elle aboya une deuxième fois — on aurait presque dit un gémissement.

Il chercha alors des yeux, de l'autre côté de la rue, ce qui la faisait aboyer ; mais il n'y avait que la laverie automatique Buffy-Buffy, et Ralph n'arrivait pas à croire que Rosalie en avait après les quelques femmes qui allaient et venaient à l'intérieur, car personne ne passait en ce moment sur le trottoir.

Le regard de Ralph revint sur la chienne et il se rendit soudain compte qu'elle n'était pas simplement assise, mais tapie sur le trottoir, qu'elle se faisait toute petite. Elle paraissait mortellement terrorisée.

Jusqu'à ce jour, Ralph n'avait jamais vraiment prêté attention à ce que les expressions et le langage corporel des chiens peuvent présenter de mystérieusement humain : ils sourient quand ils sont contents, ils baissent la tête quand ils ont honte, trahissent leur anxiété dans leur regard et par la manière dont ils tendent leurs épaules — toutes choses que font les êtres humains. Et, comme eux, ils manifestent leur peur et ce qu'elle a de plus abject et absolu par des frémissements de tout leur corps.

Il regarda de nouveau de l'autre côté de la rue, vers l'endroit sur lequel toute l'attention de Rosalie semblait concentrée, et ne vit encore une fois rien d'autre que le trottoir désert et la laverie automatique. Puis, soudain, il se souvint de Natalie, le Bébé de Rêve essayant de saisir de sa menotte les traînées gris-bleu laissées par ses doigts, quand il avait essuyé le lait qui lui coulait sur le menton. Aux yeux de toute autre personne, elle aurait eu l'air de vouloir saisir le vide, comme les bébés ont souvent l'air de le faire... mais Ralph ne s'y était pas trompé.

Elle avait *vu*.

Rosalie poussa une série de gémissements de panique qui irritèrent les oreilles de Ralph comme un bruit de gonds rouillés.

Jusqu'ici, le phénomène s'est toujours produit de lui-même... Qui sait si je ne pourrais pas le provoquer? Je peux peut-être parvenir à voir...

Voir quoi?

Eh bien, les auras. Évidemment, les auras. Ou encore ce que Rosalie

(*cinq-dix-vingt, l'oie...*)

est en train de regarder. Ralph avait sa petite idée sur ce que c'était

(..., *l'oie boit son vin*)

mais il voulait en être sûr. La question était : comment faisait-on?

Et d'abord, comment voit-on?

En regardant, pardi.

Ralph regarda Rosalie. Attentivement, essayant de voir tout ce qu'il y avait à voir : les motifs délavés du foulard bleu qui lui tenait lieu de collier, les touffes poussiéreuses et emmêlées de sa toison mal entretenue, le semis poivre et sel qui entourait son museau allongé. Au bout d'un moment, elle donna l'impression de sentir qu'elle était observée, car elle se tourna vers lui, le regarda et poussa un gémissement malheureux.

Ralph sentit alors quelque chose se déclencher dans sa tête — comme le coup de démarreur d'une voiture. Il eut le sentiment, fugitif mais indéniable, de devenir soudain plus léger, puis l'éclat de la lumière envahit tout. Il venait de trouver le chemin de ce monde plus vif, à la texture plus intense. Il vit une membrane trouble — elle lui fit penser à du blanc d'œuf qui vient de tourner — se matérialiser autour de Rosalie et un panache gris sombre s'élever de sa tête. Son point d'origine n'était pas le crâne, cependant, comme chez tous les gens que Ralph avait vus dans cet état second ; le panache de Rosalie partait de sa truffe.

Tu connais maintenant la différence la plus fondamentale entre les hommes et les chiens ; leurs âmes résident en des endroits différents.

[*Chien-chien, hé, chien-chien, viens ici* !]

Ralph grimaça et eut un mouvement de recul devant cette voix, qui lui faisait l'effet d'une craie grinçant sur un tableau noir ; il portait déjà la paume des mains à ses oreilles lorsqu'il comprit que cela ne servirait à rien ; ce n'était pas avec son ouïe qu'il entendait cette voix, mais au plus profond de sa tête, hors de portée de ses mains, qu'elle lui faisait le plus mal.

[*Hé, saloperie de sac à puces ambulant ! Tu crois que je n'ai que ça à faire ? Ramène ton cul pelé par ici, t'entends* !]

Rosalie gémit et revint à ce qu'elle regardait auparavant. Elle esquissa le mouvement de se redresser, puis se laissa retomber. Le foulard tremblotait plus que jamais et Ralph aperçut un croissant liquide s'étalant contre son flanc gauche — sa vessie l'avait lâchée.

Il regarda lui aussi de l'autre côté de la rue et vit alors Doc Chauve #3 qui se tenait entre la laverie et la maison voisine, un vieil immeuble d'appartements. Il portait sa blouse blanche (couverte de taches, comme s'il n'en avait pas changé depuis longtemps) et son jean de nain. Il avait toujours le panama de McGovern sur la tête. Le chapeau paraissait retenu par les oreilles de la petite créature ; il était tellement disproportionné que sa tête y disparaissait à moitié. Doc Chauve #3 souriait férocement à la chienne et Ralph découvrit une double rangée de dents blanches et pointues, de vrais crocs de cannibale. A la main gauche, il tenait un objet qui était soit un ancien scalpel, soit un rasoir droit. Une partie de son esprit cherchait à convaincre Ralph que c'était du sang qu'il voyait sur la lame, mais il était à peu près certain qu'il s'agissait de rouille.

Doc Chauve #3 glissa deux doigts dans le coin de sa bouche et émit un sifflement suraigu qui transperça les tympans de Ralph de son bruit de perceuse. Rosalie se recroquevilla un peu plus sur elle-même et lança un court hurlement.

[*Bouge ton putain de cul, Machine ! Tout de suite !*]

Rosalie se leva, la queue entre les jambes, et commença à ramper vers la rue. Elle ne cessait de gémir tout en avançant, et la terreur amplifiait sa claudication au point qu'elle avait du mal à marcher ; son arrière-train menaçait de s'effondrer à chacun des pas titubants qu'elle faisait à contrecœur.

[« *Hé !* »]

Ralph ne se rendit compte qu'il avait crié qu'à l'instant où il vit le petit nuage bleu qui flottait à hauteur de sa figure. Il était gravé de lignes arachnéennes argentées qui lui donnaient l'aspect d'un flocon de neige.

Le nain chauve virevolta vers le bruit produit par le cri de Ralph, brandissant instinctivement son arme, une expression de surprise enragée sur le visage. Rosalie s'était immobilisée, les pattes avant dans le caniveau, et regardait Ralph de ses grands yeux bruns pleins d'angoisse.

[*Qu'est-ce que tu veux, michrone ?*]

Il y avait de la fureur dans cette voix, fureur d'avoir été interrompu, fureur d'avoir été défié... mais Ralph pensa déceler une autre émotion en dessous. De la peur ? Il aurait aimé le croire. La perplexité et l'étonnement étaient plus probables. Quoi que fût cette créature, elle n'avait pas l'habitude d'être vue par les semblables de Ralph, et encore moins d'être défiée par eux.

[*Qu'est-ce qui t'arrive, michrone, le chat t'a bouffé la langue ? A moins que tu n'aies déjà oublié ce que tu voulais dire ?*]

[*« Je veux que vous laissiez cette chienne tranquille ! »*]

Ralph entendit ce qu'il venait de répondre de deux manières différentes. Il était à peu près sûr d'avoir parlé à voix haute, mais le son de sa voix lui avait paru lointain et réduit à presque rien, comme la musique qui sourd d'un baladeur que l'on vient d'enlever pour un instant. Quelqu'un qui se serait tenu à côté de lui aurait pu distinguer ses paroles, mais Ralph savait qu'elles lui auraient fait l'effet d'un souffle semblable à celui qu'on peut émettre après avoir reçu un coup de poing dans l'estomac. A l'intérieur de sa tête, en revanche, sa voix portait comme elle ne le faisait plus depuis des années, forte, juvénile, confiante.

Sans doute Doc Chauve #3 devait-il l'avoir entendue de cette deuxième façon, car il eut un mouvement de recul momentané, l'arme toujours brandie (Ralph était à peu près sûr qu'il s'agissait d'un scalpel), comme pour se défendre. Puis il parut se ressaisir. Il quitta le trottoir et s'avança sur la partie engazonnée et couverte de feuilles mortes qui le séparait de la rue proprement dite. Il passa les pouces dans sa ceinture, y enfonçant sa blouse par la même occasion, et contempla Ralph pendant quelques instants, la mine sévère. Puis il brandit son scalpel rouillé et fit avec le geste explicite et désagréable de faucher.

[*Tu peux me voir? La belle affaire! Ne va pas fourrer ton nez dans ce qui ne te regarde pas, michrone! Cette bâtarde est à moi!*]

Le nain chauve se tourna vers la chienne recroquevillée.

[*On a assez joué comme ça tous les deux, Médor. Viens ici! Tout de suite!*]

Rosalie adressa à Ralph un regard suppliant, désespéré, et commença à traverser la rue.

Je ne m'occupe pas des affaires des machrones, lui avait dit le vieux Dor, le jour où il lui avait donné les poèmes de Stephen Dobyns. *Je t'ai d'ailleurs averti de ne pas t'en mêler non plus, si tu t'en souviens.*

Oui, il s'en souvenait, en effet; mais il avait l'impression qu'il était trop tard, maintenant. Et même s'il n'était pas trop tard, il n'avait pas l'intention de laisser Rosalie aux mains de ce gnome antipathique, de l'autre côté de la rue. Pas s'il pouvait y faire quelque chose, en tout cas.

[« *Rosalie! Viens ici, ma fille! Au pied!* »]

La chienne eut un bref aboiement et trotta vers Ralph; elle se plaça derrière sa jambe droite et s'assit, haletante, les yeux levés vers lui. Et là encore, il vit une expression qu'il n'eut pas de mal à déchiffrer : une part de soulagement, deux parts de gratitude.

Le visage de Doc Chauve #3 s'était tordu en une grimace de haine tellement farouche qu'on aurait presque dit un personnage de dessin animé.

[*Tu ferais mieux de me l'envoyer, michrone, je t'avertis!*]

[« *Non!* »]

[*Je vais te foutre en l'air, michrone. Je vais vous démolir, toi et tes amis. Tu piges? Est-ce que tu...*]

Ralph leva brusquement la main à hauteur de l'épaule, la paume tournée vers sa tempe, comme s'il s'apprêtait à donner un coup de karaté — un atémi. Il abaissa ensuite la main et vit, stupéfait, un rayon serré de lumière bleue jaillir du bout de ses doigts et foncer en travers de la rue comme un javelot. Doc Chauve #3 se baissa juste à temps, sa petite main contractée sur le panama, pour l'empêcher de s'envoler. La pointe bleue du javelot lumineux passa à quelques centimètres au-dessus de cette main et alla heurter la devanture de Buffy-Buffy, sur laquelle elle s'étala comme un liquide surnaturel ; pendant quelques instants, la vitre devint du même bleu éclatant et parfait que le ciel. L'éclaboussure s'estompa ensuite peu à peu et Ralph put de nouveau voir les femmes qui, à l'intérieur de la laverie, pliaient leur linge ou l'enfournaient dans les machines, comme si de rien n'était.

Le nain chauve se redressa, serra les poings et les brandit en direction de Ralph. Puis il arracha le panama de McGovern de sa tête, prit le bord dans sa bouche et en arracha un morceau d'un coup de dents. Tandis qu'il se livrait à cet équivalent d'une crise de nerfs enfantine, le soleil fit naître des éclats enflammés du lobe de ses oreilles, qu'il avait petites et bien faites. Il recracha le morceau de paille déchiqueté et remit sèchement le chapeau sur sa tête.

[*Ce chien était à moi, michrone ! J'allais jouer avec lui ! Je me demande si je ne ferais pas mieux, à la place, de m'amuser avec toi, hein ? Avec toi et tes troudues d'amis !*]

[« *Fiche le camp d'ici !* »]

[*Bouffeur de cons ! Baise ta mère et bouffe-lui la chatte !*]

Ralph se rappela qu'il avait déjà entendu quelqu'un s'exprimer de manière aussi charmante : Ed Deepneau, à l'extérieur de l'aéroport, pendant l'été 92. Ce n'était pas le genre de chose que l'on oubliait, et il fut immédiatement terrifié. Au nom du Ciel, dans quel guêpier s'était-il fourré ?

5

Ralph leva de nouveau sa main ouverte à hauteur de la tempe ; toutefois quelque chose avait changé à l'intérieur de lui. Il aurait pu refaire le même geste, mais il était presque certain qu'il n'en jaillirait aucun javelot de lumière bleue, cette fois.

Apparemment, le doc ne savait pas qu'on le menaçait d'une arme déchargée. Il recula, levant la main qui tenait le scalpel dans une attitude défensive. Le chapeau avec son entaille ridicule dans le bord lui tomba sur les yeux et un instant, il eut l'air d'une version grand-guignolesque de Jack l'Eventreur... un Jack l'Eventreur dont les manifestations pathologiques auraient été dues à une taille extrêmement petite.

[*Je t'aurai pour ce coup-là, michrone ! Tu ne perds rien pour attendre, je te le dis ! Je ne vais pas me laisser marcher sur les pieds par un michrone, non mais !*]

Pour le moment, en tout cas, Doc Chauve #3 en avait assez. Il fit brusquement demi-tour et courut dans l'allée envahie d'herbes entre la laverie automatique et l'immeuble d'appartements, sa blouse crasseuse et trop longue lui battant les mollets. Avec lui s'évanouit aussi l'illumination générale. Ralph observa sa disparition avec des sens dont il n'avait jusqu'ici jamais suspecté l'existence. Il se sentait totalement réveillé, débordant d'énergie, sur le point d'exploser d'une excitation ravie.

Je l'ai fait déguerpir, nom de Dieu ! J'ai fait déguerpir cette espèce de petit fils de pute !

Il n'avait aucune idée de ce qu'était réellement la créature en blouse blanche, mais il savait qu'il avait arraché Rosalie à ses griffes et pour le moment, ça lui suffisait. Des questions insidieuses sur son état mental reviendraient peut-être le hanter demain matin, lorsqu'il serait assis dans son fauteuil, le regard perdu sur la rue en contrebas, mais, pour le moment, il se sentait dans une forme à tout casser.

« Tu l'as vu, hein, Rosalie ? Tu as vu ce sale... »

Il s'était tourné, mais la chienne n'était plus assise derrière lui ; il eut le temps, cependant, de l'apercevoir qui se traînait dans le parc, la tête basse, la patte arrière droite dérapant, raide, à chacune de ses foulées douloureuses.

« Rosalie ! cria-t-il. Hé, Rosalie ! » Et, sans réellement savoir pour quelle raison — si ce n'est qu'ils venaient de vivre quelque chose d'extraordinaire ensemble —, Ralph s'élança à ses trousses, trottinant pour commencer, puis allongeant le pas jusqu'au point de sprinter.

Il ne courut pas ainsi longtemps. Un point de côté qui lui fit l'effet d'une aiguille d'acier brûlante s'enfonça dans son flanc gauche, avant de s'étendre à toute la partie gauche de sa cage thoracique. Il s'arrêta à l'intérieur du parc, au croisement de deux sentiers, plié en deux, les mains sur les cuisses, juste au-dessus des genoux. La transpiration lui coulait dans les yeux et le picotait comme des larmes. Il haletait violemment, non sans se demander s'il s'agissait d'un point de côté normal, comme dans le dernier tour du quinze cents mètres qu'il avait couru jadis en sport universitaire, ou au contraire des prémices d'une crise cardiaque fatale.

Au bout de trente ou quarante secondes, la douleur commença à diminuer — c'était donc peut-être seulement un point de côté, en fin de compte. Un solide argument de plus, cependant, pour conforter la thèse de McGovern : *Laisse-moi te dire un truc, Ralph. A nos âges, les maladies mentales sont courantes ! Foutrement courantes !* Ralph ignorait si cela était vrai ou pas, mais ne savait que trop, toutefois, que l'année où il avait couru le quinze cents mètres en question était à plus d'un demi-siècle derrière lui, et que courir après Rosalie comme il l'avait fait était stupide et probablement dangereux. Si son cœur n'avait pas tenu, il se dit qu'il n'aurait sans doute pas été le premier vieux puni d'une thrombose coronarienne pour s'être laissé gagner par l'excitation et avoir oublié que lorsque ses vingt ans sont passés, c'est définitif.

La douleur avait presque complètement disparu et il retrouvait sa respiration, mais ses jambes ne lui inspiraient toujours pas confiance : comme si elles étaient sur le point de se décrocher à hauteur des genoux et de le laisser s'étaler sur le gravier du sentier sans avertissement préalable. Il leva la tête, cherchant des yeux le banc le plus proche, et vit quelque chose qui lui fit oublier les chiens errants, ses jambes en coton et même une éventuelle crise cardiaque. Le banc en question se trouvait à une quinzaine de mètres de lui, en bordure du sentier de gauche, au sommet d'une légère montée. Lois Chassey y était assise, dans son joli manteau bleu de demi-saison. Ses mains, gantées, étaient croisées sur ses genoux et elle sanglotait comme si son cœur allait éclater.

CHAPITRE 12

1

« Qu'est-ce qui se passe, Lois ? »

Elle leva les yeux vers lui, et la première pensée qui traversa l'esprit de Ralph fut en réalité un souvenir : une représentation théâtrale à laquelle il avait assisté avec Carolyn au Penobscot Theater de Bangor, huit ou neuf ans auparavant. Certains personnages étaient supposés être morts et avaient un visage clownesque, tout blanc, avec de gros cercles noirs autour des yeux pour donner l'impression d'orbites vides.

Sa deuxième pensée fut plus simple : *Raton laveur*.

Soit elle lut sur son visage les réflexions qu'il se faisait, soit elle prit simplement conscience de l'image qu'elle devait présenter, car elle se détourna, tripota maladroitement la fermeture de son sac à main un instant, pour finalement se cacher le visage dans les mains.

« Va-t'en, Ralph, veux-tu ? demanda-t-elle d'une voix enrouée, étouffée. Je ne me sens pas très bien aujourd'hui. »

En temps normal, Ralph aurait obéi à son injonction et battu précipitamment en retraite, éprouvant surtout un vague sentiment de honte à l'idée de l'avoir surprise avec son rimmel qui coulait et sa garde baissée. Mais les circonstances n'étaient pas ordinaires et il prit la décision de ne pas partir — en tout cas, pas tout de suite. Il était encore sous l'effet de cette étrange légèreté, il sentait toujours que l'autre monde, l'autre Derry, était très proche. Sans compter qu'il y avait aussi autre chose, quelque chose de très simple et de très clair. Il avait en horreur de voir Lois, nature heureuse dont il n'avait jamais douté, assise toute seule ici à pleurer toutes les larmes de son corps.

« Qu'est-ce qui se passe, Lois ?

— Je ne me sens pas bien ! pleurnicha-t-elle. Tu ne peux pas me laisser tranquille ? »

Elle s'enfouit un peu plus le visage dans les mains. Des secousses lui agitèrent le dos, les manches de son manteau bleu tremblèrent et Ralph pensa à l'attitude qu'avait eue Rosalie, lorsque le docteur chauve lui avait crié de bouger son cul et de traverser la rue : pitoyable, mortellement terrifiée.

Ralph s'assit à côté de Lois, passa un bras autour de ses épaules et l'attira à lui. Elle se laissa faire tout en restant raide... comme si elle avait le corps tendu de cordes à piano.

« Ne me regarde pas ! s'écria-t-elle de la même voix pleurnicharde. Je t'interdis de me regarder ! Mon rimmel a coulé ! Je m'étais maquillée spécialement pour mon fils et ma belle-fille... ils sont venus pour le petit déjeuner... on devait passer la matinée ensemble... "On va passer un bon moment, M'man", a dit Harold... Mais la raison pour laquelle ils sont venus... la vraie raison... »

Ses explications furent interrompues par une nouvelle crise de larmes. Ralph fouilla dans sa poche revolver, en retira un mouchoir, tout froissé mais propre, et le mit dans la main de Lois. Elle le prit sans regarder Ralph.

« Continue, dit-il. Essuie-toi avant si tu veux, mais ce n'est pas si terrible que ça, Lois ; vraiment. »

Juste un peu l'air d'un raton laveur, pensa-t-il. Cette idée faillit le faire sourire, mais il se souvint du jour où il s'était mis en route pour la pharmacie, à la recherche de somnifères, et où il avait rencontré Lois et Bill devant la grille du parc, en train de parler de la manifestation avec lancer de poupées pleines de sang factice. Elle s'était montrée sincèrement affligée, ce jour-là; Ralph se rappela lui avoir trouvé l'air fatigué, en dépit de son énervement et de son inquiétude, mais également l'avoir considérée comme presque belle : son opulente poitrine se soulevait, ses yeux lançaient des éclairs, une rougeur de jeune fille empourprait ses joues. Cette beauté quasi irrésistible n'était guère plus qu'un souvenir, aujourd'hui; avec son rimmel qui dégoulinait, Lois Chassey avait l'air d'un vieux clown triste, et Ralph éprouva une bouffée de fureur brûlante pour celui ou ceux qui avaient provoqué ce changement.

« Je suis *affreuse* ! dit-elle en se servant du mouchoir de Ralph. Je suis à faire peur !

— Mais non, chère madame, juste un peu barbouillée. »

Lois, finalement, tourna son visage vers lui. Cet effort lui coûtait manifestement beaucoup, maintenant que l'essentiel de son maquillage se trouvait sur le mouchoir de Ralph. « De quoi j'ai l'air ? demanda-t-elle doucement. Dis-moi la vérité, Ralph Roberts, ou tes yeux vont se mettre à loucher. »

Il s'inclina vers elle et embrassa sa joue mouillée. « Seulement charmante, Lois. On gardera *ravissante* pour une autre fois. »

Elle lui adressa un sourire incertain, et le mouvement qu'elle eut fit déborder deux larmes de ses yeux. Ralph lui prit le mouchoir tout chiffonné des mains et les essuya avec douceur.

« Je suis tellement contente que ce soit toi et non Bill qui soit passé. Je serais morte de honte s'il m'avait vue pleurer en public. »

Ralph regarda autour de lui. Il aperçut Rosalie, saine et sauve, au bas de la pente, étendue de tout son long entre deux sanisettes, le museau posé sur une patte; sinon, cette partie du parc était vide.

« J'ai l'impression que l'endroit nous appartient, en tout cas pour le moment, dit-il.

— Dieu soit loué pour ses petites faveurs. » Lois reprit le mouchoir et entreprit la réfection de son maquillage, d'une manière plus efficace, cette fois. « A propos de Bill, je me suis arrêtée au Red Apple en venant ici — c'était avant que je m'apitoie sur mon sort et que je me mette à chialer bêtement comme une Madeleine — et Sue m'a raconté que vous vous étiez disputés tous les deux, ce matin. Que vous vous étiez même crié après, devant la maison.

— Bah, ce n'est pas si grave, répondit Ralph avec un sourire gêné.

— Est-ce que je peux être indiscrète et te demander à propos de quoi ?

— Des échecs... » (Ralph répondit la première chose qui lui passa par l'esprit.) « Le tournoi de la piste 3 que Faye Chapin organise tous les ans. Sauf qu'en réalité, ce n'était pas à propos de quelque chose de particulier. Tu sais comment ça se passe... On se lève du mauvais pied et on prend la mouche pour le premier prétexte venu.

— Je serais bien contente si c'était pareil pour moi », observa Lois. Elle ouvrit son sac, réussissant sans difficulté cette fois, et prit son poudrier. Puis soupira et le remit en place sans l'avoir ouvert. « Je ne peux pas. Je sais que je fais l'enfant, mais c'est plus fort que moi. »

Ralph glissa la main dans le sac avant qu'elle ait eu le temps de le refermer, prit le poudrier, l'ouvrit, et lui tendit le miroir. « Tu vois ? Ce n'est pas si terrible, tout de même !

— Beurk ! Range-moi ça.

— D'accord, si tu promets de me dire ce qui s'est passé.

— Tout ce que tu veux, mais fais-le disparaître ! »

Il s'exécuta. Lois resta quelques instants muette, tripotant nerveusement le fermoir de son sac à main. Il était sur le point de la relancer lorsqu'elle leva les yeux sur lui, une pitoyable expression de méfiance sur le visage.

« Il se trouve que tu n'es pas le seul à ne pouvoir avoir une nuit de sommeil normale, Ralph.

— De quoi veux-tu...

— D'insomnie ! le coupa-t-elle. Je me couche à peu près toujours à la même heure, mais je n'arrive plus à avoir mon temps de sommeil. Pire que ça, on dirait que je me réveille un peu plus tôt chaque matin. »

Ralph essaya de se souvenir s'il avait parlé de cet aspect du phénomène à Lois. Il avait l'impression que non.

« Pourquoi fais-tu cette tête ? demanda-t-elle. Tu ne pensais tout de même pas être la seule personne au monde à avoir ce genre de problème ?

— Bien sûr que non ! » réagit Ralph, un peu indigné... et pourtant, n'avait-il pas eu parfois l'impression, justement, d'être la seule personne au monde à avoir *ce type particulier* d'insomnies ? A assister, impuissant, à la lente érosion, minute après minute, quart d'heure par quart d'heure, de son bon sommeil ? On aurait dit une variante bizarroïde du supplice chinois de la goutte d'eau.

« Quand est-ce que ça a commencé ?

— Un mois ou deux avant la disparition de Carolyn.

— Combien de temps dors-tu, en ce moment ?

— A peine une heure par nuit depuis le début du mois d'octobre. » Elle avait répondu d'un ton calme, mais Ralph avait décelé un imperceptible chevrotement qui pouvait bien trahir une véritable panique en dessous. « Au train où vont les choses, j'aurai complètement arrêté de dormir pour Noël ; si jamais ça arrive, je ne sais pas si j'y survivrai. J'y survis déjà difficilement, à l'heure actuelle. »

Ralph eut du mal à trouver quelque chose à répondre et lui posa la première question qui lui vint à l'esprit : « Comment se fait-il que je n'aie jamais vu la lumière allumée, chez toi ?

— Pour la même raison que j'ai rarement vu la tienne, je suppose. Cela fait trente-cinq ans que j'habite ici, et je n'ai pas besoin d'éclairage pour trouver mon chemin. En plus, je préfère garder mes soucis pour moi. Si tu n'arrêtes pas d'allumer à deux heures du matin, tôt ou tard quelqu'un le verra. Ce sera répété, et les fouinards vont commencer à poser des questions. Je déteste les questions des fouinards, et je ne suis pas du genre à faire passer une annonce dans le journal à chaque fois que je suis constipée. »

Ralph éclata de rire. Lois le regarda un instant, l'œil rond et l'air perplexe, puis se joignit à lui. Il avait toujours le bras passé autour d'elle (à moins qu'il n'y fût revenu de lui-même, subrepticement, après qu'il l'avait retiré ?), et il la pressa contre lui. Cette fois-ci, elle se laissa faire sans résister ; les cordes à piano avaient disparu de son corps. Ralph fut ravi.

« Tu ne te moques pas de moi, hein ?

— Non. Absolument pas. »

Elle acquiesça, souriant toujours. « Alors ça va. Tu ne m'as jamais vue me balader dans mon séjour, n'est-ce pas ?

— Non, jamais.

— C'est parce qu'il n'y a pas de lampadaire en face de chez moi. Mais il y en a un en face de chez toi. Je t'ai souvent vu, dans ton espèce de fauteuil délabré, occupé à regarder dans la rue et à boire du thé. »

J'avais toujours cru être le seul, pensa-t-il, et soudain une question — à la fois comique et gênante — lui vint à l'esprit. Combien de fois l'avait-elle surpris installé ainsi à se fourrer les doigts dans le nez ? Ou à se tripoter l'entrejambe ?

Soit elle lut dans son esprit, soit elle vit le rouge qui lui montait aux joues, car elle ajouta précipitamment : « Je distinguais tout juste ta silhouette, tu sais, et tu étais toujours en robe de chambre, parfaitement correct. Tu ne dois pas t'inquiéter pour ça. Tu te doutes bien aussi, j'espère, que si tu avais commencé à faire quelque chose que tu aurais préféré qu'on ne voie pas, je n'aurais pas regardé. Je n'ai tout de même pas été élevée dans une écurie. »

Il lui sourit et lui tapota la main. « Je le sais, Lois, je le sais. C'est simplement que je suis... surpris. Surpris de découvrir que pendant que je restais assis là à regarder la rue, quelqu'un me regardait. »

Elle eut pour lui un sourire énigmatique qui aurait pu vouloir dire : *Ne t'inquiète pas, Ralph, tu faisais simplement partie du décor pour moi*.

Il étudia ce sourire pendant un moment, puis chercha à revenir à l'essentiel : « Alors, Lois, qu'est-ce qui s'est passé ? Pourquoi étais-tu assise ici à pleurer ? Juste le manque de sommeil ? Si c'est ça, je suis bien placé pour compatir. Mais il y a autre chose, n'est-ce pas ? »

Le sourire s'évanouit du visage de Lois. Elle croisa de nouveau ses mains gantées sur les genoux et regarda droit devant elle, la mine sombre. « Il y a des choses pires que l'insomnie. La trahison, par exemple. En particulier quand elle est le fait de personnes que tu aimes. »

2

Elle se tut. Ralph respecta son silence. Il regardait Rosalie, au pied de la petite montée ; la chienne paraissait le regarder aussi — ou les regarder.

« Sais-tu que non seulement nous avons le même médecin, mais le même problème, Ralph ?

— Tu vas voir Litchfield, toi aussi ?

— J'y allais. Carolyn me l'avait recommandé. Mais je n'y retournerai jamais. Lui et moi, c'est fini. » Ses lèvres se rétractèrent. « Monsieur Double-Jeu...

— Qu'a-t-il fait ?

— J'ai tenu le coup pendant un bon moment, avec l'espoir que les choses s'arrangeraient d'elles-mêmes — que la nature reprendrait son cours, comme on dit. Ce qui ne m'a pas empêchée de vouloir lui donner un coup de main, à la nature, de temps en temps. On a probablement dû essayer pas mal de trucs identiques.

— Les gâteaux de miel ? » demanda Ralph, qui sourit de nouveau. Il ne pouvait s'en empêcher. *Quelle journée stupéfiante !* se dit-il. *Quelle journée absolument stupéfiante... et l'après-midi n'est même pas encore commencé !*

« Les gâteaux de miel ? Qu'est-ce que c'est ? C'est efficace ?

— Non, répondit Ralph, dont le sourire s'élargit encore, ça n'a aucun effet, mais c'est délicieux. »

Elle éclata de rire et serra la main nue de Ralph de ses deux mains gantées. Ralph lui rendit son étreinte.

« Tu n'es pas allé voir le Dr. Litchfield pour tes insomnies, Ralph ?

— Non. J'avais pris rendez-vous, mais j'ai annulé.

— Est-ce parce que tu n'avais pas confiance en lui ? Parce que tu as eu l'impression qu'il avait raté le coche avec Carolyn ? »

Ralph la regarda, surpris.

« Excuse-moi, dit-elle. Je n'ai aucun droit de te poser cette question.

— Non, ça va. Je crois que c'est simplement la surprise d'entendre cette idée exprimée par quelqu'un d'autre. L'idée qu'il... comment dire... qu'il a fait un mauvais diagnostic.

— Tu parles ! » Un éclair brilla dans les jolis yeux de Lois. « Ça nous a à *tous* traversé l'esprit. Bill disait qu'il n'arrivait pas à comprendre que tu n'aies pas traîné ce salopard qui s'emmêle les pinceaux devant un tribunal, après l'enterrement de Carolyn. Évidemment, à l'époque, j'étais de l'autre côté de la barrière et je défendais Litchfield comme une folle. Tu n'as jamais envisagé de le poursuivre ?

— Non. J'ai soixante-dix ans, et je ne veux pas perdre le temps qu'il me reste dans un procès pour erreur médicale. En plus... ça ne ferait pas revenir Carolyn, hein ? »

Elle secoua la tête.

« Pourtant, c'est bien à cause de ce qui est arrivé à Carolyn que je ne suis pas allé le voir. Du moins, je crois. Je ne pouvais plus lui faire confiance, ou peut-être... je ne sais pas... »

Non, il ne savait pas vraiment, c'était bien là le hic. Une seule chose était sûre et certaine : il avait annulé son rendez-vous avec le Dr. Litchfield, comme il avait annulé celui qu'il avait avec James Roy Hong, également connu sous le sobriquet de poseur d'aiguilles. Annulation de dernière minute, faite sur les conseils d'un vieillard de quatre-vingt-douze ou treize ans, qui ne se souvenait probablement plus de son second prénom. Il revint en esprit au livre que Dor lui avait donné, et au poème qu'il lui avait cité, *Poursuite*... On aurait dit que Ralph ne pouvait se l'enlever de la tête, en particulier la partie où le poète parle des choses qu'il voit disparaître, des livres qu'il n'a pas lus, des plaisanteries qu'il n'a pas lancées, des voyages qu'il n'accomplira jamais.

« Ralph ? Tu es là ?

— Ouais... je pensais simplement à Litchfield. Je me demandais pourquoi j'avais annulé le rendez-vous. »

Elle lui tapota la main. « Réjouis-toi de l'avoir fait ; moi, je n'ai pas annulé le mien.

— Raconte. »

Elle haussa les épaules. « Quand les choses allèrent mal au point que je ne pouvais plus les supporter, je suis allée le consulter et je lui ai tout raconté. Je pensais qu'il allait me prescrire des somnifères, mais il m'a dit qu'il ne pouvait même pas faire ça — il m'arrive de faire un peu de tachycardie, et les somnifères peuvent être dangereux.

— Quand es-tu allée le voir ?

— Au début de la semaine dernière. Et puis, hier, Harold m'a appelée, comme ça, et m'a dit que lui et Janet voulaient m'inviter quelque part pour le petit déjeuner. "C'est stupide, je lui ai dit. Je peux encore me débrouiller dans ma cuisine. Puisque vous prenez la peine de faire tout ce chemin depuis Bangor, je vous mitonnerai quelque chose de bon, et on n'en parle plus. Après ça, si vous voulez m'emmener faire un tour — je pensais au centre commercial, j'ai toujours aimé m'y promener —, ce sera parfait." Voilà ce que je lui ai dit. »

Elle se tourna vers Ralph, un petit sourire à la fois amer et féroce sur le visage.

« Pas un instant je ne me suis demandé pour quelle raison ils voulaient absolument venir me voir tous les deux un jour de semaine — ils travaillent l'un comme l'autre, et ils doivent drôlement aimer leur boulot, parce qu'on dirait qu'ils ne savent pas parler d'autre chose. Je me suis simplement dit que c'était vraiment charmant de leur part... attentionné... et j'ai fait un effort particulier pour avoir bonne mine et tout faire parfaitement, afin que Janet ne se doute pas que j'avais un problème. Je crois que c'est ce qui me reste le plus en travers. Cette vieille idiote de Lois, *cette sacrée Lois*, comme dit tout le temps Bill... Fais pas cette tête, Ralph ! Évidemment, je suis au courant. Crois-tu que je sois née de la dernière pluie ? Et il a raison. Je *suis* fofolle, je *suis* idiote, mais ça ne m'empêche pas de souffrir comme n'importe qui, lorsque je me fais avoir... »

Elle se remit à pleurer.

« Évidemment, ça n'empêche pas..., dit Ralph en lui tapotant la main.

— Tu aurais ri si tu m'avais vue. En train de préparer des muffins frais aux courgettes à quatre heures du matin, de hacher des champignons pour faire une omelette à l'italienne à quatre heures et quart, et de commencer à me maquiller à quatre heures et demie, juste pour être certaine, absolument certaine, que Janet n'allait pas commencer avec ses *Vous êtes sûre que vous vous sentez bien, maman Lois ?* J'ai horreur quand elle se met à me sortir ses salades. Et veux-tu que je te dise un truc, Ralph ? Pendant tout ce temps, elle savait exactement ce qui n'allait pas chez moi. Ils le savaient tous les deux. Tu vois à quel point j'étais ridicule... »

Ralph avait eu l'impression de suivre attentivement ses explications, mais apparemment il avait dû manquer un virage. « Ils le savaient ? Comment ça, ils le savaient ?

— Parce que Litchfield le leur avait dit, parbleu ! » cria-t-elle. Son visage se tordit de nouveau, mais cette fois Ralph y lut une rage terrible, mêlée d'affliction, et non de la souffrance ou de la peine. « Cette pipelette de fils de pute avait téléphoné à mon fils pour tout lui raconter ! »

Ralph en resta interloqué.

« Mais il n'avait pas le droit de faire ça, Lois, observa-t-il lorsqu'il eut retrouvé sa voix. La relation entre un médecin et son patient est... eh bien, sous le sceau du secret. Ton fils, qui est avocat, doit parfaitement le savoir, ça vaut pour lui aussi. Un médecin ne peut répéter à *personne* ce que lui a confié un patient, sauf si le patient...

— Oh, bordel ! s'exclama Lois en roulant des yeux. Bordel de Dieu ! Dans quel monde vis-tu, Ralph ? Les types comme Litchfield font exactement ce qui leur convient. Je crois que je le savais depuis le début, ce qui fait que je suis doublement idiote d'être allée le voir. Carl Litchfield est un homme vaniteux et arrogant qui se soucie davantage de l'allure qu'il a avec ses bretelles et ses chemises de marque que de ses patients.

— C'est affreusement cynique.

— Et affreusement vrai, c'est bien ça le plus triste. Je vais te dire : il a trente-cinq ou trente-six ans et il doit se raconter que quand il aura quarante ans, il va tout simplement... s'arrêter. Avoir quarante ans aussi longtemps qu'il voudra. Il s'imagine que les gens deviennent vieux quand ils arrivent à soixante ans et que les meilleurs d'entre eux sont déjà pas mal gâteux à partir de soixante-huit, ou quelque chose comme ça. Et que quand ils arrivent à quatre-vingts ans, c'est un soulagement pour les parents qu'ils débarrassent le plancher. Les enfants n'ont pas droit au secret médical vis-à-vis de leurs parents, et dans l'esprit de Litchfield, les vieux chnoques comme nous n'ont aucun droit au secret médical vis-à-vis de leurs enfants. Dans leur intérêt, bien entendu.

« Pratiquement dans la minute qui a suivi ma sortie de son cabinet, Litchfield a téléphoné à Harold à Bangor — voilà ce qu'il a fait ! Il lui a dit que je ne dormais pas, et que je souffrais du genre de troubles sensoriels qui accompagnent un déclin prématuré des fonctions cognitives. Et il a ajouté : "Il ne faut pas oublier que votre mère commence à prendre de l'âge, monsieur Chassey, et si j'étais vous, je penserais sérieusement à ce qu'est sa situation, ici, à Derry."

— Il n'a pas fait ça ! s'écria Ralph, stupéfait et scandalisé. Je veux dire... c'est pas vrai ? »

Lois hocha la tête, la mine sinistre. « Il l'a dit à Harold, Harold me l'a répété et maintenant je te le rapporte. Moi qui suis une vieille idiote, je ne sais même pas ce que ça veut dire : "déclin prématuré des fonctions cognitives", et aucun des deux n'a voulu me l'expliquer. J'ai regardé à *cognition* dans le dictionnaire, et tu sais ce que ça signifie ?

— La pensée, répondit Ralph. La cognition, c'est la pensée.

— Tout juste. Mon médecin a appelé Harold pour

lui dire que sa mère était sénile ! » Lois eut un rire plein de colère et dut à nouveau essuyer ses larmes avec le mouchoir de Ralph.

« Je n'arrive pas à y croire », dit Ralph — qui, en réalité, n'avait aucun mal à prêter foi à cette histoire. Depuis la mort de Carolyn, il avait pris conscience que la naïveté avec laquelle il avait considéré le monde jusqu'à l'âge de dix-huit ou vingt ans ne l'avait pas quitté lorsqu'il avait atteint l'âge adulte ; cette innocence particulière paraissait lui revenir alors qu'il venait de franchir le seuil qui sépare l'âge adulte du grand âge. Les choses n'arrêtaient pas de le surprendre... à cela près que *surprendre* était un terme trop faible. Beaucoup de ces choses, en vérité, le renversaient cul par-dessus tête.

L'histoire des petites bouteilles sous le pont des Baisers, par exemple. Après une longue promenade à pied dans Bassey Park, un jour de juillet, il s'était arrêté à l'ombre du pont des Baisers pour se reposer de l'ardeur du soleil. A peine commençait-il à se sentir mieux qu'il remarqua un petit tas de verre brisé dans les herbes, tout près du filet d'eau qui passait sous le pont. Il avait écarté la végétation du bout d'une branche tombée à terre et découvert sept ou huit petits flacons de verre. L'un présentait un dépôt blanchâtre dans le fond. Il l'avait ramassé et étudié avec curiosité avant de se rendre compte qu'il s'agissait de restes de crack. Il avait lâché le flacon comme s'il était brûlant. Il se souvenait encore du choc qu'il avait éprouvé, de sa stupéfaction, et de ses vains efforts pour se convaincre qu'il était cinglé, qu'il ne pouvait s'agir de ce qu'il croyait, pas dans ce patelin de province situé à quatre cents kilomètres de Boston. C'était ce tout nouveau naïf en lui qui avait été choqué, bien entendu ; cette partie de son esprit qui paraissait convaincue (ou qui l'avait été jusqu'à la découverte des flacons sous le pont des Baisers) que toutes ces nouvelles sur l'épidémie de cocaïne étaient des inventions de journalistes et n'avaient pas plus de réalité qu'une série télé ou un film de Jean-Claude Van Damme.

Il éprouvait en cet instant un choc similaire.

« Harold m'a dit qu'il voulait me faire faire un saut à Bangor pour me montrer l'endroit, poursuivait Lois. Il ne m'emmène jamais me promener, maintenant ; il me transporte ici ou là, comme un paquet de commissions. Ils avaient tout un tas de brochures et quand il a donné le signal à Janet, elle les a sorties si vite de son sac...

— Holà, doucement. Quel endroit ? Quelles brochures ?

— Je suis désolée, je mets la charrue avant les bœufs, hein ? Un endroit, à Bangor, qui s'appelle Riverview Estates. »

Ralph connaissait ce nom ; il avait lui-même reçu une brochure qui en vantait les mérites. L'une de ces innombrables publicités envoyées par la poste, avec pour cible les personnes de plus de soixante-cinq ans. Ça les avait fait bien rire, lui et McGovern — mais d'un rire qui manquait un peu d'authenticité, comme les enfants qui sifflent en passant à côté du cimetière.

« Merde, Lois, c'est une maison de retraite, non ?

— Mais non, cher ami, répondit Lois en ouvrant de grands yeux innocents. C'est ce que j'ai dit, mais Harold et Janet m'ont tout de suite corrigée. Non, Ralph, Riverview Estates est *un projet d'habitation pour citoyens du troisième âge souhaitant vivre en communauté* ! Quand Harold m'a sorti ce truc, je leur ai dit : "Ah bon ? Vous pouvez toujours foutre une tarte aux pommes de chez McDonald's sur un plateau d'argent massif et dire que c'est une pâtisserie française, ça restera toujours une foutue tarte de chez McDo, en ce qui me concerne."

« Lorsque j'ai balancé ça, Harold a commencé à bégayer et à devenir tout rouge, mais Janet s'est contentée de son petit sourire avec la bouche en cul-de-poule, celui qu'elle met de côté pour les grandes occasions parce qu'elle sait qu'il me porte sur les nerfs. Et elle a ajouté : "Écoutez, maman Lois, vous pouvez toujours jeter un coup d'œil à la brochure, n'est-ce pas ? Vous pouvez faire ça pour nous, qui avons fait tout ce chemin depuis Bangor pour venir vous voir."

— Comme si Derry était au fin fond de l'Afrique », grommela Ralph.

Lois lui prit la main et eut une réaction qui le fit rire. « Oh, pour elle, c'est exactement cela.

— Était-ce avant ou après avoir découvert que Litchfield avait joué les pipelettes ? » demanda-t-il. Il se servit exprès de la même expression que Lois ; elle lui paraissait mieux convenir à la situation qu'un mot plus recherché. *Violer le secret médical* lui paraissait une phrase chargée de trop de dignité pour cet ignoble mauvais coup. Litchfield avait cafté — c'était aussi simple que ça.

« Avant. Je me suis dit que je pouvais tout aussi bien jeter un coup d'œil sur les brochures ; après tout, ils venaient de faire soixante kilomètres, et ça n'allait pas me tuer. Je les ai donc regardées pendant qu'ils dévoraient ce que j'avais préparé — je n'ai rien eu à balancer à la poubelle, ensuite — et qu'ils buvaient leur café. Un sacré endroit, ce Riverview. Ils ont leur propre équipe médicale avec une permanence vingt-quatre heures sur vingt-quatre, leur cuisine. Quand on t'y installe, tu as droit à une visite médicale complète et on décide ce que tu as le droit de manger. Il y a le régime rouge, le régime bleu, le régime vert et le régime jaune. Sans compter trois ou quatre autres couleurs. Je me rappelle seulement que le jaune était pour les diabétiques et le bleu pour les obèses. »

Ralph s'imagina faisant des repas scientifiquement équilibrés pour le reste de sa vie — plus de pizzas aux saucisses de chez Gambino, plus de sandwichs du Coffee Pot, plus de chiliburgers du Mexico Milt — et trouva cette perspective d'un sinistre quasi insupportable.

« En plus, ajouta Lois en gloussant, ils ont un système pneumatique qui te livre tes pilules quotidiennes directement dans ta cuisine. Tu ne trouves pas que c'est une idée merveilleuse, Ralph ?

— Sans doute...

— Oh, tout à fait ! On n'arrête pas le progrès ! Sans parler d'un ordinateur qui gère tout, et je te parie qu'il ne connaît aucun déclin des fonctions cognitives, celui-là. J'oubliais le bus spécial, pour aller deux fois par semaine visiter un site touristique ou faire des courses. Le bus est obligatoire, parce que les gens de Riverview n'ont pas le droit d'avoir de voitures particulières.

— Excellente initiative, dit-il en lui donnant une petite pression de la main. Quel danger représentent quelques ivrognes lancés à fond la caisse, le samedi soir, comparés à un vieux chnoque dont les fonctions cognitives déconnent, dans sa vieille Buick ? »

Elle ne sourit pas, comme il l'avait espéré. « Les photos de cette brochure m'ont tourné les sangs. Des vieilles en train de jouer à la canasta. Des vieux jouant au lancer du fer à cheval. Les unes et les autres se contant fleurette dans un grand salon en lambris de pin qu'ils appellent River Hall, et dansant le quadrille. C'est pourtant un joli nom, River Hall, tu ne trouves pas ?

— Pas mal, oui.

— C'est comme le nom d'une salle dans un palais enchanté. Mais j'ai eu l'occasion de rendre visite à quelques amies à Strawberries Field — tu sais, le foyer gériatrique de Skowhegan — et je sais ce qu'est une salle de récré pour vieux. Tu peux bien lui donner un nom sensationnel, on trouve toujours un placard plein de jeux de société dans un coin, des puzzles dans lesquels il manque trois ou quatre pièces et une télé constamment branchée sur un feuilleton familial — jamais on n'y voit le genre de film dans lequel de beaux jeunes gens enlèvent leurs vêtements et se roulent sur le plancher devant un feu de cheminée. Ces salles sentent toujours la colle... la pisse... et les aquarelles dans leur boîte en tôle... et le désespoir. »

Lois tourna ses yeux sombres vers lui.

« J'ai seulement soixante-huit ans, Ralph. Je sais bien que dire soixante-huit ans et ajouter *seulement*, ça n'a aucun sens pour le Dr Fontaine-de-Jouvence ; mais pour moi, si. Parce que ma mère est morte à quatre-vingt-douze ans l'an dernier et que mon père a vécu jusqu'à quatre-vingt-six ans. Dans ma famille, mourir à quatre-vingts ans, c'est mourir jeune... et si je devais passer douze ans dans un endroit où on t'appelle à la salle à manger par haut-parleur, je deviendrais folle.

— Moi aussi.

— J'ai tout de même regardé. Je voulais me montrer polie. Quand j'ai eu terminé, j'en ai fait une petite pile bien nette et je les ai rendues à Janet. Je lui ai dit que c'était très intéressant et je l'ai remerciée. Elle a fait oui de la tête et les a remises dans son sac. Je croyais la question réglée, bon débarras et tout, mais Harold m'a alors dit de mettre mon manteau.

« J'ai eu tellement peur, pendant une seconde, que je n'arrivais plus à respirer. J'ai cru qu'ils avaient déjà réservé pour moi ! Et j'avais l'impression que si je lui répondais que je ne voulais pas y aller, il allait ouvrir la porte et qu'il y aurait deux ou trois types en blanc de l'autre côté, et que l'un d'eux allait me dire : “Ne vous en faites pas, madame Chassey ; une fois que vous aurez pris vos petites pilules livrées directement dans votre cuisine, vous ne voudrez jamais vivre ailleurs.” “Je n'ai aucune envie de mettre mon manteau”, ai-je répondu à Harold en essayant de prendre le même ton que lorsqu'il avait dix ans et qu'il arrivait avec ses chaussures pleines de boue dans la cuisine, mais j'avais le cœur qui cognait tellement fort que je l'entendais jusque dans ma voix. “J'ai changé d'avis. Pas question de sortir aujourd'hui, avec tout ce que j'ai à faire." Janet a alors eu ce rire que je déteste encore plus que son petit sourire mielleux et m'a dit : "Voyons, maman Lois, qu'est-ce que vous avez à faire de si important que vous n'ayez pas le temps d'aller à Bangor avec nous alors que nous avons sacrifié une journée pour venir vous voir ?" Cette fille m'a toujours prise à rebrousse-poil, et je crois que je lui fais le même effet. Ça doit être vrai, parce que je n'ai jamais connu de femme qui souriait autant à une autre de cette façon sans la haïr. Bref, je lui ai répondu que je devais laver le carrelage de la cuisine, pour commencer, qu'il était sale comme le diable. "Enfin, a dit Harold, tu ne vas tout de même pas nous renvoyer en ville les mains vides alors qu'on est venus jusqu'ici, maman !

« — Il n'est pas question que j'aille habiter dans ce truc, même si vous veniez de l'autre bout de la planète. Alors tu peux t'enlever tout de suite cette idée de la tête. Cela fait trente-cinq ans, la moitié de ma vie, que j'habite à Derry. Tous mes amis sont ici, il n'est pas question une seconde que je déménage."

« Ils se sont regardés tous les deux, comme des parents quand leur gamin, d'habitude si mignon, commence à leur casser sérieusement les pieds. Janet m'a tapoté l'épaule et m'a dit : "Ne vous mettez pas dans cet état, maman Lois, on veut seulement que vous veniez voir." Voilà qu'elle me refaisait le coup des brochures et je n'avais qu'à être polie. Elle ne cherchait qu'à me calmer un peu, en fait. J'aurais dû comprendre qu'ils ne pouvaient pas me forcer à habiter là-bas, et qu'ils n'en avaient même pas les moyens. C'était sur l'argent de M. Chassey qu'ils comptaient pour payer l'addition — sa retraite et la prime d'assurance des chemins de fer, parce qu'il est mort en service.

« Il s'avéra qu'ils avaient déjà un rendez-vous de prévu pour onze heures du matin, et qu'un type nous attendait pour nous faire faire la visite des lieux et me sortir son baratin. Ma peur était presque passée quand j'ai fini par comprendre ça, mais j'étais blessée par la façon désinvolte dont ils m'avaient traitée; la manière qu'avait Janet de remettre constamment sur le tapis le fait qu'ils avaient pris une journée de travail à leurs frais pour venir me mettait aussi en rage. Il était très clair qu'elle avait beaucoup mieux à faire que gaspiller son temps à venir à Derry voir sa vieille toupie de belle-mère.

« "Arrêtez de faire des manières et venez", a-t-elle fini par me dire au bout d'un moment, comme si j'étais tellement ravie à l'idée de la balade que je ne savais pas quel chapeau mettre. "Enfilez votre manteau. Je vous aiderai à tout ranger quand on reviendra.

« — Vous n'avez rien compris, je lui ai répondu. Je ne vais nulle part. Pourquoi gâcher une belle journée comme ça à aller visiter un endroit où, de toute façon, je n'irai jamais ? Pourquoi l'un de vous deux n'a-t-il pas pris la peine de décrocher le téléphone pour me dire : 'Voilà, maman, on a une idée' ? N'est-ce pas ainsi que l'on traite ses amis ?"

« Et quand je leur ai répondu ça, ils ont échangé un autre coup d'œil... »

Lois soupira, s'essuya une dernière fois les yeux et rendit à Ralph son mouchoir, humide et maculé de rimmel.

« A voir ce regard, j'ai compris qu'on n'avait pas encore atteint le fond. C'est surtout l'expression qu'avait Harold — comme à l'époque où je le prenais à me voler du chocolat dans le placard de la cuisine. Et Janet... elle faisait la tête que je déteste le plus chez elle. Sa tête de bulldozer, comme je l'appelle. C'est à ce moment-là qu'elle lui a demandé s'il allait me parler de ce qu'avait dit le docteur, ou si elle devait le faire.

« Finalement ils s'y sont mis à deux et à la fin, j'étais tellement furieuse et effrayée que j'avais envie de m'arracher les cheveux. J'avais beau faire, je n'arrivais pas à avaler l'idée que Carl Litchfield avait répété à Harold des choses que je croyais strictement personnelles. Il lui avait tout raconté, comme si c'était parfaitement naturel. "Alors tu me crois sénile ? ai-je demandé à Harold. C'est donc ça, toute l'histoire ? Toi et Janet, vous pensez que je commence à me ramollir de la cafetière à l'âge avancé de soixante-huit ans ?"

« Harold est devenu tout rouge et a commencé à s'agiter et à grommeler dans sa barbe. Comme quoi il n'avait jamais rien pensé de pareil, mais qu'il devait prendre soin de ma sécurité, comme je prenais soin de la sienne quand il était petit. Et pendant tout ce temps, Janet restait assise au comptoir, à grignoter un muffin et à le regarder avec une expression qui me donnait envie de la tuer — comme s'il n'était qu'un cancrelat qui aurait appris à parler comme un avocat. Sur quoi elle s'est levée et m'a demandé si elle pouvait utiliser les toilettes. Je lui ai répondu : "Mais comment donc", sans ajouter que ce serait un soulagement de ne pas l'avoir à me pomper l'air pendant deux minutes. "Merci, maman Lois, je n'en aurai pas pour longtemps. Harry et moi devons repartir bientôt. Si vous ne voulez pas venir et respecter votre engagement pour ce rendez-vous, je crois qu'il n'y a plus rien à dire."

— Un vrai chou, commenta Ralph.

— Pour moi, ce fut le bouquet. J'en avais jusque-là. "Je respecte mes engagements, Janet Chassey, je lui ai dit, en tout cas, ceux que je prends moi-même. Je me fiche de ceux qu'on prend pour moi comme d'un pet dans la brise."

« Elle a levé les bras au ciel comme si j'étais la femme la plus déraisonnable à avoir jamais marché sur la terre et m'a laissée avec Harold. Il me regardait de ses grands yeux bruns, comme s'il s'attendait que je m'excuse. J'avais presque l'impression que j'aurais dû le faire, rien que pour ne plus le voir faire cette tête de cocker, mais je me suis retenue. Il n'en était pas question. Je me suis contentée de soutenir son regard, et au bout d'un moment il n'a pas pu le supporter et m'a dit que je devais arrêter d'être en colère. Qu'il se faisait simplement du souci pour moi, à me savoir toute seule ici, qu'il cherchait seulement à se montrer un bon fils, et que Janet ne cherchait qu'à se montrer une bonne fille. "Je n'en doute pas, j'ai répondu, mais tu devrais tout de même savoir que faire des coups en douce dans le dos des gens n'est pas le meilleur moyen d'exprimer son inquiétude et son amour." Du coup, il s'est raidi et m'a répondu que lui et Janet ne voyaient pas ça comme un coup en douce. Il a jeté en même temps un coup d'œil en direction des toilettes, et je suis à peu près sûre que ce qu'il voulait dire, c'est que *Janet*, en tout cas, ne voyait pas cela comme un coup en douce. Puis il m'a fait remarquer que les choses ne s'étaient pas passées comme je les présentais, que c'était Litchfield qui l'avait appelé, et non le contraire. "Très bien, j'ai répondu, mais qu'est-ce qui t'a empêché de raccrocher, quand tu t'es rendu compte de quoi il voulait te parler ? C'était absolument scandaleux, Harry. Dans quoi as-tu été te fourrer, au nom du Ciel ?"

« Il a commencé à se prendre les pinceaux dans ses réponses et je crois qu'il aurait fini par s'excuser, mais Janet est revenue et c'est à ce moment-là que les choses ont vraiment mal tourné. Elle m'a demandé où se trouvaient mes boucles d'oreilles en diamants, celles qu'ils m'avaient offertes pour Noël. C'était un tel changement de sujet que j'ai tout d'abord bafouillé, et je devais sans doute avoir l'air sénile, pour le coup. Mais j'ai fini par lui dire qu'elles étaient dans le petit plat en porcelaine, sur la commode de ma chambre, comme d'habitude. J'ai bien une boîte à bijoux mais je mets les boucles d'oreilles et deux ou trois autres bijoux dans cette soucoupe parce qu'ils sont si jolis que c'est un plaisir de les voir. En plus, ce sont seulement des diamants reconstitués à l'aide d'éclats, pas le genre de chose pour laquelle on pourrait vouloir me cambrioler. Comme ma bague de fiançailles et mon camée, les deux pièces que je mets avec. »

Lois adressa un regard intense et suppliant à Ralph. Il lui serra de nouveau la main.

Elle sourit et prit une profonde inspiration. « C'est très dur pour moi...

— Si tu veux t'arrêter...

— Non, je tiens à terminer... sauf qu'à partir d'un certain moment, je ne sais plus très bien ce qui s'est passé. Tout ça était tellement horrible ! Tu comprends, Janet m'a répondu qu'elle savait où je les mettais, mais que justement, elles n'étaient pas à leur place. Il y avait bien la bague de fiançailles et le camée, pas les boucles d'oreilles. J'ai été vérifier moi-même, et elle avait raison. On a tout retourné, on a regardé partout, mais nous ne les avons pas trouvées. Elles avaient disparu. »

Lois s'accrochait maintenant à Ralph des deux mains et donnait l'impression de s'adresser directement à la fermeture Eclair de son blouson.

« On a sorti tous les vêtements de la commode... Harold a écarté la commode du mur et a regardé derrière... sous le lit aussi, sous les coussins du sofa... et j'avais l'impression qu'à chaque fois que je regardais Janet, il y avait ce sourire mielleux dans ses grands yeux ; elle n'avait pas besoin de dire ce qu'elle pensait à voix haute, je le lisais dans son regard. "Vous voyez ? Vous voyez que le Dr. Litchfield a eu raison de nous appeler et que nous avons eu raison de prendre ce rendez-vous ! Et à quel point vous êtes une tête de cochon ! Parce que vous avez effectivement besoin d'aller dans un endroit comme Riverview Estates. En voilà la preuve : vous venez de perdre les ravissantes boucles d'oreilles que nous vous avions offertes pour Noël, vous avez un déclin sérieux de vos facultés cognitives, c'est prouvé, maintenant. Il ne faudra pas longtemps pour que vous oubliiez d'éteindre le gaz... ou le radiateur soufflant de la salle de bains..." »

Elle se remit à pleurer et Ralph en eut le cœur serré ; c'étaient les sanglots profonds et égarés de quelqu'un que l'on a offensé jusqu'au plus profond de son être. Elle se cacha le visage dans la veste de Ralph, qui la serra un peu plus fort contre lui. *Lois*, pensa-t-il, *cette sacrée Lois*. Mais non ; cette expression ne lui plaisait plus du tout, en admettant qu'il l'eût jamais aimée.

Ma Lois sacrée, se dit-il ; et à cet instant précis, comme si quelque pouvoir supérieur l'avait approuvé, le jour commença de nouveau à s'emplir de lumière ; les sons se mirent à résonner différemment. Il regarda ses mains et celles de Lois, entrelacées sur ses genoux, et les vit entourées d'un ravissant nimbe, d'un bleu de fumée de cigarette. Les auras étaient revenues.

3

« Tu aurais dû les mettre à la porte dès l'instant où tu t'es rendu compte que les boucles d'oreilles avaient disparu », s'entendit-il dire, chacune de ses paroles se détachant, splendidement unique, comme un coup de tonnerre cristallin. « A la seconde même.

— Oh, je le sais bien — maintenant. Elle n'attendait que le moment où j'allais perdre les pédales et, bien entendu, je me suis fait un devoir de lui faire ce plaisir. J'étais tellement bouleversée ! Tout d'abord la dispute pour savoir si j'irais ou non avec eux à Bangor visiter Riverview, puis apprendre que mon médecin leur avait confié des choses qu'il n'avait aucun droit de leur dire et, par-dessus le marché, découvrir que je venais de perdre l'une des choses auxquelles je tenais le plus ! Et sais-tu ce qui a été la cerise sur le gâteau ? Que ce soit précisément elle qui découvre la disparition ! Est-il si étonnant que j'aie piqué ma crise ?

— Non », dit-il attirant une main gantée à sa bouche. Le déplacement du cuir dans l'air fit un bruit de palme frôlant une couverture de laine et, pendant un instant, il vit clairement la forme de ses lèvres sur le dos du gant, imprimée en un baiser bleu.

Lois sourit. « Merci, Ralph.

— A ton service.

— Bref. Je suppose que tu te doutes de la façon dont les choses ont tourné, n'est-ce pas ? Janet m'a lancé : "Vous devriez vraiment faire plus attention, maman Lois, sauf que le Dr. Litchfield a dit que vous arriviez à un âge où vous n'êtes plus capable de faire bien attention, justement, et c'est pour ça que nous avons pensé à Riverview Estates. Je suis désolée de vous avoir irritée, mais il nous paraissait important d'agir sans tarder. Vous comprenez pourquoi, maintenant." »

Ralph leva les yeux. Au-dessus de leurs têtes, le ciel était une cataracte d'un bleu-vert incendiaire remplie de nuages qui avaient l'air de vaisseaux aériens chromés. Il regarda vers le bas de l'allée et vit Rosalie, toujours allongée entre les deux sanisettes. Le panache gris foncé s'élevait de son museau, ondulant dans la brise d'octobre.

« C'est alors que je suis devenue vraiment furieuse... » Elle s'interrompit et sourit. Ralph se dit que c'était la première fois de la journée qu'elle avait un sourire exprimant un semblant de joie. « Non, ce n'est pas ça. J'ai fait bien pire que de me mettre en colère. Si mon petit-neveu avait été là, il aurait dit : "Nana est devenue nucléaire." »

Ralph éclata de rire et Lois en fit autant, mais son hilarité paraissait légèrement forcée.

« Ce qui a eu le don de m'exaspérer, c'est que

Janet avait prévu ce qui allait se passer. Elle voulait que je devienne *nucléaire*, je crois, parce qu'elle savait à quel point je me sentirais coupable ensuite. Et Dieu sait que ç'a été le cas. Je lui ai hurlé de foutre le camp de chez moi. Harold avait l'air d'avoir envie de disparaître dans un trou de souris — les cris l'ont toujours mis mal à l'aise —, mais Janet s'est contentée de rester assise, les mains croisées sur les genoux, le sourire aux lèvres et hochant la tête, hochant vraiment la tête, comme pour dire : "C'est ça, maman Lois, continuez et débarrassez-vous de tous les vieux poisons qui traînent dans votre organisme, et quand vous en aurez terminé, vous serez peut-être prête à écouter des paroles sensées." »

Lois prit une profonde inspiration.

« Puis quelque chose est arrivé. Je ne sais pas quoi exactement. Ce n'était pas la première fois non plus mais ça n'avait jamais atteint cette ampleur. Je crains qu'il ne s'agisse d'une sorte de... eh bien... d'une sorte de crise. Bref, j'ai commencé à voir Janet d'une manière toute drôle... et vraiment effrayante. Et j'ai finalement dit quelque chose qui a porté. Je ne me souviens pas de ce que c'était, et je ne tiens pas trop à le savoir, mais l'effet a été radical : ce sourire mielleux que je déteste tellement a disparu de son visage. En fait, c'est tout juste si elle n'a pas poussé Harold dehors. La dernière chose qu'elle m'a dite, autant qu'il m'en souvienne, est que l'un d'eux m'appellerait quand j'aurais cessé d'être hystérique et de porter des accusations horribles contre des personnes qui m'aimaient.

« Je suis restée chez moi un moment, après leur départ, puis je suis venue m'asseoir dans le parc. Parfois, le seul fait de s'asseoir au soleil suffit pour qu'on se sente mieux. Je me suis arrêtée au Red Apple pour prendre quelque chose à manger et c'est là que j'ai entendu dire que tu t'étais disputé avec Bill. C'est vraiment sérieux, tu crois ? »

Ralph secoua la tête. « Mais non, ça va s'arranger. J'aime bien Bill, mais...

— ... mais tu dois faire attention à ce que tu lui dis, acheva-t-elle pour lui. Et si je puis me permettre, Ralph, tu devrais peut-être ne pas prendre trop au sérieux tout ce qu'il t'a répondu, tu ne crois pas ? »

Cette fois-ci, ce fut Ralph qui pressa leurs deux mains serrées. « C'est un excellent conseil, et je trouve que toi aussi tu serais bien inspirée le suivre, Lois — tu ne devrais pas prendre trop au sérieux ce qui s'est passé ce matin. »

Elle soupira. « Peut-être, mais c'est difficile. Je lui ai dit des choses terribles à la fin, terribles... Ce sourire horrible qu'elle avait... »

Un éclair de compréhension traversa l'esprit de Ralph ; il vit quelque chose de très grand, de tellement grand que cela paraissait obéir à une nécessité absolue et avoir été prédéterminé. Pour la première fois depuis que les auras étaient revenues à lui (ou qu'il était retourné à elles ?), il regarda Lois bien en face. Elle baignait dans une capsule de lumière grise translucide, chatoyante comme un brouillard d'été que le soleil va dissiper. Elle métamorphosait la femme que Bill McGovern appelait « cette sacrée Lois » en une créature d'une grande dignité... et d'une beauté presque insoutenable.

On dirait Eos, la déesse de l'aube, se dit-il.

Lois manifesta son embarras en changeant de position sur le banc. « Ralph ? Pourquoi me regardes-tu de cette façon ? »

Parce que tu es belle et parce que je suis tombé amoureux de toi, songea Ralph, stupéfait. *En cet instant, je suis tellement amoureux de toi que j'ai l'impression de me noyer et que c'est parfait de mourir.*

« Parce que tu te souviens exactement de ce que tu lui as dit. »

Elle se remit à tripoter nerveusement le fermoir de son sac. « Non, je...

— Si, tu t'en souviens. Tu as dit à ta belle-fille que c'était elle qui avait pris les boucles d'oreilles. Elle l'a fait quand elle a compris que tu n'en démordrais pas et que tu ne viendrais pas avec eux... Ne pas obtenir ce qu'elle veut a le don de la rendre furieuse... de la rendre *nucléaire*. Elle a agi ainsi parce que tu la faisais chier. Ce n'est pas ça ? »

Lois ouvrait de grands yeux apeurés. « Comment peux-tu savoir cela, Ralph ? Comment peux-tu savoir ces choses sur elle ?

— Je les sais parce que tu les sais et tu les sais pour la bonne raison que tu les as vues.

— Oh non, murmura-t-elle. Non, je n'ai rien vu. Je suis restée tout le temps dans la cuisine avec Harold.

— Tu ne l'a pas vue quand elle l'a fait, mais quand elle est revenue. Tu l'as vu en elle et autour d'elle. »

De même qu'il voyait maintenant la femme de Harold Chassey en Lois, comme si cette dernière, assise sur le banc à côté de lui, avait joué le rôle de verre grossissant. Janet Chassey était grande et avait le teint clair, la taille élancée. Ses joues étaient criblées de taches de rousseur qu'elle dissimulait avec du fond de teint et ses cheveux étaient d'un roux vif tirant sur le blond. Ce matin, elle était venue à Derry avec cette fabuleuse chevelure reposant sur une épaule en une volumineuse tresse, semblable à une torsade de cuivre. Que savait-il d'autre sur cette femme qu'il n'avait jamais rencontrée ?

Tout, absolument tout.

Elle cache ses taches de rousseur en se tartinant la figure parce qu'elle trouve qu'elles lui donnent l'air enfantin et qu'elle croit que les gens ne la prendraient pas au sérieux. Elle a des jambes superbes et elle le sait. Elle porte des minijupes pour aller travailler, mais aujourd'hui, pour venir voir

(la vieille bique)

maman Lois, elle a mis un cardigan par-dessus un vieux jean. Assez bon pour Derry. Elle a du retard dans ses règles. Elle a atteint cet âge de la vie où elles ne reviennent plus avec cette régularité de métronome, et au cours de cette pause de deux ou trois jours qu'elle doit endurer tous les mois, pause pendant laquelle l'univers entier semble en verre et où tout le monde lui paraît stupide ou méchant, son comportement et son humeur deviennent erratiques. C'est probablement pour cette raison qu'elle a agi comme elle l'a fait.

Ralph la vit qui sortait de la minuscule salle de bains de Lois; la vit lancer un regard intense et chargé de fureur vers la porte de la cuisine — il n'y avait plus trace maintenant du sourire miello-mielleux sur son visage étroit et concentré — et barboter les boucles d'oreilles dans leur soucoupe; il la vit les fourrer dans la poche gauche de son jean.

Lois, en effet, n'avait pas été le témoin de ce sordide petit larcin, mais il avait transformé la couleur de l'aura de Janet qui, du vert pâle, était passée à une série de strates alternativement brunes et rouges : c'était cela que Lois avait vu et aussitôt interprété, probablement sans se douter un instant de ce qui lui arrivait, en réalité.

« Elle les a prises, c'est certain », dit Ralph. Il voyait une brume grise qui dérivait paresseusement devant les pupilles des grands yeux de Lois. Il aurait pu passer le reste de la journée ainsi.

— Oui, mais...

— Si tu avais accepté le rendez-vous à Riverview Estates, je te parie que tu les aurais retrouvées à sa visite suivante... ou qu'elle les aurait retrouvées, ça me paraît plus vraisemblable : "Oh, maman Lois ! Venez voir ce que j'ai découvert !" Sous le lavabo de la salle de bains, ou dans un placard, ou dans un coin sombre.

— Oui. » C'était maintenant Lois qui le regardait bien en face, fascinée, presque hypnotisée. « Elle doit se sentir très mal... et elle ne va pas oser les ramener, pas après les choses terribles que j'ai dites. Comment savais-tu, Ralph ?

— De la même manière que toi. Depuis combien de temps vois-tu les auras, Lois ? »

4

« Les auras ? Je ne comprends pas ce que tu veux dire. » Elle mentait.

« Litchfield a parlé des insomnies à ton fils mais j'ai peine à croire que cela aurait suffi, même étant ce qu'il est, à le pousser à... jouer les pipelettes. Le deuxième point — les troubles sensoriels dont il aurait parlé, d'après toi — m'est complètement passé à côté de la tête, sur le coup. J'étais trop stupéfait à l'idée que quiconque puisse te croire atteinte de sénilité prématurée, je crois, même si j'ai moi-même des petits troubles sensoriels depuis quelque temps.

— Toi !

— Oui, m'dame. Puis, il y a un instant, tu as dit quelque chose d'encore plus intéressant. Que tu commençais à voir Janet d'une manière bizarre. Effrayante, aussi. Tu n'arrivais pas à te rappeler ce que tu avais dit juste avant que ton fils et ta belle-fille s'en aillent, mais tu te souvenais parfaitement de ce que tu avais ressenti. Ce que tu vois, c'est l'autre partie du monde — le reste du monde. Des formes autour des choses, des formes à l'intérieur des choses, des sons à l'intérieur des sons. Je l'appelle le monde des auras, et c'est ce monde dont tu fais l'expérience. N'est-ce pas, Lois ? »

Elle le regarda un moment en silence, puis se cacha le visage dans les mains. « Et moi qui croyais que je perdais la tête, Ralph... moi qui croyais que je perdais la tête ! » répéta-t-elle.

5

Il la serra dans ses bras, puis la relâcha et lui souleva le menton. « Allez, on ne pleure plus. Je n'ai pas de mouchoir de rechange.

— D'accord, je ne pleure plus », dit-elle. Elle avait cependant les yeux pleins de larmes. « Oh, Ralph, si tu savais comme c'était affreux...

— Mais je le sais.

— Vraiment ? » Elle eut un sourire radieux. « Vraiment, n'est-ce pas ?

— Ce qui a fait conclure à cet idiot de Litchfield que tu sombrais dans la sénilité — sans doute pensait-il en réalité à la maladie d'Alzheimer —, ce n'étaient pas seulement les insomnies, mais les insomnies accompagnées d'autres symptômes... des symptômes qu'il a interprétés comme étant des hallucinations. Non ?

— Sans doute, mais il n'a rien dit de tel, sur le moment. Lorsque je lui ai parlé des choses que je voyais — les couleurs et tout —, il a paru très compréhensif.

— Ouais, et à peine avais-tu franchi sa porte qu'il appelait ton fils pour lui dire de rappliquer à toute vitesse à Derry et de faire quelque chose pour sa vieille maman, qui commençait à voir les gens marcher dans des bulles de couleur avec de longs panaches flottant au-dessus de leur tête.

— Tu vois ça aussi ? Ralph, tu les vois aussi ?

— Oui, je les vois aussi », répondit-il avec un éclat de rire qui avait quelque chose d'un peu hystérique, ce qui ne le surprit pas. Il avait cent questions à lui poser ; il était fou d'impatience. Et il y avait également autre chose, une chose tellement inattendue qu'il avait mis un certain temps à s'en rendre compte : il bandait. Il n'était pas seulement excité, il bandait vraiment.

Lois s'était remise à pleurer. Ses larmes avaient la couleur de la brume s'élevant d'un lac tranquille et elles fumaient tout en coulant le long de ses joues. Ralph savait qu'elles auraient un goût sombre de mousse, comme les crosses de fougère au printemps.

« Oh, Ralph, c'est... c'est... oh, mon Dieu !

— Plus fantastique que Michael Jackson au Superbowl, hein ? »

Elle eut un petit rire. « Oh... juste un peu.

— Ce qui nous arrive porte un nom, Lois, et ce n'est ni l'insomnie ni la maladie d'Alzheimer ni la sénilité. C'est l'hyperréalité.

— L'hyperréalité... mon Dieu, quel terme exotique ! murmura-t-elle.

— Oui, c'est vrai. C'est un pharmacien, celui de Rite Aid, qui me l'a dit. Il s'appelle Joe Plussaj. Sauf qu'il est loin de savoir tout ce qu'il y a derrière ce mot. Il y en a bien plus que ne pourrait le soupçonner quiconque est sain d'esprit.

— Oui, comme la télépathie... si ça existe vraiment, bien entendu. Est-ce que nous sommes sains d'esprit, Ralph ?

— Est-ce que ta belle-fille a bien pris les boucles d'oreilles, Lois ?

— Je... elle... Oui. » Elle se redressa. « Oui, elle les a prises.

— Aucun doute ?

— Aucun.

— Alors tu as répondu à ta propre question. Nous sommes sains d'esprit, bien... mais je crois que tu te trompes sur la question de la télépathie. Ce n'est pas dans les esprits que nous lisons, ce sont les auras que nous déchiffrons. Écoute, Lois, il y a mille choses que je voudrais te demander, mais pour le moment, il n'y en a qu'une qu'il m'importe vraiment de savoir. Est-ce que tu as vu... » Il s'arrêta brusquement, se demandant s'il avait réellement envie de dire ce qu'il avait sur le bout de la langue.

« Vu quoi ?

— Bon, d'accord. Ça va te paraître plus délirant que tout ce que tu m'as raconté, mais je ne délire pas. Me crois-tu ?

— Je te crois », répondit-elle simplement. Ralph se sentit débarrassé du poids qu'il avait sur le cœur. Elle disait la vérité. C'était indiscutable ; elle rayonnait de bonne foi.

« Alors, écoute bien. Depuis que le phénomène a commencé pour toi, as-tu vu des gens qui ne sont pas de Harris Avenue ? Des gens qui semblent n'appartenir à aucun groupe de l'espèce humaine ? »

Lois le regardait sans comprendre, intriguée.

« Ils sont chauves, de très petite taille, ils portent des blouses blanches, et ce à quoi ils ressemblent le plus, c'est à ces extraterrestres qu'on voit dessinés sur la première page de ces journaux stupides qu'ils vendent au Red Apple. Tu n'as vu personne dans ce genre, quand tu avais ces crises d'hyperréalité ?

— Non, personne. »

De frustration, il se donna un coup de poing dans la paume de la main, réfléchit quelques instants, puis releva la tête. « Lundi matin, avant l'arrivée des flics chez May Locher... est-ce que tu m'as vu ? »

Très lentement, Lois hocha affirmativement la tête. Son aura s'était légèrement assombrie et des spirales écarlates, fines comme des fils, se mirent à y tourbillonner en diagonale.

« Je suppose que tu as une idée assez précise de qui a appelé la police, n'est-ce pas ?

— Oh, je sais que c'est toi, répondit-elle d'une petite voix. Je m'en doutais déjà un peu avant, mais je n'en suis sûre que depuis... depuis que je l'ai vu... eh bien, dans tes couleurs. »

Dans mes couleurs, pensa-t-il. L'expression qu'avait employée Ed.

« Cependant, tu n'as pas vu deux versions mini de Monsieur Propre sortir de chez elle ?

— Non. Mais ça ne prouve rien. Je ne peux même pas voir la maison de May Locher depuis la fenêtre de ma chambre. Elle est cachée par le toit du Red Apple. »

Ralph se croisa les mains sur le sommet de la tête. Évidemment. Il aurait dû s'en souvenir.

« La raison pour laquelle j'avais pensé que c'était toi qui avais appelé la police, c'est que juste avant d'aller prendre une douche, je t'ai vu qui regardais quelque chose avec des jumelles. Ce que tu n'avais jamais fait jusqu'ici ; j'ai supposé que tu voulais peut-être mieux voir le chien errant qui fait les poubelles du quartier, le jeudi matin. » Elle eut un geste en direction du bas de la colline. « Celui-ci. »

Ralph sourit. « Ce n'est pas *celui-ci*, c'est la superbe Rosalie.

— Ah ? Peu importe. Je suis restée longtemps sous la douche, à cause d'un rinçage spécial que je fais à mes cheveux. Pas une couleur, ajouta-t-elle vivement, comme s'il l'avait accusée de tromperie, simplement des protéines et des trucs qui sont censés les faire paraître plus épais. Quand j'en suis sortie, les policiers grouillaient de partout. J'ai regardé une fois dans ta direction, mais je n'ai rien vu. Soit tu étais dans une autre pièce, soit tu te recroquevillais dans ton fauteuil, comme tu le fais de temps en temps. »

Ralph secoua la tête, l'air de vouloir s'éclaircir les idées. Il ne s'était pas trouvé dans un théâtre vide toutes ces nuits, en fin de compte. Il y avait eu un autre spectateur. Simplement, ils n'avaient pas partagé la même loge.

« Écoute, Lois... la dispute avec Bill, ce n'était pas vraiment au sujet du tournoi d'échecs. C'était... »

Au bas de la pente, Rosalie émit un aboiement enroué et se leva laborieusement. Ralph regarda dans cette direction et sentit un glaçon lui couler sur le ventre. Bien qu'ils eussent été assis ici depuis une bonne demi-heure et que personne n'eût approché des toilettes publiques en bas de la colline, la porte en plastique de la sanisette marquée MESSIEURS s'ouvrait lentement.

Doc Chauve #3 en émergea. Il portait le chapeau de McGovern, le panama amputé d'un croissant dans le bord, rejeté sur l'arrière du crâne, ce qui le faisait ressembler d'une manière ahurissante à McGovern lui-même le jour où Ralph l'avait vu pour la première fois avec le fédora marron, comme un journaliste fouille-merde des années quarante dans un polar.

L'étrange personnage chauve brandissait son scalpel rouillé.

CHAPITRE 13

1

« Lois ? » Sa voix sonnait aux oreilles de Ralph comme un écho qui se répercuterait sur les parois d'un long et profond canyon. « Est-ce que tu vois ça, Lois ?

— Je ne... » Sa voix se brisa. « C'est... c'est le vent qui a ouvert la porte des toilettes ? C'est ça, hein ? Il y a quelqu'un dedans ? C'est pour ça que le chien fait ce tapage ? »

Rosalie reculait lentement devant l'homme chauve, ses oreilles effrangées couchées en arrière, le museau plissé pour exhiber ses dents — des dents tellement usées qu'elles n'étaient guère plus menaçantes que des chicots en caoutchouc. Elle émit une rafale d'aboiements rauques, puis commença à gémir sur un ton désespéré.

« Oui ! s'exclama Ralph. Tu ne le vois pas, Lois ? Regarde ! Il est juste là ! »

Il bondit sur ses pieds. Lois se leva en même temps que lui, s'abritant les yeux d'une main et scrutant le bas de la pente avec toute l'intensité dont elle était capable. « Je vois une sorte de miroitement, dit-elle. Comme les vagues de chaleur au-dessus d'un incinérateur.

— Je t'ai dit de la laisser tranquille ! cria Ralph en direction de Doc Chauve #3. Laisse tomber ! Fiche le camp d'ici ! »

Le petit homme se tourna vers celui qui l'apostrophait, mais cette fois-ci on ne lisait aucune surprise dans son regard ; il affichait une expression désinvolte, comme s'il était décidé à l'ignorer. Il leva le majeur de sa main droite et adressa à Ralph le vieux salut obscène, puis découvrit à son tour ses dents — des dents beaucoup plus pointues et menaçantes que celles de Rosalie — en un rire silencieux.

Rosalie se recroquevilla lorsque le petit homme en blouse sale se dirigea vers elle ; puis la chienne se mit littéralement une patte sur la tête, en un geste d'animal de bande dessinée qui aurait dû être comique mais qui, au lieu de cela, exprimait la terreur qu'elle ressentait.

« Pourquoi ne puis-je rien voir, Ralph ? se plaignit Lois. Je devine bien quelque chose, mais...

— Laisse-la tranquille ! » hurla Ralph, levant cette fois la main comme s'il préparait le coup de karaté qu'il avait déjà utilisé. Mais la main à l'intérieur de la main, celle qui avait lancé le javelot de lumière bleue, lui faisait toujours l'effet d'une arme déchargée ; et cette fois-ci, Doc Chauve #3 paraissait le savoir. Il n'eut qu'un bref coup d'œil en direction de Ralph, à qui il adressa un petit salut moqueur de la main.

[*Hé, te fatigue pas, michrone, rassieds-toi, ferme-la et profite du spectacle.*]

La créature au bas de la colline reporta son attention sur Rosalie, qui s'était assise, tapie contre le pied d'un vieux pin. L'arbre diffusait un brouillard vert par les fissures de son écorce. Doc Chauve #3 se pencha sur Rosalie, la main tendue en un geste de sollicitude qui cadrait très mal avec le scalpel que tenait son poing gauche.

Rosalie gémit... puis tendit le cou et vint humblement lécher les doigts du petit homme chauve.

Ralph regarda ses mains ; il y sentait quelque chose, non pas le pouvoir qu'elles avaient déjà eu, rien de tel, mais *quelque chose*. Soudain, des éclats d'une lumière blanche et limpide se mirent à danser au-dessus de ses ongles, comme si ses doigts étaient devenus des bougies de moteur.

Lois s'accrochait à lui, frénétique. « Qu'est-ce qui arrive au chien, Ralph ? Qu'est-ce qui lui arrive ? »

Sans réfléchir à ce qu'il faisait ni aux raisons qui l'y poussaient, Ralph posa les mains sur les yeux de Lois (comme quelqu'un qui joue à « devine qui c'est »). Une lumière presque aveuglante brilla un instant autour de ses doigts. *Je parie que c'est le blanc dont ils nous bassinent tout le temps dans les pubs de lessive,* se dit-il.

Lois poussa un cri et s'accrocha de toutes ses forces aux poignets de Ralph, puis ses mains se détendirent. « Mon Dieu, Ralph, qu'est-ce que tu m'as fait ? »

Ralph la lâcha et vit un huit couché tout blanc qui entourait ses yeux ; on aurait dit qu'elle venait d'enlever des lunettes de plongée pleines de sucre glace. La blancheur commença à s'estomper dès que ses mains s'éloignèrent... à cela près, cependant...

Elle ne s'estompe pas, elle pénètre en elle.

« Ne t'en fais pas, répondit-il avec un geste. Regarde ! »

La manière dont les yeux de Lois s'agrandirent suffit à lui apprendre ce qu'il voulait savoir. Doc Chauve #3, complètement insensible aux efforts de Rosalie pour faire ami-ami, repoussa son museau de la main qui tenait le scalpel. Il saisit le vieux foulard qui pendait à son cou et lui redressa brutalement la tête. Rosalie poussa un hurlement pitoyable. De la bave lui coulait le long des bajoues. La créature chauve émit un caquètement râpeux et Ralph sentit sa peau se hérisser.

[*« Hé, arrête ! Arrête d'embêter ce chien ! »*]

Doc Chauve #3 redressa brusquement la tête. Le sourire disparut de son visage et il adressa à Lois une grimace ricanante qui lui donna l'air d'un chien.

[*Ouais, va te faire foutre, espèce de grosse connasse de michrone ! Le chien est à moi, comme je l'ai déjà dit à ton petit copain bande-mou !*]

Le nain chauve avait lâché le foulard lorsque Lois l'avait interpellé, et Rosalie se recroquevillait de nouveau contre le pin, l'œil fou, des filets de bave lui coulant du museau. Ralph n'avait jamais vu créature aussi terrifiée de toute sa vie.

« Fiche le camp, lui cria-t-il. Va-t'en d'ici ! »

Elle sembla ne pas l'entendre et au bout de quelques instants, Ralph comprit qu'elle ne l'entendait effectivement pas, car la chienne n'était plus entièrement ici. Doc Chauve #3 lui avait déjà fait quelque chose, l'avait déjà tirée en partie hors de la réalité ordinaire, comme un fermier dégage une souche en la tirant avec un tracteur et une chaîne.

Ralph essaya cependant encore une fois.

[« *Cours, Rosalie ! Fiche le camp !* »]

Cette fois-ci, ses oreilles couchées en arrière se redressèrent et sa tête commença à tourner dans la direction de Ralph. Il ignora si elle aurait obéi ou non, car le petit chauve la reprit par le foulard avant qu'elle eût fait le moindre mouvement, lui redressant de nouveau brutalement la tête.

« Il va la tuer ! s'égosilla Lois. Il va lui couper la gorge avec son espèce de couteau ! Ne le laisse pas faire, Ralph ! Arrête-le !

— Je ne peux pas ! Mais tu en es peut-être capable, toi ! Descends-le ! Descends-le avec ta main ! »

Elle le regarda sans comprendre. Ralph fit des gestes frénétiques du tranchant de la main, mais Lois n'avait pas eu le temps de réagir que Rosalie laissait échapper un dernier et horrible hurlement. Le petit chauve brandit le scalpel et l'abattit, mais ce ne fut pas la gorge de la chienne qu'il sectionna.

Il coupa son panache.

2

Un filet émergeait de chacune des narines de Rosalie et s'élevait en l'air. Ils s'enroulaient l'un autour de l'autre à environ vingt centimètres au-dessus de son museau, formant un tire-bouchon délicat, et c'est à ce point que le scalpel de Doc Chauve #3 accomplit son œuvre. Pétrifié d'horreur, Ralph regarda s'élever dans le ciel cette queue de cochon coupée, comme la ficelle d'un ballon gonflé à l'hélium que l'on aurait lâché. Le double filament se déroulait en montant. Ralph crut qu'il allait se prendre dans les branches du vieux pin, mais il n'en fut rien. Lorsque le panache coupé atteignit finalement une branche, il passa simplement au travers.

Évidemment. De la même manière que ses petits copains ont traversé la porte fermée à double tour de May Locher après lui avoir fait la même chose.

Cette réflexion fut suivie d'une idée trop simple et trop épouvantablement logique pour ne pas être crue : ce n'étaient pas des extraterrestres, pas des petits docteurs chauves, mais des Centurions. C'étaient les Centurions d'Ed Deepneau. Ils ne ressemblaient pas du tout aux soldats romains qu'on voyait dans les péplums en carton-pâte du genre *Spartacus* et *Ben Hur*, d'accord, mais il ne pouvait s'agir que d'eux... non ?

A sept ou huit mètres au-dessus du sol, le panache de Rosalie disparut simplement dans le néant.

Ralph abaissa les yeux à temps pour voir le nain chauve retirer le foulard délavé du cou de l'animal avant de pousser son cadavre contre le pied de l'arbre. Il regarda Rosalie plus attentivement et sentit sa peau se rétracter sur tout son corps. Le rêve avec Carolyn lui revint avec une cruelle intensité et il dut lutter pour ne pas pousser un cri de terreur.

C'est bien, Ralph, ne crie pas. Il vaut mieux t'en abstenir parce que si jamais tu commences, tu risques de ne pas être capable de t'arrêter, tu risques de continuer à hurler jusqu'à ce que ta gorge éclate. Souviens-toi que Lois est ici, qu'elle est maintenant mêlée à tout ça. Souviens-toi de Lois et ne te mets pas à crier.

Ah, mais c'était dur de se retenir, car les bestioles cauchemardesques qui avaient jailli du crâne de

Carolyn en faisaient maintenant autant des narines de Rosalie, dans un grouillement noir sinueux.

Ce ne sont pas des insectes. Je ne sais pas ce que c'est, mais ce ne sont pas des insectes.

Non, pas des insectes — juste une autre forme d'aura. D'immondes choses noires, ni liquides ni gazeuses, giclaient de Rosalie à chacune de ses respirations. Elles ne s'éloignaient pas en flottant, mais l'entouraient au contraire d'anneaux sinistres, tournoyant lentement, d'antilumière. Cette noirceur aurait dû la dissimuler à la vue, mais il n'en était rien. Ralph voyait ses yeux suppliants et terrifiés tandis que les ténèbres s'accumulaient autour de sa tête et commençaient à déborder sur son dos, ses flancs et ses pattes.

C'était un linceul, un véritable linceul, cette fois, et sous les yeux de Ralph, Rosalie tissait autour d'elle son panache coupé comme un sac placentaire empoisonné. Cette métaphore déclencha la voix d'Ed Deepneau dans sa tête, Ed disant que les Centurions arrachaient les bébés du sein de leur mère et les emportaient dans des camions bâchés.

Vous êtes-vous jamais demandé ce qu'il y avait sous ces bâches ? avait demandé Ed.

Doc Chauve #3 regardait Rosalie en souriant. Puis il défit le foulard et le plaça autour de son propre cou, le nouant en un gros nœud lâche dans le style bohème. Cela fait, il se tourna vers Ralph et Lois, affichant une expression satisfaite et méprisante. *Et voilà !* disait ce regard. *J'y suis parvenu, en fin de compte, et vous n'avez strictement rien pu y changer, n'est-ce pas ?*

[« *Fais quelque chose, Ralph ! Je t'en prie, fais quelque chose ! Oblige-le à s'arrêter !* »]

Trop tard pour cela, mais peut-être pas trop tard pour l'envoyer au diable sans qu'il ait eu le temps de jouir du spectacle de Rosalie retombant morte au pied de l'arbre. Il était à peu près sûr que Lois ne possédait pas l'aptitude de lancer un javelot de lumière bleue comme il l'avait fait lui-même, mais elle pouvait peut-être faire autre chose.

Oui, elle peut l'atteindre à sa façon.

Il ignorait ce qui le rendait si sûr de lui, mais soudain sa certitude fut absolue. Il prit Lois par les épaules pour l'obliger à le regarder, puis il leva la main droite. Il redressa le pouce, et pointa l'index vers le nain chauve. Il avait l'air d'un petit garçon qui joue aux cow-boys et aux Indiens.

Lois réagit par une expression d'incompréhension consternée. Ralph lui empoigna la main et en retira le gant.

[*« Toi ! Toi ! Lois ! »*]

Elle saisit l'idée, leva la main, braqua son index, et mima le geste d'un enfant qui fait semblant de tirer : *Pan ! pan !*

Deux formes oblongues compactes, de la même nuance gris-bleu que l'aura de Lois, mais plus brillantes, s'élancèrent du bout de ses doigts en direction du pied de la colline.

Doc Chauve #3 poussa un cri suraigu et sauta en l'air, les poings serrés à hauteur des épaules, les talons de ses chaussures venant lui battre les fesses, lorsque la première de ces « balles » arriva sur lui. Elle frappa le sol, fit un ricochet de caillou sur un étang, et alla heurter la sanisette marquée DAMES. Un instant, tout le panneau se mit à flamboyer violemment, comme l'avait fait la vitrine de la laverie automatique.

La deuxième balle gris-bleu effleura la jambe gauche du petit chauve et ricocha vers le ciel. Il poussa son même cri aigu et jacassant, et Ralph, qui avait l'impression d'avoir un ver qui se tortillait au milieu de la tête, eut envie de porter les mains aux oreilles, alors qu'il savait que cela n'y changerait rien ; Lois fit la même chose. Il eut le sentiment que si le cri se poursuivait trop longtemps, son crâne finirait par éclater, exactement comme un *contre-ut* fait exploser un verre de cristal.

Doc Chauve #3 s'effondra sur le sol matelassé d'aiguilles de pin à côté de Rosalie et se mit à se rouler sur lui-même, hurlant, se tenant la hanche comme un petit garçon qui serait tombé de son tricycle. Au bout de quelques instants, ses cris diminuèrent et il se remit debout. Sous la barre de peau blanche de son front, ses yeux fusillèrent le couple. Il portait le panama de Bill complètement rejeté en arrière, maintenant, et le côté gauche de sa blouse était noirci et fumait.

[*Je vous aurai ! Je vous aurai tous les deux, espèces d'emmerdeurs de michrones qui vous mêlez de ce qui ne vous regarde pas ! JE VOUS BAISERAI TOUS LES DEUX !*]

Il fit un brusque demi-tour et bondit le long du chemin qui conduisait aux courts de tennis, accomplissant de grands sauts, comme un astronaute sur la Lune. Le coup que lui avait porté Lois ne paraissait pas l'avoir beaucoup affecté, à en juger par sa vitesse.

Lois saisit Ralph par l'épaule et le secoua ; les auras commencèrent à s'estomper.

[« *Les enfants ! Il va vers les enfants !* »]

Elle aussi s'estompait, et cela lui sembla parfaitement normal, lorsqu'il se rendit compte qu'elle ne parlait pas, en réalité, mais qu'elle le regardait fixement de ses yeux noirs tout en lui étreignant l'épaule.

« Je n'arrive plus à t'entendre, s'écria-t-il, je n'arrive plus à t'entendre !

— Qu'est-ce qui te prend ? Tu es sourd ? Je te dis qu'il va vers le terrain de jeu ! Vers les enfants ! On ne peut pas le laisser faire du mal aux enfants ! »

Ralph laissa échapper un profond soupir chevrotant. « Il n'y touchera pas.

— Comment peux-tu en être aussi sûr ?

— Je ne sais pas. J'en suis sûr, c'est tout.

— Je l'ai touché. » Elle s'examina l'extrémité de l'index, comme quelqu'un qui mime un suicide. « Avec le bout de mon doigt.

— Ouais. Et il a pris une bonne décharge, à voir sa réaction.

— Je ne vois plus les couleurs, Ralph. »

Il acquiesça : « Elles apparaissent et disparaissent... comme les stations de radio, la nuit.

— Je ne sais pas très bien comment je me sens... et je me demande même si j'ai envie de le savoir ! » Elle eut un sanglot en disant cela, et Ralph la prit dans ses bras. En dépit de tous les événements qui bousculaient sa vie, en ce moment, une chose lui apparaissait très clairement : il était merveilleux de tenir à nouveau une femme contre soi.

« C'est fini, tout va bien », lui dit-il, appuyant son visage contre le sommet de la tête de Lois. Ses cheveux sentaient bon, sans les relents chimiques sous-jacents des produits de beauté qu'il avait pris l'habitude de trouver dans la chevelure de Carolyn, au cours des dix ou quinze dernières années de leur vie commune. « On oublie tout ça pour le moment, d'accord ? »

Elle le regarda. Il ne voyait plus la brume délicate qui dérivait devant ses pupilles, mais il avait la certitude qu'elle s'y trouvait toujours. Et en outre, c'étaient de très beaux yeux, même sans cet attrait supplémentaire. « Qu'est-ce que ça veut dire, Ralph ? Sais-tu ce que ça veut dire ? »

Il secoua la tête. Son esprit était un tourbillon de pièces de puzzle — chapeaux, docs, insectes, banderoles de protestation, poupées pleines de sang factice qui explosaient — rien de tout cela ne cadrait. Et pour le moment, en tout cas, ce qui semblait s'imposer avec le plus de force était le vieux dicton stupide du vieux Dor : *Quand le vin est tiré, il faut le boire*.

Il soupçonnait que rien n'était plus vrai.

3

Un petit gémissement triste parvint à leurs oreilles et Ralph regarda au pied de la pente. Rosalie, toujours au pied du pin, essayait de se redresser. On ne voyait plus le suaire noir autour d'elle, mais Ralph était sûr qu'il s'y trouvait encore.

« Oh, Ralph, la pauvre bête ! Qu'est-ce qu'on peut faire ? »

A la vérité, rien, Ralph en était convaincu. Il prit la main de Lois dans les siennes et attendit que Rosalie s'allongeât et mourût.

Au lieu de cela, elle donna un tel coup de reins pour se mettre debout qu'elle faillit tomber de l'autre côté. Elle resta un moment immobile, la tête si basse que sa truffe touchait presque le sol, puis elle éternua trois ou quatre fois. Cela fait, elle se secoua, leva les yeux vers Ralph et Lois et poussa un unique jappement, bref et vigoureux. Ralph eut l'impression qu'elle leur disait qu'ils n'avaient plus besoin de s'inquiéter. Puis elle fit demi-tour en direction de l'entrée, en bas du parc, traversa un petit bosquet de pins. Elle n'avait pas encore disparu à leurs yeux qu'elle avait déjà retrouvé le trottinement claudicant mais insouciant qui était sa caractéristique. La patte abîmée n'était pas en meilleur état qu'avant l'intervention de Doc Chauve #3, mais ce n'était pas pire. Visiblement âgée mais apparemment encore loin de la mort (*comme tous les Vieux Croulants de Harris Avenue*, se dit Ralph), elle s'enfonça entre les arbres.

« Je croyais que cette chose voulait la tuer, dit Lois. En fait, je croyais même qu'elle l'avait tuée.

— Moi aussi, avoua Ralph.

— Tout cela est-il arrivé vraiment, Ralph ? Vraiment ?

— Oui.

— Les panaches... d'après toi, est-ce que ce sont des lignes de vie ? »

Il acquiesça lentement. « Oui. Des sortes de cordons ombilicaux. Et Rosalie... »

Il repensa à la première fois qu'il avait vu les auras, lorsqu'il s'était retrouvé devant la pharmacie Rite Aid, adossé à la boîte aux lettres bleue, bouche bée au point que sa mâchoire lui touchait presque le sternum. Sur les soixante ou soixante-dix personnes qu'il avait pu observer avant que les auras ne s'effacent à nouveau, seules quelques-unes marchaient à l'intérieur d'enveloppes noires, qu'il appelait maintenant linceuls ou suaires; mais aucun n'avait été aussi noir, ce jour-là, que celui que Rosalie venait de tricoter à l'instant autour d'elle. Néanmoins, les personnes dont l'aura présentait une couleur d'un gris-noir défraîchi lui avaient invariablement paru mal portantes... comme Rosalie, dont l'aura avait la couleur de vieilles chaussettes, même avant que Doc Chauve #3 ne commençât à la tourmenter.

Peut-être ne faisait-il qu'accélérer ce qui serait autrement un processus parfaitement naturel, pensa Ralph.

« Et Rosalie, Ralph, qu'est-ce que tu en penses? demanda Lois.

— J'en pense que ma vieille amie Rosalie fait du rab, en ce moment. »

Lois resta quelque temps songeuse, les yeux perdus sur le bas de la colline et le bosquet de pins, saupoudré d'une lumière d'or, dans lequel la chienne avait disparu. Finalement, elle se tourna de nouveau vers Ralph. « Ce nain... c'était l'un des deux que tu as vus sortir de chez May Locher, n'est-ce pas?

— Non. Il s'agissait de deux autres.

— Tu en as vu beaucoup?

— Non, seulement ces trois-là.

— A ton avis, il y en a d'autres?

— Aucune idée. »

Il s'attendait qu'elle lui demandât ensuite s'il n'avait pas remarqué que la créature portait le panama de McGovern, mais elle n'en fit rien. Elle ne l'avait peut-être pas reconnu. Trop de choses démentes s'étaient passées, sans compter qu'une partie du bord n'avait pas été enlevée d'un coup de dents, la dernière fois qu'elle l'avait vu sur la tête de Bill. *Les profs d'histoire à la retraite ne sont pas du genre à mordre leur chapeau*, songea-t-il, ce qui le fit sourire.

« Tu parles d'une matinée, observa Lois en le regardant bien en face. Il me semble que nous devrions en parler un peu, non ? J'ai vraiment besoin de savoir ce qui se passe. »

Ralph se souvint de cette journée — qui lui faisait l'effet de remonter à un millier d'années, maintenant — où il revenait de l'aire de pique-nique, établissant mentalement la courte liste de ses amis et relations pour déterminer auquel se confier. Il en avait rayé Lois sous prétexte qu'elle risquait de bavarder avec ses amies et à présent il se sentait gêné de ce jugement, fondé davantage sur l'image que McGovern se faisait d'elle que sur la façon dont lui-même la voyait. Il s'avérait que la seule personne à laquelle Lois avait parlé des auras, avant aujourd'hui, était celle dont elle était en droit d'attendre la discrétion la plus absolue.

Il hocha la tête. « Tu as raison. Nous avons à parler.

— Veux-tu venir chez moi pour déjeuner, même si c'est un peu tard ? Pour une vieille toupie qui n'est pas fichue de retrouver ses boucles d'oreilles, je mitonne un petit frichti qui n'est pas si mauvais que ça.

— Bonne idée. Je te dirai tout ce que je sais, mais ça va prendre un bout de temps. Lorsque j'ai parlé à Bill, ce matin, je lui ai donné la version du *Reader's Digest*.

— Tiens ! Moi qui croyais que la dispute portait sur le tournoi d'échecs...

— Eh bien, peut-être pas exactement, dit Ralph,

qui souriait en examinant ses mains. Ça ressemblait davantage à la bagarre que tu as eue avec ton fils et ta belle-fille. Et encore, je ne lui ai pas raconté les trucs les plus insensés.

— Et à moi, tu les raconteras ?

— Oui. Je parie que tu es un sacré cordon-bleu, en plus. En fait... » Il s'interrompit brusquement et porta une main à son cœur. Il se rassit lourdement sur le banc, ouvrant de grands yeux, la bouche entrouverte.

« Ralph ? Ça ne va pas ? »

Cette voix inquiète semblait lui parvenir de très loin. En esprit, il revit Doc Chauve #3, sur le trottoir, devant la laverie. Doc Chauve #3 cherchant à obliger Rosalie à traverser Harris Avenue pour qu'il puisse lui couper le panache. Il avait raté son coup, cette fois, mais il était tout de même parvenu à ses fins

(Je vais jouer avec elle !)

avant la fin de la matinée.

Ce n'est peut-être pas uniquement parce que Bill n'est pas du genre à mordre son chapeau que Lois n'a pas remarqué que Doc Chauve #3 le portait, mon vieux Ralph. C'était peut-être parce qu'elle n'avait pas envie de le remarquer. Voilà peut-être deux morceaux qui s'adaptent et si j'ai raison là-dessus, les implications vont très loin. Tu t'en rends compte, n'est-ce pas ?

« Ralph ? Qu'est-ce qui ne va pas ? »

Il revit le nain mordre le bord du panama et se le remettre sur la tête. L'entendit dire qu'il aurait bien aimé s'amuser avec Ralph, à la place.

Pas seulement avec moi. Avec moi et mes amis. Moi et mes trouducs d'amis, comme il a dit.

En y repensant, il vit également autre chose. Le soleil qui allumait des éclats de feu aux lobes d'oreilles de Doc Chauve #3 pendant qu'il mordait le bord du chapeau. Le souvenir était trop net pour être nié, de même que ses implications.

Ces implications qui allaient très loin.

Calme-toi... tu ne disposes d'aucune certitude, et l'hôpital psy t'attend, juste derrière l'horizon, mon vieux. Tu as intérêt à ne pas l'oublier, à te servir de ça comme d'une ancre. Peu importe que Lois voie ou non tous ces trucs, elle aussi. Les autres bonshommes en blouse blanche, pas les nains chauves mais les gros costauds avec leurs filets à papillons et leurs injections de thorazine peuvent débarquer n'importe quand. N'importe quand.

Tout de même...

Tout de même !

« Nom de Dieu, Ralph, parle-moi ! » Lois le secouait, et rudement, encore, comme l'épouse secoue, pour le réveiller, le mari qui va être en retard au travail.

Il regarda autour de lui et essaya de se tricoter un sourire. Il paraissait faux de l'intérieur, mais sans doute fut-il convaincant pour Lois, car elle se détendit. Au moins un peu. « Désolé, dit-il. Pendant quelques secondes, tout ça s'est mis à... tout ça m'est tombé dessus d'un seul coup.

— Ce n'est pas une raison pour me ficher une telle frousse ! Ce geste que tu as eu pour te serrer le cœur, mon Dieu !

— Je vais très bien. » Il s'efforça de sourire plus largement encore. Il avait l'impression d'être comme un môme qui étire sa pâte à modeler, pour voir jusqu'où elle peut aller sans se rompre. « Et si tu es toujours d'accord pour nous préparer un repas, je suis toujours d'accord pour le manger. »

Cinq-dix-vingt, l'oie boit son vin.

Lois le regarda attentivement et se calma. « Bien. Ça sera amusant. A part mes copines Simone et Mina, je n'ai cuisiné pour personne depuis bien longtemps. Elle éclata de rire. « Sauf que ce n'est pas ce que je voulais dire. Ce n'est pas pour ça que ce sera amusant.

— Et pourquoi, alors ?

— Parce que cela fait longtemps que je n'ai pas

fait la cuisine pour un homme. J'espère que je n'ai pas oublié.

— Et le jour où on est venus chez toi, Bill et moi, pour regarder les informations ? Tu nous as fait des macaronis au fromage. C'était très bon. »

Elle eut un geste de mépris : « Du réchauffé. Ce n'est pas pareil. »

Le singe chique son tabac sur la ligne de tram... La ligne a été coupée...

Sourire plus large que jamais. En attendant qu'il commence à se déchirer. « Je suis bien sûr que tu n'as pas oublié, Lois.

— M. Chassey avait un excellent appétit. Toutes sortes d'appétits, en fait. Puis il s'est mis à avoir ces problèmes de foie, et... » Elle poussa un soupir, et prit le bras de Ralph avec un mélange de timidité et de résolution qu'il trouva complètement touchant. « N'y pensons plus. J'en ai assez de pleurnicher sur le passé. Je laisse ça à Bill. Allons-y. »

Il se leva et, bras dessus, bras dessous, le couple prit la direction de l'entrée située au bas du parc. Lois sourit béatement aux jeunes mamans quand ils passèrent devant le terrain de jeu, et Ralph fut soulagé par cette diversion. Il avait beau se dire qu'il devait suspendre son jugement, il avait beau se répéter à l'envi qu'il n'en savait pas assez sur ce qui leur arrivait, à Lois et à lui, pour seulement se donner l'illusion qu'il était capable de réfléchir logiquement à la question, il n'en aboutissait pas moins toujours à cette conclusion. Elle lui semblait viscéralement juste, et cela faisait un moment qu'il commençait à soupçonner que, dans le monde des auras, ressentir et savoir étaient quasiment identiques.

Pour les deux autres, je ne sais pas; mais Doc Chauve #3 est un toubib cinglé... et il empoche des souvenirs. Il les prend comme certains anciens du Viêt-nam, des cinglés, emportaient des oreilles.

Sur le fait que la belle-fille de Lois s'était laissée

aller à une impulsion malsaine et avait barboté les boucles d'oreilles en diamants dans la soucoupe de porcelaine, il n'éprouvait aucun doute. Mais Janet Chassey ne les avait plus. En ce moment même, elle se reprochait sans doute amèrement de les avoir perdues et se demandait par quelle aberration elle s'en était emparée.

Ralph savait que la crevette chauve au scalpel détenait le chapeau de McGovern, même si Lois ne l'avait pas reconnu, et ils l'avaient vu tous les deux prendre le foulard de Rosalie. Ce que Ralph avait compris, lorsqu'il avait été obligé de se rasseoir sur le banc ? Que ces éclats de lumière qu'il avait aperçus aux oreilles de Doc Chauve #3 signifiaient certainement que les boucles d'oreilles de Lois étaient aussi en sa possession.

4

Le rocking-chair de feu M. Chassey était immobile sur le linoléum fané, près de la porte qui donnait sur le porche arrière de la maison. Lois l'y installa en l'avertissant de « ne pas rester dans ses jambes ». Ralph estima que c'était là un ordre auquel il pouvait obéir. Une lumière forte, celle du milieu de l'après-midi, se promenait sur ses genoux pendant qu'il se balançait. Il se demanda comment il pouvait bien être aussi tard, mais l'heure avait tourné. *Je me suis peut-être endormi*, pensa-t-il. *Oui, je suis peut-être en train de dormir, en ce moment, et je rêve tout ça*. Il regarda Lois prendre un wok (aux dimensions pour hobbit, incontestablement) dans un placard. Cinq minutes plus tard, des parfums appétissants montaient de la poêle chinoise et emplissaient la cuisine.

« Je t'avais dit qu'un jour je te ferais la cuisine », observa Lois tandis qu'elle ajoutait des légumes qu'elle avait pris dans le frigidaire, puis des épices venues d'une étagère qui leur était réservée. « Le jour où je vous ai préparé les macaronis au fromage, à toi et à Bill. Tu t'en souviens ?

— Il me semble, répondit Ralph avec un sourire.

— Il y a un pichet de cidre frais dans la boîte à lait, sur le porche de devant — le cidre se conserve mieux à l'extérieur. Tu veux bien aller le chercher ? Tu n'auras qu'à faire le service. Mes bonnes lunettes sont dans le placard au-dessus de l'évier, celui pour lequel je dois monter sur une chaise. Tu es assez grand pour te passer de chaise, j'ai l'impression. Combien mesures-tu ? Un mètre quatre-vingt-cinq ?

— Un mètre quatre-vingt-sept. Enfin, avant. J'ai dû perdre trois ou quatre centimètres depuis une dizaine d'années. La colonne vertébrale se tasse. Mais tu n'as pas besoin de te mettre sur ton trente et un pour moi, Lois. Vraiment. »

Elle le regarda d'un air neutre, les mains sur les hanches, la cuillère avec laquelle elle remuait le contenu du wok dépassant de l'une d'elles. Son expression sévère était atténuée par une ébauche de sourire. « J'ai dit mes *bonnes* lunettes, Ralph Roberts, pas les plus *belles*.

— Bien, m'dame », dit-il avec un sourire, ajoutant : « A l'odeur, je prétends que tu n'as pas oublié comment on cuisinait pour un homme.

— La preuve du pudding est dans sa dégustation », répliqua-t-elle. Ralph, cependant, eut l'impression qu'elle était contente quand elle se tourna vers le wok.

5

Le repas était délicieux, et ils n'abordèrent pas ce qui s'était passé dans le parc avant d'avoir terminé. L'appétit de Ralph était devenu irrégulier — lui faisant surtout défaut — depuis que ses insomnies avaient commencé, mais aujourd'hui il mangea de bon cœur et fit descendre le sauté aux légumes épicé de Lois avec trois verres de cidre (espérant avec inquiétude, lorsqu'il vida le troisième, que ses activités du reste de la journée ne le conduiraient pas trop loin des toilettes). Puis Lois se leva et alla faire couler l'eau chaude dans l'évier pour la vaisselle. Elle reprit alors leur conversation initiale comme s'il s'agissait d'un tricot qu'elle aurait temporairement mis de côté pour accomplir une corvée plus urgente.

« Qu'est-ce que tu m'as fait ? demanda-t-elle. Qu'est-ce que tu m'as fait pour que les couleurs reviennent ?

— Aucune idée.

— On aurait dit que j'étais aux frontières de ce monde et qu'en me mettant les mains sur les yeux, tu me poussais dedans. »

Il acquiesça, se souvenant de son aspect, dans les premières secondes qui avaient suivi l'instant où il avait enlevé ses mains : comme si elle venait d'enlever une paire de lunettes plongée au préalable dans du sucre glace. « J'ai agi purement par instinct. Mais tu as raison : c'est comme un autre monde. C'est comme ça que je le vois, et je l'appelle le monde des auras.

— Il est merveilleux, non ? Bon, d'accord, il y a de quoi avoir la frousse. Quand ça a commencé pour moi — à la fin juillet ou au début août, je ne sais pas exactement —, j'étais sûre que je devenais folle ; même alors, pourtant, je le trouvais beau. Je ne pouvais pas m'empêcher de l'aimer. »

Ralph la regarda, surpris. Était-ce bien lui qui naguère voyait en Lois quelqu'un de transparent ? De bavard ? D'incapable de conserver un secret ?

Non, c'était pire que ça, j'en ai bien peur, vieux camarade. Tu la croyais superficielle. Tu la voyais pour l'essentiel avec les yeux de Bill, pour tout dire : « Cette sacrée Lois ! » Pas moins... mais guère davantage.

« Qu'est-ce qu'il y a ? demanda-t-elle, un peu embarrassée. Pourquoi me regardes-tu comme ça ?

— Tu vois les auras depuis l'été dernier ? Depuis si longtemps ?

— Oui. Elles sont de plus en plus brillantes. Et plus fréquentes. C'est pour cette raison que j'ai été voir la pipelette. Est-ce que j'ai vraiment tiré sur cette chose avec mon doigt, Ralph ? Plus le temps passe, moins j'arrive à le croire.

— Et pourtant, si. J'ai fait quelque chose du même genre moi aussi, peu de temps avant de te rencontrer dans le parc. »

Il lui raconta sa première confrontation avec Doc Chauve #3, et de quelle manière il l'avait chassé... au moins temporairement. Il leva la main à hauteur de l'épaule et l'abattit d'un geste vif. « C'est tout ce que j'ai fait. Comme un gosse qui se prend pour Chuck Norris ou Steven Seagal. N'empêche, ça lui a expédié cet incroyable éclair de lumière et il a déguerpi à toute allure. Ce qui était sans doute aussi bien, parce que j'aurais été incapable de recommencer. Moi non plus, je ne sais pas comment j'ai fait. Penses-tu que tu aurais pu lui tirer encore dessus avec ton doigt ? »

Lois se mit à pouffer et se tourna vers lui, l'index pointé dans sa direction. « Tu veux le savoir ? Pan ! Pan !

— Ne me visez pas avec ce machin, m'dame », répliqua Ralph avec l'accent des voyous de cinéma. Il sourit en même temps, mais sa plaisanterie manquait de conviction.

Lois n'insista pas et envoya une giclée de produit à vaisselle dans l'évier. Agitant l'eau d'une main pour faire mousser le savon, elle posa à Ralph ce que ce dernier considérait comme la Grande Question : « D'où nous vient ce pouvoir ? Et à quoi sert-il ? »

Il secoua la tête, se leva et s'approcha de l'évier. « Je n'en sais absolument rien, c'est tout ce que je peux te répondre. Et si tu me disais où tu ranges tes torchons, Lois ?

— Laisse tomber mes torchons et va t'asseoir. Je t'en prie, Ralph, ne viens pas me raconter que tu es de ces hommes modernes qui n'arrêtent pas de vous faire des câlins baveux. »

Ralph éclata de rire et secoua la tête. « Pas du tout. J'ai été bien dressé, c'est tout.

— Bon, d'accord. Tant que tu ne commences pas à me sortir à quel point tu es sensible... Il y a certaines choses que les filles préfèrent trouver toutes seules. »

Elle ouvrit le placard placé sous l'évier et lui lança un torchon à vaisselle fané, mais d'une propreté parfaite. « Sèche-les et pose-les sur le comptoir. Je les rangerai plus tard. Et pendant ce temps, raconte-moi ton histoire. La version intégrale.

— Marché conclu. »

Il se demandait encore par quel bout il allait commencer lorsque sa bouche s'ouvrit, apparemment de sa propre initiative, et attaqua pour lui : « Lorsque je suis finalement parvenu à me fourrer dans la tête que Carolyn allait mourir, je me suis mis à marcher beaucoup. Et un jour, tandis que je me promenais sur Extension... »

6

Il lui raconta tout, à commencer par la façon dont il était intervenu entre Ed Deepneau et le gros jardinier à la casquette West Side Gardeners, et terminant sur la dispute après laquelle Bill lui avait conseillé d'aller voir un médecin, vu qu'à leur âge les maladies mentales étaient chose courante. Il dut revenir en arrière à plusieurs reprises pour réparer de petits oublis — l'apparition inopportune de Dor pendant qu'il s'efforçait d'empêcher Ed de rentrer dans le lard de Gros Balèze, par exemple — mais ça ne le gênait pas d'avancer ainsi dans son récit, et Lois paraissait le suivre sans difficulté. Le sentiment général qu'il avait pendant qu'il détaillait ce qui lui était arrivé depuis plus d'un an était un soulagement d'une telle intensité que c'en était presque douloureux. Comme s'il avait eu des briques empilées sur le cœur et l'esprit et qu'il les retirait une à une.

Cela faisait longtemps que la vaisselle était faite quand il arriva au bout de ses aventures, et ils étaient maintenant installés dans le séjour et ses douzaines de photos encadrées, présidées par celle de M. Chassey trônant sur le poste de télévision.

« Alors, demanda Ralph, qu'est-ce que tu crois dans tout ça ?

— Tout, évidemment », répondit-elle. Soit elle ne remarqua pas l'expression soulagée qui se peignit sur le visage de Ralph, soit elle préféra l'ignorer. « Après ce que nous avons vu ce matin — sans même parler de ce que tu savais sur ma merveilleuse belle-fille —, je peux difficilement ne pas te croire. C'est l'avantage que j'ai sur Bill. »

Ce n'est pas le seul, pensa Ralph sans le dire.

« Il n'y a aucune coïncidence dans tout ça, n'est-ce pas ? »

Ralph secoua la tête. « Non, je ne crois pas.

— Quand j'ai eu dix-sept ans, ma mère a loué les services d'un jeune garçon de nos voisins — il s'appelait Richard Henderson — pour faire un certain nombre de corvées chez nous. Ce n'était pas les garçons à la recherche de petits boulots qui manquaient, mais elle a pris Richie parce qu'elle l'aimait bien... et elle l'aimait bien en pensant à moi, si tu vois ce que je veux dire.

— Oui, évidemment. Elle cherchait à te caser.

— Exactement, mais elle ne s'y prenait pas d'une manière grossière et embarrassante. Grâce au Ciel, car je me souciais de Richie comme de ma première chemise — du moins sur ce plan-là. Ce n'est pas que maman n'ait pas tout essayé. Si je faisais mes devoirs sur la table de la cuisine, elle lui demandait de remplir la caisse à bois, même si nous étions déjà en mai et qu'il faisait chaud. Si je donnais du grain aux poules, elle lui faisait tailler la haie qui longeait la basse-cour. Elle voulait que je le voie dans le secteur... que je m'habitue à lui... et si nous nous étions plus dans la compagnie l'un de l'autre et s'il m'avait invitée à aller danser pour la fête du village, elle aurait été ravie. C'était la manière douce, mais on ne pouvait pas l'ignorer. Une poussée dans le dos. Et c'est la même chose aujourd'hui.

— La poussée ne me paraît pas aussi douce qu'à toi », commenta Ralph. Involontairement, il porta la main à l'endroit où Charlie Pickering avait enfoncé la pointe de son couteau.

« Oui, évidemment. Ça doit être horrible de sentir une lame s'enfoncer entre ses côtes. Heureusement que tu avais la bombe lacrymogène ! A ton avis, est-ce que Dor voit aussi les auras ? Crois-tu que quelque chose de cet autre monde lui a dit de mettre la bombe dans ta poche ? »

Ralph haussa les épaules en un geste d'impuissance. L'hypothèse qu'elle faisait lui avait aussi traversé l'esprit, mais si l'on essayait d'aller plus loin, le terrain devenait sérieusement glissant. Car si les choses s'étaient passées ainsi pour Dorrance, cela laissait entendre qu'une

(*entité*)

force ou un être avait su que Ralph allait avoir besoin d'aide. Et ce n'était pas tout : la force (ou l'être) en question aurait donc dû également savoir que : (a) Ralph irait à la bibliothèque dimanche après-midi, que (b) le temps, jusqu'ici au beau fixe, allait tellement changer qu'il lui faudrait mettre une veste, et (c) quelle veste il allait prendre. En d'autres termes, c'était d'une *manifestation capable de prédire l'avenir* qu'il était question. L'idée qu'une force d'une telle ampleur ait pu le remarquer lui fichait sincèrement une trouille bleue. Il admettait que dans l'histoire de la bombe aérosol, au moins, cette intervention lui avait probablement sauvé la vie, mais il n'en éprouvait pas moins une trouille bleue.

« Peut-être, répondit-il. Il n'est pas impossible que quelque chose se soit servi de Dorrance pour faire sa commission. Mais pourquoi ?

— Et maintenant, qu'est-ce qu'on fait ? » ajouta-t-elle.

Ralph ne put que secouer la tête.

Lois jeta un coup d'œil à l'horloge coincée entre la photo de l'homme en manteau de raton laveur et la femme à l'air impérieux, puis tendit la main vers le téléphone. « Déjà trois heures et demie ! Bon sang ! »

Ralph lui toucha la main. « Qui appelles-tu ?

— Simone Castonguay. On avait prévu d'aller à Ludlow ensemble cet après-midi pour une partie de cartes à la Grange, mais j'en suis incapable, après tout ça. J'y perdrais ma chemise. » Elle rit et fut prise d'une jolie rougeur. « C'est juste une façon de parler. »

Ralph l'empêcha de soulever le combiné. « Va à ta partie de cartes, Lois.

— Tu crois ? » Elle paraissait à la fois dubitative et un peu déçue.

« Oui. » Il était toujours autant dans le brouillard sur ce qui se passait, mais il soupçonnait que les choses allaient bientôt changer. Lois avait parlé d'être *poussée*, mais Ralph avait davantage l'impression d'être entraîné, comme une rivière entraînerait une petite embarcation. Il ne pouvait pas voir où il allait, toutefois ; une brume épaisse recouvrait les rives et, avec le courant devenant plus violent, il entendait le grondement des rapides, en aval.

Cependant, il y a des formes, Ralph. Des formes dans la brume.

Certes. Pas très rassurantes, pourtant. Il ne s'agissait peut-être que d'arbres qui donnaient l'impression d'être des mains crochues... mais aussi bien de mains crochues cherchant à ressembler à des arbres. Tant que Ralph ne saurait pas mieux ce qu'il en était, il trouvait tout aussi bien que Lois ne restât pas en ville. Il avait l'intuition très vive — mais ce n'était peut-être qu'un espoir déguisé en intuition — que Doc Chauve #3 ne pourrait la suivre à Ludlow, qu'il n'était peut-être même pas capable de la suivre au-delà des Friches-Mortes, à l'est.

Comment pourrais-tu savoir des choses pareilles, Ralph ?

Il se trompait peut-être, mais cela sonnait juste et il était toujours convaincu que dans le monde des auras, ressentir et savoir étaient pratiquement équivalents. Une certitude, au moins : jusqu'ici, Doc Chauve #3 n'avait pas coupé le panache de Lois, puisque Ralph l'avait vu lui-même et qu'il brillait d'un gris argenté joyeusement sain. Il ne pouvait cependant échapper à la conviction de plus en plus forte que Doc Chauve #3 — le docteur fou — avait *l'intention* de le couper et que, en dépit de l'allure fringante qu'avait eue Rosalie en quittant le parc au petit trot, le sectionnement de ce cordon était un geste mortel, meurtrier.

Admettons que tu aies raison, Ralph ; admettons qu'il ne puisse rien lui faire cet après-midi pendant qu'elle jouera aux cartes à un sou la mise. Mais ce soir ? Demain ? La semaine prochaine ? Quelle est la solution ? Doit-elle appeler son fils et sa salope de belle-fille pour leur dire qu'elle a changé d'idée à propos de Riverview Estates ? Que finalement, elle a décidé d'y aller ?

Il l'ignorait. Il savait seulement qu'il avait besoin de réfléchir, et qu'il éprouverait des difficultés à penser de manière constructive tant qu'il ne serait pas raisonnablement certain que Lois était à l'abri, au moins pour un moment.

« Ralph ? Tu recommences à faire cette tête de gnognon.

— Cette tête de *quoi* ?

— De gnognon. » Elle rejeta ses cheveux en arrière avec coquetterie. « C'est un mot que j'ai inventé pour décrire M. Chassey quand il faisait semblant de m'écouter mais pensait en réalité à sa collection de monnaies. Je ne me trompe pas sur les airs gnognons, Ralph. A quoi pensais-tu ?

— Je me demandais à quelle heure tu allais revenir de ta partie de cartes.

— Ça dépend.

— De quoi ?

— Si on fait ou non un arrêt chez Tuby's pour un chocolat, répondit-elle du ton de quelqu'un qui révèle un vice caché.

— Admettons que tu reviennes directement.

— Je serai de retour à sept heures, sept heures et demie.

— Appelle-moi dès ton retour. D'accord ?

— D'accord. Tu préfères que je ne sois pas en ville, hein ? C'est ça que signifiait ta tête de gnognon ?

— Heu...

— Tu crains que cette espèce de saleté chauve ne me fasse du mal, n'est-ce pas ?

— Je pense que c'est une possibilité.

— Mais il pourrait aussi t'en faire à toi !

— Oui, mais... »

Mais pour autant que je le sache, Lois, il ne porte pas l'un de mes accessoires vestimentaires.

« Mais quoi ?

— Il ne m'arrivera rien jusqu'à ton retour, Lois, c'est tout. » Il se souvint de la remarque sarcastique sur les hommes modernes qui ne pensent qu'à faire des câlins baveux et essaya de prendre un air autoritaire, sourcils froncés. « Va jouer aux cartes et laisse-moi m'occuper de cette affaire, au moins pour le moment. C'est un ordre. »

Carolyn aurait éclaté de rire ou se serait mise en colère devant cette démonstration de machisme d'opérette. Lois, qui appartenait à une école de pensée féminine entièrement différente, se contenta d'acquiescer, comme si elle lui était reconnaissante de ne pas avoir à prendre elle-même la décision. « Très bien. » Elle lui prit le menton de manière à pouvoir le regarder droit dans les yeux. « Est-ce que tu sais ce que tu fais, Ralph ?

— Non. En tout cas, pas encore.

— Très bien, du moment que tu le reconnais. » Elle posa une main sur son avant-bras et déposa un baiser léger, bouche ouverte, sur le coin de ses lèvres. Ralph sentit un picotement de chaleur tout à fait bienvenu lui monter entre les jambes. « Je vais aller à Ludlow et piquer cinq dollars à toutes ces idiotes qui ne savent pas bluffer. Et ce soir, nous discuterons de ce que nous devons faire. D'accord ?

— D'accord. »

Son petit sourire — davantage présent dans son regard que sur ses lèvres — laissa entendre qu'ils pourraient bien faire autre chose que simplement parler, si Ralph se sentait assez hardi... et en cet instant, il se sentait tout à fait hardi. Même le regard noir de M. Chassey, du haut de son poste de télé, ne l'affectait guère.

Stephen King

Stephen King sait nous faire mourir de peur. Il sait reformuler nos terreurs ancestrales pour les intégrer dans notre environnement technologique. Comme autrefois Edgar Poe ou Lovecraft, le King règne aujourd'hui sur le Fantastique.

Né en 1947 à Portland, dans le Maine (Etats-Unis), Stephen King commence à écrire à l'âge de douze ans. Depuis plus de vingt ans il figure sur toutes les listes de best-sellers et vend ses livres à des millions d'exemplaires dans le monde entier.
La plupart ont été portés à l'écran.

Carrie
835/3
Shining - L'enfant lumière
1197/6
Danse macabre
1355/5
Cujo
1590/4
Christine
1866/4
Peur bleue
1999/3
Charlie
2089/6
Simetierre
2266/7
Différentes saisons
2434/7
La peau sur les os
(Richard Bachman)
2435/4
Brume
- Paranoïa
2578/5
- La Faucheuse
2579/5
Running Man
(Richard Bachman)
2694/3
Ça
2892/6, 2893/6 & 2894/6
La Tour Sombre
- Le Pistolero
2950/3
- Les trois cartes
3037/7
- Terres perdues
3243/7
Chantier
(Richard Bachman)
2974/6
Les Tommyknockers
3384/4, 3385/4 & 3386/4
Misery
3112/6
Marche ou crève
(Richard Bachman)
3203/5
Le Fléau
3311/6, 3312/6 & 3313/6
Rage
(Richard Bachman)
3439/3
Minuit 2
3529/7
Minuit 4
3670/8
Bazaar
3817/7 & 3818/7
Jessie
4027/6
Rêves et cauchemars
4305/7 & 4306/7
Anatomie de l'horreur
4410/5 & 4411/5

Science-Fiction

Depuis 1970, J'ai lu explore les vastes territoires de la Science-Fiction pour mettre à la portée d'un très vaste public des chefs-d'œuvre méconnus. De la hard science à l'heroic fantasy, des auteurs classiques à l'avant-garde cyberpunk, des maîtres américains à la nouvelle génération des auteurs français, tous les genres sont représentés sous la désormais célèbre couverture argent et violet.

ISAAC ASIMOV

Auteur majeur de la S-F américaine, Isaac Asimov est né en Russie. Naturalisé américain, il fait des études de chimie et de biologie, tout en écrivant des romans et des nouvelles qui deviendront des best-sellers. Avec les robots, il trouve son principal thème d'inspiration.

Les cavernes d'acier
404/4

Les cavernes d'acier sont les villes souterraines du futur, peuplées d'humains qui n'ont jamais vu le soleil. Dans cet univers infernal, un homme et un robot s'affrontent.

Les robots
453/3

Face aux feux du soleil
468/3

Tyrann
484/3

Un défilé de robots
542/3

Cailloux dans le ciel
552/3

Les robots de l'aube
1602/3 & 1603/3

Le voyage fantastique
1635/3

Les robots et l'empire
1996/4 & 1997/4

Espace vital
2055/3

Asimov parallèle
2277/4 Inédit

Le robot qui rêvait
2388/7

Robots et extraterrestres

- Le renégat
3094/6 Inédit

Une nouvelle grande série sous la direction du créateur de l'univers des robots. Naufragé dans un monde sauvage peuplé de créatures-loups, Derec affronte un robot rebelle.

- L'intrus
3185/6 Inédit

Deuxième volet d'une série passionnante, par deux jeunes talents de la S-F parrainés par Asimov.

- Humanité
3290/6 Inédit

La cité des robots

- La cité des robots
2573/6 Inédit

- Cyborg
2875/6

- Refuge
2975/6

La trilogie de Caliban

- Le robot Caliban
3503/6

- Inferno
3799/5 Inédit

- Utopia
4304/6 Inédit

Robots temporels

- L'âge des dinosaures
3473/6 Inédit (Par F. WU)

- Le guerrier
- Le dictateur
4048/7 Inédit (Par F. WU)

- L'empereur
- L'envahisseur
4177/7 Inédit (Par F. WU)

- I, robot
4403/5 Inédit

ANDERSON Poul

La reine de l'Air et des Ténèbres
1268/3

La patrouille du temps
1409/3

ATWOOD Margaret

La servante écarlate
2781/5

AYERDHAL

L'histrion
3526/6 Inédit

Balade choreïale
3731/5 Inédit

Sexomorphoses
3821/6 Inédit

Genèses
4279/5

Parleur
4317/10 Inédit

Le premier ouvrage de Fantasy de l'auteur. Parleur, le héros, découvrant la misère qui règne dans une petite ville médiévale, incite les habitants à s'enclaver pour échapper à la dictature royale.

BALLARD J.G.

Le monde englouti
2667/3

BELLETTO René

Le temps mort
4095/4

BISSON

Johnny Mnemonic
4079/4

Science-Fiction

BLAYLOCK James
Reliques de la nuit
4049/8 Inédit FANTASY

BLISH James
Semailles humaines
752/3

BRIN David
Marée stellaire
1981/6 Inédit
Le facteur
2261/5 Inédit
Elévation
2552/5 & 2553/5
Inédit Prix Hugo
Rédemption
4457/6 & 4458/6
Inédit

BROOKS Terry
Le glaive de Shannara
3331/8 Inédit FANTASY
Après la dernière guerre des races, les habitants des Quatre Terres sont parvenus à reconstruire une civilisation. Mais les forces du Mal veillent et, pour empêcher un nouveau désastre, Shea doit s'emparer du glaive de Shannara.
Les pierres des elfes de Shannara
3547/7 Inédit FANTASY
L'enchantement de Shannara
3732/8 Inédit FANTASY
Royaume magique à vendre !
- Royaume magique à vendre !
3667/6 FANTASY
- La licorne noire
4096/5 Inédit FANTASY
- Le Spectre et le Sort
4277/5 Inédit FANTASY

BUTLER Octavia E.
La parabole du semeur
3948/6 Inédit

CADIGAN Pat
Mise en abyme
4134/5 Inédit

CANAL Richard
Swap-Swap
2836/3 Inédit
Ombres blanches
3455/4 Inédit
Aube noire
3669/5 Inédit
Le cimetière des papillons
3908/4 Inédit
La malédiction de l'éphémère
4156/4
Les paradis piégés
4483/5 Inédit

CARD Orson Scott
Abyss
2657/4
La stratégie Ender
3781/5 Prix Hugo
La voix des morts
3848/6 Prix Hugo
Xénocide
4024/8
Troisième volume des aventures d'Ender le Stratège, surnommé la Voix des Morts. Un virus mortel menace les humains qui ont colonisé la planète Lusitania. Mais le détruire revient à anéantir les indigènes, pour la reproduction desquels ce virus est indispensable. Ender parviendra-t-il à éviter un nouveau xénocide ?

CARROLL Jonathan
Le pays du fou rire
2450/4

CHERRYH C.J.
Hestia
1183/3
Chasseurs de mondes
1280/4
Les adieux du soleil
1354/3
Les seigneurs de l'Hydre
1420/4 Inédit
Chanur
1475/4 Inédit
L'opéra de l'espace
1563/3 Inédit
La pierre de rêve
1738/3
L'épopée de Chanur
2104/4 Inédit
La vengeance de Chanur
2289/4 Inédit
L'œuf du coucou
2307/3
Le retour de Chanur
2609/7 Inédit
Cyteen
2935/6 & 2936/6
Inédit Prix Hugo
Politicienne habile, Ariane Emory vise l'immortalité, l'apanage des dieux, pour mener à bien ses projets.
Volte-face
3144/5 Inédit
Forteresse des étoiles
3330/7 Prix Hugo
Temps fort
3417/7 Inédit
Les portes d'Ivrel
3631/4 FANTASY
L'héritage de Chanur
3468/8 Inédit
Le puits de Shiuan
3688/5 Inédit FANTASY
Les feux d'Azeroth
3800/4 Inédit FANTASY
La porte de l'exil
3871/8 Inédit
Les chants du néant
4155/7 Inédit
La citadelle noire
4404/6 Inédit
Lois & Clark
4456/5 Inédit

Arthur C. Clarke

Né en 1917 en Angleterre, Arthur C. Clarke vit depuis de nombreuses années à Ceylan. Cet ancien président de l'Association interplanétaire anglaise, également membre distingué de l'Académie astronautique, a écrit une cinquantaine d'ouvrages, dont certains sont devenus des classiques de la Science-Fiction.

2001 : l'odyssée de l'espace
349/2
Quelque part, du côté d'un satellite de Saturne, une source inconnue émet des radiations d'une extraordinaire puissance. Une mission secrète va entraîner Explorateur I et son équipage aux confins du cosmos, leur permettant de percer le mystère des origines de la vie.

2010 : odyssée deux
1721/4

2061 : odyssée trois
3075/3

Les enfants d'Icare
799/3
L'astronef s'était posé sur Terre sans que nul s'en aperçoive et, maintenant, ses occupants imposaient leur volonté aux hommes. L'existence de l'humanité n'était-elle pas menacée ?

Avant l'Eden
830/4

Terre, planète impériale
904/4

L'étoile
966/3

Les fontaines du Paradis
1304/4

Les chants de la Terre lointaine
2262/4

Le marteau de Dieu
3973/3

Base Vénus *(avec Paul Prews)*
Lorsqu'elle reprend conscience, Sparta s'aperçoit que trois ans de son existence ont totalement disparu de sa mémoire. Plus troublant encore : elle se découvre d'étranges pouvoirs. Comme si son corps et ses perceptions avaient été reconfigurés... A la recherche de son passé, Sparta rejoint alors l'orbite de Vénus.

- Point de rupture
2668/4 Inédit
- Maelström
2679/4 Inédit
- Cache-cache
3006/4 Inédit
- Méduse
3224/4 Inédit
- La lune de diamant
3350/4 Inédit
- Les lumineux
3379/4 Inédit

Rendez-vous avec Rama
1047/3

Rama II
3204/7 Inédit *(avec Gentry Lee)*

Les jardins de Rama
3619/6 Inédit *(avec Gentry Lee)*
Lorsque Rama II, l'astronef d'origine extraterrestre, quitte le système solaire, il emporte à son bord trois humains, dont la mission est de reconstituer une colonie, loin de leur planète d'origine. Mais l'entreprise va s'avérer périlleuse.

Rama révélé
3850/8 Inédit *(avec Gentry Lee)*
Suite et fin du cycle de Rama. Arthur Clarke livre ici une explication exhaustive et surprenante de la création de l'univers.

La Terre est un berceau
3565/7 *(avec Gentry Lee)*

4615

Composition Euronumérique
Achevé d'imprimer en Europe (France)
par Brodard et Taupin à La Flèche (Sarthe)
le 3 septembre 1997. 6521S-5
Dépôt légal sept. 1997. ISBN 2-290-04615-9

Éditions J'ai lu
84, rue de Grenelle, 75007 Paris
Diffusion France et étranger : Flammarion